本书受国家社科一般项目"消费主义伦理在20世纪初美国小说中的肇始与建构研究"（项目编号为14BWW076）基金资助

20世纪初美国小说中的消费景观和社会伦理

The Consumer Society Landscapes and Ethics in the Early 20th Century American Novels

张俊萍　著

南京大学出版社

序

张俊萍教授长期从事英美文学教学与研究，对美国文学颇有研究，已发表相关学术成果。近期，欣闻她有新作问世，专题研究20世纪初的美国小说。此作力图从消费主义文化视角，揭示20世纪初美国小说呈现的消费社会景观、消费社会伦理问题及此时期美国文学的特色。

美国文学自诞生起就与"美国梦"结伴而行，经历了19世纪的勃兴后不断形塑自我，不断开疆辟土，将区域、种族、族裔融入其中，并开启一个个具有鲜明特色和流派风格的文学新时代。被誉为"第二次繁荣"的20世纪初期美国文学，实际上是美国文学真正崛起的开端。一百多年以来，国内学者已就此进行了卓有见识和成效的研究，推出了一系列论著和论述。然而，这样一个具有重要意义的美国断代文学，其"心"该立在何处？美国和美国文学的新鲜、激进、活力、进步与欧洲的古老、保守、没落究竟在哪里形成关键性的分水岭？这是美国学研究中值得深入思考的问题，对美国文学研究者而言，也是不可回避的有益议题。

读完本书初稿，我为张俊萍老师在其中呈现的小小的野心而感动。正如作者在绪论中所言，她这部著作最重要的一个目的就是寻找美国文学"第二次繁荣"的"统一性"，并使这一时期的美国文学史成为

"断代史"的理论基石更加稳固。也就是说,本书就是为美国文学二次繁荣的一次"立心"之举。根据本书的研究,消费主义伦理价值在这一时期文学中已经留下了"草蛇灰线"。正是这一点成为美国文学发展的一个命脉,一直延续至20世纪六七十年代。该书基本勾勒出20世纪前三十年的文学风骨与面貌,并概括了这一时期美国文学的世界性价值:时尚英雄和商业英雄粉墨登场;百货商场等"消费者之宫"在一些作家笔下获得了崇高抒写;财富与罪恶、幸福与幻灭乃至女性地位等主题得到了新颖表达……当然,任何创新的研究都难免受限于研究者个人的视域。张俊萍教授为美国文学"立心"的大胆尝试意义非凡,必然会引发更多的思考,甚至争议。这正是学术批评的常态,有助于拓展20世纪美国文学研究的深度与广度。

希望张俊萍教授再接再厉,在美国文学研究的园地里继续努力耕耘,以其"慧眼",不断贡献出更多有价值的洞见卓识。

杨金才

2020年6月于南京大学侨裕楼

目 录

序 / 001

绪 论 / 001
  一、本研究的理论价值和实际应用价值 / 001
  二、国内外研究的现状和趋势 / 003
  三、研究目标和研究内容 / 006
  四、本书关键词释义 / 009
  五、本书章节撰写人员说明 / 012

上 篇

第一章　20世纪初的美国社会和美国小说概述 / 015
  第一节　20世纪初美国消费社会初期概观 / 017
  第二节　20世纪初的美国小说和小说家 / 029
第二章　消费英雄和商界英雄 / 051
  第一节　消费英雄的诞生及特征 / 053
  第二节　商界英雄的美化和辩护 / 069
第三章　消费场景和消费场域 / 087
  第一节　有形的消费场景 / 089

第二节　无形的消费场域 / 112
第四章　消费社会初期美国小说的重要主题 / 131
　　第一节　消费主义的幻境和美国梦的幻灭、畸变 / 133
　　第二节　商业文化的冲击和工业文明的压迫 / 146

下　篇

第五章　消费社会·城乡·伦理困境 / 163
　　第一节　城市意象与城市人的伦理难题 / 165
　　第二节　乡镇景观与乡镇人的伦理困惑 / 183
第六章　消费社会·阶层·伦理选择 / 197
　　第一节　消费社会中的沉沦或反抗 / 199
　　第二节　消费社会中的迷惘和模仿 / 223
第七章　消费社会·女性·两性伦理 / 235
　　第一节　消费社会初期传统女性的窘况 / 237
　　第二节　消费社会初期"新女性"的尴尬 / 253
第八章　消费社会·符号·媒介·伦理 / 269
　　第一节　物品符号化和符号消费逻辑 / 271
　　第二节　媒介、消费和伦理 / 290
结尾　消费文化·小说文本·叙事伦理 / 309
　　第一节　对消费文化的认可和赞扬 / 313
　　第二节　对消费文化的揭露和批判 / 323

参考文献 / 332
后　记 / 355

绪 论

一、本研究的理论价值和实际应用价值

1. 理论价值

20世纪前三十年在美国历史上具有特殊的意义。首先，世纪之交的美国在第二次工业革命的推动下完成了工业化，还依靠大规模采用福特生产线生产出丰富的产品而率先实现了消费的大众化。此时期美国的经济得到长足发展，特别是第一次世界大战之后，出现了"柯立芝繁荣"景象，真正在经济发展上超越了欧洲老牌资本主义国家。同时，美国的文化在这一个时期也发生了重要的变化。清教主义等传统文化价值受到了全面挑战并开始消解，消费主义伦理道德观逐渐确立。从这个意义上讲，六七十年代滥觞的消费社会和消费文化实际上在20世纪初已在美国形成较强势头，20世纪初的三十年可以被称为美国消费社会的初生期。更富有意味的是，美国文学也同时进入一个新的时期，有学者称其为美国文学的"第二次繁荣"[①]。文学"是通向

[①] 虞建华.美国文学的第二次繁荣[M].上海：上海外语教育出版社.2004：1.

认识某一时代重大事件的真正途径"①。本书选取美国20世纪初的小说作为研究对象，力图从消费主义文化视角，揭示此时期美国小说呈现的消费社会景观、消费社会伦理问题、美国小说的新特点以及建立在这些新特点之上的时代统一性，并以此作为途径去认识20世纪初的美国社会。本书的研究意义体现在以下几个方面：

（1）本研究具有一定的文学史史论价值。20世纪初的美国小说深深浸润在初生的消费社会和文化中，形成了自己独特的品质，从而足以从20世纪美国文学中分支出来，成为一个独立的文学年代。这个年代的小说作为一种独特文学资源，影响了其后美国文学乃至世界文学发展的方向。所以，从这个意义上讲，本研究将有助于我们在文学史的意义上重构对美国文学的认识。

（2）本研究同时具有一定的文化学意义。美国从20世纪初开始发端的消费主义与清教主义的文化矛盾和消费伦理问题，从此一直伴随着美国社会并传播至全球。我们能从美国20世纪初小说中，发现这个文化矛盾的清晰足迹以及应对策略。这种发现对于我们理解美国社会和文化发展，乃至理解当下的西方发达国家文化建构无疑具有重要的启示作用。

2. 实际应用价值

（1）2008年肆虐全球的金融危机，被一些经济学家归因于美国的过度消费和助长过度消费的金融"创新"。研究美国消费社会的初生期及其文学表现，可以帮助人们从源头上进一步理解消费社会的正

---

① Frederick J. Hoffman，*The Twenties*：*American Writing in the Postwar Decade* [M]．New York：The Free Press. 1965：12.

反价值,思考解脱和防范危机的文化途径。

(2) 在全球化浪潮的冲击下,消费主义的浪潮从发达国家向发展中国家、从中心城市向中小城市、从城镇向乡村、从高收入群体向普通大众迅速蔓延。同时,消费社会所倡导的价值观念和生活方式在现代大众传媒的帮助下,成为全球性的大众消费生活方式。中国当下也正进入消费社会。对于美国消费社会的初生与小说关系的研究,对于我们思考中国当下文学的地位和作用提供良好的参照样本,对于我们在社会转型时期建构主流价值具有一定的启发意义。

(3) 本研究把消费主义文化、文学研究视角进一步从 20 世纪六七十年代推回到 20 世纪初,将有效拓展丰富美国文学研究的思路和内容。研究成果可用于外国文学研究参考,并可用于高校外国文学的实际教学,开设相关专业选修课、指导研究生选题。

二、国内外研究的现状和趋势

西方消费社会、消费主义文化,以及消费主义与西方文学关系研究,一直是国内外研究的热点课题。

国外关于消费社会与消费主义的研究,可以追溯到 19 世纪末 20 世纪初社会学家凡勃伦的《有闲阶级论》和齐美尔的《都市和社会生活》等著作和文章。20 世纪 40 年代至 50 年代,法兰克福学派学者,如霍克海默、阿多诺、马尔库塞以及弗洛姆等人的工作为消费社会、消费文化研究奠定了重要的基础,他们提出了"虚假需求""消费异化"等著名的批判命题。到 60 年代和 70 年代,研究进入一个繁荣阶段,出现了一系列重要成果,以鲍德里亚的《物的体系》、《消费社会》和丹尼尔·贝尔的《资本主义文化矛盾》最为突出。鲍德里亚提出了"符号价值"的概念,认为消费已从对物的消费转化成对符号的消费。贝尔认为,造成资本主义文化危机的经济层面的因素主要是大众消费,他提出,促成资本主义市场体系的生活方式是消费享乐主义,同时资本主义文化矛盾的重要表现也就是消费享乐主义。80年代以后,越来越多不同学科的研究者,也纷纷把研究目光投向这个领域,妇女研究、传媒研究、人类学、心理学、伦理学、历史学、哲学、社会学、行为学等学科的研究者从不同角度考查现代消费的方方面面。美国托夫斯大学的"全球发展与环境研究所"于1997年甚至专门汇编了《消费社会》一书,囊括了80年代至90年代中期从经济、社会和文化多个角度、多个学科研究消费和消费文化的英语主流文献。西方理论界对消费社会和消费主义的研究主要有以下四个方面的内容:对消费主义文化兴起的研究、对消费主义文化本质特征的研究、对消费主义文化影响的研究和对消费主义文化的全球扩散的研究。引人注意的是,在对消费主义文化兴起的研究中,西方理论界目光主要集中于"二战"以后,特别是六七十年代以后。相比较而言,我国学者在消费社会和消费主义研究方面虽然直到90年代才起步,且与西方研究者一样重视社会、文化理论研究,但对于消费主义在发达国家特别是美国的渊源和发展脉络已经有所关注。以2002年陆胜颖的博士论文《繁荣与萧条:美国1919—1933年经济的历史透视》(华东师范大学)和2002年张文伟的硕士论文《论消费主义在美国的兴起》(武汉大学)为代表,这些研究探讨了美国20世纪初消费社会与消费主义的发轫与成长。吕维克的硕士论文《20世纪20年代美国消费社会研究》(山东大学,2007)则在其研究的基础上,进一步丰富具体了这一时期消费主义的历史学研究。这些研究都倾向于把美国20世纪初作为消费社会形成的初级阶段和消费主义兴起的重要时期。

从消费社会和消费主义文化的视角研究文学,是国内外消费主义文化研究和消费社会研究的重要组成部分。文学作品是一种社会文化文本,它或多或少地进入各个时期西方消费主义理论研究视域。西方的文学研究领域如后现代批评、新历史主义批评、文化批评等批评流派,对消费社会的文学作品的消费品化、文学创作的"机械复制"化、文学审美的去崇高化等特点,进行了深刻的思考和探讨。这些探讨基本集中在文化、文学理论层面,涉及的文学资料也基本集中在"二战"以后。从消费主义文化角度来研究二战以前的文学,较有代表性的是美国康奈尔大学的苏珊·J.玛特(Susan J. Matt)的博士论文《消费社会的嫉妒史:美国1890—1930的中产阶级欲望、社会迁移和道德观》(1996)和美国卡罗琳纳大学的凯利·康福特(Kelly Comfort)的博士论文《为艺术而艺术或为资本而艺术:世纪之交文学的生产和消费》(2005)等。其研究的着力点虽仍是社会学问题,但已注意到20世纪初美国文学和美国消费的互动问题。国内从消费社会和消费主义文化的视角研究西方文学的热潮也已经形成,和西方理论界一样,更多着眼于"二战"以后特别是六七十年代以后的文学。而从消费主义文化角度研究二战以前的西方文学发展,在美国文学研究领域,国内主要有蒋道超的专著《德莱塞研究》(2003)。此外王增红、马秀丽、朱艳阳、李世卓等人分别从消费主义理论出发研究了美国20世纪初德莱塞、菲茨杰拉德等个别作家或个别作品。把20世纪初作为一个文学时代,且一定程度上意识到消费理论视角的,是虞建华的专著《美国文学的第二次繁荣》(2004)和韩小聪、梁雪华、裴燕萍三人的合著《消费主义文化下的美国小说研究》(2009)。从这些研究中可以看出,国内文学研究领域与文化、历史研究领域一样,已经确立了这样一个观点,

20世纪初的美国作为消费社会已经初具形态,对文学已经产生了较大影响,但对于这种影响的深刻性和系统性,学界还缺乏整体的认知和理论的评估。具体表现在:(1)从消费文化的角度透视20世纪初美国小说的深度和广度尚显不足,对20世纪初美国消费主义的兴起、清教主义的衰落与小说创作间的关系以及消费主义在美国文学中的成长"足迹"等方面还缺乏理论上的挖掘;(2)至今多数学者只关注美国20世纪初的个别作家或个别作品,已有的大都是小说家个案研究和个别评传,无法从总体上把握20世纪初美国小说中的消费社会景观、美国小说在这时期的新特点和美国小说家对刚刚兴起的消费社会的观察和思索。

本书以20世纪初的美国小说为研究对象,力图依托消费社会和消费主义文化初期发展脉络,一方面,从"史"的层面,构建这一时期美国文学断代史(从这个意义上讲,本研究将对消费社会的历史学研究、消费主义文化的演变轨迹研究产生一定的补充作用);另一方面,本研究将突破文学批评中消费主义作为一种个案研究方法论的局限,使我们能从文学发展史的整体层面理解消费社会和消费主义文化对文学的深层次作用和文学中展现出来的消费社会景观特征和消费社会伦理问题。

三、研究目标和研究内容

研究目标。

1. 本书力图实现以下两个主要目标

(1)较为全面地梳理和评价学术界关于20世纪初美国社会文化研究的成果,从理论上建构起对该时期美国社会文化和美国文学的整体性范式的认识。

(2) 较为广角地扫描此时期美国作家和小说创作,归纳提炼美国小说在这一时期表现出来的体系性特点,进而分析评估与此特点直接相关的美国文学价值。

2. 研究内容主要关注 20 世纪初的美国社会历史文化背景和当时美国小说中所表现出来的消费社会景观、消费社会伦理问题及小说特征,包括以下几个部分:

(1) 20 世纪初的美国社会历史文化背景研究。20 世纪初一般被认为是美国进入"现代社会"的开始,是美国社会迅速变迁的时代。这一时期,随着生产方式和社会结构的转型,美国消费社会初步成型,美国消费主义文化已经出现萌芽,消费不再只是生产的附属物,而是转变为社会的主导,它已经不再是传统意义上对物品的满足和需求,而成为自我表达的重要形式和自我身份认同的主要标志。当时的美国社会已经形成了消费社会与消费文化的一些主要特征,商品丰盛的物化社会和大众消费①标志着美国进入了消费社会的初生期。这一转变不仅是社会经济结构和经济形式的转变,也是社会文化的全面转型——一直占据主流地位的清教传统遭受到新兴的消费主义文化的

---

① 一般认为,进入消费社会的显著标志,一是商品极大丰盛,物化社会形成,二是大众消费。"商品丰盛的物化社会"指的是人们生产产品的主要目的不再是克服经济短缺,不再是生存。由于商品的生产和产品的总量大大超过人们的基本需求,因而人们视商品为一种标示生活质量的文化和物质指标。"大众消费"则是指一个社会的消费品或商品不再主要为少数人或统治集团所占有,而主要供大众消费。可以说,如果一个社会开始以消费为主导而进行生产,它的商品生产主要为大众消费服务,同时,大众具备了一定的购买力和休闲时间,而且整个社会又开始崇尚起消费主义文化,那么这个社会就具备消费社会的基本特征了。

巨大挑战。这两种文化精神对立形成的张力，定义了美国这一时期社会历史特点和走向。因此，这个时代是具有独特文化精神的历史阶段，足以构成一个独立的时代，形成了自身独特的社会历史文化范式。

（2）20世纪初美国小说的意识形态作用研究。围绕这一时期美国小说对于消费社会和文化的兴起的反向作用，具体考察美国作家精神层面和小说主题中对于消费主义商业文化的话语姿态，综合考量、评估这一时期小说对于美国消费社会和文化形成的意识形态作用。一则，作家就像出版社和其他媒体一样，帮助全部阶层营造和推进新的消费主义文化，疏通已经释放出来的能量；二则，他们也受传统的社会道德文化的影响，在某些方面还成了它的共谋，表现出对消费主义的犀利批判。但无论作家及其小说对于消费社会及消费主义文化是采取推波助澜还是欲迎还拒的话语姿态，客观上都为确立消费主义文化在社会"话题"中的"中心"地位，为消费主义文化其后逐步取代与其对立的"清教主义"社会文化传统，以及消费主义文化在20世纪中下叶的泛滥奠定了精神基础。

（3）20世纪初美国小说新特点研究。20世纪初的文学创作因为消费社会文化的影响，产生了具有里程碑意义的新特征。本书力图对20世纪初的小说家马克·吐温、豪威尔斯、德莱塞、辛克莱·刘易斯、菲茨杰拉德、海明威、舍伍德·安德森、伊迪斯·华顿、多斯·帕索斯、薇拉·凯瑟、福克纳等作家群体及其小说做整体研究，重点通过透视消费主义文化对当时小说的影响，具体分析这一时期美国小说的共性——消费社会景观描绘和消费社会伦理探讨，如小说人物（"消费英雄"的白描和"商界英雄"的"神"化）、小说场景（有形的消费场景的铺陈和无形的消费场域的刻画）、小说主题（对美国梦幻灭的揭示和对工业文明和商业文化的批判)、小说传达的伦理价值取向等方面的特征，总结其不同于传统小说的新因素、新形态、新气象，形成对美国20世纪初小说统一性的概括。这也是本书的重点内容。早在殖民时期、建国时期以及南北战争前后，美国文学已经形成了一些自己的特色。但这些特色还不足以表达出美国文学的民族性，也难以严格显示时代性。而20世纪初的美国小说，因为浸润在刚刚兴起的消费社会和消费文化中，形成了前所未有的一些特质，从而实现了美国文学的一次具有深远意义的嬗变，构成了真正意义上的文学断代。依托这个时期的文学转型，美国文学实际上真正汇入了世界文学的洪流之中，并以自己的标志为世界文学打上印记。美国文学由此也向世界贡献了很多新的文学主题、人物形象、审美趣味和价值取向。

四、本书关键词释义

"消费"(consume)一词最早于14世纪初出现在英文里，原意是"摧毁、耗尽、浪费、用尽"，带贬义色彩。到18世纪中叶，"消费"一词才开始成为中性词，被广泛用于日常生活中。《经济大辞典》对"消费"一词的解释是"社会再生产过程中生产要素和生活资料的消耗"[①]。而在现代汉语词典中，"消费"的意思是"为了满足生产和生活的需求而消耗物质财富"。

消费存在于任何国家、任何社会、任何时期，人类总是通过消费来

---

① Palgrave Macmillan et al. *The New Palgrave Dictionary of Economics*[M]. New York University Press. 2012.

满足自身生活需求及欲望。而本书中我们所说的"**消费社会**"是指，一个由消费主义，或者说热衷于奢华消费的生活方式主导的社会形态，也即一个建立在由消费主导的文化体系上的社会形态。当然，"消费社会"严格意义上是指后工业社会（特别是在社会学家鲍德里亚所说的消费社会意义上来说的）。而"消费文化"也从属于后现代文化的范畴，是伴随现代化发展而产生的一种大众消费模式、价值观念和生活方式。但它产生于19世纪末20世纪初的美国，萌芽于"镀金时代"，兴起于"进步时代"，并在"柯立芝繁荣"时期得到初步发展。

"**消费文化**"可以从消费品、消费观念和消费方式这三个基本层次上去理解。消费品包括各种各样的物质消费品和精神文化产品及劳务，是消费文化中的物质文化和物质体现。不同地区、不同国家以及不同时期内消费文化发展状况如何和发展程度的高低主要由消费品以及劳务的范围的不同决定；消费观念指与消费相关的目标追求、价值取向、指导思想和道德观念等，也即消费文化中的精神文化；消费方式指消费的具体环境、具体方式和消费行为的规范力量等，是消费文化中所包含的制度文化。

"**景观**"指一个地区的外貌风景，原本是一个地理学术语。"在德语里，景观（Landschaft）这个词本来包含的面很广，几乎包括了地上的全部事物，有时可以代替地理这个词。"[①]景观也被一些学者定义为："一个具有多种意义的术语，是指一个地区的外貌、产生外貌的物

[①] 唐晓峰. 文化地理学释义：大学讲课录[M]. 北京：学苑出版社，2012：197.

质组合以及这个地区本身",并且随着人类的进一步活动,"实际上,所有的景观都变为文化景观"①。所谓的"**消费社会景观**"指受消费主义文化影响的"社会建构空间"和社会文化。

"**伦理**"的概念含义宽广②,"**伦理**"广义上指人类社会中人与社会的关系、人与人的关系和人与自然的关系以及处理这些关系的行为规范。"人与人之间客观存在的关系可称为'伦',对这种关系所承担的权利和义务的理性认识可称为'理'。因此伦理反映的是人与外部世界客观存在的一种关系,突出的是客观性。伦理还代表一种理想和精神境界,是对道德规范的超越,它最终指向的是人与人之间的和谐相处。"③所以,"伦理"也指一系列指导行为的观念,特别是人与人相处的各种道德准则,或者说人们心目中认可的社会行为规范。消费社会伦理,我们将它界定为消费社会中人与人、人与物、人与社会之间关系处理中的行为规范。

---

① 转引自曾大兴.论文学景观[J].陕西理工学院学报(社会科学版).2014(2):42—47.
② 该词在汉语中最早见于《乐纪》:乐者,通伦理者也。指的就是人与人以及人与自然的关系和处理这些关系的规则。西方世界则把伦理定义为一门探讨好坏、善恶,以及讨论道德责任义务的学科。伦理也指一系列指导行为的观念,它不仅包含着如何处理人与人、人与社会和人与自然之间关系的行为规范,而且也指人们心目中认可的社会行为规范、人与人相处的各种道德准则等等,总之,是对道德现象的哲学思考。参见 https://baike.so.com/doc/5381313-7589570.html.
③ 朱赫今.伊迪丝·华顿小说创作中的伦理取向[D].吉林大学博士论文.2014:9.

五、本书章节撰写人员说明

  本书部分章节是我与朋友或硕士生合写,具体如下:第二章与无锡科技职业学院的丁宁老师和河南周口职业技术学院的卢亚丽老师合写;第三章与江南大学外国语学院的硕士生孟瑜合写;第四章第二节与江南大学外国语学院张小钢老师合写;第五章与江南大学外国语学院的硕士生李贵洁、马金鑫和羊城合写;第七章第一节与蚌埠医学院唐红老师合写;第七章第二节与苏州大学外国语学院硕士生章祎合写;第六章第一节中的"二"和"三"与江南大学外国语学院硕士生杨培培合写,这一节中的"六"与东南大学外国语学院硕士生陶玉莲合写,同一章第二节与江南大学外国语学院硕士生李玲娜合写;第八章第二节与江南大学外国语学院硕士生张翠翠合写;"结尾"部分与江南大学外国语学院硕士生周翠和赵凯琪合写。整部书中关于"揭黑派"文学的分析是与江南大学外国语学院硕士生刘森森合作完成的。

上篇

第一章
20世纪初的美国社会和美国小说概述

第一节　20世纪初美国消费社会初期概观

一切艺术都烙有历史时代的烙印。艺术史家丹纳曾说：要了解一件艺术品，一个艺术家，一群艺术家，必须正确设想他们所属的时代的精神和风俗概况，这是艺术家最后的解释，也是决定一切的基本原因。我们要探讨20世纪初的美国小说和小说家，也必须先审视20世纪初美国的时代风貌。20世纪的前三十年是美国历史上经济和社会飞速发展的时期。经济的发展为大众消费的出现奠定了物质基础，城市化进程催生的新兴中产阶级成为大众消费的主要实践者，社会文化、思想观念和生活方式的变革又为大众消费的蔓延注入了精神动力。在诸因素的作用下，20世纪初美国社会进入以大众消费为主要特征的消费社会的初级阶段，成为世界上最早诞生的消费社会之一。

一

经济繁荣是这一时期的主要基调，它为大众消费的出现奠定了坚实的物质基础。

美国经济的快速增长主要由管理和技术方面的变革引起，这一时期泰勒制和福特主义的出现引起了生产领域的巨大变化。19世纪末，弗里德里克·泰勒开始将生产过程分解成一个个单独的工序，使每道工序的工人和机器的功能专门化，因而有效地提高了机器和工人的生产效率。这种工业工程管理制度被称为"泰勒制"。在"泰勒制"下，企业的目标是使每个工人的能力发挥到最大，让他们承担力所能及的最高限度的工作量，并按照其生产表现得到报酬。"泰勒制"使得

"工资虽提高,人工成本却降低"。20世纪初,美国的工商业部门纷纷效仿这种方法。1908年,福特吸取了以"泰勒制"为代表的科学管理原则,在其T型汽车的生产中,对生产技术进行了装配线流水作业。福特第一个将"泰勒制"这种科学管理制度用于工厂生产,被称为"福特主义"。之后,"福特主义"生产管理技术很快成为汽车工业的生产标准,不久,它扩展到其他家用电器的生产领域,使得洗衣机、电冰箱、吸尘器等家用电器先后进入标准化的批量生产阶段。

泰勒制和福特主义成就了资本主义规模化大生产,一方面降低了生产成本和产品价格,一方面提高了企业的管理和劳动生产效率。1910年到1920年美国工业生产几乎增加了1倍,工人的平均生产率也几乎增加了1倍。[①] 此外,技术革新和先进的管理制度的直接结果是产品的价格大幅度下降。例如,像汽车这样一种19世纪末的奢侈商品,到20世纪初变成一种廉价的家用消费品,开始进入美国的大多数家庭,成为生活必需品之一,其售价还不到一个普通工人3个月的工资。1927年,全世界5辆汽车中有4辆在美国,平均每5.3个美国人就拥有一辆汽车。[②] 另一方面,泰勒制和福特主义的出现,使得劳动者的收入提高,劳动者的闲暇时间增加。随着劳动生产率的提高,工人分享到了经济的繁荣,工资和劳动外时间都大幅增加。1919年至1929年10年中,工人工资每年的增长达到26%,在发展最快的1923到1929年,工人平均每小时工资增加了8%,平均实际工资的增

---

① 福克纳.美国经济史[M].王锟译.商务印刷馆.1964:319.
② 莫少群.20世纪西方消费社会理论研究[M].北京:社会科学文献出版社.2006:2.

加达到了11%。① 1914年福特就宣布其工人每日的薪资为5美元。与此同时,劳动时间逐步减少,1923年美国钢铁国内公司就实行每班8小时的工作制。后来福特公司又推出每周工作5天的制度。② 劳动时间的减少、休闲时间的增加、收入的提升为更大更多的消费提供可能。

　　管理和技术方面的变革引起20世纪初美国经济的腾飞。除一战后陷入1920—1921年短暂的经济衰退外,美国的经济在此期间基本保持飞速发展的势头。1920至1929年,美国的国民生产总值增加21%。世纪初头二十年制造业数目增加32%,生产价值增加220%。农业在这一时期达到稳定和繁荣,技术革命使美国的农业人口不断减少,但耕地面积却从8.7亿多英亩增加到9.55亿多英亩,农业收入则从74.77亿美元提高到159.07亿美元。③ 除农业外,新兴产业飞速成长。印刷、制造、化学和石油等原来不起眼的行业,到1919年则成为举足轻重的巨型工业。汽车工业在19世纪还不存在,这时成为仅次于钢铁业的大型制造业。在新兴产业的带动下,美国工业帝国不断壮大,以电力的普及和电器设备的增多为其主要特征。电力应用的范围不断扩大。发电量从1920年的410亿千瓦时增加到1929年的970亿千瓦时。电力工业的产值在20年代几乎增加了3倍,从1921年的8亿多美元增加到20年代末的23亿多美元。此外,建筑业的产值从

---

① 阿瑟·林科、威廉·卡顿.1900年以来的美国史(上)[M].刘绪贻等译.北京:中国社会科学出版社.1983:295.

② 张文伟.论消费主义在美国的兴起[D].武汉大学.2002:33.

③ 阿瑟·林科、威廉·卡顿.1900年以来的美国史(上)[M].刘绪贻等译.北京:中国社会科学出版社.1983:11、12.

1919年的120多亿美元增长到1928年的近175亿美元；十年间汽车产量增长255%；电气机械与电器用具产品的使用范围更广,工业转向电气化,洗衣机、电冰箱等成为普通家庭的必备用具；化工业增长94%,橡胶业增长86%,印刷出版增长85%,钢铁业增长70%。

经济的增长促使收入增加,1920年,美国国民人均收入增加到567美元,而在世纪初只有480美元。到1929年,人均收入增加20%,达到681美元。随着收入的增加,社会财富的积累,美国人的生活水平有了极大的提高,人们逐渐摆脱经济匮乏的困境,商品的大规模生产为大规模的消费打下了基础,美国人逐渐被越来越多的商品包围,开始有机会享受丰盛物品带来的福利。到20世纪二三十年代,美国已经成为世界上最富裕的国家之一。"1928年美国人达到世界上最高的生活水平。"[1]历史学家认为,这个时期,美国社会"各阶级的生活标准在上升,并且充满了希望"[2]。此外,"充分就业和所有阶级的物质生活水平日益提高"[3]。1928年,美国总统胡佛说:"我们美国今天比任何地方历史上以往时代更接近于取得消灭贫穷的最后胜利……我们这里的贫民院正在消失。"[4]经济学家也如此赞美这个时代:"今天在这个国家里,对大多数人而言,衣食住行的基本生活标准

---

[1] 陶洁.灯下西窗:美国文学和美国文化[M].北京大学出版社.2004:41.
[2] 阿瑟·林科、威廉·卡顿.1900年以来的美国史(上)[M].刘绪贻等译.北京:中国社会科学出版社.1983:1.
[3] 阿瑟·林科、威廉·卡顿.1900年以来的美国史(上)[M].刘绪贻等译.北京:中国社会科学出版社.1983:8.
[4] 阿瑟·林科、威廉·卡顿.1900年以来的美国史(上)[M].刘绪贻等译.北京:中国社会科学出版社.1983:3.

有了保障。除了基本的生活需要外,从前的奢侈品,如拥有一套私人住房、耐用品、旅游、休闲和娱乐,已经不再限定在少数人身上。芸芸众生都参与到享受这些物品的行列,并表现出对这些物品的最大需求。"① 可见,这一时期,新的消费方式、娱乐方式日益被大多数美国人所接受,美国的大众消费时代已经到来。②

二

这一时期的城市化进程催生了新兴中产阶级,他们成为大众消费的重要实践者,其生活方式、思想观念的变革又为大众消费的蔓延注入了精神动力。

由于经济的飞速增长,城市化进程也加快,美国农村人口以前所未有的速度向城市迁移。1920 年,城市人口达到了 54 253 282 人,占总人口的 51.2%,第一次在人口比例中超过了农村人口。③ "是年,美国人口突破了 1 亿大关;而在这 1 亿人口中,已有一半居住在城市中,成为所谓的城市居民,至此,美国成为一个城市化国家……"④ 随之而来的是美国阶级构成的变化。城市化的发展打破了固有的阶层界限,在两大对立阶级之间产生了起缓冲作用的新中产阶级。他们主要由企业或社会的管理人员、专业技术人员组成,包括了中上层的经理人员、专业人员、高级行政官员、店员、职员等。这支新兴中产阶级队伍

---

① 莫少群. 20 世纪西方消费社会理论研究[M]. 北京:社会科学文献出版社. 2006:2.
② 提大伟. 19 世纪末 20 世纪初美国消费主义研究[D]. 辽宁大学博士论文. 2014.
③ 陆甦颖. 繁荣与萧条:美国 1919—1933 年经济的历史透视[D]. 华东师范大学博士论文. 2002:36.
④ 王旭. 美国城市化的历史解读[M]. 长沙:岳麓书社. 2003:17.

在城市化过程中逐渐壮大,成为社会的中坚力量,代替了20世纪以前以中小企业主和农场主为代表的"旧中产阶级"。

城市化改变了新兴中产阶级的生活模式。这些中产阶级大多是公司、企业组成的庞大机器中的一分子,几乎按同一种模式上班工作、下班休息或娱乐。他们的生活方式和生活节奏差别不大。而且在快节奏的城市化生活中,人与人之间交流较少,社会对个人评价的标准也简单。这使得个人保持个性比较困难,个人的价值便主要体现在赚多少钱上;而要表现出这种个人存在价值及个性化生活,最直观、最便捷的途径则是消费。美国人开始在消费中寻求新的地位和身份。消费行为成为一个同时可以满足物质欲望和精神需求的生活方式,消费开始成为城市民众生活的主要内容,新中产阶级成为最大的买手。

随之发生的是新兴中产阶级思想观念、价值观念的巨大转变。消费是个巨大的魔力转盘,一旦启动了就无法停止。个人存在价值及个性化生活的证明要求消费者无止境地消费和占有商品。新兴中产阶级一方面攻击美国社会传统的核心价值观,即反对过度享乐和铺张的新教伦理和清教主义;一方面宣扬享乐主义、消费主义的道德观,即消费道德观。消费主义、享乐主义道德观成为这一时期美国精神世界和日常生活的主宰。诸如"凡是不勤勉的人,绝不会有荣誉";"如果你知道如何少支出多收入,你就有了点金术";"注意小笔开支,小漏将会沉大船"等[1]格言表现出来的"清教主义"核心价值观在20世纪初受到猛烈冲击,被提倡奢华消费、感官享受的消费主义、享乐主义道德观代

---

[1] 戴安娜·拉维奇. 美国读本:感动过一个国家的文字[M]. 林本椿译. 北京:生活·读书·新知三联书店. 1995:7—12.

替。消费主义的本质在于不断追求难以满足的"欲望",而不在于满足基本的"需要"。享乐主义注重的是眼前的实惠和快乐。对新兴中产阶级而言,他们关心的不再是如何通过工作获得成功,而是如何花钱,如何取乐,如何通过消费表现自我。工作的唯一目的便是获得满足消费的金钱。所谓的成功就是要有钱去参与奢华消费,就是大把花钱,购买奢华汽车和高档服装,显示自己的气派和财力,让日子比他人舒适,享受美好生活所带来的种种快乐。新兴中产阶级的价值观也逐渐渗透至其上、其下两个阶层,成为美国社会乐意接受的新思想观念。20世纪初的美国人认为,消费是一种美德,而节俭可能对社会有害。美国销售分析家维克特·勒博甚至如传教一般宣扬消费主义:"我们庞大而多产的经济,要求我们使消费成为我们的生活方式,要求我们把购买和使用货物变成宗教仪式,要求我们从中寻找我们的精神满足和自我满足——我们需要消费东西,用前所未有的速度去烧掉、穿坏、更换或扔掉。"[1]小说家菲茨杰拉德也曾写道:"我们穷得不能再节俭了,节约才是一种浪费。"[2]

可以说,正是这种生活方式、思想观念的变革,为大众消费奠定了精神基础。

三

消费社会的突出之处在于大众消费,大众消费的盛行必须满足三

---

[1] 转引自杨志华、卢风. 消费主义批判[J]. 唐都学刊,2004(06):53—56。

[2] William E. Leuchtenburg. *The Perils of Prosperity*(1914—1932)[M]. Chicago: The University of Chicago Press. 1958:198.

个基本条件:丰富多样的商品,拥有闲暇时间和强劲购买力的消费者,深入人心的消费主义和享乐主义观念。进入20世纪后,特别是20世纪20年代后,美国社会初步具备了这些条件,率先进入大众消费时代。消费社会初具规模,主要表现为:(1)消费形式的变革;(2)消费总量的增加。

大众消费的直接推手是消费形式的革新。为促进大众消费,获取尽可能高的剩余价值,美国企业将眼光放到消费者身上,开始注重发掘消费潜力、迎合消费者的需求,改革消费形式。首先是便利于消费者的新型零售业的空前发展,其次是刺激消费者欲望的商品广告业和产品包装业的崛起,最后是促成消费者购买的信贷消费和分期付款模式。

零售业,作为直接面对普通消费者的行业,在20世纪初的美国获得了空前的发展:新型零售业通过连锁和邮购业务实现了空间上的拓展,同时它又改变经营观念,强调为消费者提供更多的购物选择、更便利的消费方式。伍尔沃思创办的五分钱和一角钱商店便是典型。伍尔沃思的商店不同于以往的零售店,商品的销售不是主要依靠售货员的叫卖和讨价还价的能耐,而是将商品以统一价格标出,任由顾客自己挑选。这种强调消费者自由选择的购物方式给消费者带来前所未有的方便,因而得到了快速的发展,特别是在一战之后,五分钱和一角钱连锁店在全国范围蔓延。1927年,五分钱和一角钱店数量增加到400家[1],销售额剧增。原来花1万美元投资开设的连锁店,到1927

---

[1] 丹尼尔·布尔斯廷.美国人:南北战争以来的经历[M].谢延光译.上海:上海译文出版社.1988:165.

年时增值到 30 万美元。①

包装业和广告业也在 20 世纪初的美国崛起,其主要目的是吸引消费者的注意力、刺激消费者的欲望。在旧时代,只有贵重物品才用特别的盒子包装,但到二十世纪初期时,美国的各种产品在销售时都穿上了新装。开始有企业花大量的金钱,对廉价的日常消费品——盒烟卷或罐头、糖果等的销售包装进行改进,以此让商品更加醒目,来吸引消费者、扩大消费、获取利润。而广告,作为 20 世纪初最有影响的传媒,既是刺激大众消费的重要原因,也是消费社会的主要标志之一。福特汽车公司就一度花费 1 300 000 美元,连续 5 天在 2 000 份日报上发布整版广告。"汽车时代把广告变成一系列的使用和购买需求:一辆比你邻居的车更宽敞的车,一次豪华的旅行,一间全部由电器装备的厨房。"②而且广告不仅是商品的推销者,也"成了大众劝说的最重要工具之一"③,它从单纯推销产品发展到推销品牌、推销新的消费理念、推销新的生活方式。此外,20 世纪初的美国也见证了现代信贷消费制度的规模化发展。信贷消费是一种现代消费方式,银行等发放消费信贷的机构将高收入者的剩余资金集中起来,借给中低收入阶级,使中低收入者以分期付款的形式提前实现消费需求。20 世纪初,特别是 20 世纪 20 年代,信贷消费成为美国社会的一种主要消费形式和消费者的主要选择。例如,1923 年美国的汽车销售中,约有 80% 是

---

① Frederick Lewis Allen. *Only Yesterday: An Informal History of the Nineteen-Twenties*[M]. New York: Harper & Row Publishers. 1964:139.
② 刘绪贻、杨生茂. 美国通史(第四卷)[M]. 北京:中国人民大学出版社. 2002:470.
③ 转引自陆甦颖. 繁荣与萧条:美国 1919—1933 年经济的历史透视[D]. 华东师范大学博士论文. 2002:51.

通过分期付款的方式销售的。① 在1928年第二季度的汽车销售中，采用信贷形式进行购买的汽车也高达61.4%。② 1927年的美国人消费中，50%以上的洗衣机、吸尘器、家具、留声机，25%的珠宝等都是以信贷消费形式购买的。③ 到1929年时，消费者的现实消费与提前消费之比几乎达到1.1∶1，这意味着美国人几乎在每花费2块钱购买商品时，就有近1块钱是提前消费。由于消费信贷和分期付款的普及，早先那种节俭美德比以往任何时候更加没有意义了。美国人以分期付款的方式购买消费品，以未来的收入为抵押，提前享受那些现在还没有能力支付的商品，不断地将过去的奢侈品（如汽车、收音机、留声机、吸尘器、电话、浴缸等）升级为普通家庭的必需品。美国人的消费观念逐渐转变为先花钱然后再学挣钱，美国式生活水准也就意味着在付清钱之前就享用的习惯。

美国进入大众消费社会最直接表现就在于社会消费总量的不断增长。泰勒制和福特式生产线的大规模使用，使得生产率得到了极大的提高，最终结果是越来越多的廉价产品得以生产出来，普通美国人的工作条件和工资待遇也得到较大的改善。随着商品的日益增多和购买力的日益提高，美国人的消费需求不断扩大，消费总量随之激增。美国经济研究局的历史统计表明：仅仅1920—1929年，美国人的消费

---

① 丹尼尔·布尔斯廷. 美国人：民主历程[M]. 美国大使馆驻华文化处. 上海：上海译文出版社. 1988：478.

② Leo Wolms. *Consumption and the Standard of Living*, *Recent Economic Changes in the United States*（Volume Ⅰ）[M]. Mcgraw-Hill Book Company. 1929：38.

③ Wibur C. Plummer. *Social and Economic Consequences of Buying on the Installment Plan*[M]. 1927：255.

总量从 522.4 亿美元增加到 763.9 亿美元,增长了近 46.23%,其中服务消费增长 40.4%,耐用品消费增长 78.05%,半耐用品消费增长 81.44%,非耐用品消费增长 33.33%。①

  随着消费总量的倍增,消费也趋于大众化。例如,在餐饮消费方面,由于美国 20 世纪初交通消费运输条件的改善和冷藏技术的提高,新鲜的水果和蔬菜不再是有钱人才能享受的东西,而成了美国人餐桌上一年到头的常备之品,普通家庭也能够在冬天吃上新鲜的水果和蔬菜。② 这些表明,食多兼味不再是有钱人的特权,而成了大众所能享受的东西。衣着消费方面的大众化和"衣着民主化"就更为明显,缝纫机的发明和广泛使用,使得 19 世纪下半叶的美国经历了一次服装革命。收入的提高和成衣(即统一标号生产的衣服)的大量生产使得美国人对服饰的要求越来越大,仅 1929 年一年,美国人在服饰上就消费了 80 亿美元③,而且这也让普通美国人可以穿得和任何百万富翁一样讲究。④ 进入 20 世纪后美国人被称为"可能是穿着最讲究,也许是

---

① National Bureau of Economic Research. Macrohistory Database Ⅵ. Distribution fo Com modities.http:∥www.nber.org.databases/macrohistory/contents/chapter06.html.
② 刘绪贻、杨生茂. 美国通史(第四卷)[M]. 北京:中国人民大学出版社. 2002;473.
③ Robert S. Lynd. *The People as Consumer*, *Recent Social Trends in the United States*[M]. Mcgraw-Hill Book Company. 1933;889.
④ "早在二十世纪到来之前,美国的衣着革命就已经在进行。这场革命有两层含义:一是服装的制造方式(从家庭自制和裁缝制作,发展到工厂制作成衣);二是人们的穿戴方式(从显示人的社会阶级的衣着,即根据一个人的衣着就可以看出他从事的职业和所属的社会阶级,到衣着大众化,即大家都可以穿得一样好,这是历来从未有过的)。"见丹尼尔·布尔斯廷:美国人:民主历程[M]. 赵一凡译,上海:上海译文出版社. 1991;70.

穿着最相似的工业民族"①。而在交通消费方面,由于汽车行业的崛起,汽车逐渐成为普通美国人最主要的交通工具。汽车对于美国人来说,渐渐不再是身份地位的象征,开始走进寻常百姓家。当时的一项调查表明,在被调查的123户中等城镇的工人家庭中,有60户拥有汽车,而在这60户中有26户还生活在看上去破旧的房屋内,足见汽车在普通大众中的普及程度。② 20世纪初,美国在电话的普及、家庭电气化和家庭浴室的发展方面也均是世界领先。1928年,在美国非农业人口中,有8 333户家庭拥有电话,与1919年相比,电话拥有量在十年间增长97.09%,使用电灯和电力的家庭增长到17 956户,增长率高达155.01%,其他的家用电器也在这一时期大量增加,拥有浴缸的家庭就已占非农业家庭的80.94%,达到17 951户,家庭浴室已成为中产阶级家庭的一种必需品,虽然此时在世界其他地方,家庭浴室仍属奢侈品。此外,娱乐休闲消费也表现出大众化消费的趋势。休闲娱乐的主要投入者是普通民众,随着工资和休闲时间的增加,人们能够越来越多地享受工作之后的乐趣,仅1928年一年,美国人就在看电影这一项上花去了15亿美元。1930年,电影院每周的票房收入已经增加到1亿美元。③ 各个领域消费的大众化使得美国被称为"世界上生活享受民主化的大本营"。

---

① 丹尼尔·布尔斯廷.南北战争以来的经历[M].谢延光译.上海:上海译文出版社.1988:134.
② 吕维克.20世纪20年代美国消费社会研究[D].山东大学硕士学位论文.2002:24.
③ 数据转引自吕维克:20世纪20年代美国消费社会研究[D],山东大学硕士学位论文,2002:24—26。

20世纪初的美国由于经济形式和思想观念的巨变,进入了历史上少有的鼎盛时期,由于消费逐渐成为经济发展的主导,美国也由此成为消费社会的肇始地,进入消费社会初级阶段。大众消费、奢华消费、信贷消费一方面促进了生产力的快速发展,给人们带来物质享受和精神享乐,另一方面也带来了经济上的种种消极影响,为1929年的大萧条埋下了祸根,同时消费主义、享乐主义也成了后期消费社会中的主要病症。众所周知,此后,处于上升状态中的消费主义正以一种史无前例的规模向全球蔓延,并以其鲜活状态影响到几乎每一个国家中的每一个人,消费社会逐渐成为一种全球性的消费模式和生活方式。

第二节 20世纪初的美国小说和小说家

美国的20世纪前三十年,在经济形式和思想观念上,是个迅速变迁的时期;在文学方面也是一个充满实验、蓬勃发展的鼎盛期,是美国文学走向真正成熟、真正繁荣的"黄金时期",是美国文学开始成为世界文学重要组成部分的关键时期。当时涌现了一大批优秀作家和优秀作品,记录和反映了这场经济巨变、社会巨变、思想巨变。作家们在批判传统的同时,寻找新的经济模式、新的文化信仰、新的价值观念和表达现代生活的新的艺术形式,试图从不同侧面对美国的经济体系、价值观念、文化思想进行重新审视。

在美国此时期的所有文学形式中,小说迅速崛起并获得了长足发展,因而成就斐然,特别是在20年代开始的"第二次文艺复兴"中,许多优秀长篇小说和优秀小说家涌现。1930年,小说家辛克莱·刘易斯荣获诺贝尔文学奖,标志着美国文学开始在世界文学中获得一席之地。1903年,美国小说家弗兰克·诺里斯说过一段预言性的话:"今天是小说的时代。任何一个时代或者任何一种传达手段,都不能像小说那样充分地表现出时代的生活;为了发掘我们的特点,22世纪的批评家在回顾我们的时代、力求重建我们的文明的时候,他们所注意的将不是画家、建筑师,也不是剧作家,而是小说家。"[1]确实,在我们今天看来,小说也是当时美国流行的各种文类中最能反映时代气候、精神风貌、文化特性和生存状态的。它完全可以被当作"一种最高概括,是通向认识某一时代重大事件的真正途径"[2],是我们研究20世纪初美国社会历史、文化、思想等内容的最佳资料之一。

美国20世纪初的小说创作呈现出新旧交替、丰富多彩的局面:第一,19世纪就已经声名显赫的老一代作家仍然笔耕不辍,发表了不少关注现实、思索时代巨变的小说,其中最著名的数马克·吐温、豪威尔斯。第二,从1902年至1912年历时约10年的黑幕揭发运动,使一些国内知名的小说家及文化界人士与一些报纸杂志的出版商和编辑一起,创作了大量"暴露文学",他们洞察商界和政界的内幕,大胆揭露经济和政治方面的腐败阴暗及种种社会弊端,反映底层人民的生活困境,形成了要求社会改革的强大舆论,并对20世纪初小说创作的发展方向产生了较大的影响。第三,新生代作家崛起,无论在创作主题、题材,还是在创作形式方面都开了新风,他们书写了世纪初经济、社会、

---

[1] 威勒德·索普.二十世纪美国文学[M].北京:北京师范大学出版社.1984:118.
[2] Malcom Bradbury. Style of Life, Style of Art and the American Novelist in the 1920s[A]. Malcom Bradbury and David Palmer, eds., *The American Novel and the Nineteen Twenties*[C]. London: Edward Arnold,1971:11.

思想方面的大变动,对新兴的商品经济和初生的消费社会给予了充分的观察和思考。欧·亨利、克莱恩、德莱塞、舍伍德、杰克·伦敦、菲茨杰拉德、海明威、伊迪丝·华顿、辛克莱·刘易斯、福克纳、多斯·帕索斯、薇拉·凯瑟等都是新生代作家中的佼佼者。

一

在进入新世纪的老一代作家中,马克·吐温和豪威尔斯可以说是最具影响力的两位。

马克·吐温(Mark Twain,1835—1910),著名小说家,美国十九世纪现实主义文学的主将。他原名塞缪尔·克莱门斯(Samuel Clemens)。其创作以针砭时弊、幽默讽刺见长。他出生于密苏里州的佛罗里达村,后移居汉尼拔镇,十三岁时在印刷所当学徒,1856年做过蒸汽船舵手。1869年,《傻子国外旅行记》一书的出版,奠定了其作家的地位。从70年代初开始,马克·吐温迎来了创作的辉煌后半生。首部重要著作《艰苦岁月》发表于1872年。在其后创作的作品中比较著名的有《镀金时代》(1873)、《汤姆·索亚历险记》(1876)和《哈克贝利·费恩历险记》(1884)、《百万英镑》(1893)等。20世纪初,他发表了其最好的中短篇讽刺小说之一《败坏了哈德莱堡的人》(1900)和大量的政论文章。

其作品中与世纪之交美国商业生活关系密切的是《镀金时代》、《百万英镑》、《败坏了哈德莱堡的人》等。《镀金时代》讥讽了美国内战后随着资本主义的迅速发展而出现的政治上的黑暗现象和商业中的"投机"风气。批判了政客买卖选票、商人巧取豪夺的恶劣行径,及小市民的投机心理和虚妄发财梦。在"镀金时代",金钱成为新的上帝,对物质财富的追求主导着一切。小说的标题"镀金时代"已成为指称美国19世纪后期勃兴时期带贬义的化名词。《百万英镑》描绘了资本主义社会金钱至上的残酷现实,用漫画笔法将上至王公贵族、下至平民百姓在一张纸质的"百万英镑"面前的种种丑态刻画得惟妙惟肖,把拜金主义对社会的污染乃至人性的歪曲、对价值观的腐蚀勾勒得入木三分。主人公凭着一张无法兑现的百万英镑支票,顺理成章地"消费"了谄媚者、拜金者提供的免费衣食、免费住宿,其社会地位也因这张空头支票飞速上升乃至获得公爵之位。《败坏了哈德莱堡的人》则揭露了金钱在社会中的罪恶作用,嘲讽了所谓的"最诚实、最正直的市镇"中最"廉洁"的上层社会人士为了一袋金币如何道德败坏的社会现实。

威廉·迪安·豪威尔斯(William Dean Howells,1837—1920),19世纪美国现实主义文学的另一代表人物。他出生于俄亥俄州,自幼爱好读书,19岁时为《俄亥俄州报》撰稿,开始其文学生涯。曾任美国驻威尼斯领事,后担任美国重要期刊《大西洋月刊》主编十年,任美国文学艺术科学院首任院长达13年之久。在事业的鼎盛时期,他支配着美国文坛,为扶植青年作家做了大量工作,是当时美国文坛上最有影响的作家。他一生辛勤耕耘,论著近百种,涉猎甚广,既写小说、剧本、游记,又写传记、自传和评论。他对读者的影响也是同时代其他美国作家无法相比的,"新一代的读者从他作品中对人们熟悉的地方的描写,对日常生活的戏剧性概括,对新出现的问题、价值观、社会行为、时尚和共同的道德问题的分析中得到了有益的启迪。他以开诚布公的态度帮助新涌现的中产阶级读者了解社会,认识自己"[①]。

[①] 杨任敬.20世纪美国文学史[M].青岛:青岛出版社.1999:32.

他也是第一个意识到时代变化的美国作家,写了一篇著名的文章《作为商人的文人》,描述工业化、城市化带来的经济发展对文学界的冲击和作家的应变措施。其长篇小说《塞拉斯·拉帕姆的发迹》(1885)被公认为他的传世之作,为20世纪美国现实主义小说的发展拉开了序幕。小说描写了主人公在金钱万能、物质至上的商业社会中的奋斗、沉浮。表现出作者企图力挽狂澜,在汹涌而来的商业经济来临、物质主义开始盛行之时,仍然倡导传统伦理道德的努力。豪威尔斯笔下的主人公勤勤恳恳、兢兢业业,靠自己的双手"勤俭起家"成为百万富翁,他在最后面临破产时也不愿意损人利己、把灾难转嫁他人,他虽然在商场上沉沦,却在精神上升华了。小说前半部分主人公经济上的成功和后半部分精神上的升华,构成了主人公两方面的"发迹"(rise,即小说标题中的"发迹"一词),展现了小说的主题。

二

19世纪下半期,随着美国内战的结束,统一的国内市场形成。又由于第二次科技革命带来的福祉,美国经济增长速度飞快,至19世纪末期,美国完成了工业化,工业产值位居世界第一。19世纪的最后20年,美国步入马克·吐温所谓的"镀金时代"。到20世纪初,美国社会从农业文明向工业文明的转型接近尾声,城市化进程也加快。在这一社会重大转型时期,无论经济生活、社会生活还是价值观念,都发生了剧变。美国也同样面对社会转型发展中所遇到的一切社会问题。经济方面从自由放任走向垄断,因而非法恶性竞争充斥整个市场,经济生活混乱无节制,主要病症表现为垄断公司蔑视法律,实行工业专制,生产假冒伪劣产品,严重危害消费者权益;对自然资源进行毫无节制的开采和浪费性使用；而且在此时期，由于社会立法严重滞后，经济生活中的很多问题无法通过法律手段解决。例如，垄断企业为牟利频频突破道德底线，挑战社会秩序，而美国法制竟然无能为力；而在社会生活方面，人们陷入拜金主义、物质主义和消费主义的漩涡，向往无节制的物质生活，贪图享受。美国社会这一转型时期恰逢美国大众化杂志的兴起，以大众化杂志为媒介，一些新闻记者及学者、小说家，为了社会正义撰写鞭辟入里的社会报道及小说作品，揭露和批判伴随美国经济快速发展而产生的官商勾结、政治腐败、滥用童工、假冒伪劣恶性销售、社会整体道德滑坡等种种社会弊病和黑暗现象。这次进步运动史称"黑幕揭发运动"，"黑幕揭发"者创作了大量"黑幕揭发"文学，或称"耙粪文学"[①]。

黑幕揭发者大致分为两派。一是新闻记者，以林肯·斯蒂芬斯、埃达·塔贝尔等为代表。斯蒂芬斯对政府腐败进行了鞭辟入里的揭露。塔贝尔撰写《美孚石油公司史》，主要揭露美孚石油公司攫取同行"战利品"、"扼杀其未来发展"的非法垄断历史。另一派是以菲利普斯和厄普顿·辛克莱为代表的小说家。菲利普斯一生总共创作了23部长篇小说和一个剧本，如《上帝的成功》(1901)、《流氓头子》(1903)、《代价》(1904)、《洪水》(1905)、《第二代人》(1907)等，内容涉及政治迫害、经济诈骗和妇女不幸处境等社会问题。值得一提是，其《参议院的

---

① 美国总统西奥多·罗斯福(1901—1909年在任)在一次演讲中，指责这些从事于揭露社会黑幕的记者和作家，将他们比作英国作家班扬小说《天路历程》中那些手持粪叉向下看的人物，称他们为"耙粪"者。于是，人们就将当时这些揭露社会弊端和黑暗面的文学和新闻作品称为"耙粪文学"，而这次进步运动史称"黑幕揭发运动"。

背叛》系列报道揭露了美国参议员的腐败行径。其最佳小说《苏珊·李诺克斯:她的浮沉》(1917)堪称黑幕揭发派文学的杰作之一,描写一个乡下姑娘通过卖淫摆脱贫困,揭露了纽约政治的腐败,反映了贫民窟的苦难生活。此作发表后轰动全国。

"黑幕揭发运动"中最著名的小说要数辛克莱的《屠场》(1906),这也是厄普顿·辛克莱的成名作。1904年9月,辛克莱为写出屠场工人生活实情,亲自加入芝加哥的一家屠场的工人队伍中,他和工人们一起生活了数月,掌握了大量民众未了解也未接触到的芝加哥肉类加工厂的黑幕资料,然后撰写了产生极大影响的著作《屠场》。《屠场》描绘了一幅20世纪初美国社会的万象图。小说以立陶宛农民哲基斯充满悲剧性的人生为主线,以美国一屠宰场为主要场景,反映20世纪初美国风貌和社会问题的方方面面。主人公哲基斯在芝加哥的牲畜屠宰场接触到了当时美国工业、商业与政治中的种种罪恶。例如:必须行贿才能要到工作;房地产商往往在卖房时坑蒙拐骗;工人生产和生活环境极度肮脏;工人必须超负荷工作;工厂安有秘密水管从市里偷水;酒商与大政客勾结,把掺假啤酒高价出售给普通百姓;等等。哲基斯与别的工人一样,经历罢工、被开除、上黑名单、被密探起诉,后来,他因银行倒闭变得身无分文;又由于被迫反抗工头,他被不公正地判入狱,因为法院与公司早已罪恶地勾结在一起。哲基斯所遇到的每个人、每项制度都欺骗着他、剥削着他。结果自然是,哲基斯及像其他同处境的人一样被社会的黑暗压垮。哲基斯的妻子死于难产;孩子又淹死在屋后那臭气熏天的池塘里。他付不起房租,流落街头,变成小偷,后来听了工人慷慨激昂的发言,认识到社会主义是他摆脱贫穷的出路。辛克莱原本写此小说是为了通过揭露资本家对工人的剥削和压迫,以倡导社会主义运动的。但是读者的注意力却集中在几十页关于肉类加工过程的骇人描述上。例如,屠宰场用行贿方式买入廉价的肺结核公牛和因霍乱死于运输车上的死猪等,加上相应的香料和化学剂等,把它们加工成各种口味的香肠、香肚出售;还收购积压很久的廉价腐臭黄油,去除臭味,再跟脱脂牛奶混合搅拌,重新制成黄油销售给普通百姓。小说中的这些黑幕揭发,引起美国社会极大的反响,使得美国国会于1906年通过了《纯净食品及药物管理法》和《肉类检查法》,催生出美国食品药品监督管理局。从此,美国所有肉类食品必须接受检查,食品和药品必须佩戴商标,不允许贴假标记或掺假。可见,辛克莱小说的社会意义大大超越了文学意义。

"揭丑派(黑幕揭发派)运动于1911年达到了高潮。他们通过各种畅销报刊揭露政界和商界腐败的大量事实,成了全国人人关注的热门话题,触动了各级政府的神经中枢,使政府不得不做一些让步和调整。但由于他们缺乏明确的政治纲领和理论指导,又没有扎实的群众基础,所以,随着第一次世界大战的爆发,随着老罗斯福时代的结束,揭丑派(黑幕揭发派)运动就宣告结束了。"[1]揭露黑幕高潮虽然过去,黑幕揭发却仍然向纵深发展,并且渐成传统,在不同时期通过不同媒体维持着、发扬着,成为20世纪初美国进步主义运动的开路先锋。揭黑派们深入美国社会的各个黑暗角落,对社会深层失调进行了犀利的分析,使大众逐渐意识到社会现状问题成堆,营造了有利于社会改革的舆论氛围,有力地推动了美国社会变革和社会转型。

从文学渊源上看,"黑幕揭发文学"与当时美国文学的发展状况密

---

[1] 杨任敬.20世纪美国文学史[M].青岛:青岛出版社.1999:62.

切相关。美国内战之后，随着社会问题日益暴露，美国作家开始抛开之前充满浪漫情调和温情脉脉的文学风格，而采用现实主义、自然主义手法揭露批判弊端。例如，马克·吐温的著作《镀金时代》就是"黑幕揭发派"兴起之前针砭时弊的佳作。早期的这些作品为"黑幕揭发文学"提供了文学样板。而"黑幕揭发运动"时期产生的文学作品更加注重客观现实证据，每一部作品的背后一般都会有作家的实际调查。可以说，"黑幕揭发运动"本身，通过关注社会问题、反映民众声音、揭发黑暗、抨击时弊，有力地推动了美国现实主义文学的发展。

三

20世纪初是美国小说获得长足发展的时期。在世纪之交或世纪之初走上文坛并逐渐成熟的新生代作家，如欧·亨利、德莱塞、舍伍德、杰克·伦敦、菲茨杰拉德、海明威、伊迪丝·华顿、辛克莱·刘易斯、薇拉·凯瑟、多斯·帕索斯、福克纳，上承马克·吐温、豪威尔斯等老一辈作家的现实主义小说遗风，下接20世纪中后期的现代主义、后现代主义小说。他们承上启下、意气勃发，用笔记录下一个正经历经济巨变和社会巨变的崭新的美利坚合众国形象，在美国国力极大加强时，以小说的形式向世界塑造了美国的文化形象，向世界输出其文化软实力。面对新兴的商品文化和初生的消费社会，面对工业化、城市化、现代化带来的社会文化和价值观的转型，他们有的赞成，有的质疑，但无论褒贬，都给予当时的社会以充分的观察和思考。

欧·亨利（O. Henry，1862—1910），原名威廉·波特（William

Sidney Porter），是该时期最著名的短篇小说家之一。他出生于北卡罗来纳州格林堡镇。1895年，他开始为一家日报写幽默逸事专栏文章。1896年，他开始用欧·亨利的笔名写作。20世纪初是其创作的高峰期，1904年至1907年三年间，他共创作150多篇小说。后来其作品编成专集出版，有《白菜与国王》(1904)、《四百万》(1906)、《修剪过的灯》(1907)等，均深受欢迎，很快其声誉传遍欧美各国。其中最出名的有《四百万》中的《带家具出租的房间》《圣贤的礼物》，《仅是公事》中的《城市纪实》，《命运之路》中的《旧金山的朋友们》等。欧·亨利一生共发表300多篇短篇小说。他的文笔生动简练，细节真实准确，其故事基本靠情节取胜，以"含泪的微笑"式的幽默和出人意料的结局为特色。其短篇小说大多以世纪之交美国工业化和城市化为背景，以城市生活为题材，在批判转型期的各种社会罪恶的同时，表现了强烈的人道主义精神。

伊迪丝·华顿（Edith Warton，1862—1937）也是20世纪初走上文坛的重要美国小说家。她出生于纽约豪门，自幼受到良好的家庭教育。1902年，她出版第一部长篇小说《抉择谷》，此作虽新意不足，但标志着华顿夫人作家生涯的开端。1905年，她发表了具有里程碑意义的长篇小说《欢乐之家》。1913年、1920年，另外两部代表作《国家风俗》和《天真年代》发表。华顿夫人十分多产，一生出版45部作品。除了《伊坦·弗洛美》等一些作品以农村或外国为背景，华顿夫人的多数重要作品都以美国上流社会，特别是"老纽约"上层社会为背景，以纽约贵族阶层为主要描述对象，揭示了社会变迁对其成员生活和思想的影响。作为一名来自上流社会的女性作家，凭借着对上流社会行为规范的推确把握和细节的详尽描述,华顿夫人真实地再现了这个阶层的生活风貌,恰如其分地表现了他们的思想情感,特别是上流社会在商品经济的冲击下出现的道德危机。她擅长揭示历史性大变动中纽约上层社会各种人物的扭曲心态和失望情绪。评论家撒拉·赖特曾说过:"华顿熟知她描写的世界的每一个细微之处。"[1]其作品构成一幅在商业文化冲击下纽约都市上层的社会风俗画。

弗兰克·诺里斯(Frank Norris,1870—1902)出生于芝加哥的一个富商家庭,自幼喜爱文学艺术,早年阅读自然主义文学之父、法国著名作家左拉的作品和文论后深受影响,1898年开始创作,将法国自然主义创作方法引入美国文学并付诸创作实践。奠定其文坛地位的是自然主义小说《麦克提格》(1899)和"小麦"史诗三部曲。"小麦"史诗包括《章鱼》(1901)、《深渊》(1902),但最后一部《财狼》未完成,诺里斯便英年早逝。虽然诺里斯学习左拉等自然主义作家,关注遗传、本能对人类行为的决定作用,但他的作品忠实于美国的社会现实,一反当时主宰美国文坛的粉饰太平的文风,真实地把握了世纪之交美国社会变革时期的历史脉搏。"诺里斯独特的话语视角反映了一部分美国人在清教传统和金钱主义价值观的夹缝中,寻求新的价值观的努力……"[2]"小麦"史诗中数《章鱼》的艺术价值最高,小说以代表垄断资本利益的铁路托拉斯与农场主之间的矛盾为题材,把铁路比作章

---

[1] Sarah Bird Wright. *Edith Wharton A to Z*:*The Essential Guide to the Life and Work*[M]. New York:Facts on File. 1998:53.

[2] 虞建华. 美国文学辞典·作家与作品[M]. 上海:复旦大学出版社. 2005:350.

鱼——无数条腕足侵入各个角落,揭露了世纪之交美国垄断资本对人们的压迫、剥削和摧残。

西奥多·德莱塞(Theodore Dreiser,1871—1945)虽然在文学史上颇受争议,但其作品与创作风格为20世纪初的美国文学界带来一场变革。他出生于印第安纳州一小镇,童年生活坎坷。1892年,他进入了报界,开始记者生涯,1895年寓居纽约,正式从事写作,同时开始编辑杂志。1900年,德莱塞发表了第一部长篇小说《嘉莉妹妹》,这部小说被称为"开一代新风"之作[1],但当时却因被指控"有破坏性"而被禁止发行[2],后来在英国出版,1907年才得以在美国正式出版。《嘉莉妹妹》的遭遇迫使德莱塞停笔10年,1911他出版了《嘉莉妹妹》的姊妹篇《珍妮姑娘》,这篇小说也因主人公珍妮在诸多事情上违背了当时的道德伦理准则,如未婚生子、为人情妇等,激起了很大的争议。德莱塞此后发表了表现美国资本主义从早期资本积累到自由竞争和垄断资本主义的社会变革过程和追寻"美国梦"的"超人"资本家兴衰史的"欲望三部曲"——《金融家》(1912)、《巨人》(1914)、《斯多噶》(1947,去世后出版),还有对美国社会产生重大影响、被视为德莱塞最高成就并使他享誉世界的小说《美国悲剧》(1925)及其他作品。他的作品"采取尊重事实的客观态度,坚持描写自己的所见所闻,把人们在物欲横流的社会中所暴露出来的伪善和丑恶,赤裸裸地展现在读者眼前"[3]。

---

[1] 杨任敬.20世纪美国文学史[M].青岛出版社.1999:73.
[2] 虞建华.美国文学辞典·作家与作品[M].上海:复旦大学出版社.2005:91.
[3] 虞建华.美国文学辞典·作家与作品[M].上海:复旦大学出版社.2005:91.

其小说大多以世纪之交美国新兴的工商业城市为背景,展现了工业扩张和商品经济带来的贫富悬殊的结局和道德的沉沦,真实地表现了商品经济和消费主义文化对于传统道德的冲击。

舍伍德·安德森(Sherwood Anderson, 1876—1941)是这一时期美国文坛上最优秀的短篇小说家之一,被称为"美国作家中的作家"。他出生于俄亥俄州的克姆顿镇,自小家境困顿、生活艰难。少年安德森就打过各种零工,20岁时,他只身前往芝加哥谋生。安德森没受过正规教育,是个自学成材的作家。1916年,他出版第一部长篇小说《温迪·麦克弗孙的儿子》,主要抨击当时机械化在美国造成的文化荒原,但此作反响平平。从1916年起,安德森又接连在杂志上发表一系列以俄亥俄故乡为背景的短篇小说。1919年,他把它们结集成书,取名《俄亥俄州的温斯堡》,也叫《小镇畸人》。此作获得了文艺界的好评,奠定了他的作家声誉和地位。紧接着,短篇小说集《鸡蛋的胜利》(1921)、《马与人》(1923),自传体小说《讲故事的人的故事》(1924)、《阴沉的笑声》(1925)、《沥青:中西部的童年》(1926)以及短篇故事集《林中之死及其他》(1933)——问世,轰动文坛。安德森的作品大多以小镇生活为背景,讲述小镇中普通阶层的故事,反映美国社会从村镇社会向现代工业化社会转变的特殊时期,生活在中西部小城镇里的小人物们所遭遇的精神与肉体的痛苦。尤其擅长展示小镇中的普通人在商品经济冲击下所产生的畸形心态。他尖锐地看到工业化、机械化和所谓的现代化对美国人生活的影响,勇敢地抨击了美国现代商业和工业化对人性的扭曲、物质主义生活的死板僵化,敏锐地提出了许多社会问题,如文化上的平庸单调、道德上的损人利己、尔虞我诈、物质至上、精神上的空虚无聊等。他抓住了那个时代美国历史的特点,率先描绘了工农业现代化、机械化给中西部小镇带来的打击,描写了转型过程中传统伦理价值的沦丧及普遍存在于农村和小城镇中下阶级中的偏见、冷酷和愚蠢,因而开拓了一个全新的小说领域。"在安德森以前的许多作家笔下,小镇俨然是人间乐园,一派其乐融融的景象,全无大城市中常见的罪恶和堕落。安德森却以其秋毫明辨的洞察力剥下了那层欺骗性的面纱,表现了在现代工业文明入侵与传统价值观作用下人物的心理状态……"[1]

杰克·伦敦(Jack London,1876—1916),原名约翰·格里菲思·伦敦(John Griffith London)。他出生于旧金山一贫困家庭。自幼当童工,经历坎坷,未受过很多正规教育,是一位靠自学成材的作家。1899年,他开始发表作品,1900年,第一本小说集《狼子》出版,让他名声大振,然后他陆续发表和出版了许多小说。杰克·伦敦一生著述颇丰,自1899到1916年去世的16年中留下了19部长篇小说、150多篇短篇小说和故事、大量文学报告集、3个剧本以及相当多的随笔和论文。他的小说大致可以分为三类:第一类是动物小说,其中比较著名的有《狼子》(1900)、《野性的呼唤》(1903)、《白牙》(1906)等;第二类是海洋小说,包括《海狼》(1904)、《南海的故事》(1911)等;第三类便是描写美国城市和城市生活、讲述美国下层人民的生活故事、揭露美国社会转型期阴暗面的城市小说,如政治幻想小说《铁蹄》(1908)、自传体小说《马丁·伊登》(1909)等。第三类作品目前受到越来越多的关

---

[1] 虞建华.美国文学辞典·作家与作品[M].上海:复旦大学出版社.2005:27.

注。伦敦读书广泛,受到尼采、孔德、斯宾塞、马克思、弗洛伊德和柏格森等人学说的影响。其作品中表达的思想主要来自尼采和斯宾塞的超人哲学及部分马克思主义学说。例如《铁蹄》是杰克·伦敦学习马克思理论的结果。小说揭露了欺压工人大众的美国资产阶级的寡头政治,展现了美国政治、法律、教会、新闻、文艺等方面的种种黑幕,反映了人民群众发动推翻寡头政治的武装起义的壮烈过程。《马丁·伊登》则描绘了主人公与金钱社会进行尼采式的抗争,由于寡不敌众,以自杀告终的故事,深刻地揭示了资本主义飞速发展、社会转型所造成的文化危机和社会道德的堕落,尖锐地批评了美国社会物欲横流和唯利是图的风尚。他"对美国资产阶级社会采取批判的态度,并把这种批判提到一个新的高度。他在日益高涨的工人运动影响下,在一部分作品中对资本主义社会制度加以否定……但是,在尼采的超人哲学……和斯宾塞社会学的影响下,他有些作品浸透着混杂、矛盾的观点"[1]。

菲茨杰拉德(Francis Scott Key Fitzgerald,1896—1940)是20世纪20年代"美国第二次文艺复兴"的杰出代表、20年代最有代表性的作家、美国"爵士乐时代"(Jazz Age)的重要写手。菲茨杰拉德出生于明尼苏达州圣保罗市的一中上阶层家庭,自小表现出文学天赋,青年时代,就开始模仿报刊上的通俗小说写作,20年代进入创作高峰时期。1920年,他的第一部小说《人间天堂》问世,反响很好,为年仅24岁的菲茨杰拉德带来了声誉和财富。然后,他出版了《少女与哲学家》

---

[1] 董衡巽.美国文学简史(修订本)[M].北京:人民文学出版社.2003:190.

(1920)和《爵士乐时代的故事》(1922),特别是后者使得"爵士乐时代"成了1919年至1929年这10年(第一次世界大战结束到大萧条爆发的10年)的名称,为各界人士所接受。1925年,《了不起的盖茨比》与读者见面,备受欢迎,此作展现了美国梦幻灭的主题,被认为是菲兹杰拉德最优秀的代表作。30年代,菲茨杰拉德由于家庭变故、经济破产、债台高筑因而心力交瘁、郁郁寡欢,为盈利创作的作品较多,杰作不多,其中《夜色温柔》(1925—1934)和未完成的《最后一个大亨》(1941)受到好评。菲茨杰拉德创作高峰期也正是美国历史上一个特殊的年代。菲茨杰拉德称这个时代为"爵士乐时代",称它是"历史上最会纵乐、最讲炫耀的时代"。消费主义、享乐主义开始大行其道,传统的清教主义价值系统分崩离析。他说:"这是一个奇迹的时代,一个艺术的时代,一个挥金如土的时代,也是一个充满嘲讽的时代。"他自己也因此被称为爵士乐时代的"编年史家"和"桂冠诗人"。他的小说集中体现了爵士乐时代的青年人对传统清教主义思想的反叛,对浪漫生活、享乐生活和奢华生活的渴求,以及这种所谓理想的浪漫、奢华生活背后的空虚和无奈。菲茨杰拉德是20世纪初的美国作家中最明显地体验到美国社会转型经历的作家之一。"他好像是个深深地参与他时代的社会生活、赚钱、娱乐和时尚的人。他几乎了解他所处的历史时期的每天的生活细节……他能够参与他时代的生活,享受物质文明的乐趣"[1],"他既陶醉于奢侈、轻浮、富有魅力的生活,是当时社会生活的参加者;同时又以批判的眼光观察同辈人——年轻的战后一代的

---

[1] 杨任敬.20世纪美国文学史[M].青岛:青岛出版社.1999:247.

生活情景,是这种生活的旁观者"①。他并未与他所描写的社会融为一体,他能同时用讽刺和怀疑的眼光来看待这个社会和时代。所以说,他既是爵士乐时代的代言人,也是"美国梦"的讽刺家。他对20世纪初的描写也是对包括他本人在内的年轻一代的极好的说明。这种描写为后人了解20世纪初这一代人的生活提供了根据。菲茨杰拉德的作品作为20世纪初美国历史、美国社会、美国人生活的记录,在今天看来,越来越重要。

欧内斯特·海明威(Ernest Hemingway,1899—1961)是20世纪初"美国第二次文艺复兴"的杰出代表,也是"迷惘的一代"(Lost Generation)作家中的代表人物。他出生于美国伊利诺伊州芝加哥一个中产阶级家庭,家境宽裕,从小爱阅读、打猎、钓鱼、运动和到野外收集标本等,形式了热爱竞争冒险的性格。他在中学时代就表现出语言方面的特长。1920年,海明威去加拿大多伦多《星报》任记者,1922年,开始发表作品,1923年,出版第一部作品《三个短篇和十首诗》。1924年,他的短篇小说集《在我们的时代》问世,赢得了较大的声誉。1926年,第一部长篇小说《太阳照常升起》获得了巨大成功,他立即被评论界和读者视作"迷惘的一代"的代言人。1929年第二部长篇小说《永别了,武器》问世,同样受到读者的热烈欢迎。三十年代后发表的重要作品有《丧钟为谁而鸣》(1940)、《老人与海》(1952)等。1953年,他以《老人与海》一书获得普利策奖,1954年,又因此荣获诺贝尔文学

---

① 伊·比·布斯.二十年代和三十年代的美国文学[J].张传真等译.《山东外语教学》.1985(2):56.

奖,成为20世纪世界最著名的小说家之一。晚年,他在家中自杀身亡。海明威的作品以语言简洁、明快、含蓄的"冰山"风格闻名。其世纪初发表的《太阳照常升起》等小说对美国消费社会初期的消费文化等有较多的表现和探讨。

辛克莱·刘易斯(Sinclair Lewis, 1885—1951)是"美国第二次文艺复兴"的杰出代表,也是第一位获诺贝尔文学奖的美国作家,他的作品成为美国文学走向世界的里程碑。他出生于明尼苏达州的索克中心镇。1908年耶鲁大学毕业后,他边做编辑边开始创作。1914年,他的第一部长篇小说《我们的雷恩先生》发表。1916年,他开始专门从事写作。接着,他又发表了几篇具有浪漫气息的通俗小说,但10年代主要是其习作期,作品价值不高。20年代是刘易斯创作的"黄金时期",他写出了使他在美国文学史中确立自己地位的杰作——《大街》(1920)、《巴比特》(1922)、《阿罗史密斯》(1925)。其中《巴比特》被公认为他的代表作,1930年,也正因此作,他成为第一位获诺贝尔文学奖的美国作家。30年代后,刘易斯继续创作,不过作品较前逊色。他一生创作丰厚,共创作了20部余部长篇小说,还有短篇小说选、书信集、杂文集以及三个剧本。刘易斯以讽刺幽默手法著称,擅长描绘小镇风貌,刻画市侩典型,嘲弄"美国生活方式",他塑造了地地道道的"美国人"、创造了地地道道的美国风格。刘易斯获诺贝尔文学奖这一事件本身在美国文学史上具有深远的意义,意味着欧洲正式承认独特的美国文学的存在,意味着美国文学不仅成熟了,而且真正走向了世界。刘易斯20年代创作的《巴比特》主要讽刺20世纪初美国的"工商界"和商业文化,描绘了一个典型的美国城市和一个典型的中产阶级商人形象。主人公巴比特的名字后来成为现代美国自私势利和虚荣浮夸的中小实业家的代名词,并被收入《韦氏大学英语词典》。

薇拉·凯瑟(Willa Cather,1873—1947)是19世纪末20世纪初美国文坛上独具特色的女性作家。她以描写美国西部乡镇生活见长。她曾获普利策奖、美国妇女奖等诸多奖项,她的作品也因鲜明的时代性、浓重的地域性和女性色彩而深受读者们的喜爱。凯瑟出生于美国东部弗吉尼亚州温彻斯特附近的后溪谷,后来又迁居到农场小镇——红云镇。这些乡镇成为激发凯瑟创作灵感的重要源泉,也成为凯瑟诸多作品中的小镇原型。凯瑟在大学阶段走上文学创作道路,大学毕业后,她担任过杂志编辑、记者编辑、专栏作家和老师等职务。1903年,凯瑟发表了她的第一部诗集《四月的黄昏》,引起文坛关注。1913年,她发表了第一部边疆小说《啊,拓荒者!》,反映了丰富多彩的美国西部边疆移民生活,就此奠定了自己在美国文学史上的特殊地位。紧接着,她又陆续出版了《云雀之歌》(1915)、《我的安东尼亚》(1918)、《教授的房子》(1926)等小说。其中,《我们的一员》荣获普利策奖。《我的安东尼亚》则是边疆文学中的经典。薇拉·凯瑟虽然也描写过20世纪初工业化、商业化阴霾笼罩下的美国乡村,隐晦地表达了对现代社会的担忧,对人性异化的恐惧,但她创作了更多赞美西部拓荒生活的小说,讲述了积极向上、充满活力的西部乡村人对于古老乡土文明的依恋和对传统的道德伦理的守望。凯瑟通过弘扬传统的价值观,描写积极进取的边疆生活,呼吁人们在精神上应该永远居住在"西部乡村"和"世界花园"中。这一思想在当今的后工业化阶段和消费社会中,具有重要意义。

约翰·多斯·帕索斯(John Dos Passos,1896—1970)是20世纪初美国"迷惘的一代"的作家和文学实验家。他擅长用创新的写作手法来刻画上世纪美国社会的生活百态,其作品在美国文学史上独树一帜。帕索斯出生于19世纪末美国芝加哥一个富有的律师家庭;在哈佛大学读书期间,受当时盛行的唯美主义思潮的影响,开始探寻文学世界的大门;后来游历欧洲各国学习,深受当时欧洲进步文艺思想的熏陶,这为后来的文学创作奠定了坚实的基础;第一次世界大战爆发后他参军,服务于美军占地医疗队,这段经历为他的小说创作提供了丰富的素材。帕索斯也在此期间开始其真正意义上的文学创作。他的第一部具有影响力的小说《三个士兵》(1921),就是根据他的一战经历写成的,反映了美国青年迷惘厌战的心理。1923年问世的《夜街》描写了一个在战争环境下无法实现自己文学抱负的苦闷的哈佛学子的形象。1925年,帕索斯的第一部实验主义都市小说《曼哈顿中转站》出版,在美国文学界受到广泛关注与好评,被称为"演奏中的交响乐"[1]。此作中,作者巧妙地以电影与新闻表现手法作为文学叙述视角,描绘了一战前后美国消费社会初期纽约曼哈顿的都市日常生活百态。小说揭露和批判了当时全面异化的纽约现代消费社会。20世纪30年代是帕索斯文学创作的巅峰期,一系列作品在这一时期相继问世。此时发表的"美国三部曲"——《北纬四十二度》《1919》和《赚大钱》是其中最重要的代表作,构成一幅全方位刻画20世纪30年代美

---

[1] 朱世达.从《曼哈顿中转站》到《美国》三部曲[J].美国研究.1993(01):122—136+5—6.

国生活的史诗长卷。作为一个多产的小说家,帕索斯一生共创作了40多部小说、戏剧、诗集和散文。每一部作品都体现了帕索斯的"我已经完全致力于为当代历史的变迁做出评论"[1]的创作意图。作家冷静观察20世纪初快速发展的美国消费社会,如实描绘民众的日常生活如何被金钱、物质、权力和消费所裹挟,一步步走向异化和绝望的地步。阅读帕索斯的作品,读者时常被带入一个表面闪闪发光、实则暗潮涌动的美国现代消费社会当中。可以说,帕索斯的现实主义作品真正吸引人的地方并不在于帕索斯在当中所体现的独创的文学表现技巧,而是他作为"美国历史的记录者"[2]对社会问题的深入观照,尤其是对美国消费主义兴起时民众日常生活的批判与反思。

威廉·福克纳(William Faulkner,1897—1962)是20世纪享誉世界的现代主义作家、意识流文学的重要代表作家。1949年,他因"对当代美国小说做出了强有力的和艺术上无与伦比的贡献"荣获诺贝尔文学奖,之后他分别于1954、1962年获得普利策奖。福克纳出身于美国密西西比州的名门望族,中学时期就表现出对文学,尤其是对诗歌的深切热爱。他一生多产,著有23部长篇小说、11部短篇小说集、7部诗歌集、6部电影剧本等。福克纳的大部分作品都以美国南方社会为创作背景,他以自己那"邮票般大小的故土"为底稿创作了美国文学史上的经典之作——"约克纳帕塔法世系"小说。《喧哗与骚动》

---

[1] John Dos Passos. What Makes a Novelist[J]. *National Review*. 1968 (31).

[2] L. W. Wagner. Dos Passos: Artist as American[J]. *American Literature*. 1979 (52): 1-13.

(1929)、《我弥留之际》(1930)、《圣殿》(1931)、《八月之光》(1932)、《押沙龙，押沙龙！》(1936)等都是这一系列作品的代表。除了大量使用各种传统的和创新的手法，他的作品，尤其是他的发表于世纪初的三部小说《喧哗与骚动》《我弥留之际》《圣殿》，深刻而全面地探索美国旧南方解体的根源，表现处在历史性变革中的南方社会和南方人的精神危机，更是敏锐捕捉到了19世纪末20世纪初美国社会的一个重要转变——工业化进程的加快、工商业的迅速发展促进了美国由生产型社会向消费型社会的过渡，消费文化在都市逐渐盛行，并向贫穷保守的南方农村渗透，进而慢慢影响了农村贫穷白人的消费观念、生活方式乃至伦理态度①。当时，有关"繁荣的20年代"的故事开始从报纸中消失，接下来的"30年代"或"大萧条时期"正要开始，这三部作品尤其深刻地反思了存在于转型时期美国社会中的许多现实问题。在他笔下的"新南方"，金钱关系取代了淳朴的人际关系，混乱喧嚣的都市消费生活破坏了平静和睦的乡村生活。人们成为被财物操纵或操纵他人的机器，或成为赫伯特·马尔库塞所说的"单向度的人"，例如，其笔下的著名生意人形象弗莱姆·斯诺普斯。福克纳借其所揭示的"对于物质财富的追逐隐喻了物质主义盛行的20世纪上半叶的美国梦和文化精神，他的发迹与衰败是美国文学传统中美国梦破灭主题的又一重要范本"。福克纳就消费文化对南方传统的价值道德体系和生活方式的冲击进行了深度思考。在消费文化铺天盖地的今天，其作品显得越来越重要。

---

① 韩启群.物的文学生命：重读福克纳笔下的生意人.弗莱姆·斯诺普斯[J].外国语文.2019(1)：41.

第二章

消费英雄和商界英雄

第一节　消费英雄的诞生及特征

20世纪初是美国从生产型社会转变为消费型社会的关键时期。随着消费主义的兴起,文学作品中也相应出现了一种新型人物形象,这种人物不同于鲍德里亚所说的传统的"生产英雄",而是以"消费"为主要特征的"消费英雄"。20世纪初美国作家笔下的这些"消费英雄"一般具有无尽的购买和消费商品的欲望,他们极力通过消费建构社会地位,却总是陷入绝望的深渊。他们是消费社会的典型人物,他们身上折射出20初美国作家面对社会变迁和新兴的消费文化时所产生的矛盾心理和困惑状态。作为一种新型的人物类型,"消费英雄"对后世的美国文学乃至世界文学均产生了深远的影响。

一

在美国文化形成和演化的过程中,其主流文化形态随着时代的发展发生了根本变化。这一变化的主线就是:从早期殖民时期的清教-乡村-农业文化形态和价值观向美国南北战争后都市大众消费文化形态的转型。[1] 主流文化转型期大致从南北战争结束的1865年开始,经过了大约一个世纪,到20世纪五六十年代,大众消费文化成为美国的主导文化意识形态。其间,20世纪初是最为关键的时期。当时的"美国社会发生了一场深刻的变化,正在从以生产型为主的社会转变成一

---

[1] Ruth Benedict. *Patterns of Culture*[M]. Boston: Houghton Mifflin Company. 1961. "Preface".

个以消费型为主的社会"①,消费活动成为普遍的社会行为②;消费行为"超越了自身作为生存和生活的基本经济交换功能而被上升和神话到一个具有高度精神象征意义的社会化文化行为"③,被视为一种个人精神满足的需要和自我表现的形式;而消费主义、享乐主义作为一种社会价值到20世纪初已蔚然成风。这种新兴的消费文化价值观为普通美国人的物质生活和精神生活提供了一个价值体系和行为参考标准。消费主义、享乐主义注重的不是如何通过工作获得成功,而是如何花钱、如何取乐、如何通过消费表现自我;它把原来新教伦理和清教主义所推崇的勤俭节约、勤奋工作的观念和行为抛掷一边,崇尚大肆购买物品、装饰豪华的宅第、乘坐最气派的私人轿车观光旅游、举办大型铺张浪费的宴会舞会等生活方式。当时的美国社会消费成风,从政府到商家均鼓励多消费、高消费、超前消费、攀比消费、炫耀消费,"'摆阔性消费'已被确立为领导者的标志"④;各种新颖、新式的大众娱乐消费形式层出不穷,人们疯狂享受这物质丰盈带来的全新生活体验。而且这种状况在20世纪20年代几乎达到极致。⑤

随着消费主义开始取代清教主义、享乐主义逐渐压倒"工作主义",大众所尊崇的社会角色也从工作偶像逐渐转变为娱乐偶像和消

---

① 蒋道超.德莱赛研究[M].上海:上海外语教育出版社.2003:20。
② 参见丹尼尔·J.布尔斯廷.美国人:民主的历程[M].谢延光译.上海:上海译文出版社.1997:133—232.
③ 张晓立.美国文化变迁探索——从清教文化到消费文化的历史演变[M].北京:光明日报出版社.2010:28.
④ 霍顿、爱德华兹.美国文学思想背景[M].房炜、孟昭庆译.北京:人民文学出版社.1991:217—218.
⑤ Frederick Lewis Allen. *Only Yesterday*[M]. New York:Harper and Row Publishers. 1959:56.

费偶像。新闻界报道的不再是工业巨头、商业英雄或政治大亨,而是像电影明星、体育名人或新奇的冒险人物等娱乐、消费偶像。在20世纪初的美国文学中,"生产英雄"(heroes of production)也开始让位于"消费英雄"(heroes of consumption)①。这些以"消费"为主要特点的人物走进作家的视野,成为文学的中心,他们被塑造成新时代的"英雄"并荣居主人公位置。

如果说"商人""商场实干家"是美国南北战争结束后"镀金时代"社会生活中的"新英雄""新人"②,那么"消费英雄"无疑是20世纪初消费主义肇始之际美国作家关注和思考的焦点。下文将以20世纪初最具代表性的三位作家的作品——德莱塞的《嘉莉妹妹》(1900)、刘易斯的《巴比特》(1922)和菲茨杰拉德的《了不起的盖茨比》(1925)③——中

---

① "消费英雄"这一概念是法国哲学家、后现代理论家让·鲍德里亚在其著作《消费社会》中提出的(参见鲍德里亚. 消费社会[M]. 刘成富、全志钢译. 南京:南京大学出版社. 2000:28)。他认为,"消费英雄"出现在20世纪后半期,但笔者以为,20世纪初的美国文学已经充斥着大量关于"消费英雄"的描写。

② 参见杨仁敬. 20世纪美国文学史[M]. 青岛:青岛出版社. 2010:8—14。

③ 德莱塞被认为是"将读者带进了新时代","开拓美国小说新天地","第一个告别旧传统",并"对第一次大战前后美国小说的影响比任何其他作家也许都要大得多"的作家,其1900年发表的《嘉莉妹妹》被认为"开一代新风"(参见杨仁敬. 20世纪美国文学史[M]. 青岛:青岛出版社. 2010:76—79)。刘易斯是第一位获诺贝尔文学奖的美国作家,因其作《巴比特》表现了典型的美国社会和美国人而获奖,他被称为能在20世纪20年代"下定义"的作家(参见 Howell Daniels. "Sinclair Lewis and the Drama of Dissociation"[A]. *The American Novel and the Nineteen-Twenties*[C], Malcolm Bradbury and David Palmer, eds., London: Edward Arnold. 1971:92)。而菲茨杰拉德则被称作美国"爵士乐时代的代言人",其作《了不起的盖茨比》是对爵士乐时代的真实写照。一般认为,这三位作家以现实主义手法记录了20世纪初的美国社会。

的主人公为例,剖析20世纪初美国文学画廊中出现的新型人物——"消费英雄",探究其主要特征和历史文化意义。

二

20世纪初美国作家笔下的"消费英雄"大多是消费社会初期的弄潮儿,他们身上的第一大特点是充分释放对商品的欲求,企图无止境地去占有和消费商品。

德莱塞笔下的嘉莉妹妹从落后贫穷的农村来到花红酒绿的大都市谋生。首先激起她欲求的是都市的商品。在火车上遇到的销售员——杜鲁埃的体面让她深感自卑:"方格图案的棕色呢子,当时十分新潮……还镶着叫'猫眼'的黄色玛瑙。他的手指上带着几枚戒指……他的背心口袋向外垂挂着一条漂亮的表链。"[1]相比之下,"嘉莉觉得自己的粗布黑条镶边的蓝色衣服看起来真是寒酸,她感到她的鞋子也太破了"[2]。陈列在都市商铺里各式饰品和服装也令她心动:"她觉得不管是小饰品还是贵重的珠宝,都强烈地吸引着她。这里的展品有哪一件她用不着呢!又有哪一件她不渴望拥有啊!那些精美的拖鞋和长筒袜,饰有漂亮花边的裙子和衬裙,花边,缎带,发梳,皮夹,她多想拥有啊!"[3]一开始她不得不靠节省下她微薄的工资来买那些衣服饰品或去剧场看戏,但一旦知道可以通过做杜鲁埃的情妇拥有这些物品并住进杜鲁埃租来的舒适公寓,她很快就成了杜鲁埃的情

---

[1] 德莱赛. 嘉莉妹妹[M]. 潘庆舲、姚祖培译. 北京:北京燕山出版社. 1999:3.

[2] 德莱赛. 嘉莉妹妹[M]. 潘庆舲、姚祖培译. 北京:北京燕山出版社. 1999:4.

[3] 德莱赛. 嘉莉妹妹[M]. 潘庆舲、姚祖培译. 北京:北京燕山出版社. 1999:20.

妇。小说这样描绘她拿到杜鲁埃给的第一笔钱时产生的欲望:"要知道,她多么需要钱啊! 现在,她可以买一件漂亮的新上衣了! 她可以买一双漂亮的带扣皮鞋! 她还要买长筒袜、短裙子,还要,还要……她现在想要的东西,两倍于这两张票子的购买力还不止。"[1]然而,嘉莉的欲望并未到此结束,她还渴求更昂贵的商品,并希望住进更宽敞的别墅。于是她很快抛开了经济实力不足的杜鲁埃,做了更有钱也更有地位的酒店经理赫斯特伍德的情妇。赫斯特伍德破产潦倒后,她靠着自己的美貌在百老汇一夜成名,此后,她住上奢华的免费宾馆,"钱包里装满了绿色钞票,她开始购置漂亮的衣服和好看的装饰品"[2]。在她身上,消费能力与消费欲望呈正比成长。嘉莉妹妹从不压制自己的消费欲望,为满足自己的消费欲望愿做传统社会中普通人所不齿的任何事情。

刘易斯笔下的巴比特更是商品的崇拜者。他热衷于占有和消费现代化的日常用品。他所住的花岗山庄,在内外装修上都是按照"现代家居"的理念设计的。他所住的房宅,装有富丽堂皇的陶瓷浴池,配置着各种各样时髦的摆设以及像银一样光滑的金属器皿。巴比特对商品的无尽欲望表现在他喜欢在不断的攀比中获得优越感,他人有的他也一定要有! 而且他必须占有最好的。当他得知别家都在使用电熨斗和电暖床炉时,他便为自家还在使用老式的电暖袋取暖而感到内疚,于是决定马上请人给卧廊装上电源。当他人还在用普通火柴或打火机时,他却花了高价买了电子打火器并为这种奢侈享受欣喜不已。

---

[1] 德莱赛.嘉莉妹妹[M].潘庆舲、姚祖培译.北京:北京燕山出版社.1999:56.
[2] 德莱赛.嘉莉妹妹[M].潘庆舲、姚祖培译.北京:北京燕山出版社.1999:72.

他买的闹钟是闹钟里面最好的一种,他觉得被这么一个豪华的装置闹醒是值得骄傲的。① 他办公室里装的现代化饮水机也"是最好的饮水冷却器,新颖、科学、设计合理。买的时候花了不少钱(价钱高,本身就是优点)。他确信里弗斯大楼里没有比这更华贵的设备了……"②,巴比特为自己占有和消费着这些现代高档商品而沾沾自喜。

菲茨杰拉德笔下的盖茨比也不例外。盖茨比出生于穷乡僻壤,他用了5年时间挣得巨额财富。但敛财不是他的人生目标,他重视的是消费,他买豪宅、购名车,甚至水上飞机,他的服装尽是从欧洲购回的名品,其卧室的马桶都是纯金制造。他还举办整季的宴会。宴会的巨额花费从水果一项的消费就可见一斑:"每星期五,五箱柠檬从纽约一家水果行送到;每星期一,这些橙子和柠檬变成一座半拉半拉的果皮堆成的金字塔从后门运出去。"③盖茨比要告诉世人的是,他有能力占有并消费这些物品。

这些"消费"型主人公以消费商品为荣,以无法占有商品而痛苦。

三

消费英雄的第二大特征是,通过在符号消费和物质攀比中获胜赢得理想的社会地位、构建心里渴求的自我身份。20世纪初美国作家笔下的人物已经深谙符号消费,深深地打上了符号性消费文化的烙印,他们似乎熟知这样一个道理:"选择物品和消费可以为我们提供微

---

① 辛克莱·刘易斯.巴比特[M].潘庆舲、姚祖培译.北京:外国文学出版社.2002:4.
② 辛克莱·刘易斯.巴比特[M].潘庆舲、姚祖培译.北京:外国文学出版社.2002:37.
③ 菲茨杰拉德.了不起的盖茨比[M].巫宁坤、唐建清译.南京:译林出版社.1998:40.

妙的线索,确定社会等级的性质和一个文化内部的权力。"[1]他们明白,"生产者企图把意义商品化,将形象和象征注入可以出售或者可以购买的物品当中,而消费者则可以在另一方面赋予他们购买的商品和附带的服务以新的意义"[2]。消费英雄们不再"在使用价值的意义上去消费物,而是在更广的意义上,把物当作符号来操控,以突显自身"[3],通过消费商品建构身份,标示地位。他们通过自己所选择的商品创造自我、建构身份。

20世纪初美国小说中的主人公往往把服装饰物、豪宅、名车当作象征地位和身份的符号。嘉莉妹妹认为,"西装领带就是有钱、品德好、有名望"的体现,而"把那些穿工作装和短褂的人看作品质低劣、不值得注意的人"[4]。当她穿着用杜鲁埃的钱买的新衣服、新鞋子和新帽子时,她才"第一次感到自己有了力量"。暴富后的盖茨比与早年的恋人黛茜重逢,他首先向她炫耀的是他从国外订购的无数件名贵衬衫。正如社会学家凡勃伦所说:"要证明一个人的金钱地位,别的方式也可以有效达到目的……但在服装上的消费优于多数其他方式……同任何其他消费类型相比,在服装上为了夸耀而进行的消费,情况总是格外显著。"[5]巴比特也充分注意到服饰的"符号"功能:"巴比特的眼镜

---

[1] Pendergast Tom. Consuming Questions: Scholarship on Consumerism in America to 1940[J]. *American Studies International*. 98 (2):23.
[2] Lodziak Conrad. On Explaining Consumption[J]. *Capital & Class*. 2000(72):111.
[3] 鲍德里亚. 消费社会[M]. 刘成富、全志钢译. 南京:南京大学出版社. 2000:48.
[4] 德莱赛. 嘉莉妹妹[M]. 潘庆舲、姚祖培译. 北京:北京燕山出版社. 1999:29.
[5] Thorstein Veblen. *The Theory of the Leisure Class* [M]. New York: The Modern Library, INC. 1934:167.

用的是很大的上好圆镜片,没有镜框;眼镜脚是细金棒。他戴上之后就成了现代化的生意人……灰色的衣服剪裁合身,式样标准。坎肩的鸡心领的白滚边增添了一点法律和学问的味道……他把促进者俱乐部的小徽章别在翻领上……佩了这个徽章,巴比特就觉得自己忠诚、有身份。徽章把他和豁达大度的实业界的重要人物联系起来了。"[1]

其次,住宅也成为作品中的人物表现或追逐社会地位、身份的符号。嘉莉妹妹最初住在姐姐家,她感到"有一种无力感伤的生活压力。房间的墙糊得乱七八糟,地板上铺着麻袋,客厅铺着破旧的地毯"[2]。做了杜鲁埃的情人以后,她住进了宽敞明亮、装饰考究的公寓里,她这才感觉到自己有了体面的身份。酒店经理赫斯特伍德又使嘉莉妹妹幻想走入"华丽的、宝石般漂亮的大门"去当家做主。离开杜鲁埃、与赫斯特伍德私奔到纽约后,她的住宅确实比之前舒服多了,最后成名后的她如愿以偿地住进了更奢华的免费住所,那是靠她的名望来支付,同时也表现她的身份的住宅。巴比特住的花岗山庄属物质主义的典范,在内外装修上都是按照"现代家居"的理念设计的。巴比特住在这个当地一流的房宅里,其感受是,他所属的是一个在社会上能产生影响、能令人刮目相看、能用金钱买得起各种奢侈品的阶层。而盖茨比为了赢回昔日的恋人,则特意在黛茜家对面建造了豪宅,夜夜奢宴,以引起黛茜的注意。此外,由于汽车在20世纪初的美国社会属于稀有物品,自然也成为少数富有的美国人炫耀的工具。小说中的消费英雄

---

[1] 辛克莱·刘易斯. 巴比特[M]. 潘庆舲、姚祖培译. 北京:外国文学出版社. 2002:10—11.

[2] 德莱赛. 嘉莉妹妹[M]. 潘庆舲、姚祖培译. 北京:北京燕山出版社. 1999:350.

们也以此突显自己的身份。巴比特家经常为谁有机会开私家车出去而争论不休,巴比特本人还属于"追车一族",一谈到车他浑身是劲儿,他对车的探讨,远不止是对一种交通工具的探究,而是对一种骑士地位的向往。他对车这种机械装置一窍不通,但却有着巨大和诗意化的崇拜。当他"注意到自己的车子一下子飞也似的奔驰起来"时,他"感到自己高人一等,强大有力,好像是一支烁亮的钢梭,在一台巨大的纺织机器上来回飞穿"。①盖茨比的汽车,连同他的豪宅、游船、宴会、名贵衣物,是他为与黛茜重温旧梦的物质基础,也是他向黛茜展示他的富贵的信号。"汽车是一种地位的象征,它代表着舒适、权力、威信和速度;除了其实际用途之外,它主要是作为一种符号来被消费的……"②在消费主义意识形态的影响下,消费英雄们根据自己的意愿赋予商品以独特的符号象征意义,表示其社会地位的高低,通过消费符号来创造自我,建构身份。

与此同时,在消费活动中,"每个个体在差别次序中都各自标明一定的点,并通过这些点本身构成差别次序"③。消费品既然成为由消费者操控来界定自我的符号,那么,为了在"差别次序"中标明自我所处的"点",消费者就不自觉地进入"消费竞赛"和物质攀比中。一方面,其消费不可避免地成为一种"炫耀性消费"。炫耀性消费,在社会学家看来,是为财富和权力提供证明、为获得并保持尊荣而开展的消

---

① 辛克莱·刘易斯. 巴比特[M]. 潘庆舲、姚祖培译. 北京:外国文学出版社. 2002: 60—61.

② 约翰·奥尼尔. 身体形态:现代社会的五种身体[M]. 沈阳:春风文艺出版社. 1999:96.

③ 鲍德里亚. 消费社会[M]. 刘成富、全志钢译. 南京:南京大学出版社. 2000:49.

费活动①。它有助于再生产出社会的等级结构。炫耀性消费的两种动机是歧视性对比(invidious comparison)和金钱竞赛(pecuniary emulation)。歧视性对比指"财富水平较高的阶层通过炫耀性消费来力争区别于财富水平较低的阶层；而金钱竞赛指财富水平较低的阶层力图通过炫耀性消费来效仿财富水平较高的阶层以期被认为是其中的一员"②。嘉莉妹妹、盖茨比和巴比特是美国新兴中产阶级的代表，他们通过炫耀性消费既效仿上流社会、希望成为上流社会的一员，同时又力争区别于较低的阶层，他们的消费根本上是出于重新定位自己的社会地位的考虑，同时也时时被社会地位变化的机制所推动。另一方面，由于"个人的生活受他人经验的影响，为了建构自己的身份必须迎合他们所在社会群体的消费标准"③，也就是说，由于个体必须达到一定的消费标准来保持他的社会地位和个体身份，因而个体的消费不知不觉被打上"标准化消费"的烙印。当消费英雄们把物当作符号来突显自身时，他们"或是让自己加入视为理想的团体，或是参考一个地位更高的团体来摆脱本团体"④。杜鲁埃、赫斯特伍德和万斯太太等人都充当了嘉莉妹妹的"参考群体"和消费"标准"。万斯太太刻着姓名缩写的绿皮包，她的花样别致的手绢、金戒指等小饰物，使嘉莉自卑万分，觉得自己也要有这些漂亮昂贵的衣物，才能和万斯太太媲美。

---

① 凡勃伦. 有闲阶级论[M]. 蔡受百译. 北京：商务印书馆. 1964：31.
② 参见凡勃伦. 有闲阶级论[M]. 蔡受百译. 北京：商务印书馆，1964：21—29,54—75,123—137。
③ Waller William. *Thorstein Veblen in the Twenty-First Century*[M]. Northampton: Edward Elgar Publishing Limited Press. 1988：29.
④ 鲍德里亚. 消费社会[M]. 刘成富、全志钢译. 南京：南京大学出版社. 2000：48.

盖茨比也是以黛茜所在阶层作为自己参考的标准,甚至试图通过炫耀财富来表现自己高过他们一等的更优越的地位。他炫耀他的名车汽艇、豪宅宴会,是因为"他想用物质有形的方式来创造出他的理想世界,实现他所追求的人生目标",他"必须寻找到某种对他有利的位置才能将种种可能变为现实"[1],而黛茜,在他眼里,则成了社会地位的具体体现,她就是"有利位置"的象征。盖茨比想要的就是让过去那个出身农家、一无所有的自己从时空中隐去,让一个出身显赫、奢侈阔绰的全新的自我占据整块生命画布。而巴比特的生活就是标准化的生活,巴比特的住宅及穿戴用度完全符合殷实公民的标准。"与琼斯家比"(keep up with the Joneses)成为描述其生活的经典俗语。巴比特遵循提高社会地位这一原则,要求所有的东西必须一流,以符合他所处社会地位的标准。他的吃穿用度乃至一切活动都变成了他与他者比拼财富的途径。

当代社会学家瑞泽尔说:"当我们消费物品时,我们就是消费符号,同时在这个过程中界定我们自己。"[2]20世纪初小说中的主人公们已经不自觉地开始依靠消费符号来界定自我身份了。

四

消费英雄虽然是消费社会的宠儿,消费文化的拥护者,但他们在消费商品和追逐名利的同时,往往陷入消费陷阱,遭遇自我迷失或梦想幻灭,成为"消费症疾"的患者,沦为消费社会的牺牲品。这是消费

---

[1] 吴建国.菲茨杰拉德研究[M].上海:上海外语教育出版社.2002:181.
[2] 乔治·瑞泽尔.后现代社会理论[M].谢中立等译.北京:华夏出版社.2003:110.

英雄的第三大特征。

　　心理学家马斯洛曾把人的需求分成五个层面——对衣食的生理需求、安全感的需求、归属感的需求、对爱和受尊重的需求、自我价值实现的需求。① 在消费社会中,这五个层面的需求都与商品消费发生了密切的关系,都旨在通过消费满足需求和欲望。20世纪初美国小说中的消费英雄的众多层面的需求都是依靠商品的使用功能或符号功能来实现的。但是在商品构成的"物的体系"中,物的符号意义不仅不确定,而且往往处于不断贬值之中。"消费陷阱"意味着,物品消费虽然旨在满足欲望、建构理想的自我身份、得到自我价值的实现,但结果是这非但无法满足欲望,反倒让人越消费越不满足。在消费英雄身上,我们看到的是持续的"欠缺感"以及伴随着而来的生活意义的丧失、梦想的破灭。

　　嘉莉妹妹对都市时尚了解得越多,她的欠缺感就越强,对服饰的需求从保暖到奢侈,对住宅的欲望也从公寓到别墅。小说里这样描写她对湖滨大道的豪华内宅的向往:"她想,如果她能走上那宽阔的人行道上,走进那富丽堂皇的门廊那该多好呀。她觉得那里有珠光宝气,可以生活得体面,掌握许多财富,发号施令啊! 忧愁雾消云散,心病立刻全无。她坐在窗前的摇椅里,边摇,边想,边望着闪着灯光的公园,望着沃伦大街和阿许兰大街上灯光闪烁的人家……嘉莉觉得自己住的房间与湖滨大道上的别墅相形见绌……她无限伤心,但又犹豫、希望和幻想。"②她经常跟着万斯太太去百老汇大街散步,对那里的见闻

---

①　参见马斯洛. 马斯洛人本哲学[M]. 成明编,译. 北京:九州出版社. 2003:1—2,52。
②　德莱赛. 嘉莉妹妹[M]. 潘庆舲、姚祖培译. 北京:北京燕山出版社. 1999:86。

感慨不已。身边琳琅满目的商品，花钱如流水的俊男靓女，在她心中"形成了一支可以吟唱的歌"①。这些衣着华丽的富人，让嘉莉妹妹不禁思忖："这些漂亮的女人住在什么地方？她们在雕刻优美的家具、装潢考究的四壁、豪华无比的挂毯中是如何生活的？一定是高级住宅造就出这等人物。嘉莉一想到自己不属于这类圈子，心里就感到一阵阵刺痛。"②小说中反复出现的嘉莉的"摇椅不停地摇晃"这一意象象征着嘉莉从未停止的渴望。成名后的她虽然如愿以偿地住进了奢华住所，可以炫耀服饰、家具以及银行存款，然而她却十分失落，坐在摇椅里，低声浅唱，梦里神游。虽然她不断追求更高档的消费，但事实上，物质消费的增加既不意味着更多快乐的获得，也不意味着精神生活的充实和提高。经济学中所谓的消费"边际效用递减"正是基于这一事实：你从某物品中得到的享受随着该物品的增多而下降③。叙述者这样描绘嘉莉妹妹最后的状态："坐在你的摇椅里，凭窗梦想，你将永远孤独地在渴望的梦境中跋涉，在你的摇椅里，凭窗梦想，你将永远梦想那终不可得的幸福。"④不停摇晃的摇椅表现了嘉莉的迷失和幻灭。

盖茨比自小的梦想是获得财富，摆脱贫穷，进入上流社会。获得财富需要不懈的努力工作，而证明自己的财富则需要无尽奢华的消费。小说的重心不在盖茨比如何获得财富而在于他如何浪置财物、炫耀自己的财富来获得上流社会的认可。对盖茨比来说，赢回他心目中完美情人黛茜是一种标志，唯有挽回曾经失落的爱情，才能彻底证明

---

① 德莱赛.嘉莉妹妹[M].潘庆舲、姚祖培译.北京：北京燕山出版社.1999：235.
② 德莱赛.嘉莉妹妹[M].潘庆舲、姚祖培译.北京：北京燕山出版社.1999：236.
③ 萨缪尔森·诺德豪斯.经济学(上).北京：北京经济学院出版社.1996：151.
④ 德莱赛·嘉莉妹妹[M].潘庆舲、姚祖培译.北京：北京燕山出版社.1999：395.

自身价值已经实现、社会地位已真正获得。但是,无论盖茨比怎样耗费他的钱财,如何奢侈购物或举办奢华宴会,这一终极目标他始终没有实现过。他以为金钱可以购到一切,包括实现梦想、赢回爱情,但在其耗财消费的过程中,梦想离他越来越远,奢华的财物激起的是黛茜的虚荣和势利心,而不是爱情。真实的黛茜是一个虚荣无聊、势利自私、无情无义的女人,以至于最终有了开车压死丈夫的情人然后嫁祸盖茨比、夫妻逃之夭夭的结局。盖茨比"信奉"的那盏"总是彻夜不息地闪耀"在黛茜家码头上的绿灯,是他梦幻的象征。叙述者说,"他以一种创造性的热情投入了这个幻梦,不断地添枝加叶,用飘来的每一根绚丽的羽毛加以缀饰。再多的激情或活力都赶不上一个人阴凄凄的心里所能集聚的情思"[1]。"他的梦一定就像是近在眼前,他几乎不可能抓不住的。但他不知道那个梦已经丢在他背后了,丢在这个城市那边那一片无垠的混沌之中不知什么地方了……"[2]

巴比特自诩为泽尼斯市的杰出公民,在现代的消费浪潮中,巴比特非常讲究自己的衣着用品和自己家中的陈设装潢等,他希望通过充分享用现代化的时髦装置和漂亮时新的着装来显示自己的上层社会身份,并渴望获得每一个能更大程度上提升自己地位的机会。然而,巴比特一边追求和享受现代化所带来的舒适生活,一边却处于一种不满和遗憾、烦躁和不安之中。他在浮华奢侈的生活中总有一种失落感,寻求不到生活的意义,这个物质生活中的巨人其实是精神生活中

---

[1] 菲茨杰拉德.了不起的盖茨比[M].巫宁坤、唐建清译.南京:译林出版社.1998:83.

[2] 菲茨杰拉德.了不起的盖茨比[M].巫宁坤、唐建清译.南京:译林出版社.1998:155—156.

一个侏儒。尽管他试图逃离这种物质主义的、被商品和商品的符号意义操控的、机械的生活,渴求精神独立,但总也不成功。他去马林湖边度假,想从大自然中获取自由和力量,但不出四天,依然被内化了的泽尼斯商业价值观重新掌控,于是他再次回到城市,重复原先机械攀比的消费生活。他与一个他自以为理想的俗气女人经历了一次短暂的婚外恋,但也无疾而终,最后他仍然被周围的势力拉回到早先的生活轨道、随波逐流。"他对自己希望逃离的东西有些模糊想法,但不知道自己要逃向何方。他无法摆脱他那由标准化的、机械的想法构成的世界,因为他拿不出可以取代的东西。"[①]他已经困死在商业、消费世界中。小说中反复提到的巴比特的"梦里仙子"也是一种象征,巴比特只有在梦见她时才能忘记自己无意义的消费生活,然而,梦中仙子从未降临到他的现实世界中。

这些主人公既是消费社会的产品,也是消费文化的牺牲品,他们被消费品和消费文化左右,陷入一种精神困境。

五

文学"是通向认识某一时代重大事件的真正途径"[②],20世纪初的小说自然是研究20世纪初美国文化转型阶段的重要材料。20世纪初小说中"消费英雄"形象的出现绝非偶然,它表现了社会生活中"英雄"原型的转变和"消费主义"价值观的确立。"消费英雄"作为文学画

---

① World Literature Criticism,"*Sinclair Lewis*". Philadelphia:Gale Research Inc. 1992:2111.

② Frederick J. Hoffman. *The Twenties*:*American Writing in the Postwar Decade*[M]. New York:The Free Press. 1965:12.

廊中的一种新人物类型,具有较大的思想文化价值和历史意义。

"消费英雄"是这一时期文学作品中的"典型人物"。他们是20世纪初美国社会"典型环境"的产物。他们在美国消费社会初期的社会背景下具有普遍意义,他们的个性特征反映了时代面貌和消费社会的本质。消费意识形态旨在激起欲望、诱导或鼓励人们进行炫耀性消费,消费文化倡导符号消费和通过符号消费建构地位和意义。20世纪初的美国作家,无论是德莱塞,还是菲茨杰拉德、刘易斯等,都在作品中通过消费型主人公——消费英雄——表现了这种新兴的消费文化对人的思想观念、行为方式的影响,描绘了20世纪初美国社会物欲横流、纸醉金迷、奢华腐化的现状,及商业主义、拜金主义与消费主义同时盛行的局面。

同时,"消费英雄"也折射出20初美国作家面对社会变迁和新兴的消费文化时所产生的矛盾心理和困惑状态。作家们对"消费英雄"的态度十分复杂。德莱塞并未从传统的清教道德出发给嘉莉妹妹这样一个依靠"性魅力"攀升的堕落女子惩罚,反而给了她理解和奖励,让她成为人人羡慕的明星。这表达了德莱塞对消费主义的推崇和对传统清教伦理的背离,他不是限制欲望而是充分表现欲望,他的人物塑造几乎与当时的消费话语形成共谋,然而,即便在这种对消费文化的推崇中,疑惑也存在。在小说末尾,德莱塞安排嘉莉一直处于"梦想永远得不到的幸福"的状态中,他告诉读者,嘉莉通过消费能力和消费活动构建自己的身份、地位的同时,自身也不断地异化,她在物质成功中无法获得幸福感。菲茨杰拉德在暴露盖茨比通过不法手段成为百万富翁的同时渲染了其梦想的纯净和神圣。刘易斯在极力嘲讽消费社会中的巴比特时又企图将他人性化,使他成为一个可以理解的个人。让巴比特一面被消费文化塑造定型,无法不随流循俗,另一面又被种种幻想包围,不时冒出一点软弱无力的"反叛"的冲动。这样,嘲讽的对象变成了受害者,"激起的同情又抵消了讽刺的力量"[1]。作家们一方面受传统清教文化的影响,对消费英雄的负面特征进行了批驳,另一方面,又褒扬了消费英雄身上所体现的对传统文化的质疑和实现自我和梦想的精神。作家对消费英雄持暧昧态度,客观上也为消费文化的兴起提供了一种社会舆论助力,帮助全体阶层营造和推进了新兴的消费主义文化。

第二节 商界英雄的美化和辩护

南北战争结束后美国获得了统一的国内市场,资本主义经济获得了快速发展,商业在整个国家经济中显得越来越重要,商界也涌现出一批"了不起的大人物",一批支配美国的垄断寡头、财政巨头,比如证券大王费斯克、铁路大王万德比尔特、钻石大王布列迪、石油大王洛克菲勒等。随着商业成为权力和尊严的主要象征,牟利和发财变成普遍的社会行为,商人也逐渐成为新的民族英雄。在作家们的作品中,商人成为小说主人公,商业活动成了故事的背景。在19世纪末马克·吐温、豪威尔斯等人的小说中,商人俨然已经成为"镀金时代"社会生活中的"主人公",但这些"主人公"还远未达到因其商业活动而得到作家褒奖或被作家捧为"英雄"人物的地步,然而,在20世纪初的小说中,这些追求财富的商界追梦者、商场发迹者或商业大亨们成了真正

---

[1] 虞建华.美国文学的第二次繁荣[M].上海:上海外语教育出版社.2007:153.

的英雄,受到德莱塞、菲茨杰拉德等新生代小说家的美化和辩护。

一

老一代作家、现实主义讽刺小说大师马克·吐温在其长篇小说《镀金时代》(1873)中就塑造过典型的商人形象。但其笔下的商人形象并未脱离维多利亚时代小说家塑造的刻板印象:投机、贪婪、堕落、唯利是图。

小说围绕田纳西州出让的75000亩土地而展开,中心人物是三个商人——霍金斯、赛勒斯和狄尔沃绥。霍金斯想方设法以低廉的价格购买了这块地,幻想有一天他可以靠铁路一夜暴富;而他的朋友赛勒斯向参议员狄尔沃绥建议,由政府出资收购土地实现资产套利;而狄尔沃绥则向国会参众两院提出在土地上建设黑人大学,企图以此实现中饱私囊和名利双收的目的。最后狄尔沃绥在连任竞选中贿选选民,致使计划破裂,他同时失去了参议员资格,于是,也就无法再炒作田纳西的贫瘠土地使其升值了。霍金斯、赛勒斯等人也是发财梦破灭。这部小说以南北战争结束后至19世纪末美国经济膨胀下的大时代为背景。当时美国社会商业气氛浓厚,各种发财致富的投机热潮、拜金主义、官商勾结盛行。小说如实展现了当时人们对财富的向往,生动描绘了拜金主义下的美国社会众生百态,尖锐讽刺了人们拜倒在商业活动面前的古怪心态。作家着重刻画了以霍金斯和赛勒斯为代表的商人或准商人、以狄尔沃绥为代表的政客商人,对这些大大小小的商界追梦者毫不留情,挖苦讽刺之意溢于言表。

首先,在马克·吐温小说中,无论是小市民霍金斯和赛勒斯,还是政客狄尔沃绥都属于投机商人,都热衷于靠投机发财,而商业活动基本上就是无耻可鄙的投机买卖。霍金斯本来居住在一个偏远小镇,为了一夜暴富,他钻营过无数种门道,最终他以廉价购得 75000 亩贫瘠的土地,幻想有一天依靠铁路使土地增值,从而自己一夜暴富。赛勒斯也是一个整日都幻想着发财的小市民,尽管一贫如洗,却从来都没有放弃发财梦。他想靠倒买倒卖玉米、活猪发财,想兼并几个州的银行,又想靠出售假眼药水拓展世界市场,还想修铁路到荒野上建大都市,总之,他总想要快速致富,让财源滚滚而来。狄尔沃绥则既是政界要人又是企业家,算是"红顶商人",但他也时时想着投机倒把,他利用自己政府官员身份谋取私利,假借公益事业侵吞财政资金。他向国会建议财政拨款 20 万美元,用来建造一所以提高当地黑人的教育水平为目的的大学,假装是造福百姓,实则是想在财政拨款和工程建设等方面大赚一笔。其次,商人的发财欲被描写成不切实际的梦幻,受到作者的嘲笑。赛勒斯是"这个浮夸的、推销术泛滥成灾的迷宫世界里的梦想家,'赛勒斯'一词语义双关,既是人名,又有'推销员'之意"[①]。作家写赛勒斯时,总是将他可笑的发财幻想与他目前的穷困处境进行对比描述:赛勒斯其实一贫如洗,家里有一大帮孩子需要他养活,家里每日的餐桌上只有"冷水与一盆生萝卜",最贵重的家用装饰品就是一只破钟。即便如此,他毫不务实,整天生活在一个又一个想入非非的荒谬计划之中,并让他周围的人都生活在他幻想和吹嘘出来的云天雾地的幸福之中。小说中有处情节描写霍金斯的长子华盛顿聆听赛勒斯的宏伟梦想,极大地讽刺了这种不切实际的发财梦对普通人的影响:赛勒斯的投机梦深深打动了初涉社会但同样做着发财梦的小青年

---

① 虞建华.美国文学辞典·作家与作品[M].上海:复旦大学出版社,2005:434.

华盛顿:"华盛顿听了这一大套天花乱坠的话,简直弄得眼花缭乱,神魂颠倒——他的心灵和眼睛都在那些海外的蛮荒异域之中神游到十万八千里以外去了,那些山崩似的洋钱和钞票乱七八糟地在他眼前叮叮当当地响,啪啦啪啦地满天飞……"①既然商人基本上就是投机者,其欲望均不切实际,那么其商界的实践和"奋斗"必然以失败告终。《镀金时代》中的几个投机商人最后都不成功。霍金斯还未发财就在病中撒手人寰;赛勒斯从不踏实地付出,一直停留在空想阶段,从一时兴起制造假眼药水到企图在荒野上建造大城市,他所有的计划都只是纸上谈兵,因而给他带来的也只是既可笑又可悲的失败;狄尔沃绥企图操纵议会进行土地投机,不择手段贿赂投票,最后却机关算计,落得两手空空。作者用"镀金时代"这个高度概括性的词语讽刺了南北战争后随着资本主义的迅速发展而出现的一个人人做着投机致富美梦的虚假繁荣的时代。

在世纪末这个"镀金时代",商人虽然成为作品中的主要人物,但只是作家挖苦嘲讽的对象。马克·吐温如此,其他不少世纪末作家作品中的商人形象也是以负面形象出现的,如弗兰克·诺里斯的《麦克提格》(1899)中的主人公麦克提格跟随江湖医生学了点牙科技术便开始非法行医盈利,失业后向卖彩票中奖的妻子特里娜索要钱财不成,便杀害了妻子,表现其贪婪兽性的一面。其妻特里娜原本生活节俭,买彩票中了五千美元后更是吝啬成性,以数钱币和躺在钱上体会钱财与肌肤的接触为最大快乐,并总想以钱生钱不劳而获,最后还未实现

---

① 马克·吐温、查·达·华纳.镀金时代[M].张友松、张振先译.天津:百花文艺出版社.1992:77.

发财梦便一命呜呼。金钱欲扭曲了正常的人性和人伦,而商人成为最能体现这种悲剧结果的人物。

老一代作家中也有正面描写商人形象的,如豪威尔斯的《塞拉斯·拉法姆的发迹》(1885)。这部小说的主人公塞拉斯原是佛蒙特州拉法姆镇上的一个出身贫寒的平民,他由于一次意外的机会在农场上发现了一种矿漆,开始了矿漆的生产和销售,不久成了一名暴发户。之后,他举家搬迁到波士顿,在高等住宅区建造新居,极力与波士顿贵族交往并联姻,满心以为可以进入与自己雄厚的经济实力相称的上层社会,但不久就面临商场上的失利,象征着他成功与希望的新居也在一次大火中化为灰烬,他不得不宣布破产。这部小说对商人形象的塑造基于以下几点:第一,虽然小说也反映了普通人急于从商或办工厂寻找发财门路的狂热情绪,但还是强调像塞拉斯这样的商人与物质至上、金钱万能的社会做斗争的过程,赞美主人公凭着传统社会所褒奖的吃苦耐劳的精神才得以致富。第二,小说重点不是描述塞拉斯在商界的发迹史,而是突出塞拉斯商业失败后表现出来的高尚精神。这位世纪末的商人在商界遭受重创后变得十分清醒,他既不愿嫁祸于人,又拒绝好友的帮助。他最后虽然变得一无所有,举家重返故乡,但在精神上获得了升华。显而易见,豪威尔斯在面对世纪末美国社会的新变化、面对正蔓延开来的拜金主义和物质主义的商界风气时,抱着寓教于乐的态度,希望自己的作品成为警世之作,规劝读者认识新的社会生活的变化,不要忘了行善和仁义。作家宣扬的是传统的道德观念,希望以传统的道德伦理观来规范新时期的商界。可以说,豪威尔斯并未正视当时正在崛起的真实的商人阶层,也未能审视当时新出现的错综复杂的紧张关系、前所未有的新的社会秩序和与之相适应的新文化、新的伦理道德。豪威尔斯所美化的商人只是他理想中坚守传统道德的商人形象。

二

既能正视当时真实的商人阶层，又美化其所代表的新伦理取向、新文化观念，把新时代出现的商人塑造成真正英雄人物的，是20世纪初的新生代作家。下面以菲茨杰拉德的《了不起的盖茨比》、德莱塞的"欲望三部曲"中的两位商人——主人公盖茨比、柯帕乌——为例来阐述新生代作家们对商界英雄的美化和辩护。

菲茨杰拉德笔下的盖茨比出身低微，但从小就志向高远，想成为一个大人物，想做出一番大事业。当盖茨比进入社会后，他渐渐放弃了儿时做伟人的想法，而把所有的梦想都集中到发财致富上。为此，他不择手段地去经营各种买卖，积累大量财富，最后成为一个极其成功的商人。然而，在盖茨比的生活中，对金钱的追求与对爱情的追求合二为一。盖茨比在军队时，认识了富有而美丽的黛茜，并且深深爱上了她。但黛茜是个崇尚金钱的拜金女郎，她舍弃了当时还比较贫穷的盖茨比，而嫁给了富有的贵族汤姆。年轻的盖茨比并不甘心失去黛茜。因此，与黛茜重温旧梦、获得她"纯洁的爱情"便成了发迹后的盖茨比的最大梦想，为此，他不惜花费大量的钱财，在黛茜家对面建造豪宅，夜夜邀请社会名流，挥金如土，夜夜笙歌，举行奢华宴会。而他所做一切的目的就是引起汤姆夫妇的注意，使得黛茜有一天能参加他的宴会，以唤回她的芳心。后来，黛茜果然又回到了他的怀抱。天真的盖茨比以为那段不了情有了如愿的结果。但具有讽刺意味的是，当黛茜开车撞死汤姆的情妇玛特尔后，她与丈夫合谋嫁祸盖茨比，导致复仇心切并神志错乱的玛特尔丈夫乔治枪杀了盖茨比，这让盖茨比成为彻底的替罪羊和牺牲品。

德莱塞的"欲望三部曲"即《金融家》、《巨人》和《斯多噶》，以商界大亨、金融巨头柯柏乌（德莱塞选取当年芝加哥金融巨头查尔斯·耶基斯为原型塑造的典型形象）为主人公。柯柏乌在美国南北战争开始时只是一个银行家的儿子，后来成长为一个经纪人，最后事业发迹，成为一个百万富翁。小说描写他先在芝加哥建立铁路垄断企业，然后输出资本到伦敦投资建设伦敦地铁的过程。"欲望三部曲"也展现了美国资本主义发展的三个历史阶段：资本主义的自由竞争阶段、金融资本和工业资本合二为一的垄断资本主义阶段和以资本输出为特征的帝国主义阶段。柯柏乌是大商人、大资产者。他视金钱为崇拜的对象和追求的目标，视赚钱为生活目的。为牟取暴利，他做股票投机买卖，靠犯罪手段敛积资财，靠蹂躏法制建成托拉斯并向国外输出资本。在他事业发迹的同时，他不断奢侈消费、购买艺术品、猎获美貌女子。伴随着他在商界的发迹的是他在情场的无数次通奸事件。

无论是柯帕乌还是盖茨比，都不是传统意义上的英雄人物。按照传统的道德标准，柯帕乌是一个蔑视和反叛社会、家庭、婚姻各方面传统道德的寡廉鲜耻的人物。他贪婪、无耻、阴险、冷酷、毒辣、奸诈。他勾搭妇女、勾结官员，为达到个人目的不择手段，是一个全凭欲望行事、肆无忌惮、恶贯满盈的金融"巨头"，一个超级个人主义者，一个极端自私自利的自我主义者。盖茨比虽在爱情上表现出天真稚气一面，但在经营买卖上，也是善于尔虞我诈、坑蒙拐骗。在通向财富的道路上，他甚至与敲诈勒索的黑道头目成为朋友。他之所以能发家致富，主要靠黑社会活动，包括贩卖劣质私酒和销售伪造债券等违法犯罪行为。伪造的债券被兜售给小镇上那些毫无疑心的投资者。购买伪造债券的小投资者都会赔钱,从而承受他们无法承受的损失,而劣质酒则让他人生病甚至丧命。正是这些无辜者在为盖茨比的夜夜笙歌买单。可见,支撑盖茨比奢华生活的是一个阴险、欺诈、黑暗、腐败、剥削和犯罪的世界。这些恶劣商贾的形象,在刻意粉饰现实、渴望传递传统道德正能量的老一代作家(如豪威尔斯)笔下是很少出现的,即便出现也必然是须打击的负面形象,在马克·吐温等作家笔下也必然是嘲讽、挖苦和批判的对象。然而,在菲茨杰拉德和德莱塞等新一代作家笔下,这些商人得到正视和辩护并被美化成真正的英雄形象。

三

一方面,盖茨比和柯帕乌等商人被塑造成强者和超人。与马克·吐温《镀金时代》中的霍金斯和赛勒斯等商人相比,他们不仅有金钱欲和发财梦,更是实干家和能人,因此,他们的商业理想和发家致富美梦不流于空泛可笑或以失败告终,他们凭借其超人精神均获得了世人瞩目的成功,成为大富豪、大资产者。

盖茨比原名盖茨,出生于明尼苏达州的乡村,"父母是碌碌无为的庄稼人",但他从不真正承认自己卑微的出身,成年后他自己改名成盖茨比并编造了自己的家庭背景、牛津大学的教育经历和一份祖先的遗产,让别人相信他出身富室、家族显赫。这种自欺欺人的重塑自我身份的做法虽然幼稚可笑,但足见他自小就志向高远,想出人头地、成为大人物、做一番大事业。在盖茨比死后,他的父亲在参加完儿子的葬礼后拿出一本旧书,那是盖茨比小时候的读物,在书的封底,写着盖茨比童年时期的"时间表"和"个人决心":

时间表

起床

上午 6:00

哑铃体操及爬墙

6:15—6:30

学习电学等

7:15—8:15

工作

8:50—下午 4:30

棒球及其他运动

下午 4:30—5:00

练习演说、仪态

5:00—6:00

学习有用的新发明

7:00—9:00

个人决心

不要浪费时间去沙夫特家或(另一姓,字迹不清)

不再吸烟或嚼烟

>每隔一天洗澡
>
>每周读有益的书或杂志一份
>
>每周储蓄五元（涂去）三元
>
>对父母更加体贴①

从小说的这一细节，我们不难看出，盖茨比年幼时虽然贫困，但十分勤奋、自律，并一直在努力提高自己。这份"作息表"和"个人决心"写着美国早期总统本杰明·富兰克林式的日常活动安排，读起来像一本小型的成功指南，非常彻底地借鉴了富兰克林自传中自我完善的传统。显然，盖茨比希望自己能够"飞升"到社会阶梯的顶端，而且从小就对此进行了规划。在其青少年时期，一个偶然的机会，盖茨比在暴风雨中见到一艘快要沉没的船，他以其超乎常人的应变之才和勇气魄力拯救了这艘船及船的主人——一位叫丹·科迪的大亨。其后，他得到大亨的信任、器重、指点和帮助，除了学习生存之道，更是在各方面强化自己的能力和表现，努力让自己进入上层社会（包括在穿着打扮方面、餐饮方面也向上等人学习。据其父亲回忆："有一次他说我吃东西像猪一样，我把他揍了一顿"）。原本他能在大亨去世后得到丰厚的遗赠，但由于恶人从中作梗，盖茨比重新成为一个不名一文的小子，而即便在这种困境中，他仍然不断努力谋求东山再起。他去参军，很快就因出色的表现获得迅速的晋升，他从战场回来时身无分文，但很快被黑帮老大看中成为那个组织中的主管，最终成为万人瞩目的大富

---

① 菲茨杰拉德.了不起的盖茨比&夜色温柔[M].巫宁坤、唐建清译.南京：译林出版社.1999：118.

翁。盖茨比的每一步成功都是靠非常人的艰险和胆识获得。

柯帕乌毫无疑问更是一个超人。柯帕乌天生就具有领袖的气质，体现着超人一等的能力。他小时候就是一个"孩子王"，他十三岁时就做成了第一笔生意，于是开始了对金融、债券、股票等各种赚钱的行当的钻研，十七岁退学，二十岁时创立了经营票据业务的公司，进入费城上流社会。他与有钱、有地位的寡妇丽莲结了婚，然后努力巴结费城的"三巨头"巴特勒、莫伦豪和辛普森，由于他生意头脑灵活又善于经营，再加上与费城"三巨头"有亲密关系，他在费城的金融界盈利万千。不久，柯帕乌由于挪用市财政局的公款被发现而锒铛入狱。但这样的沉重打击丝毫未能击垮柯帕乌，在狱中他依旧自信非凡，出狱后又凭借其超人的智慧和胆识，成功地拿回了自己的资产，然后看清形势、看准方向，开始向国外输出资本，投资伦敦的地铁。在柯帕乌的每一段事业奋斗历程上体现出来的，正是不断进取、在逆境中泰然自若、遭受打击而永不言败的超人精神。

作家为他们设置了超越常规的标准，这标准不是善与恶、好与坏，而是强与弱。强者受到褒奖，弱者被丑化。

在《了不起的盖茨比》中，与盖茨比这样的商界巨富形成鲜明对比的是穷夫妇乔治和玛特尔。乔治苦苦支撑一个即将倒闭的修车铺，但所赚几乎无法养活妻儿；玛特尔从某种角度讲也试图开辟自己的事业，用她自己身上唯一一件卖得出去的"商品"去做交易：把自己的身体"租"给上层社会的男子，她轻易地成了汤姆的情妇，盼望有一天汤姆会用结婚的方式买下她的身体。他们属于底层阶级的代表，是资本主义经济体制下的弱势群体和牺牲品，他们在社会生活中的选择其实非常有限，但小说在描绘他们的不幸处境时没有表现出丝毫的同情心,反而把这一对底层夫妻刻画成负面形象:丈夫窝囊无能,妻子风骚而惹人生厌。玛特尔对丈夫的蔑视和厌弃,以及她对汤姆的无耻、轻浮的追求,很容易让她成为读者批判的对象,而乔治的不幸也许会让读者感到难过,但同情很容易被其无能所弱化,因为他既不能自强自立,又丧失基本的理智。

在"欲望三部曲"中,主人公柯帕乌信奉强者观念。在他看来,"人生是玄妙的、不可分解的秘密,但是不管怎么样,强和弱就是它的两种组织成分。强者得胜,弱者失败。人就是应该依靠敏捷的思想、正确的眼光、自己的判断力,而不能依靠别的什么东西"①。"他只想到强和弱——啊,就是这个!倘使你有力量,你就能够永久保卫自身,成就些事业。倘使你懦弱无力——立即退到后面去,到枪炮的射程以外去。"②《金融家》中写到柯帕乌观察龙虾吃墨鱼的情景,此时的柯帕乌明白了人生就是一场大鱼吃小鱼、"靠别人为生"的恶战。与自然界的竞争相似,人类社会的竞争也是生存竞争,也遵循"优胜劣败、适者生存"的原则。强者善于适应环境,富有竞争性,因而成为社会的统治者、成功者,享受荣华富贵;弱者由于无能或懒惰而丧失竞争力,不能适应环境,所以只能成为贫穷的、被动的劳动者。在之后的金融界竞争中,柯帕乌对这些原则更有深切体悟。在商界被柯帕乌这样一个大英雄击败的形形色色的人均被作家描绘成无能软弱的乌合之众。柯帕乌信奉的强者观念其实来源于作家本人的强者观念,德莱塞本人信奉斯宾塞的"社会生物学"和达尔文进化论。他相信,这些理论对于资

---

① 德莱塞.金融家[M].袭柱常译.上海:上海译文出版社.1979:289.
② 德莱塞.金融家[M].袭柱常译.上海:上海译文出版社.1979:289.

本主义弱肉强食的真相最有解释力，同时这些理论也造成他对强者和超人的崇拜。①

20世纪初美国小说中出现了众多"超人"型主人公（不仅是商人被刻画为超人，如杰克·伦敦的《马丁·伊登》等很多作品中的主人公也都是具有坚忍的意志，能切实发挥他们强大生命力与创造精神去迎接所有困难和痛楚的超人和强者），也许与19世纪末20世纪初尼采的超人哲学在美国的流行有关。尼采认为：人有强弱之分，真正的强者是最理想的人，也就是超人，"他们有超越常人的特殊意志和品质"②。尼采宣称，"超人"才是地球上最有意义的存在③，超人是最能体现生命意志的人，是最具有旺盛创造力的人。超人的道德不同于传统的和流行的道德，他们的道德是全新的道德。菲茨杰拉德和德莱塞等作家笔下的主人公都在某种程度上实践了尼采的超人理论，他们敢想凡人之不敢想，敢做凡人之不敢做的事，敢于向生命的极限挑战，他们是生活里的强者。尼采是在宣称"上帝死了，要对一切传统道德文化进行重估"的基础之上提出"超人"哲学的，尼采思考的重要问题是人类如何在传统价值全面崩溃的时代重新确立生活的意义。20世纪初的美国小说家在作品中有意美化这种强人和超人人物形象。这正表明，在社会大动荡的时代，他们试图塑造出用新的世界观、人生观构

---

① 在这方面，蒋道超先生著述丰富，详见蒋道超. 德莱塞研究[M]. 上海：上海外语教育出版社. 2003(2)。

② Richard Schacht. *Nietzsche*[M]. London：Routledge & Kegan Paul. 1983：327-332.

③ Friedrich Nietzsche. *Thus Spake Zarathustra*[M]. New York：The Modern Library Press. 1937：27-28.

建新的价值体系和文化观念的人物，也试图以一个全新的视角审视美国社会中出现的新的价值取向和文化观念。

四

另一方面，作家还把这些商人的故事纳入"白手起家人士"的神话体系中，对这些商人的形象做了美化和辩护。盖茨比和柯帕乌等商人，无一例外，均是从寒微的人生起点爬到金钱世界的顶层。正是这样一种人生经历，增添了他们的个人魅力和浪漫色彩。

19世纪末20世纪初，美国社会涌现出很多经济巨人和亿万富豪，如约翰·洛克菲勒、安德鲁·卡内基、J.P.摩根、詹姆斯·J.希尔等，这些人中，除了摩根是银行家的儿子，其他人都是白手起家。关于这些富豪成功的故事在当时风靡全国，几乎家喻户晓。"这一时期的主导性社会话语就是白手起家人士的话语。这种话语通行于当时出版的'成功指南'中，通行于白手起家富豪的励志演讲和文章中，通行于贺拉旭·阿尔杰的小说中，通行于全国发行的指导儿童读书的《麦加菲读本》中，通行于白手起家的名人专家中。"[1]当时美国的报纸杂志上报道了很多这一类美国舞台上活跃的巨人，他们从穷光蛋到大富翁，或者从富翁到更富有的人。这样的成功模式一时间成为美国公众的梦想。"不论是农场主还是技工都羡慕金融争战中的英雄，都梦想着做投机买卖，都希望发财。"[2]菲茨杰拉德和德莱塞等新生代作家的

---

[1] 罗伊斯·泰森. 当代批评理论实用指南[M]. 赵国新等译. 北京:外语教学与研究出版社. 2014:337.

[2] Granville Hicks. *The Great Tradition: An Interpretation of American Literature since the Civil War*[M]. New York: The Macmillan Company. 1935:2.

小说也汇入了这种话语的流通，塑造了白手起家的英雄形象，赶了当时最时髦的话题。他们的小说与"白手起家人士"的神话同谋，颂扬的是白手起家人士的美德。

"欲望三部曲"的事件原型来自美国白手起家的金融大亨查尔斯·T.耶基斯的真实经历。为了成功塑造一个典型白手起家大亨的形象，德莱塞阅读了《美国富豪发展史》等十余种专著，精心研究了美国早期一大批成功企业家如洛克菲勒、摩根、卡内基等人的生平资料和发迹过程。最后，他选定耶基斯为原型来塑造柯柏乌这个形象。耶基斯于1837年出生于平民家庭，中学毕业后先在费城一家粮食公司当职员，后来自己开办股票公司、银行等，获得大量财富，后来因操纵市政府债券而被捕入狱，出狱后他又投资费城公交系统事业大发横财，之后又去经济中心芝加哥开办粮食债券公司和芝加哥煤气公司，获取芝加哥北区公交系统的经营特权，此时的他已经成为美国最著名的企业家之一。1896年，他受到芝加哥金融界的联合攻击而元气大伤。晚年他收藏珍稀艺术品，并开始在伦敦投资地铁事业，于1905年去世。"欲望三部曲"中，主人公柯帕乌在争夺芝加哥城市公交系统建设权特许状，为操纵费城市政府债券而与费城金融巨头们产生的恩怨以及各种商战，晚期收藏各种艺术品并把资本输出至伦敦等故事，基本上是耶基斯生平事迹的重演。有些批评家会比较武断地提出，"欲望三部曲"暴露了垄断资本家罪恶的发家史，谴责了柯帕乌这样的金融寡头的贪婪暴虐。但实际情况是，读者往往着迷于柯柏乌如何凭借其超人的禀赋在商界力排众议、叱咤风云，如何从一个普通的经纪人发迹成为一个亿万富翁。因为作家对主人公态度绝非谴责，小说本身就是汇入"白手起家人士"的神话体系中的一个励志类型的文本，"欲望三部曲"的故事就是扩展了的"成功指南"、放大了的"白手起家人士"故事。

盖茨比的故事虽然暂时无法考证菲茨杰拉德以哪位白手起家的美国富豪为原型,但盖茨比身上被赋予了太多白手起家人士的特征。盖茨比生活的时代(1890—1922)与这部小说的创作时代大致相同,菲茨杰拉德本人出身于1896年,《了不起的盖茨比》出版于1925年,当时这类关于穷小子变巨富的书籍正风靡全国。盖茨比在很多方面符合这种形象。"《了不起的盖茨比》与白手起家的主人公有许多共同的特征,《麦加菲读本》的主角只不过是盖茨比的翻版。"[1]"《了不起的盖茨比》也具有贺拉旭·阿尔杰套路化小说中的许多重要特征。"[2]例如,出身贫寒家庭,在经济需求的驱动下奋发努力,从小就孜孜不倦地开始自我完善的历练,愿意付出常人无法想象的辛苦以取得成功,等等。连盖茨比的父亲,一个从未受过教育、碌碌无为的农民也是这样拿自己的儿子与白手起家的美国富翁做比较的:假使他活下去的话,他会成为一个大人物的,像詹姆斯·J.希尔那样的人,他会帮助建设国家的。[3]

"白手起家人士"神话故事中的主人公一般具有一些最终会为他们带来经济成功的特征:强健体魄、勤奋工作、目标明确、把握机遇、当机立断、打破常规、坚持不懈等。柯帕乌和盖茨比都具有这些特征。

---

[1] 罗伊斯·泰森. 当代批评理论实用指南[M]. 赵国新等译. 北京:外语教学与研究出版社. 2014:341.

[2] 罗伊斯·泰森. 当代批评理论实用指南[M]. 赵国新等译. 北京:外语教学与研究出版社. 2014:340.

[3] 菲茨杰拉德. 了不起的盖茨比&夜色温柔[M]. 巫宁坤、唐建清译. 南京:译林出版社. 1999:141.

就强健体魄这一点,盖茨比"站在他车子的挡泥板上,保持着身体的平衡,那种灵活的动作是美国人所特有的——这是由于——我们各种紧张剧烈的运动造成姿势自然而优美"[1];而柯帕乌的相貌,"至少是讨人欢喜、令人满意的……他的脑袋又大又好看,满头卷曲的深棕色的头发,肩膀横阔,躯干结实"[2]。其他特点在盖茨比和柯帕乌的商界竞争中表现得更是淋漓尽致。卡耐基在《成功之路》(1885)中指出,年轻人若要想在商界飞黄腾达,"有时候要打破常规、标新立异"。盖茨比正是因为打破常规以标新立异获得了大亨丹·科迪的器重,后来也因此在黑社会组织中迅速出人头地。而柯帕乌在金融界的标新立异更是让人咋舌,使得他总能够胜人一筹。

虽然事实上,一些白手起家人士之所以飞黄腾达,就因为他们道德沦丧、尔虞我诈、残忍冷酷,但在"白手起家人士"的神话系列中,这部分事实一般都被抹掉,或者经过作者的想象,被美化成这些美德和优点:勇于竞争、积极进取、坚忍不拔。《了不起的盖茨比》和"欲望三部曲"也做了这些美化和辩护。盖茨比其实从事的是犯罪的职业,柯帕乌基本上遵循丛林弱肉强食的原则,只想"满足自己",对他人的利益毫无顾忌。但这些在作家或叙述者那里都做了淡化处理。小说强化了盖茨比的正面形象[3]:反叛的男孩、雄心勃勃的硬汉、理想的追梦

---

[1] 菲茨杰拉德.了不起的盖茨比&夜色温柔[M].巫宁坤、唐建清译.南京:译林出版社.1999:53.

[2] 德莱赛.金融家[M].袭柱常译.上海:上海译文出版社.1979:27.

[3] 这部小说中关于盖茨比的故事是一个叫尼克的人叙述的,关于这个特殊的叙述者,评论界论述很多。有一点几乎达成共识:在那些表现盖茨比正面形象的事情上,由于尼克和盖茨比的欲望和梦想有共谋之嫌,尼克在叙说时投入了大量个人情感,从而极大地影响了读者和批评家们对盖茨比的看法。

人、忠贞的情人、勇敢的士兵、慷慨的主人。叙述者固然承认盖茨比参与犯罪活动,但这似乎没有影响他对盖茨比这个人的看法,而且叙述者论及盖茨比犯罪的方式往往会转移读者的注意力,让人忽视盖茨比身上的负面特征。例如,在盖茨比举办的宴会上,叙述者听到周围的人一边享用他提供的佳宴,一边私下里称他为"私酒贩子"。这里,叙述者明显在为盖茨比做辩护,言下之意为:即便诋毁者所言不虚,盖茨比对那些说他闲话的人仍然毫不吝啬。叙述者维护着盖茨比"慷慨大方"的正面形象,从而回避了一个事实:盖茨比的好花好酒都是他通过非法犯罪活动赚来的。"欲望三部曲"中作者或叙述者维护和美化柯帕乌形象的细节更是数不胜数。[1] 读者容易得出这样一种印象:柯帕乌即便有种种不足,但他是个勇于竞争、积极进取、坚韧不拔、魅力四射的商人。

商业买卖是商品从生产到消费过程中的重要中间环节,因而在消费社会中,商人地位往往显得比生产者更为耀眼,而这种地位重要性的转移在文学作品中则表现为商界英雄对生产英雄的取代,以及作家们开始对商人阶层的美化和辩护。在新一代作家那里,这种美化和辩护已经非常明显,尽管作家们对商人阶层的思考还并不完备。

---

[1] 在这方面,国内外学术界已经著述丰富。国内主要可参考蒋道超. 德莱塞研究[M]. 上海:上海外语教育出版社. 2003。

第三章

消费场景和消费场域

第一节 有形的消费场景

"场景"(setting, scenario 或 scene)是戏剧、电影领域常用的术语,在小说中,广义上的"场景"指作品中事件发生的总的历史时代和社会环境,狭义上的"场景"与某个场面发生的地点密切相关,表现人物关系和情节的进展。[①] 20 世纪初,美国小说家在表现情节进展和人物关系时,往往把地点放在供人消费的场所,描绘了众多狭义上的"消费场景",汇入消费时代和消费社会的广阔场景。具体的、有形的消费场景分为购物消费场景和休闲娱乐消费场景。购物消费地点包括百货店、商场、商铺等,休闲娱乐消费地点包括电影院、剧院、酒店、宾馆、餐厅、宴会、舞会等。与 19 世纪维多利亚时代处于居家环境或工厂劳作场地的小说主人公们不一样,20 世纪初美国小说中的主人公们穿梭于消费场景中,艳羡或享受商品带来的好处。本节主要以德莱塞、菲茨杰拉德等作家的作品为例论述 20 世纪初作家对消费场景的铺陈,以及他们自觉不自觉的美化。

一

作为世纪初出版的"开一代新风"之作,西奥多·德莱塞的《嘉莉妹妹》(1900)在展现消费场景的幅度和深度上也非一般作家能及。

[①] 波尔蒂克. 牛津文学术语词典(英文)[M]. 上海:上海外语教育出版社. 2000:199.
M. H. 艾布拉姆斯. 欧美文学术语词典[M]. 朱金鹏、朱荔译. 北京:北京大学出版社. 1990:324.

主人公嘉莉就如维纳斯诞生于海水泡沫中一样诞生在消费场景中。小说除了极少部分笔墨描写嘉莉在贫困的姐姐家的窘境和求职时的艰辛外,多数章节都细致刻画了嘉莉身处不同消费场景时的激动、欢欣或忧愁。

在第二章《贫困的威胁》中,劳作生产场景首先得到了展示:从农村进程不久的嘉莉带着诚实的愿望,勇敢地往前走着,来到一片矮房子和煤场面前,她希望能找到工作。但看到眼前的景象她放慢了步子,感到孤独无助。是什么景象让她停步?是一些"巨大的石料公司的场地,场里装满了铁道支线和板车,河边的码头穿过场子,带有滑轮的钢木巨大起重机在上空移来移去"①。这是典型的生产劳作场所,但这一切"在嘉莉眼里……都毫无意义"。对她而言,有意义的是消费场所,她就是为消费而生。

然而,在消费场所,她首先体悟的是挫败感。"这时已到了正午时分,肚子也饿了。她选定了一家不大显眼的餐馆,走了进去,但是心里吓了一跳,原来昂贵的价钱远远地超过了她的财力。她觉得自己顶多够买碗汤,于是很快把汤喝了,又走了出来。"②然后,她的欲望接踵而至:

嘉莉沿着繁忙的柜台之间的过道走去,对琳琅满目、美不胜收的珠宝、饰物、服装、鞋子、文具等商品简直羡慕不已。每一个单独陈列的柜台,都是令人眼花缭乱、心驰神往的博览场馆。精致的拖鞋和长筒袜子。优美的褶边衬衣和衬裙、花边、缎带、发梳、钱包,所有这一切

---

① 德莱赛.嘉莉妹妹[M].潘庆舲译.北京:中央编译出版社.2010:17.
② 德莱赛.嘉莉妹妹[M].潘庆舲译.北京:中央编译出版社.2010:19.

都激起她的个人欲望。①

很快,她接受了那位企图勾引她的推销员杜鲁埃的邀请。他们的约会全部被作家安排在消费场景中:

(1)他们穿过了门罗街来到了老温莎餐厅,当时那是一家宽敞而又舒适的餐厅,以烹调精美、服务周到著称……他滔滔不绝得说开了,问了她一些问题,又讲到自己的一些事情,告诉她老温莎是一家顶呱呱的餐厅等等,直到侍者端来了大托盘,里面放着他们点的热气腾腾、香味扑鼻的菜品。在洁白的台布、餐巾和银制器皿的掩映之下,看来他正大显身手。他切肉时那几枚戒指显得特别耀眼。每当他伸手去取盘子、拿面包、倒咖啡的时候,他那身新衣服总在窸窣作响。②

(2)他们俩一起步入两人门街上紧挨斯特丹街的一家室内陈设非常雅致的餐馆。这时,一辆豪华的马车驾着两套栗色马腾跃过去,车厢软座深处坐着一位年轻的女士。③

(3)他们俩一块去了百货公司。在那里,他们看到许多闪闪发光、窸窣作响的新颖服饰,这些东西有如磁石一般,马上把嘉莉的心吸引住了。

从施莱辛格-迈耶公司出来,他们俩一道来到一家鞋店,

---

① 德莱赛.嘉莉妹妹[M].潘庆舲译.北京:中央编译出版社.2010:21.
② 德莱赛.嘉莉妹妹[M].潘庆舲译.北京:中央编译出版社.2010:58—59.
③ 德莱赛.嘉莉妹妹[M].潘庆舲译.北京:中央编译出版社.2010:69.

让嘉莉选购鞋子。

杜鲁埃给她买了一只钱包和一双手套,还让她自己选购了长筒袜子。①

在卡森-皮里公司,他给她买了一条漂亮的裙子和一件衬衣式连衫裙。她又用他给的钱买了些零碎的化妆品,都是必不可缺的。②

(4)有一天晚上他们一起去看《日本天皇》——当时是最叫座的一部逗趣的歌剧。在此以前,他们先去了迪尔伯恩街的温莎餐厅……③

他们吃完饭就去剧院看戏。嘉莉看得开心极了。绚丽的色彩和演员的技艺都把她给吸引住了。

散场以后,嘉莉目不转睛地瞅着场外华丽的马车和盛装浓妆的女士们。④

(5)他们走进了一家店去吃夜宵。⑤

(6)星期日晚上,嘉莉跟他在他选定的东亚当斯街上的一家饭店进餐,随后,他们雇了一辆马车前往邻近第三十九街的别墅林荫大街,当时那里有一家人们常去欢度良宵的娱乐场所。⑥

---

① 德莱赛.嘉莉妹妹[M].潘庆舲译.北京:中央编译出版社.2010:70.
② 德莱赛.嘉莉妹妹[M].潘庆舲译.北京:中央编译出版社.2010:78.
③ 德莱赛.嘉莉妹妹[M].潘庆舲译.北京:中央编译出版社.2010:78.
④ 德莱赛.嘉莉妹妹[M].潘庆舲译.北京:中央编译出版社.2010:80.
⑤ 德莱赛.嘉莉妹妹[M].潘庆舲译.北京:中央编译出版社.2010:81.
⑥ 德莱赛.嘉莉妹妹[M].潘庆舲译.北京:中央编译出版社.2010:141.

从餐厅用餐、吃夜宵到百货公司购物,再到剧院看戏、在娱乐场所欢度良宵等,所有这些场合都是消费的场合。作者不仅描写了嘉莉如何听从欲望的召唤放弃了精神的独立以至于最后轻易委身男人,最出彩的是,作者写出了嘉莉欲望的衍生和滋长。例如,原先对嘉莉来说可望不可即的漂亮裙子、连衫裙、化妆品等,很快就被嘉莉认为是"必不可缺的";在餐馆里已经享受到的"热气腾腾、香味扑鼻的菜品"很快变成不重要的,而杜鲁埃切肉时那几枚戒指和"当他伸手去取盘子、拿面包、倒咖啡的时候他那身窸窣作响的新衣服"立即成为新的欲望源;用餐完后嘉莉立即又开始关注"驾着两套栗色马腾跃过去"的豪华马车和车厢软座深处的年轻女士;剧院里嘉莉被"绚丽的色彩和演员的技艺"给吸引住了,但散场之后"场外华丽的马车和盛装浓妆的女士们"很快成为嘉莉新的向往和憧憬。这些消费场景让读者看到嘉莉消费欲望如何不断增长。因而很快,嘉莉就依靠性魅力攀附上比推销员杜鲁埃更有钱有势的男人赫斯特伍德,跟随着赫斯特伍德,嘉莉出入的消费场所便更显高档奢华,消费自然也更高:

(1) 嘉莉举目四顾她周围豪华的车内陈设。这是她有生以来第二次普尔曼高级卧车。①

(2) 早餐过后,他(赫斯特伍德)陪嘉莉到了好几家很大的纺织品商店,等着她定购好多东西。②

(3) 嘉莉对新居还是很称心,因为一是样式新颖,二是

---

① 德莱赛.嘉莉妹妹[M].潘庆舲译.北京:中央编译出版社.2010:310.
② 德莱赛.嘉莉妹妹[M].潘庆舲译.北京:中央编译出版社.2010:322.

木结构,色彩鲜明。这是最新落成的建筑物之一,安装了暖气设备,乃是一大优点。固定的煤气灶、冷热水供应、运用专用升降机、通话管,以及按门铃传唤看门的人等等,她都很喜欢。①

(4)他们常去诸如芝加哥汉纳-霍格酒吧那样的场所,或是城外的霍夫曼酒家雅叙。②

(5)那些新家具极其精巧实用,赫斯特伍德亲自挑选的餐具光彩夺目。每个房间里陈设得都很别致。嘉莉说过自己很想学弹钢琴,于是在一间所谓的客厅亦即前房里安放了一架钢琴。他们还按周计酬雇了一名女仆,帮着嘉莉做饭菜……③

(6)他在广场上抬眼四望,看见了莫顿大饭店,决定上那儿吃晚饭。他会带上报纸,在那儿舒舒服服地小憩片刻。

于是他走进莫顿大饭店豪华的大客厅,它是当时纽约最高雅的旅馆之一。④

在与赫斯特伍德交往期间,嘉莉在衣食住行各个方面的消费都上了一个台阶。更高档次的消费场景意味着嘉莉妹妹熟谙当时美国主流社会评判女性的标准:20世纪初的美国妇女仍处在从属于男性的社会地位,评判女性社会地位时则主要根据她的家庭背景和婚姻关

---

① 德莱赛.嘉莉妹妹[M].潘庆舲译.北京:中央编译出版社.2010:335.
② 德莱赛.嘉莉妹妹[M].潘庆舲译.北京:中央编译出版社.2010:337.
③ 德莱赛.嘉莉妹妹[M].潘庆舲译.北京:中央编译出版社.2010:342.
④ 德莱赛.嘉莉妹妹[M].潘庆舲译.北京:中央编译出版社.2010:409.

系。依附怎样的男人可以决定女人的经济和社会地位。像嘉莉妹妹这样孤立无助、没有任何家庭背景的来城市谋生的女孩,如果不想费尽艰辛挣得微薄工资,捷径便是"竭力占有一个情人,或最好占有一个丈夫"①。而且这个情人或丈夫社会地位和经济地位越高,女性则越有利可图。因此嘉莉抛开小推销员转而攀附酒店经理,是提升自身地位的便利选择。小说中消费场所的变化就意味着嘉莉社会地位和经济地位的提升,而这种提升都依靠男人实现。"在男权制社会中,妇女的地位始终与她们的经济依赖性紧密相关。正如其社会地位是间接的,是通过男性获得的,妇女与经济的关系也具有典型的间接性和附带性。"②这种经济依赖关系和社会地位依赖关系也需要女性付出代价,代价便是把自身变成商品。对嘉莉来说,靠诚实劳动获取的微薄收入根本无法满足她强烈的物质欲望,因而当自食其力的愿望化为泡影时,她就只好出售自己的肉体——她唯一拥有的可以兑现的"财产",她最大限度地拿自己唯一拥有的"财产"去换得更高档的物质享受。消费场景越来越趋向于高档的变化,暗示着嘉莉越来越善于利用自身的"财产"将其高价出售了。

然而这还不够,即便是能与酒店经理出入高档场所,嘉莉也很快又生出不满,她向往更奢华的消费场所,因为总有她艳羡的徜徉于奢华消费场所的更上层的消费者和更昂贵的消费品:

(1)只要走过豪华的宅邸,华丽的马车,令人眩目的商

---

① 西蒙娜·波伏娃.第二性[M].陶铁柱译.北京:中国书籍出版社.2004:191.
② 凯特·米利特.性政治[M].宋文伟译.南京:江苏人民出版社.2000:48.

店、餐厅,还有形形色色的娱乐场所;闻到鲜花、绸衣、美酒飘来的阵阵芳香;听一听踌躇满志的人们发出的笑声;瞧一瞧恰似长矛投来的目光,赛过利剑一般的冷峻的笑容,以及有权有势的高视阔步等,你就会明白,那些鼎贵煊赫的人是生活在怎样一种气氛之中。①

(2) 瞧!她(万斯太太)身上穿着一套上街穿的深蓝色衣裙,还戴着一顶跟衣裙相配的漂亮帽子,真是光艳夺目。万斯太太看来有好多玲珑剔透的小玩意儿,可是嘉莉却什么也没有。各种黄金小饰物、一只雅致的绿色真皮小拎包、图案异常富丽的绣花手绢等。

漫步在百老汇大道上,当时也跟现在一样,都是观光纽约这个大都会的一大特色。每当日戏开场以前或是散场以后,那里麇集着的有成群的净爱卖弄风骚的脸蛋儿和艳丽的服饰形成的景观,真的让人百看不厌。妇女们穿的戴的都是最优美的帽子、鞋子和手套,手挽着手,悠然自得地遛马路,逛豪华的大商店和大剧院,从十四街到三十四街,整条百老汇大街上,类似这样的大商店和大剧场俯拾皆是。②

(3) 大道两侧常见的珠宝店的橱窗光彩夺目。鲜花铺、皮衣行、男子服饰用品商店、糖果店,全都是一家紧挨着一家。大街上车水马龙,身穿宽大的外套,上面缀有亮晶晶的铜纽扣,还围着带铜扣的腰带。穿着棕黄色长靴,白色紧身

---

① 德莱赛.嘉莉妹妹[M].潘庆舲译.北京:中央编译出版社.2010:333.
② 德莱赛.嘉莉妹妹[M].潘庆舲译.北京:中央编译出版社.2010:351.

衣和蓝外套的马车夫,巴结讨好地等候着进商店买东西的女主人。①

(4) 女人们花起钱来就像流水似的。这一点反正它走过每一家高雅的商店即可得到明证。鲜花、糖果、珠宝,仿佛都是高雅的太太小姐们爱不释手的主要东西。②

此时的嘉莉妹妹已经不再为得不到生活必需品而发愁了,跟着酒店经理她衣食无忧。但她在珠宝店、"高雅的商店"、百老汇豪华大剧院等奢华消费场所感受到的痛苦和揪心就如同刚进城时她为凭她的财力在一家"不大显眼的餐馆"、"顶多购买碗汤"时一样。比起万斯太太这样的女性和那些"花起钱来就像流水似的"女人,嘉莉妹妹仍然是贫穷的。

德莱塞在小说中以非常细腻的笔触描写了万斯太太邀请嘉莉到一个上流社会人士常去的高档消费场所,描写嘉莉她如何"享受"这次极其奢华的晚宴:

(1) 万斯太太请嘉莉跟他们俩一起去看夜戏。

"你为什么不跟我们一块儿去啊?别再独个儿吃晚饭啦。我们先上谢丽餐厅去吃饭,随后去沃拉克剧院。跟我们一块儿走吧。"

她从那天下午就开始打扮,为的是五点半上那家著名的

---

① 德莱赛.嘉莉妹妹[M].潘庆舲译.北京:中央编译出版社.2010:358.
② 德莱赛.嘉莉妹妹[M].潘庆舲译.北京:中央编译出版社.2010:355.

餐厅去,当时这家餐厅为博取上流社会人士的青睐正在跟德尔莫尼科餐厅较劲儿。①

(2) 在五十九街和第五大街的拐角,普拉扎广场周边好几家新酒店通宵达旦,灯火辉煌,令人不禁想起了奢华的大饭店生涯。第五大街是有钱人麇集的地方,豪华马车和穿着礼服的绅士们到处可见。到了谢丽餐厅以后,一个神气活现的门馆给他们打开了马车门,搀扶他们下了车。②

(3) 她还看见过各报刊登有关假座谢丽餐厅举行舞会、茶会、盛大的舞会、晚宴的通告。

她看见大堂门口站着另一个身高体壮的绅士,身穿制服的侍者把宾客的手杖、大衣等物一一接了过去。嘉莉抬眼一看,原来是一间华丽的餐室,一切都装饰得光彩夺目,是有钱人的美食世界。

万斯走在前面,领着他们穿过一排排晶光锃亮的餐桌,餐桌上早已坐着两个、三个、四个、五个或六个人,反正人数不等的食客。

白炽灯、亮晶晶的玻璃杯的反光、四壁金饰的闪光,交汇成一片令人耀眼的亮光,要闭目好几分钟方能仔细察看,分辨出个别的对象来。绅士们洁白衬衫的硬前胸、太太们色彩鲜艳的服装、钻石、珠宝、美丽的翎毛,全部熠熠生辉,特别令

---

① 德莱赛.嘉莉妹妹[M].潘庆舲译.北京:中央编译出版社.2010:357.
② 德莱赛.嘉莉妹妹[M].潘庆舲译.北京:中央编译出版社.2010:360.

人瞩目。①

(4) 他们一行人刚刚坐下来,就开始出现了有钱的美国人习以为常的那种摆阔、靡费、有害身心健康的暴饮暴食的情景……偌大的菜单上罗列出一长溜足以供养全军将士的菜肴,边上标注的价格使合理的成本开支顿时显得非常可笑。一份汤开价五十美分或一美元,备有十几种之多,供顾客随意选择。四十个不同品种的牡蛎,半大就要六十美分。主菜、鱼、肉等菜品,每一种的价格都很昂贵,抵得上在中等旅馆住一宿的费用。在这份印制精美的菜单上,一块半或者两块钱好像都是最起码的价钱。

餐室四壁都是彩绘图案……四周配着精美的镀金方框,四角上饰有精心塑成的各种形象:鲜果、花朵……天花板上绘着鎏金窗花阁,簇拥着中央的一大圈令人耀眼的灯光——在闪闪发光的棱柱和镀金悬饰之间……地板是红色的,上过腊,光可鉴人,四周都是镜子——高大、明亮、四边车成斜面的玻璃镜子,相互辉映,不知有多少回,把形形色色的物体、莲蓉和大型枝形烛台反复映照出来。

餐桌本身并不独具特色,可是餐巾上印有"谢丽"字样,银器上镶着"蒂凡尼"的名字,瓷器上标着"哈维兰"的名号,还有红灯罩的小枝形烛台迸射出玫瑰色的柔光,连同四壁映照的色彩,全都映现在宾客们的服饰上、脸庞上,使整个餐室越发显得赏心悦目。每一个侍者的打躬作揖、一进一退,乃

---

① 德莱赛.嘉莉妹妹[M].潘庆舲译.北京:中央编译出版社.2010:361.

至于摆放餐巾、碟子的一招一式,都给餐室平添了高贵、雅致的气氛。侍者对每一位宾客都得精心伺候,几乎都躬着腰站在旁边,侧着耳朵倾听,肘弯并在腰间,嘴里老念叨着说:"汤呀——甲鱼汤,是的——要一客,是的。牡蛎——没错——要半打——是的。另加芦笋!炖牛肉卷——是的。"①

……侍者先是打躬作揖,摸摸盘子看看是不是够热,再送上汤匙和刀叉,诸如此类琐屑小事,可以说服务周到,力求顾客对这家豪华的餐厅留下好印象。②

(5)每一位阔太太,每天下午想必都置身在百老汇大道的人群之间,或是剧场里看日戏,到了夜晚,坐马车去餐厅。所到之处,想必都是灯火辉煌,还有马车等着,马车夫精心伺候着。

万斯在这里如鱼得水……她出手挺大方,叫了浓汤、牡蛎、烤肉和好几个小菜,另外还要了几瓶酒,装在柳条篮筐里搁在了餐桌一边。③

这是个金碧辉煌的餐馆,这是一场"摆阔靡费"、穷奢极欲的晚宴。这里,没有任何物品和任何仪式是餐饮的必需。作者抓住了每一个细节来表现这个消费场景:从光彩夺目的餐厅灯光、光可鉴人的地板到刻有名号示意高档的餐具、餐巾,从珠光宝气、风度翩翩的上层社会用

---

① 德莱赛. 嘉莉妹妹[M]. 潘庆舲译. 北京:中央编译出版社. 2010:362.
② 德莱赛. 嘉莉妹妹[M]. 潘庆舲译. 北京:中央编译出版社. 2010:365.
③ 德莱赛. 嘉莉妹妹[M]. 潘庆舲译. 北京:中央编译出版社. 2010:362.

餐者到神气活现的门馆、精心周到的侍者,从每一个菜的天价单价到整个菜单的排场。关键是,这段描写采用了自由间接引语,使得叙述者的话语声音与主人公嘉莉妹妹的话语声音融为一体,因而聚焦者(这个消费场景的观察者)就显得非常含糊,小说只用了两次"她看见",但由于自由间接引语的使用,让读者感觉到整个场面都是嘉莉妹妹的所见,而且是她的刻意观察。这种细致观察的背后是人物对这种奢靡消费场面的艳羡。另外,读者可以发现,在描绘嘉莉妹妹所见的景象时作者重点描写了灯光和光彩。因为商业用的电灯光能强化人们的消费欲望和消费意识。有了灯光,消费场所在夜晚也能耀眼夺目,使得外面的人可以看到里面的娱乐享受,实现了内外空间的交换,外在呈现室内的商品和服务,使观看者不自觉地内心燃起一种消费热望。而各种物品的光彩则增添了商品和服务的诱惑力,以此刺激如嘉莉妹妹这样的人的消费欲望。

然而,不幸的是,嘉莉还没有等到能自己拿出钱来实现这类奢华消费,她的靠山——酒店经理——却穷困潦倒了,嘉莉只得自己再次出去谋职。事业成功后,她"从五十九街进口处开始,弯弯曲曲地绕过艺术博物馆,一直逶迤到第一百一十街和第七大街交叉的出口处。她又置身在豪华的氛围之中:精心制作的服饰、漂亮的挽具、矫健的良马,优美雅致极了"。这回全是靠她自己的才能才回到"豪华"的消费场所。而她靠什么成功?这正是作家最高明之处:德莱塞让嘉莉妹妹最后成为当时的重要消费场所——百老汇剧场中一位身价很高的演员,一名娱乐明星。她不再把自己出售给某一个男人了,而是出售给大众,她用不着再细细观察那些消费场景,用不着深深品味那些消费场景之间的档次差异并因无法进入更高一层次的消费场景感觉痛苦和失落了,因为她本人就成为这类消费场所中的"必不可少"的道具或景观,或者说,她本人就是重要商品,成就了奢华的消费场景。她最后得到一个豪华酒店提供的免费住宿:

"现在我们有几套非常雅致的客房,希望您有空去看一看,如果说您还没决定去哪儿消暑的话。我们的客房——各种设施都齐全——冷热水、独用浴室,每个楼层都有专人伺候,此外还有电梯等等"……威瑟斯先生给嘉莉……看的是大客厅那个楼层上的一个套房,共有三个房间带一个浴室……东头三个窗子可以俯瞰熙攘往来的百老汇……有两个温馨的卧室,放置着镶嵌有白色珐琅的铜床、缎带滚边的白色椅子……第三个房间是客厅,厅内有一架钢琴,一盏偌大的钢琴灯装着款式华美的灯罩……浴室里漂亮极了,四周砌着洁白的瓷砖,有一只偌大的蓝边大理石浴缸,还有镀镍的水龙头。明亮、宽敞,一面墙上嵌着一块四边磨成斜角的镜子,另有三处分别安装着白炽灯。[①]

酒店老板之所以愿意为嘉莉免费提供住宿,是因为想打嘉莉妹妹这位名演员的招牌,吸引更多的有钱顾客,把他的酒店打造成更吸引人的消费场所,从而赚到更多的钱。

二

20世纪初的美国小说家经常把人物放置在消费场景中,而不是家庭生活场景或生产场景。小说人物,无论是中上阶层人物,还是底层社会的人物,都在各类消费场景中流连忘返。作家不仅依靠消费场

[①] 德莱赛.嘉莉妹妹[M].潘庆舲译.北京:中央编译出版社.2010:502.

景的转换推动情节的进展、刻画人物关系,而且对消费场景做了美化、诗化、浪漫化处理。

在善于描写中上阶层人物的伊迪丝·华顿、海明威、菲茨杰拉德等小说家那里,消费场景充满了诗意的想象,宴会、聚会、购物、观剧等等均成为休闲享乐。作家笔下那些来自中上阶层的人物属于有闲阶级,他们恣意享受着消费社会初期丰盛的物资给他们带来的好处。作家们在作品中美化了消费场景,从而在客观上起到张扬有闲阶级的消费生活的作用,也在一定程度宣扬了消费主义价值取向和资本主义意识形态。

华顿笔下的中上阶层人物徜徉于美妙绝伦的消费场景中。《欢乐之家》中生活于上流社会边缘的女主角丽莉,从小就形成了一种信念:无论开销多大,身上必须打扮得像样。所以,她从不把自己打桥牌赢来的钱存起来,而是全部用在购置衣服和首饰上。她最快乐或者说她认为唯一能让她心情愉悦的事,就是拿钱到最讲究的服装店去定做衣服。她认为自己必须消费、必须打扮,必须花钱时时刻刻让自己美丽漂亮,因为只有不断消费把自己打扮漂亮才可能获得机会,"钓"得"金龟婿"。《纯真年代》中的梅·韦兰也热衷于购物。她跟丈夫蜜月途中就不断定制衣服:"在外面,除了剧院和商店,别的梅是一概没有兴趣。"[1]《国家风俗》中的女主角厄丁会花费其父所剩不多的积蓄去购置昂贵礼服,而这礼服只要赴宴穿过一次就废弃。小说一开篇,华顿就为我们描绘了厄丁为到马维尔家赴宴前试穿礼服的场景。厄丁对镜自照,觉得第一件和第二件太"老气",第三件虽然漂亮,但"她在前

---

[1] 伊迪斯·华顿. 纯真年代[M]. 赵兴国、赵玲译. 南京:译林出版社. 1999:169.

一天晚上的酒店舞会上穿过了"①,所以她"没有一件衣服可以穿"②。可想而知,她要继续购买。对这些有闲阶级女性来说,消费在她们的生活中意义重大。

  海明威的《太阳照常升起》虽是一部以青年反叛为主题的小说,却详细描绘了中上阶层人物饮酒作乐、派对旅行、观赏斗牛,乃至购衣打扮等消费场景,对巴黎的都市情调、西班牙的乡村景色,以及巴斯克人节日狂欢等消费主义体验进行了铺张的渲染与描绘。《太阳照常升起》小说共19章,每一个章节都有青年男女喝酒的消费场景描写,他们去不同的餐馆吃饭,去各色酒吧喝酒,他们坐着出租车招摇过市,给服务员小费,他们参加或者观看五花八门的体育运动,如斗牛、拳击、网球,他们去西班牙的穷乡僻壤钓鱼,等等。这部小说写过至少四个餐馆、五个酒吧以及六种酒的名字。人物在一个地点消费完后,再到下一个地点继续消费。似乎这种消费场景永无止境。更有意思的是,小说中的重要人物杰克,对个人的生活经济运营十分精通,他有一套自己的现代消费社会生活哲学:"享受生活的乐趣就是学会把钱花得合算,而且明白什么时候正花得合算……世界是个很好的市场,可供你购买。这似乎是一种很出色的哲学理论。"③杰克知道巴黎哪家咖啡馆可以享用价格适宜的美酒美食,他了解去西班牙哪里可以找到舒适便宜的旅馆,他懂得给不同服务行当的侍者付多少小费购买多少服

---

① Edith Wharton. *The Custom of the Country*[M]. New York: Charles Scribner's Sons. 1914:21.

② Edith Wharton. *The Custom of the Country*[M]. New York: Charles Scribner's Sons. 1914:31.

③ 海明威. 太阳照样升起[M]. 赵静男译. 上海:上海译文出版社. 2000:163.

务热情。众所周知,《太阳照常升起》由于其所描绘的生活方式与消费场景,成为20世纪初美国爵士时代所追捧的时尚生活样板。

菲茨杰拉德笔下富翁盖茨比所举办的邀请大量社会名流参加的宴会场景也同样充满了诱惑力:

> 在他蔚蓝的花园里,男男女女像飞蛾一般在笑语、香槟和繁星中间来来往往。下午涨潮的时候……他的客人从他的木筏的跳台上跳水,或是躺在他私人海滩的热沙上晒太阳……每逢周末,他的劳斯莱斯轿车就成了公共汽车,从早晨9点到深更半夜往来城里接送客人,同时他的旅行车也像一只轻捷的黄硬壳虫那样去火车站接所有的班车……每星期五,五箱橙子和柠檬从纽约的一家水果行送到……他的厨房里有一架榨果汁机,半小时之内可以榨两百只橙子,只要男管家用大拇指把一个按钮按两百次就行了。至少每两周一次,大批包办筵席的人从城里下来,带来好几百英尺帆布帐篷和无数的彩色电灯……自助桌上各色冷盘琳琅满目,一只只五香火腿周围摆满了五花八门的色拉,烤得金黄的乳猪和火鸡。大厅里面,设起了一个装着一根针的铜杆酒吧,备有各种杜松子酒和烈性酒,还有各种早已罕见的甘露酒……七点以前乐队到达……双簧管、长号、萨克斯管、大小提琴、短号、短笛、高低音铜鼓,应有尽有。游泳的客人最后一批已经从海滩上进来,现在正在楼上换衣服;纽约来的轿车五辆一排停在车道上,同时所有的厅堂、客室、阳台已经都是五彩缤纷,女客们的发型争奇斗妍,披的纱巾是卡斯蒂尔人做梦

也想不到的。酒吧那边生意兴隆,同时一盘盘鸡尾酒传送到外面花园的每个角落……乐队正在奏黄色鸡尾酒会音乐……①

菲茨杰拉德使用富丽堂皇的语言来描述这个奢华、悠闲、富足的世界——属于富人的神奇世界。这些描写在客观上也对读者产生很大的吸引力,正如批评家安德鲁·狄龙所说:"盖茨比所拥有的,读者也想拥有,那就是狂欢的礼物。"②

又如菲茨杰拉德在《人间天堂》、《五一节》中对城市消费场景的描绘:

(1) 纽约城的壮观简直可以与《一千零一夜》中描述的梦想中的城市相媲美。但是这一次,他看见的纽约城灯火通明,无论是百老汇大街上敞篷双轮马车的路标,还是阿斯托尔女人们的目光,无不闪烁着浪漫的光芒。③

(2) 这个伟大的城市里从来没有这么繁华过,因为随着战争的胜利,供应变得丰裕起来,南方和西部的商人带着一家人涌到这里来尝一尝一切可口的美酒名菜,欣赏一下五花八门的表演——还要给他们的女人买冬天穿的皮大衣、金线提包、各种颜色的绸拖鞋、银色和玫瑰色的缎子和金线织的

---

① 菲茨杰拉德. 了不起的盖茨比[M]. 沈学甫译. 天津:天津人民出版社. 2012:37—39.
② Andrew Dillon. The Great Gatsby: The Vitality of Illusioin[J]. Tucson: Arizona Quarterly. 1988,44 (1): 61.
③ 菲茨杰拉德. 人间天堂[M]. 张彦敏译. 北京:华夏出版社. 2009:41.

衣料。得胜的人民的记者和诗人喜气洋洋……使得越来越多乱花钱的阔佬从各地汇集到这里来喝着使人兴奋的美酒,使得商人们出售他们的小首饰和更多的拖鞋,要不,他们就应付不了那些要求他们以货易货的买卖了。①

《人间天堂》中的人物视与意中人一起逛街购物为"少有的仙境美梦"②,而《五一节》中购物消费场景更是充满了浪漫情调:

中午,五号路和四十四号街上挤满了人。灿烂、愉快的太阳用飘忽不定的金光照进漂亮的商店的大橱窗,照亮了网眼提包、钱包和摆在灰色天鹅绒盒子里的一串串珍珠,照亮了各种颜色的华丽的羽毛扇,照亮了豪华的服装的花边和绸料,照亮了室内装饰家精心布置的陈列室里的拙劣的绘画和优美的仿古家具。年轻的职业妇女们,一对对或成群结队地在那些橱窗前闲逛,从那些富丽堂皇的陈列中挑选她们未来的闺房陈设,陈列品中甚至有一套横摆在床上的、显示家庭气息的男人的睡衣睡裤。她们站在珠宝店橱窗前,找到她们中意的订婚戒指和白金手表,接着他们一路溜达过去,参观羽毛扇和披在夜礼服外面的斗篷;借此消化她们当午饭的三

---

① 菲茨杰拉德. 菲茨杰拉德小说选[M]. 巫宁坤等译. 上海:上海译文出版社. 1983:274.
② 菲茨杰拉德. 人间天堂[M]. 张彦敏译. 北京:华夏出版社. 2009:194.

明治和圣代。①

消费场所被想象为"少有的仙境美梦"或《一千零一夜》中描述的梦想城市",在太阳的金光下闪烁。作家所铺陈的消费场景细节无一不向读者传递着美好、快乐、舒适、富有、繁荣的感觉。

而在善于描写中下阶层人物的小说家如德莱塞、杰克·伦敦等小说家笔下,消费场景也得到了同样的浪漫化处理。除《嘉莉妹妹》中诗意的消费场景外,《马丁·伊登》、《美国悲剧》等小说中出现在穷人眼里的消费场景也一样充满诱惑力、诗意和美感。

《马丁·伊登》的故事就以主人公马丁·伊登受到"高雅消费"家庭的影响开始,描写了马丁·伊登的个人奋斗之路。一个非常偶然的机缘令出身贫寒的水手马丁·伊登平生第一次受邀走进了上流社会人士阿瑟的家中。阿瑟的家几乎是消费文化生活方式的缩影,它一下子吸引住了马丁:"他比较随便地往四下望着,目光炯炯地留意着一切,这室内陈设的每一个细节都印在脑海里。他两只眼睛之间的距离很宽,什么东西也逃不出他的视野;当它们饱览前面的美景时,好斗的光芒消失了,代替它的是一股热烈的光彩。他对美是敏感的,而这里正有着给他感受的东西。"②这样的奢华精致生活使得出生底层的马丁相信这就是美好的生活,这就是"高雅"的"文明人"的生活,而他自

---

① 菲茨杰拉德. 菲茨杰拉德小说选[M]. 巫宁坤等译. 上海:上海译文出版社. 1983:284.

② 杰克·伦敦. 马丁·伊登[M]. 吴劳译. 上海:上海译文出版社. 1981:2—3.

己的生活则显得粗鄙不堪。"他知道,有着未知的魔力和浪漫的诱惑在吸引着他。"①出于对阿瑟家的"高雅文明"的崇敬和向往,他不断努力改变自身,企图向那个阶层靠近。在底层人眼里,奢华昂贵成了"高雅文明"的同义词。

德莱塞小说《美国悲剧》[《美国的悲剧》]中的主人公克莱德进城没多久,就开始着迷于城市辉煌的消费场景,虽然他当时只是酒店小服务生,囊中羞涩,但他与嘉莉妹妹一样,视高档休闲消费场所为天堂,充满憧憬和崇敬之情:

(1) 除了各个房间里的客人的种种情景以外,同样引起他的兴趣的,是大门门厅一切活动的全景,总账房后面那些职员的样子,管客房的职员、管钥匙的职员、管信件的职员,还有出纳和助理出纳等人物。另外还有四处各式各样的摊子,花摊、报摊、烟摊、电报房、出租汽车房等,经管这些地方的人,在他看来,真是奇怪,一个个都十足地流露出这个地方的特殊气息。在这些摊子周围和中间走着和坐着的,尽是些神气十足的男男女女,年轻的阔少和姑娘们,一律穿得那么时髦,个个都是红光满面、称心如意的样子。还有他们在晚餐前后乘坐的那些汽车和别的车辆。借着门外明晃晃的灯光,这些车辆他都能看得一清二楚。还有他们身上的披肩、皮毛围脖和别的那类东西,常常由别的服务员和他自己拿着

---

① 杰克·伦敦. 马丁·伊登[M]. 吴劳译. 上海:上海译文出版社. 1981:21.

走过大门里的休息厅,送上汽车,送进餐厅,送上电梯。克莱德看出,这些东西往往是非常贵重的料子做的。①

(2) 在美国两大山脉中间,再也找不到一个排场更大、更加豪华、粗俗的天地了。它那光线幽暗、软垫座位的茶室,尽管是暗沉沉的,却装着五光十色的彩色灯,真是个理想的幽会场所……一个没有经验、没有多大判断力的人相信,只要是一个有点钱、有点社会地位的人,一生最要紧的事情就是上戏院、看赛球,或是跳舞、驾汽车出游、请客,到纽约、欧洲、芝加哥、加利福尼亚去游玩。②

(3) 他住的这家旅馆,有一排很阔的玻璃窗,窗下有很多椅子散落在棕榈树和柱子中间。这家旅馆的斜对面是斯塔克公司的纺织品商场。公司的建筑规模很大,有四层楼,是用白砖砌成的,至少有一百英尺长。明亮、有趣的橱窗里,陈列着跟别处一样时髦的模特儿。此外还有别的大商店,还有一家旅馆,还有好几家汽车样品间和一家电影院。他信步往前走,突然发现又离开了市区,走近了马路宽阔、两旁有树的住宅区。那里的房屋,不论哪一座,地基都比较开阔,还有草坪,再有那舒适、安静、庄严的气派,甚至比他过去见过的任何地方都要高出一等。总之,他稍微观光了一下这中心地段以后,觉得这是一条很讲究的街道,虽说只不过是一座小城市的街道,却说得上富丽奢华……附近有一些商店,跟中

---

① 德莱赛.美国的悲剧[M].许汝祉译.北京:人民文学出版社.1984:34.
② 德莱赛.美国的悲剧[M].许汝祉译.北京:人民文学出版社.1984:35.

央路和商业中心离得最近,这条宽阔、漂亮的马路,就是从那一带开始的,商店里陈列着豪华、漂亮的商品,汽车啊,珠宝啊,女用衫裤啊,皮货啊,家具啊等等,有钱的讲究人会有很大兴趣的。①

在克莱德、马丁·伊登或嘉莉妹妹这样出身贫寒的下层人眼里,得以出入这些消费场所并跻身于消费者行列就意味着阶级地位的飞升和自身的"进化"。穿上体面的服装、佩戴昂贵的珠宝、驾驶名牌汽车、出入奢华旅馆酒店、在陈列豪华商品的商店购物等,都是上等阶级、有闲阶级生活的标志。而那个阶级正是底层人想方设法试图进入的阶级,是他们梦想的天堂。对他们而言,在真正进入那个阶级之前如能先进入那个阶级经常光顾的消费场所也未尝不是一种替代性的成功。

20世纪初的美国小说家无一不力图揭露时代文化,思考资本主义意识形态和刚刚兴起的消费主义价值取向,但由于他们使用富丽堂皇的语言描绘富有阶层得以出入和消费的消费场所,由于他们对消费场景做了诗化和浪漫化处理,因此,其作品实际的、客观的效果是,它们有力地强化了商品的魅力和有闲阶级消费生活的诱惑力。消费场景和消费品被赋予了魔力,这也就暗示商品本身和消费场所本身是超凡脱俗的,不受世俗的限制。无论是谁出入那些场所,也无论谁在享受那些商品,这些消费场所和商品只代表着纯粹的奢华和美好、享受

---

① 德莱赛.美国的悲剧[M].许汝祉译.北京:人民文学出版社.1984:124.

和欢乐,它们可以是所有阶层人的梦想和天堂。作家们所使用的令人心醉神迷的语言,他们对奢华消费场景的铺陈和描绘,也足以调动起读者的五种感官,对读者的每一种感官都产生美妙的诱惑力。他们笔下的消费场景往往成为现实生活中人们追捧和效仿的样本,客观上为消费文化起了推波助澜的作用,成为资本主义文化生产的内部循环。可以说,20世纪初的美国小说家们,既是资本主义、消费主义的批评者,也是资本主义和消费主义的桂冠诗人,他们的作品显然能够让读者倾心于小说所谴责的东西。这些作品虽然有些也批判资本主义意识形态、质疑消费主义价值取向,但与此同时,它们也将这种意识形态和价值取向改头换面,重新包装,四处兜售。

第二节 无形的消费场域

在20世纪初美国小说家所描绘的有形的消费场景背后是无形的"消费场域"[①]。一方面,在无形的"消费场域"中,资本分布和惯习对人物的消费行为产生重要的影响。经济资本直接影响人物的消费行为和消费水平,而惯习则间接引领消费的实践活动。小说中人物间的利益冲突和斗争表明,在有着多重斗争和利益冲突的消费场域中,上层阶级寄希望于通过消费来维持自己的身份,以及下层阶级期盼通过消费来进行身份建构的愿望都是不可行的。另一方面,消费场域中人与人之间的关系非常复杂,表现在:第一,社会低阶层成员被"物化",

---

① 社会学家皮埃尔·布迪厄将社会看成一个场(field),一个不断建构的结构。这个场又可分为各种不同的小型场域,消费场域也不例外。

成为高一阶层消费者购买甚至浪费的商品;第二,社会高阶层成员的消费选择往往成为努力获得"晋升符号"以向高级阶层靠拢的社会低阶层成员效仿的对象。本节将分析"爵士乐时代"的"桂冠诗人"——菲茨杰拉德的《美丽与毁灭》和《夜色温柔》两部作品来阐明无形"消费场域"中的一些特征。

一

经过两次工业革命和一次世界大战的洗礼,20 世纪初的美国成为世界经济的风向标,社会结构、消费方式和个人观念都发生了巨大的变化。"美国确实进入了消费阶段,对消费的重视和宣传已经达到了前所未有的地步。"[1]奢侈的生活对金钱的追求成为美国的生活理想。作为爵士乐时代的代言人,菲茨杰拉德对当时的这些变化做了敏锐细致的观察,对消费方式及消费活动尤为关注。《美丽与毁灭》(1922)正是作家观察社会的产物,小说中的消费场景真实再现了当时社会奢华消费的社会生活场面。从布迪厄的场域理论出发,通过对消费场中社会结构、惯习和各种资本的数量和结构的分析,我们可以看到不同社会阶层人物间的互动和联结,以及他们在场域中的运作方式。

法国社会学家皮埃尔·布迪厄将社会看成一个场(field),一个不断建构的结构。这个场又可分为各种不同的小型场域,譬如宗教场、文学场、经济场、消费场等。每个场域中,都存在着各种力量之间的博弈和竞争,这些力量就是布迪厄所指的资本。"资本表现为三种根本

---

[1] 蒋道超.德莱赛研究[M].上海:上海外国语教育出版社.2003:221.

的类型,这就是经济资本、文化资本和社会资本。"①而个人的社会位置就是由"占据者在权力(或资本)的分布结构中目前的或潜在的境遇所界定"②。除了资本,场域理论中还有一个非常重要的概念——惯习,亦即千差万别的性情倾向系统,行动者是通过将一定类型的社会条件和经济条件予以内在化的方式获得这些性情倾向的。③

菲茨杰拉德小说《美丽与毁灭》中的消费场域就是这样一个不断建构的网络。各种力量和要素彼此冲突,形成一种特殊的权利等级体系。

《美丽与毁灭》描写的是一位阔少——安东尼·帕奇的奢靡生活。婚前,安东尼爱好广泛,游览世界各地。后经好友理查德的介绍认识了他的表妹——葛罗丽亚。安东尼击溃情敌布洛克门,迅速与葛罗丽亚坠入爱河并结为夫妇。婚后,这对夫妻耽于享乐,不思进取,不知节制,纸醉金迷,以致身心腐蚀,道德沦丧。小说人物完全沉浸在消费的海洋里,视旅游、购物、参加聚会等消费活动为日常生活中必不可少的部分。每个人物根据自己的消费活动为他们共处的消费场域提供不同程度的运作动力。对于一个场域,核心概念就是资本,对各种资本占有的数量和种类的不同决定了一个人在场域中的行为以及所处的位置,当然,也决定了他们为消费场运作提供的动力大小。所以,在消费

---

① 皮埃尔·布迪厄. 实践与反思:反思社会学导引[M]. 李猛、李康译. 北京:中央编译出版社. 1998:161.
② 皮埃尔·布迪厄. 文化资本与社会炼金术——布尔迪厄访谈录[M]. 包亚明译. 上海:上海人民出版社. 1997:142.
③ 皮埃尔·布迪厄. 实践与反思:反思社会学导引[M]. 李猛、李康译. 北京:中央编译出版社. 1998:143.

场中,消费者所占有的资本数量决定了他的消费行为。当然,小说中各个人物的消费行为和消费活动也间接反映了他所拥有的资本和要素。

小说男主人公安东尼·帕奇,是有名的改革者和慈善家亚当·帕奇的孙子。他家境殷实,爱好广泛,喜欢搜集各类东西,譬如名作家的首印本、邮票、丝质睡衣、缎面晨袍、领带等,他还喜欢旅行。在经济资本[①]充裕的条件下,祖父让他更多地汲取和吸收文化资本。[②] 借用布迪厄的四象限划分法,更能清楚有效地展现消费场中的资本分布。布迪厄用 X 轴和 Y 轴所形成的四个象限,来显示资本和权力的分布,X 轴代表经济资本的贫富,Y 轴象征文化资本的多少,那么处于 X 轴和 Y 轴的正极中的,是文化资本和经济资本都极富有的统治阶级。安东尼在这两种资本上都极其富足。[③] 在消费领域中,小安东尼所拥有的绝对经济资本和文化资本,通过他强劲的消费能力得到了证实。他住在最抢手的公寓里,雇佣仆人为他服务,经常在酒店用餐,参加各种聚会。最重要的是他从未想过要参加工作,唯一想做的事就是"以书

[①] 经济资本可以立即转化为金钱,它是以财产权的形式被制度化的。详见 Pierre Bourdieu. *The Form of Capital*, in J. G Richardson ed. , *Handbook of Theory and Research for the Sociology of Education* [C]. Westport:Greenwood Press. 1986:47-53。王岳川. 当代西方最新文论教程[M]. 上海:复旦大学出版社. 2008:437。
[②] 文化资本是构成社会符号力的基本条件,它以受教育的资格形式被制度化。详见王岳川. 当代西方最新文论教程[M]. 上海:复旦大学出版社. 2008:439。
[③] 参见张意. 文化与符号权力——布尔迪厄的文化社会学导论[M]. 北京:中国社会科学出版社. 2005:216—217。

写文艺复兴时期大师的理论研究,取得世人的认同"①。一般而言,只有拥有足够的经济资本才能从事这种非生产性的工作。

与男主人公拥有绝对优势资本不同的是,他的好友理查德·卡拉美住在一个青年会宿舍,找了一份记者的工作,"断断续续写些报道登在角落不起眼的地方,也很少引起注意。后不幸被开除"②。可见,理查德·卡拉美"处于(布迪厄的四象限图表)X轴的负极和Y轴的正极的第二象限中,是经济资本相对稀少而文化资本丰富的统治阶级中的被统治阶级"③。所以,在经济资本短缺的情况下,理查德不得不在被开除后的一个星期就开始着手写小说,以赚取支撑生活的费用。每次聚餐的时候,总是好朋友安东尼和莫瑞抢着付钱,因为他本人是没有经济能力来付账的。

而女主角——葛罗丽亚的另一追求者"布洛克门是一个有威严而又自负的人,他出身于慕尼黑,在美国的事业是从一个巡回马戏团的买花生小贩做起"④。布洛克门出身贫贱,没有受过正规教育,十多岁时的他也属于被统治阶级,"处于(布迪厄的四象限图表)X轴的负极和Y轴的负极的第三象限,是文化资本和经济资本都很贫乏的最下层的被统治阶级"⑤。

---

① 菲茨杰拉德. 美丽与毁灭[M]. 吴文娟译. 北京:文化艺术出版社. 2010:11.
② 菲茨杰拉德. 美丽与毁灭[M]. 吴文娟译. 北京:文化艺术出版社. 2010:66.
③ 参见张意. 文化与符号权力——布尔迪厄的文化社会学导论[M]. 北京:中国社会科学出版社. 2005:217。
④ 菲茨杰拉德. 美丽与毁灭[M]. 吴文娟译. 北京:文化艺术出版社. 2010:85.
⑤ 参见张意. 文化与符号权力——布尔迪厄的文化社会学导论[M]. 北京:中国社会科学出版社. 2005:217。

然而,"场域是为了控制有价值的资源而进行斗争的领域"①。"场域中的斗争使处于统治地位的人与处于被统治地位的人相互对抗。争夺场域中的地位的斗争,使那些在某种程度上能够实施资本分配与界定的有垄断性权力的人,与那些想要篡权的人相互对抗。"②在这些斗争中,场域内的各种资本不是固定不动的,它们一直在流动和转变。这种转变包括资本类型之间的转换,比如经济资本在一定程度上可以转换为文化资本,而文化资本在一定的条件下,也可以转变为经济资本,当然也包括资本数量之间的转变。卡拉美出版了一本小说之后一举成名,因而在两年时间内获得了巨大的物质财富和社会地位。他在哈佛获得的非物质性的文化资本进而转化为现实的经济资本以及社会资本。③ 于是,在消费场域中,他的地位从布迪厄所说的第二象限提升到了第一象限,从被统治阶级转变成真正的统治阶级。卡拉美不再是那个有点秃顶、衣不衬体的穷学究。他拥有一套崭新的公寓、一个黑人管家,可以边喝着杜松子酒边讨论学术,参加各种上层聚会。这个之前在消费场域中没有任何竞争力的哈佛小子摇身变成了消费强手。同样,布洛克门通过自己的努力,也实现了赚钱的野心。

---

① 斯沃茨. 文化与权力:布尔迪厄的社会学[M]. 陶东风译. 上海:上海译文出版社. 2006:142.
② 斯沃茨. 文化与权力:布尔迪厄的社会学[M]. 陶东风译. 上海:上海译文出版社. 2006:144.
③ "社会资本"是一种实际存在的或者潜在的资本的集合体,"属于整个社会的为社会团体所认可的集体性资本。社会资本主要是一种社会的声望、知名度及其占有文化象征和经济资本的数量的程度……会产生一种社会的价值增值效益"。详见王岳川. 当代西方最新文论教程[M]. 上海:复旦大学出版社. 2008:439.

场域的斗争总是围绕着对于特定形式的资本的争夺。① 消费场域中最主要的财富就是经济资本，所以在消费场中要想获得绝对领导权，必须取得相当多的经济资本。② 作为消费场中的新来者，布洛克门不得不极力想办法提升自己的资本，加强在消费场中的竞争力，增加自己在场中的优势和地位，使自己不至于一直处在被统治的下层阶级，从而避免被打压甚至驱逐。

与他们两位相反，在面对充满斗争和变化的场域时，安东尼这位统治阶层的代表却没有做出任何回应，任由下层阶级往上攀爬。"场域是一个'高度配对的'关系型构，其中每个位置的变化都会改变其他位置的边界。"③ 知识分子卡拉美和下层阶级的布洛克门通过努力增加了他们的资本数量，改变了他们的位置。那么，在这场斗争中，即使安东尼没有做出任何回击，他的地位也会易主，更何况他的资本状况每况愈下。"安东尼记得有一次他跟他最好的朋友莫瑞及理查德去参加派对，后两人免不了要多负担超过他们自己的那份的费用，他们会出买戏票的钱，会争着付晚餐的账单，对他们而言，这些举动似乎都是理所当然的；过去因为迪克天真的个性和永远说不完自己的事，使他成为团体中最有趣，也是最接近青少年的人物——就有如宫廷的小丑。可是，情况不再是这样了。现在经常有钱的人是迪克，而安东尼

---

① Pierre Bourdieu. *La noblesse d'état : grands écoles et esprit de corps*[M]. Paris：Minuit. 1989：379.
② 斯沃茨. 文化与权力：布尔迪厄的社会学[M]. 陶东风译. 上海：上海译文出版社. 2006：142.
③ 斯沃茨. 文化与权力：布尔迪厄的社会学[M]. 陶东风译. 上海：上海译文出版社. 2006：143.

成了尽全力娱乐大家的人——除了少数狂欢喝酒且可以签账的派对例外。"①由于终日沉迷于酒色,安东尼的经济资本锐减,文化资本也没有得到加强,所以他的社会地位急剧下降,消费能力大不如从前。

上述分析表明,消费场域中,各种资本的组合和转换给场域中的阶级位置的变换找到了突破口。想要增强在消费场域中的消费能力就必须增加相应的经济资本,这样才能在消费场域中稳居第一象限。

安东尼宁愿向朋友借钱,甚至向潜在的"情敌"借钱买醉,也不愿从事生产性工作,这与其独特的惯习是息息相关的。"惯习是一种结构形塑机制(structuring mechanism),其运作来自行动者自身内部,尽管惯习既不完全是个人性的,其本身也不是行为的全部决定因素。惯习是通过体现于身体而实现的集体的个人化,或者是经由社会化而获致的生物性个人的'集体化'……"②安东尼从小在无忧无虑的生活环境下成长,父亲是一位富家子,优雅淡定,母亲是波士顿社交界名媛,非常宠爱这唯一的儿子。他从小接受上层阶级的熏陶和培养,在这样一种环境的影响下,安东尼形成的特定的"惯习"对他一生的影响颇大。因为,从小形成"惯习"不易改变,对人今后的发展和行为有一定的指导意义,"习性下意识地形成人的社会实践"③。

小说开头描写了安东尼去世界各地旅行、游学,搜集各种玩物,研

---

① 菲茨杰拉德.美丽与毁灭[M].吴文娟译.北京:文化艺术出版社.2010:198.
② 皮埃尔·布迪厄.实践与反思:反思社会学导引[M].李猛、李康译.北京:中央编译出版社.1998:19.
③ 张意.文化与符号权力——布尔迪厄的文化社会学导论[M].北京:中国社会科学出版社.2005:216.

究中世纪历史等一系列的活动。这时候的他是处在消费场的统治阶级。而后，在男女主人公结婚之后，夫妻两人参加各种聚会，外出旅游，每年春天都会在加州住上几个月，不停地购买新潮服饰。安东尼开始入不敷出，每个月的开销激增，经济资本锐减。就是在这样的窘境下，他也没有想去实实在在地参加工作，增加他在消费场中的竞争力。他说："对于工作，我并非基于道德和良心上的谴责而觉得必要。"①"由俭入奢易，由奢入俭难"，虽然财政情况恶化，他依然保持原有的消费水平和习惯，"要从已经达到的消费标准后退，这件事比为了要适应财富增加而改变已习惯的消费标准不知要困难多少"②。在从小形成的"惯习"作祟下，虽然从原先的豪华公寓搬到灰屋，后又因付不起房租搬到每月只要85元的住所，但是他仍坚持雇佣仆人来为他提供服务。尽管付账都需要靠卖债券来维持，安东尼还是习惯在聚餐的时候为众人买单。"人们的支出结构和水平并不受短期收入变动的影响，消费开支明显依赖于以往的消费模式，表现出很强的惯性。"③这些早已纳入他消费标准的支出尽管已经超出自身经济能力，但安东尼依然习惯性地进行以往的一些消费活动，不得不说，这都是由他上层阶级的惯习所引起的。

这种上层阶级的"惯习"指引着他的消费行为，尽管经济上无法支持，却也不能降低他的生活层次和品质。

相同地，葛罗丽亚出嫁之前，身着时髦服饰，出入各种高级场所，

---

① 菲茨杰拉德. 美丽与毁灭[M]. 吴文娟译. 北京：文化艺术出版社. 2010：188.
② 凡勃伦. 有闲阶级论[M]. 蔡受百译. 北京：商务印书馆. 1997：35.
③ 皮埃尔·布迪厄. 实践与反思：反思社会学导引[M]. 李猛、李康译. 北京：中央编译出版社. 1998：176.

"除了跳舞,还是跳舞"①。在后期夫妇俩手头拮据的情况下,她还强烈要求购买灰鼠大衣,并想将小金表换成钻石表,甚至不惜赊账消费了一顶新帽子。后又基于一时冲动,花了五十元购得一套崭新的洋装。这种潜在的"冲动"其实就是长期以来积淀形成的具有强烈消费欲望的"惯习",这种惯习是"贯穿于生活所有领域的、持久的、普遍化的倾向,甚至是贯穿于人的整个一生的倾向"②。即使濒临"破产",在惯习的驱使下,葛罗丽亚还是不计后果地消费,期望出入各种豪华场所。

布洛克门与安东尼的走势相反,经济资本猛增,让他得到了步入上层阶级的通行证,他也极力地想融入上流社会。他企图通过不断地参加各种高级会所的聚会,与处于统治阶级的消费者建立良好的友谊和交情。然而,他期望通过这些努力得到的结果与他长时间生活实践积累下来的惯习却是南辕北辙的。在比特摩尔饭店的瀑布餐厅,当他向迪克、莫瑞做自我介绍的时候,他流露出的那一丝过度自信的意味完全出卖了他。这种不必要的过度自信恰好反映了他由于出身低下而产生的不自信。在等待三位女伴的过程中,"布洛克门漫不经心地看着安东尼,以批评的眼光望向天花板,然后逐步往下。他的举动透露出两种信息。一种有如中西部农民正在欣赏他的小麦收成,另一种则像演员想知道自己是否被注意"③。布洛克门在童年时期积累下来的农民的惯习一直延续到十几年后,在他不经意间就会流露出来。由

---

① 菲茨杰拉德. 美丽与毁灭[M]. 吴文娟译. 北京:文化艺术出版社. 2010:34.
② Charles Camic. The Matter of Habit[J]. *American Journal of Sociology*. 1986, 91(5):1046.
③ 菲茨杰拉德. 美丽与毁灭[M]. 吴文娟译. 北京:文化艺术出版社. 2010:83.

于他无法逾越由惯习衍生的这条鸿沟,他便始终无法真正地融入上流社会。可见,寄希望于消费来缩短他与上层阶级的距离这一理想是不现实的。此外,文化资本的相对匮乏,加之下层阶级消费惯习的影响,导致了布洛克门的消费缺乏自主性,只具有简单模仿的性质。

与他出身相似的慕瑞尔·肯恩也"不遗余力地追求流行"。尽管"她知道每一首最新的流行歌曲,说话也很跟得上潮流",却不能掩盖她原有的惯习。"她的指甲留得太长,又过分矫饰,染成不自然如高烧不退的粉红色;她的衣服太紧、太时髦、太鲜艳。"这些消费实践"体现了她所处阶级的物质生存条件,并把自己与其他阶级的关系加以分类和区分"[①]。

由此可见,消费场中,经济资本和惯习对消费活动的影响非常明显。经济资本直接影响消费行为和消费水平,而惯习则间接引领着消费的实践活动。

通过对消费场中资本分布和惯习对消费行为的影响分析,读者可以发现小说中人物间的利益冲突和斗争。男主人公不思进取,不奋起反抗和斗争,必然会被消费场域中的新来者颠覆和取代,从而失去在场域中的统治地位。但惯习又间接指导着场域中各阶层的消费活动和行为。精英阶层虽然经济条件不济,但仍无法降低消费水平,下层阶级虽然通过努力,增加消费场中最重要的元素——经济资本,却也没有办法与原有的上层阶级的消费水平和能力相匹敌。可以看出,在这一充满着多重斗争和利益冲突的消费场中,上层阶级寄希望通过消

[①] 斯沃茨.文化与权力:布尔迪厄的社会学[M].陶东风译.上海:上海译文出版社.2006:143.

费来维持自己的身份以及下层阶级期盼通过消费来进行身份建构的愿望很多时候是不现实的。

二

20世纪初是美国社会消费主义兴起,消费方式和生活观念急速变化的时代。菲茨杰拉德曾这样写道:"我们穷得不能再节俭了,节约是一种浪费。"[1]这位对社会转型极其敏锐的作家,"栩栩如生地再现了历史的本来面貌,客观真实地反映了他那个时代的精神风貌、生活气息和社会特征"[2],在其作品中描画了大量消费场景,探讨了消费社会初期产生的众多问题。特别是其耗时九年完成的小说《夜色温柔》(1934),以消费场景众多著称。"这部小说的背景被安排在作者所熟悉的欧洲大陆,时间跨度为1917至1930年间,但小说展现的仍然是美国'爵士乐时代'的那种奢华消费的社会生活场面。"[3]此节将从消费文化角度出发,运用鲍德里亚、凡伯伦、布迪厄等人的理论,解读小说中的消费场景,剖析消费场景背后"消费场域"中人与人的关系。

《夜色温柔》描写的是一个出身低微但才华出众的青年迪克·戴弗与出生巨富之家的妻子尼科尔·华伦和女影星罗斯玛丽间的三角恋爱关系以及围绕着这种关系所产生的各种复杂的矛盾冲突。

小说似乎由一幅幅描绘娱乐消费和购物消费场景的画卷组成。

---

[1] William E. Leuchtenburg. *The Perils of Prosperity* (1914-1932)[M]. Chicago: The University of Chicago Press. 1958:181.
[2] 吴建国. 菲茨杰拉德研究[M]. 上海:上海外语教育出版社. 2002:3.
[3] 吴建国. 菲茨杰拉德研究[M]. 上海:上海外语教育出版社. 2002:195.

小说中的人物不是在旅游就是在参加聚会、舞会，不是去购物就是去参与娱乐性的运动，人物的生活似乎就由娱乐消费和购物消费两部分组成。

小说开篇就描写了迪克夫妇的避暑胜地——法国维埃拉风光宜人的海滨地区，"那里坐落着一家高大气派、玫瑰色的旅馆，挺拔的棕榈树给富丽堂皇的旅馆带来一片阴凉，门前延伸出一小块亮晶晶的沙滩"①。迪克夫妇似乎一直在旅游途中，他们"曾有一年游历了许多地方——从伍罗穆娄海湾到比斯克拉"②，"此后又游历了戛纳和尼斯，认识了一些新的朋友。后又前往瑞士的阿尔卑斯山去度圣诞假期。由于夫妇俩的戴安娜别墅已经再次租给别人度夏了。于是，他们决定在这段时间里到德国温泉名胜地区和法国天主教堂林立的小镇去旅游。"③而聚会、舞会也是小说重笔描绘的上层阶级生活中必不可少的部分。"迪克大肆举办舞会，并且完全充满了兴奋和激情。"④尼科尔的姐姐巴比不断地参加各种宫廷舞会；迪克夫妇的朋友戈尔丁在他的摩托游艇上举办舞会，并邀请一支乐队在甲板上演奏："生气勃勃的绿色溜冰场旁，只听见场上的威尔纳圆舞曲震耳欲聋……"⑤网球、高尔夫球、海滨游泳、水上滑行等高档运动也都成为小说中有闲阶级的重要娱乐活动。而购物，更是小说中人物，特别是女性角色的爱好。菲茨杰拉德在多处刻画了两位女主角的购物细节。

---

① 菲茨杰拉德.夜色温柔[M].王宁、顾明栋译.北京：中国文联出版公司.1996：5.
② 菲茨杰拉德.夜色温柔[M].王宁、顾明栋译.北京：中国文联出版公司.1996：198.
③ 菲茨杰拉德.夜色温柔[M].王宁、顾明栋译.北京：中国文联出版公司.1996：212.
④ 菲茨杰拉德.夜色温柔[M].王宁、顾明栋译.北京：中国文联出版公司.1996：94.
⑤ 菲茨杰拉德.夜色温柔[M].王宁、顾明栋译.北京：中国文联出版公司.1996：223.

在这些消费场景背后的无形消费场域中,人与人之间的关系也发生了重要变化,遭到了严重扭曲。

一方面,社会低阶层成员往往被物化,成为高级阶层消费者购买甚至浪费的商品。《夜色温柔》中是这样写尼科尔家的某次旅途的:"女家庭教师的女佣和戴弗太太(即尼科尔)的女佣从二等车厢来到卧铺车厢,帮着照看行李和狗。贝洛伊斯小姐只须拿一些手提行李,把西利汉姆斯种狗留给一个女佣,并把一堆哈巴狗留给另一个女佣。"[1]从这些排场中可见,她家的女佣数量惊人,"这些专业化仆役的作用主要不在于实际服务,而在于外观上的炫耀"[2]。他们的存在价值并不在于为主人提供服务,而主要在于维护他们的主人在社会上的声望和地位,因此,拥有众仆究其实质是浪费劳力。

尼科尔与迪克虽是夫妻,但其关系本质上也类似于主仆。在尼科尔的姐姐巴比看来,迪克这个出身低微但才华出众的精神病医生就是她家"花钱"为尼科尔这个病人"买来的家庭医生",是她家消费着的一个特殊的用人,一个扮演父亲、丈夫和医生角色的优秀劳动力。尽管婚后很长一段时间,迪克总想"保持一种合乎身份的财政独立"[3],但"他就像一个靠女人供养的男子一样被人收买了,他的武器也被锁在华伦家的保险柜中了"[4]。他渐渐地"被淹没在滚滚而来的物品和钱财中"[5]。即便是他与人合伙经营诊所的资金也是尼科尔家族提供

---

[1] 菲茨杰拉德.夜色温柔[M].王宁、顾明栋译.北京:中国文联出版公司.1996:323.
[2] 凡勃伦.有闲阶级论[M].蔡受百译.北京:商务印书馆.1997:57.
[3] 菲茨杰拉德.夜色温柔[M].王宁、顾明栋译.北京:中国文联出版公司.1996:211.
[4] 菲茨杰拉德.夜色温柔[M].王宁、顾明栋译.北京:中国文联出版公司.1996:249.
[5] 菲茨杰拉德.夜色温柔[M].王宁、顾明栋译.北京:中国文联出版公司.1996:211.

的,尼科尔家的潜台词是:"我们是拥有你的,这点你迟早总会承认。想保持装模作样的独立性是荒唐可笑的。"[1]可见,"迪克虽然如愿以偿地步入富人圈……富人们始终以尼科尔的'保姆医生'来定位他,他的礼貌、照顾他人的品性也使得他在富人圈里永远只是个仆人。"[2]

另一方面,社会"高级阶层的选择往往会成为社会的风尚和取向"[3],而社会低一阶层成员则经常需通过效仿性消费获得"晋升符号",以向高级阶层靠拢。一个人消费什么、以什么方式消费取决于他"拥有的资本的数量和结构",也即他"手里符号标志的总数"和"这堆符号标志的组成状况"[4]。"不同的团体购买不同的商品,这种差异巩固了符号价值。人们的普遍特点是,认同高级阶层的价值观。"[5]上层社会通常把物品或商品当作符号来操纵,不惜借助奢侈消费来构建身份,小说中尼科尔和巴比代表着高级阶层的消费行为。巴比出行、用餐、住宿都必须是最奢华的,以成为他人效仿的模板,这对她来说是"原则问题"。尼科尔在尼斯街上买了一种海员穿的游泳短裤和汗衫,"这些衣服后来在巴黎女式丝绸服装行业中流行起来"[6]。低级阶层

---

[1] 菲茨杰拉德.夜色温柔[M].王宁、顾明栋译.北京:中国文联出版公司.1996;220.

[2] 王静,石云龙.跨越不去的阶级鸿沟——评《夜色温柔》中人物堕落的阶级根源[J].辽宁行政学院学报.2008(8);220.

[3] 张冰.消费时代的异化美学——论鲍德里亚对马克思异化理论的继承与发展[J].河南大学学报.2013(1);13.

[4] 皮埃尔·布迪厄.实践与反思:反思社会学导引[M].李猛、李康译.北京:中央编译出版社.1998;136.

[5] 张冰.消费时代的异化美学——论鲍德里亚对马克思异化理论的继承与发展[J].河南大学学报.2013(1);13.

[6] 菲茨杰拉德.夜色温柔[M].王宁、顾明栋译.北京:中国文联出版公司.1996;353.

将高级阶层的消费选择作为风向标,努力学习和效仿,无非是想在某种程度上摆脱当前的社会阶层,向上攀爬。或者说,"人们从来不消费物的本身(使用价值)——人们总是把物用来当作能够突出你(自身)的符号,或让你(自己)加入视为理想的团体,或参考一个地位更高的团体来摆脱本团体"①。这在中下阶层出身的主人公迪克和罗斯玛丽身上表现得非常明显。他们企图通过消费找到晋升符号。罗斯玛丽艳羡尼科尔的购物方式和购物品位,她需要用尼科尔上层社会的审美观来帮助她挑选服饰和礼物,以便穿戴这些服饰后获得上层社会青睐和认可,获得进入上层社会的机会。小说中有几次写到罗斯玛丽"在尼科尔的帮助下"购物。②而迪克也努力通过消费来显示自己的身份地位,在他举办的一场与众不同的聚会上,"他设法弄来了一辆波斯国王的专用汽车。这辆车是在美国产的,用了特殊的汽车底盘。车轮是银的,冷却器也是银的。车厢里镶着无数颗宝石,并有着貂皮车底"③。迪克之所以想方设法搞到这辆特殊的不实用的皇家汽车,无非是想迎合上层阶级的宾客,表现他"趋同"的趣味,提升他个人的社会空间和地位。

菲茨杰拉德这位从马克思那里得到"最现实的世界观"④的作家,

---

① 鲍德里亚.消费社会[M].刘成富、全志刚译.南京:南京大学出版社.2000:48.
② 菲茨杰拉德.夜色温柔[M].王宁、顾明栋译.北京:中国文联出版公司.1996:66、117.
③ 菲茨杰拉德.夜色温柔[M].王宁、顾明栋译.北京:中国文联出版公司.1996:94.
④ William R. Anderson. *Fitzgerald After Tender Is the Night*: *A Literary Strategy For The* 1930s [C]. Eds. Matthew J. Bruccoli & Richard Layman. *Fitzgerald/Hemingway Annual* 1979. Michigan: The Gale Research Company. 1980:42.

对笔下男女主人公的阶级身份和财产多寡做了细心安排,他把人物安置于一个个消费场景中,让他们受到消费场域中各种力量的牵制,表现了当时美国社会刚刚兴起的消费主义文化对不同阶级人物的侵蚀。一方面,以尼科尔为代表的富裕的上层有闲阶层在奢华消费中并没有获得幸福快乐、有意义和价值的生活,他们不自觉地接受了消费文化的操纵,靠机械的消费来弥补内心的空虚,沦为商品拜物教的牺牲品。小说中,尼科尔两度精神崩溃,其精神病患者的身份不能不说是对这一阶层的隐喻。另一方面,以迪克和罗斯玛丽为代表的中下阶层企图通过消费来获得晋升资格、赢得上层社会的认可的愿望也没能够实现。中下阶级固有的生活"惯习"并不会因为他们努力向上的消费活动而改变,惯习是"特定的经济条件的产物……属于同一个阶级的许多人的惯习具有结构上的亲和,无须借助任何集体性的'意图'或是自觉意识,更不用说(相互勾结的)'图谋',便能够产生出客观上步调一致、方向统一的实践活动来"[1]。而不同阶级之间却很难"步调一致、方向同一"。迪克和罗斯玛丽无论如何追逐消费档次,他们仍然与上层阶级格格不入。特别是迪克,即便通过与尼科尔的婚姻获得了金钱上的富足,但是他本身的惯习还是不属于上流阶层,他与上流阶层成员的观点和生活总是出现分歧,而且更可悲的是,他还被尼科尔家源源不断提供的物品和金钱所束缚,荒芜了自己的工作和研究,丧失了经济独立,成为没有消费资本的消费者。尼科尔的姐姐巴比是这样评价他的:"人一旦被投入一个不属于他的世界,就会像丢了魂似的,不

---

[1] 皮埃尔·布迪厄.实践与反思:反思社会学导引[M].李猛、李康译.北京:中央编译出版社.1998:168、169.

能自制,不论他们如何有模有样。"①因此他的结局可想而知,最后他不仅被尼科尔抛弃,也受到自食其力的职业女性罗斯玛丽的鄙夷,只得自我放逐,退出那个不属于他的世界。他原本是尼科尔的医生,但这样一个"精神分析者,治愈别人的人,'梦幻世界'的矫正者成了梦幻世界本身的牺牲品"②。我们不得不说,这也是富有隐喻意义的。

其实,无论是尼克尔,还是罗斯玛丽、迪克,这些消费场景中的主角,全都陷于消费陷阱中,受到消费场域中各种力量的掣肘,无法取得真正的自由。

---

① 菲茨杰拉德. 夜色温柔[M]. 王宁、顾明栋译. 北京:中国文联出版公司. 1996:395.
② M. E. Burton. *The Counter-Transference of Dr. Diver In Modern Critical Views* [M]. New York: Chelsea House Publishers. 1985:130.

第四章

消费社会初期美国小说的重要主题

第一节　消费主义的幻境和美国梦的幻灭、畸变

美国文学中有一个重要主题,经久不绝,那就是对"美国梦"的执著追求以及追求失败带来的幻灭感。"美国梦"深藏于美国人意识深处,源于移民拓荒时代。它来自欧洲清教徒的宗教理想信念,后来演变成这样一种信念:在美国这个新的国度,只要刻苦和聪明,人人都可以成功。之后,"美国梦"逐渐与美国的"自由"、"民主"、勇于进取的人有无限的发展前途、凭借自己的才能与奋斗生存等美国资产阶级民主理想等裹挟在一起。在很长时间里,人们对"美国梦"的实现充满了信心,文学作品也刻意描写对"美国梦"的执著追求,赞美实现梦想所需的品质和努力。然而,在19世纪末20世纪初,美国社会经历了从一个以生产型为主的社会转到以消费型为主的社会的巨大变革,实现"美国梦"的途径发生了畸变,"美国梦"的成功也开始转变为以消费主义为表征的奢华消费和物质成功,因而"美国梦"的幻灭也成为日常生活中普通人所经历的常态和文学作品的重要主题。新时代的美国作家们不再沉迷于"美国梦"成功的神话,转而开始全面反思"美国梦"。早在19世纪70年代,马克·吐温便看到了"美国梦"的虚幻性、虚假性,他把美国的"黄金时代"看成"镀金时代",公然表示对美国梦、美国式资产阶级民主理想的幻灭感。20世纪初美国的重要小说家,更是关注"美国梦"与"消费主义"、"物质主义"、"享乐主义"之间的关系,在展现"消费主义"幻境和"美国梦"幻灭、畸变的广度和深度上,胜过前期美国作家。

一

《美国大词典》中的"美国之梦"(American Dream)词条是这样写的:

> 美国人的人生观和社会价值观的反映。通常指的是一种发财致富的梦想……它包括一幢舒适的住宅,一位漂亮的妻子,一辆豪华的轿车,以及每年到国内外去度假。也指获得较高社会地位的梦想,期望成为社会的中流砥柱,在社会上有非常高的威望,在社交圈中受欢迎。美国人信奉机会均等,认为人人都有成功的机会,只要勤奋工作,获得较高的报酬,拥有巨额财富,提高社会地位,美国梦就有可能实现。在美国现实社会中,不乏实现了美国之梦的幸运儿,但更多的是梦想的破灭。在自由竞争的社会中,只有'强者'才能较舒适地生存。[1]

这一定义涵盖全面,几乎囊括了美国梦的核心观念、实现手段、最终结果及事实影响。

美国梦倡导机会均等、崇尚勤奋工作、鼓励地位提升和发财致富。表面上看并没有重大缺陷。对于幸福生活的追求、对自由平等的渴望,不是美国人所独具的梦想,也是全人类共有的梦想;但美国梦"是

---

[1] 杨铮.美国大词典[M].北京:中国广播电视出版社.1994:389.

一种意识形态,一个信仰体系"[1],特别是在消费主义兴起的消费社会初期,美国梦的实现往往以消费主义为表征,美国梦的实现意味着获得奢华的生活方式,可以说,在消费社会中,美国梦就是以消费主义为基石的。消费主义是消费社会所倡导的消费文化中的核心价值观,"消费文化极力鼓励、鼓动、美化和提倡人们参与大大超过其本身基本生存和生活需求的商品、服务、休闲、娱乐等消费行为"[2]。"消费主义的核心就是物质财富的无限占有和感官欲望的峰值满足体验。"[3]消费主义认为,消费是快乐幸福的唯一源泉,认为消费不仅带来舒适、新奇、美丽,还意味着权力和成功,它崇尚消费得越多越好——无论是数量和种类上多,最好都比别人消费得多。消费主义独尊消费价值取向,认为消费就是一切,而且消费决定一切。消费主义意识形态告诉人们:每个人的价值就体现在他消费的商品上面。而成功实现"美国梦"所要求的享受——一幢舒适的住宅、一辆豪华的轿车、每年到国内外去度假,或者在社会上有非常高的威望、在社交圈中受欢迎、拥有巨额财富等,很容易与"消费主义"形成共谋。因而,物质上是否获得成功和能得以奢华消费往往成为是否成功实现"美国梦"的衡量标准。

另一方面,"美国梦"的信奉者认为,每一个人只要努力,都可以成功达到"提高社会地位","从一文不名到亿万富豪,从社会底层到上流

---

[1] 罗伊斯·泰森. 当代批评理论实用指南[M]. 赵国新等译. 北京:外语教学与研究出版社. 2014:63.

[2] 张晓立. 美国文化变迁探索:从清教文化到消费文化的历史演变[M]. 北京:光明日报出版社. 2010—12:201—202.

[3] 张晓立. 美国文化变迁探索:从清教文化到消费文化的历史演变[M]. 北京:光明日报出版社. 2010—12:204.

阶级"的目标。这种幅度很广的社会阶级纵向流动,尤其是从下层阶级到上层阶级的社会流动,也成为"美国梦"实现的显著特征,而阶级的上升必然有其外部标志。挥霍消费、奢侈消费等"消费主义"表现,自然成为上升阶级实现美国梦的最佳表达。因为消费很容易给人造成一种幻觉:只要买得起富人(上一层社会的人员)消费的东西,就可以和他们"一样出色"。

20世纪初的美国小说家,在刻画"美国梦"追寻者形象时,不自觉地把他们写成消费大潮中的弄潮儿。这些出生中下阶层的追梦者,总是通过各种努力获得越来越大的经济优势,并试图通过消费表达其地位提升和"梦想实现"。德莱塞笔下的嘉莉妹妹、柯帕乌、克莱德,菲茨杰拉德笔下的盖茨比,刘易斯笔下的巴比特,华顿笔下的厄丁,等等,均是这类渴望通过消费来表达梦想实现的追梦者。

二

作为世纪初第一部大肆渲染消费社会的小说——德莱塞第一部长篇小说《嘉莉妹妹》的主人公嘉莉妹妹的经历,可以说是那个时期美国下层民众发财致富梦的典型。她虽然出生于农村贫民阶层,但她凭着自己漂亮的外表一步步实现自己的欲求梦想。她的最大特点就是想要消费——想要消费得起、消费得多、消费得贵(与他人相比)。嘉莉妹妹来到芝加哥寻找自己的梦想,因为在农村她受穷受够了。她对城市生活的欲望和物质享受的渴求由火车上遇到的推销员杜鲁埃对琳琅满目如大商场般的芝加哥城的描绘引起。这使得嘉莉虽是来芝加哥谋职,但总是想躲避工作,她满脑子想象"那些遥远的大人物整日数钱,穿戴华丽,出入坐马车"的场景。消费的欲望和消费可能带来的快乐驱使着嘉莉，使得她不愿意看到姐姐、姐夫在城市贫民窟"生活的艰辛劳苦"。她想要有钱花，而靠她自己做工所得无几，因此，当杜鲁埃再次出现在她面前，带她去餐馆消费，给她钱去百货公司购买衣物，还能为她租下像样的宅子时，她很快就向自己的欲望屈服。为了能消费得起那些商品并表现自己社会地位的改善，她做了杜鲁埃的情妇。而在见识了杜鲁埃的朋友——酒店经理赫斯特伍德——更上一层次的吃穿用度消费状况之后，嘉莉妹妹很快移情别恋，成了他的情人——以最简单的方式达到与他同等的消费层次，又一次"提升"了自己的社会地位。作家也通过写嘉莉妹妹本人吃穿住行，特别是服饰消费的一步步改善，来表现其社会地位的"晋升"和梦想的一步步实现。在小说结尾处，嘉莉本人成为大众娱乐明星，成为众人捧场的上层社会名流。此时，嘉莉彻底实现了自己的梦想，她的钱包里钱装得满满的，想买什么就买什么。

德莱塞其他作品中的中下阶层主人公也往往通过消费来表达梦想的实现，如《美国的悲剧》中的主人公克莱德。他向往上层社会人士的身份、地位、金钱、奢侈生活，他一方面极力攀附权贵，一方面力图通过消费来模仿以求靠近上层阶级。"欲望三部曲"中的主人公柯柏乌，从一个普通的经纪人发迹成为一个百万富翁，其梦想的实现也主要以他不断购买昂贵的艺术珍品、不断建造和装饰豪宅为标志。这些人物在实现所谓的"拥有巨额财富，提高社会地位"的梦想过程中有一个共同的特点，那就是无节制的消费和满足自身无止境的商品欲望。

"爵士乐时代"的"桂冠诗人"——菲茨杰拉德小说中的追梦人也往往如此。在他们眼里，缩小自己与上一阶层人的地位、收入等差别的最直截了当的手段便是消费。对他们而言,"我消费什么,怎样来消费,实际上体现和贯彻了'我'对自己的看法、定位和评价"①。在这些企图实现美国梦的美国人眼里,消费就是一种自我价值的体现,也是唯我独尊的象征。例如,从不知名的农民子弟发迹为大人物的盖茨比的房子是"模仿诺曼底某市政厅的宏伟建筑",他仿效汤姆这类贵族阶层的人的消费方式来展示自己财富和地位。他举办豪华晚会也只是为了抬高自己的身价,因为他本人并不迷恋夜夜笙歌的生活。在消费主义盛行、物质主义泛滥、享乐主义流行、浮华喧嚣、恣情放纵、醉生梦死的社会语境中,盖茨比深陷其中不能自拔,他唯有随波逐流,以奢华消费的形式来证明自己的社会地位和自身的价值,来表现自己是实现"美国梦"的成功人士,渴望以此博得心上人黛茜的爱情。

刘易斯小说《巴比特》中的同名主人公,虽出身中产阶级,但也热衷于通过消费来证明自己已然成为社会的中流砥柱和成功人士。他在消费方面的诀窍有两个:一是"与琼斯家比",二是胜过"琼斯家"。巴比特遵循通过不断消费提高社会地位这一原则,他认定自己吃穿住行所有的东西必须上乘一流,以符合他所处社会地位的标准。他在富人区购买了一套一流的住宅,他的浴室富丽堂皇,里面有银一样光滑的金属物品,他家的前院完美无瑕,他有一只很现代、很高级、很稀罕的闹钟,他的价格不菲的电动打火机由于与众不同而使他感到无比自豪,他还准备建一个现代化的时尚的车库,换一辆新的名牌汽车。为了得到并保持别人的尊敬,为了成为人上人,为了表现自己成功,他觉得必须千方百计占有财富并消费昂贵稀有的商品。因为只有这些商

---

① 王宁.消费社会学:一个分析的视角[M].北京:社会科学文献出版社.2001:61.

品,才正好配得上他作为泽尼斯城市成功商人的身份。

华顿小说《国家风俗》中的女主人公厄丁最为重要的身份也是商品"消费者",她通过操控贵重消费品和时尚商品,成功地从一个暴发户之女成为社会顶层的贵族。她也被称为"华顿小说中毁灭性女性消费者的最著名的典型"[1]或"现代、资产阶级消费力量的象征"[2]。厄丁追逐消费,追求如"钱、汽车和衣服"[3]这样的商品。对她而言,商品象征着生命的"享受和运动",也只有商品——"蜂拥的汽车、靓丽的商店、新颖而大胆的女装礼服、移动的花车上堆砌的色彩,甚至还有平板玻璃橱窗后面糕点师傅的颜色鲜艳的小火炉"[4]——才能让她真正"激动和欢乐"。在厄丁看来,要想进入上层社会就要消费时尚商品和贵重物品,因此,是否属于时尚消费,是厄丁决定住所、装饰等一切消费活动的标准。例如,她发现所有时髦的人或是在旅馆搭伙,或是在旅馆居住,于是就要求她的父母迁往旅馆而放弃刚在西区大道买的房子。在选择伴侣、结交朋友时,厄丁也总是试图通过消费时尚物品占据人际政治中的上风、获得最大利益,实现阶级地位的飞升,实现梦想。

---

[1] Freeman K. Freeman. *Love American Style:Divorce and the American Novel,1881-1976*[M]. New York:Routledge. 2003:75.

[2] B. B. Tischleder. *The Literary Life of Things:Case Studies in American Fiction*[M]. New York:Campus Verlag. 2014:123.

[3] Edith Wharton. *The Custom of the Country*[M]. New York:Charles Scribner's Sons. 1914:209.

[4] Edith Wharton. *The Custom of the Country*[M]. New York:Charles Scribner's Sons. 1914:281.

三

　　20世纪初的众多美国小说家表现了人物的"消费主义"行为,展现了"美国梦"与"消费主义"之间的特殊关系,然而在表达与"美国梦"相关的主题时,小说家们则深刻揭示了"美国梦"的幻灭。在20世纪初的作家笔下,"消费主义"所能营造的满足感和快感只是一些"幻境",以"消费主义"为实现"美国梦"的重要表达,必然引起幻灭。

　　第一,"消费主义的核心就是物质财富的无限占有和感官欲望的峰值满足体验。由于人性贪婪无度的本质,由于人类欲望的无限性,消费主义所提供给人们的愿景自身就是一个巨大的馅饼和无底的深渊"[1]。在这种境况中,"人本身越来越成为一个贪婪的、被动的消费者。物品不是用来为人服务,相反却成了物品的奴仆"[2]。德莱塞小说中的嘉莉妹妹总认为商品能够给自己带来满足,她一开始把物质消费的满足等同于幸福,但每当获得想要的商品后又会产生痛苦,又会渴望得到新的商品。所以,成功后的嘉莉妹妹仍然坐于摇椅上惶惶不可终日,感觉幸福遥不可及。巴比特的消费所致的对物的无尽的追逐也以失落告终,他无论怎样富足也无法避免精神的惘然。盖茨比的奢华挥霍只能激起黛茜的虚荣和艳羡,却无法换回她的真情。在厄丁那里,时尚消费的求新性使她永远难以餍足。小说结尾处,厄丁嫁给亿万富翁莫法特——她的第四任丈夫,按理拥有了她"想要的所有东

---

[1] 张晓立.美国文化变迁探索:从清教文化到消费文化的历史演变[M].北京:光明日报出版社.2010:204.

[2] 马克思、恩格斯.马克思恩格斯全集(第23卷)[M].北京:人民出版社.1979:473.

西",但她依然感到"总有其他她想要的东西,如果她知道的话"①,她就是"想要别人要的东西"②。她对物的占有欲无穷无尽。可见,消费主义所倡导的"无限占有"和"奢华消费"是双刃剑,它是梦想实现、生活如意的表征,也是进入幻灭的陷阱。"美国梦"的追求者,表面上似乎通过超级消费和奢华消费实现了梦想,成为人上人,但其内心的失落和迷惘以及精神的苦闷意味着他们同时是"美国梦"幻灭的承受者。财富、名望和消费也许一时满足了人物的欲望,但丝毫未能给人物带来真正幸福的生活。

第二,"美国梦"实现的最为显著的特征是幅度巨大的社会阶级纵向的上升流动。流动阶级一旦借用挥霍消费、奢侈消费等"消费主义"外在标志来表现其阶级地位的上升、巩固其新获得的身份,则必然落入另一困境中,遭遇"美国梦"的幻灭。这也是"美国梦"问题中的一大悖论。成功人士要想表达自己实现"梦想",就必须表现出超过他人之处,例如,表现得比别人更有地位、更有钱等来炫耀自己,而显得比别人更有钱的最便捷方式是显得比别人更能花钱、更有消费能力。因此,下一阶层一开始往往通过消费模仿来表达阶级流动的愿望。华顿笔下的暴发户之女厄丁一直模仿她的上一阶层的朋友,"从没有真正形成她自己的风格"③。她总是追求众人追求之物,从不反思自己的

---

① Edith Wharton. The Custom of the Country[M]. New York: Charles Scribner's Sons. 1914: 591.
② Edith Wharton. The Custom of the Country[M]. New York: Charles Scribner's Sons. 1914: 100.
③ Millicent Bell. The Cambridge Companion to Edith Wharton[M]. Cambridge: Cambridge University Press. 1995: 186.

行为。厄丁刚进入纽约社交界,就从报纸和杂志上得知"最时髦的女性都在用新的鸽血红便签、白色的墨水"①,于是她也订购了这样的信纸;她发现人们在晚宴上对"艺术展"和"剧院"高谈阔论,于是她也赶紧去了这些地方;不论她周围是什么人,她都本能地模仿他们的服饰、"说话和姿势"②;婚后很久,她的丈夫就意识到,厄丁会"继续掩饰自我、模仿别人"③,因而无法了解她。以盖茨比为代表的底层人物的消费则更是以模仿为基础的,这种模仿消费,表面上让出身底层的人融入了上层社会,但事实上无法真正缩短他们与上流社会的差距,难以真正使他们成为上流社会的人物。这种消费模仿主要由人物的自卑感造成,其实是对自我原初身份的一种逃避,例如,盖茨比编造自己的过去就体现了这种自卑感。由于自卑感,这些人物难以摆脱从祖辈继承下来的方言、口音、习惯、风俗、生活方式和行为举止,使得他们自身无法真正融入上流社会。一方面,他们只能通过模仿消费在上流社会中寻找自己心理上的归属,而实际上却不得其所,无法在上一阶层建立良好的社会关系。在新的人际交往圈中,他们与别人的人际关系容易弱化,人际情感容易淡化。"人是社会的人,具有对社会关系的依赖性。离开了这种社会关系,个人就处于社会资源的匮

---

① Edith Wharton. *The Custom of the Country*[M]. New York:Charles Scribner's Sons. 1914:18.

② Edith Wharton. *The Custom of the Country*[M]. New York:Charles Scribner's Sons. 1914:160.

③ Edith Wharton. *The Custom of the Country*[M]. New York:Charles Scribner's Sons. 1914:222.

乏状态。"①这些试图通过模仿消费表现自己成功"晋升"的人群最终不得不面临这一尴尬幻灭的局面。例如《夜色温柔》中的迪克,最终由于种种不适不得不离开百万富翁的家族交际圈,自我流放到他"原来的世界"中去;《了不起的盖茨比》中盖茨比的结局则更是体现了美国梦的幻灭,即便其生前曾经举办过无数宴会、曾经慷慨招待过无数客人,但是在他死后,那些从前参加他宴会的人却一个也没有到他的葬礼对他致哀。另一方面,上层阶层的人也并不愿意下一阶层的人通过模仿消费与他们平起平坐,他们往往会企图挫败下一阶层的攀缘,并通过别出心裁的消费以示区别。《了不起的盖茨比》中的汤姆和斯隆先生就是力图维护所谓上流社会交往圈的典型代表。在盖茨比的晚会上,斯隆一行态度十分傲慢。他认为盖茨比是下层人,所以拒绝与他说话,当斯隆夫人邀请盖茨比去参加他们的晚宴时,斯隆立即"要起身告辞"。斯隆的晚宴只容纳上流社会人士,决不允许盖茨比这样的底层人来加入。汤姆对盖茨比的加入也非常气愤,认为他不合时宜、不看场面:"这个家伙真的要来,可是她并不要他来,难道他不知道吗?他在那儿谁都不认识。"当盖茨比以驾驶豪车自喜时,汤姆则养马骑马以突显其贵族趣味和贵族身份。因此,下层阶级的"晋升"之梦往往很难真正实现,一般以"幻灭"告终。

四

20世纪初美国小说中表现出来的"美国梦"发生了严重的畸变,主要表现在实现"美国梦"的途径的畸变。

---

① 王宁.消费社会学:一个分析的视角[M].北京:社会科学文献出版社.2001:25.

"美国梦"所倡导的实现途径是"勤奋工作"和"优秀品质"。19世纪美国有位通俗小说作家霍雷肖·阿尔杰,他通过一百多部作品,描写了出身低微的穷苦少年,如何凭着诚实的品质和勤奋的工作战胜种种困难,最终赢得财富和荣誉。[1]这种文学上的美国梦以极大的宣渲性确立了"美德加勤劳等于成功"的"美国梦"实现途径。阿尔杰小说的情节模式表现出传统道德与"美国梦"实现途径的合拍。可见,实现"美国梦"的途径倡导的是道德方面的积极动力。而20世纪初美国小说中表现出来的"美国梦"实现途径却发生了畸变,表现了成功的愿望与传统的道德之间难以调和的状况。美国梦中由财富和成功所带来的积极动力已经走向负面。

与阿尔杰的通俗小说一样,20世纪初的小说也常常以出生卑微的小人物为主人公,他们有理想,有追求,为了实现自己的愿望,他们也努力奋斗,却遭遇无数的磨难和障碍,即使取得短暂的成功最终也不免于失败,主人公不得不在道德的边缘挣扎,在名利的诱惑下,老实人变得狡诈,善良人变得邪恶,最后他们以堕落换取物质上的成功,换得金钱和名望。在新的以财富、金钱为标准的社会认同体系里,道德逐渐丧失了它传统的规约作用。

无论是德莱塞的《嘉莉妹妹》、《美国悲剧》、"欲望三部曲"、《珍妮姑娘》,还是菲茨杰拉德的《了不起的盖茨比》、华顿的《国家风俗》等长篇小说,都表达了对美国梦实现途径畸变的认识和理解,表现出对美国梦主题在新时代的道德探索。如果说,珍妮姑娘这样一个出身低微的姑娘因为贫穷而堕落并承受了传统道德的规约作用,嘉莉妹妹、厄

---

[1] 龙文佩.德莱塞评论集[M].上海:上海译文出版社.1989:2—3.

丁等人则在消费主义与享乐主义思潮影响下,为了接近自己永无止境的欲求梦想,凭着漂亮的外表,靠自身的性魅力和消费操控一步步堕落,在她们这里,传统道德基本丧失了约束人心的功能,那么到了克莱德、柯帕乌这里,地位和财富才是最大的道德。克莱德由于对金钱、奢侈生活及上层社会身份地位的向往,为了攀上上层阶级的小姐,不惜杀害已经怀孕的女友。柯帕乌从小时候看到的乌贼斗龙虾的场面,悟出了弱肉强食的丛林准则。他在领悟了优胜劣汰、适者生存的残酷现实之后,也就开始采取漠视道德、独尊金钱的价值取向。对他来说,要想得到地位、女人和世人的尊敬,只有依靠成功,特别是金钱上的成功。所以他处事时毫不犹豫地抛开了传统道德,而选择了弱肉强食的丛林法则和游戏规则,也因此他很快成为商场上的枭雄,连法律也成为他利用的工具。在处理与女人的关系上,他也总是不顾任何道德的约束,随心所欲,肆意玩弄女性,一切在钱上衡量。在菲茨杰拉德的《了不起的盖茨比》中,主人公盖茨比被表现为"美国梦"的执着追求者,但他却是靠黑帮买卖起家的,还通过行贿黑社会为自己铲除异己。盖茨比与黑社会头目沃尔夫西姆合作,他费尽心思取悦沃尔夫西姆,借沃尔夫西姆的势力恐吓曾经是他的合作伙伴,如今成为对手的瓦尔特。瓦尔特在与盖茨比的生意合作上曾行为不当,导致他们的罪行暴露,于是盖茨比就毫不犹豫地牺牲了他。对小说中其他人而言,盖茨比为何许人、有何目的、靠什么发财,都不重要,反正他既有钱又慷慨,这就够了。如果说,这些人物在小说中是美国梦的代表,那么这场梦就是一场腐败之梦,他们实现美国梦的事实严重损害了美国梦本应推崇的诚实、勤奋的道德准则。

第二节　商业文化的冲击和工业文明的压迫

消费社会的形成与工业文明的蔓延、商业文化的盛行几乎同步。从19世纪末到20世纪初，美国社会就已经从农业社会发展成为工业社会和商业社会。工业快速发展，铁路迅速扩展，城镇迅速崛起，商品经济和工业文明极大程度上冲击了美国农村和城镇，人们的思想观念、精神领域也发生了巨大改变。以考察现实为主要内容的小说也成为研究商业文化如何冲击人的心灵世界、工业文明如何压迫人的精神生活等主题的重要载体。在这方面，世纪初的两位大作家——诺里斯和舍伍德是典型的代表。

一

弗兰克·诺里斯是深谙时代脉搏、熟悉时代弊病的作家，其小说以"独特的话语视角反映了一部分美国人在清教传统和金钱主义价值观的夹缝"[1]中的生存状态。他通过《麦克梯格》深入挖掘了当时商业文化中畅行的拜金主义所引发的内心空虚与精神痛苦；通过《章鱼》揭示了工业技术文明入侵下自然环境的恶化、人类欲望的膨胀和现代人精神的匮乏。

下文将简要介绍诺里斯的主要作品，论述他对现代商业文化和工业技术文明的批判。

---

[1]　虞建华.美国文学辞典·作家与作品[M].上海：复旦大学出版社.2005：350.

《麦克梯格》的主人公江湖医生麦克梯格,学了一些简单的牙医医学知识后,就在旧金山非法开起了一个牙科诊所。后来在好友马革士的介绍下,与马革士的好友屈丽娜·席伯相识并结婚。起初,夫妻和睦,朋友间也亲密无间,但屈丽娜买彩票偶中了几千美元以及此后家庭经济状况的好转,引起了麦克梯格的好友马革士的嫉妒。马革士为失去屈丽娜以及她的几千美元耿耿于怀,在与麦克梯格闹翻后告发他非法行医。麦克梯格因此很快失业。失业后的麦克梯格经常借酒浇愁,殴打妻子,最后竟然偷了屈丽娜的部分积蓄离家出走。挥霍一空之后,他重又回家向妻子索要钱财,遭拒绝之后失手杀死了妻子,于是携款逃到了杳无人烟的死亡谷。而他的好友马革士也为了那几千美金的奖金一路追踪麦克梯格。最终,麦克梯格在与马革士的搏斗中杀了对方,但因为手和马革士铐在一起;他自己也只能在干渴中等死。

小说中所有后续事件均是由麦克梯格妻子屈丽娜的彩票中奖引发的。小说向读者说明了在一个金钱至上的物质世界里,人变得贪婪、自私、冷漠、唯利是图,亲情、友情和爱情都变得十分脆弱;为了钱财,人可以扼杀亲情、友情和爱情,可以无视道德。

首先是拜金心态对亲情的践踏。屈丽娜原本生活节俭,但是彩票中奖后变得十分吝啬和变态——以数金币和躺在上面体会金子与肌肤的接触为最大快乐。她开始成为一个守财奴、一个嗜财如命的金钱奴隶,全部的心思都用在赚钱与存钱上面。不仅无视丈夫失业后的痛苦,更无视自己娘家人的困窘。她的娘家由于各种原因经营亏损,生活入不敷出。其母写信过来,希望女儿帮助娘家。而屈丽娜却只愿意寄去父母所期望的一半的钱,甚至最终只寄过去四分之一的钱。可见,在金钱至上的社会中,亲情一文不值。虽然屈丽娜完全有能力资助父母一家,但她却选择做守财奴,把钱藏在家里。

其次,金钱欲也轻而易举地毁灭了友情。马革士·史柯勒与麦克梯格是一对好朋友,原本友情深到能够礼让爱情。他们同时爱上了屈丽娜·席伯。马革士心里明白,麦克梯格比他更爱屈丽娜,因而他主动退让。两人出于友情的考虑,都发誓不让这件事影响他们的友情,而且两人之后一段时间确实由于这件事也变得更加亲密。但是,这样一种坚不可摧的友情,在屈丽娜偶中彩票获得巨额奖金之后,变得脆弱不堪。马革士立即感觉自己吃了大亏,懊恼曾经把女友让给麦克梯格而使他发了横财,并逐渐对麦克梯格产生了强烈的不满。他对麦克梯格的态度越来越恶劣,动不动就发脾气,甚至为了鸡毛蒜皮的小事与朋友拔刀相向。麦克梯格也开始后悔曾经免费为马革士拔牙的事情。两人在金钱面前大打出手,马革士于是告发麦克梯格开非法诊所,致使麦克梯格失业。于是,两位朋友变成了极力置对方于死地的仇人。而两人的友情破裂的根本原因就在于屈丽娜意外获得的彩票奖金。可见极度的拜金主义思潮是如何腐化友情的。

最后,爱情在金钱面前也不堪一击。麦克梯格与屈丽娜两人原先是出于真心相爱而结合。婚姻一开始,两人的爱情生活也十分甜蜜。但是,屈丽娜在中奖后变得吝啬和变态。她满心只有对金钱的强烈贪念,以致把一切与爱情有关的情感都抛弃掉。而麦克梯格在牙医诊所被迫关闭后,感觉失去了赖以谋生的手段,于是开始自卑堕落,对妻子也不再有激情,他甚至认为自己从不爱妻子。这就说明,对他而言,当经济成问题的时候,爱情已经变得毫无价值可言。两人都在金钱的驱使下抛弃了爱情,反目成仇,走向了人生的不归路。

诺里斯的这部小说深刻地揭露当时社会上流行的拜金主义现象，尖锐地讽刺人们为金钱丧失基本的道德底线与情操的现象。"小说忠实地记录了当时美国社会的自私、贪婪的社会现实，与当时流行的'文雅传统'对比鲜明(后者秉承清教价值观)……着意展示人类贪欲、兽性的一面。小说中的各种人物……是一群为了一时的满足而不择手段的贪婪之辈，人性的丑陋在对金钱的攫取过程中暴露无遗。"①

《章鱼》的"主要价值在于真实地把握了美国社会变革时期的历史脉搏"②。小说以19世纪末20世纪初美国社会转型的关键时期铁路公司和农场主之间的激烈冲突为背景。当时工业发展迅猛，由于西进运动，美国铁路向太平洋沿岸延伸，大型铁路托拉斯也纷纷建立。太平洋与西南铁路公司将贫瘠的荒地租给铁路附近的农场主耕种，还许诺以后将土地廉价卖给他们。但很快铁路公司及其代理人——银行家贝尔曼看到这些土地经过农场主的投资耕作变成有利可图的良田，便千方百计盘剥这些农民。由于农场主收获的麦子必须通过他们的铁路运输，铁路公司便制定高昂的铁路运价。为了生存，农场主决定组织起来，与铁路公司抗衡。大家原本指望通过在铁路委员会任职的莱曼达到目的，但莱曼与铁路集团暗中勾结，出卖了农场主们的利益。最后在当铁路方面要强行收回土地时，双方发生了争斗。多数农场主在争斗中丧生，农民们被迫离开了土地，流离失所。

小说以"章鱼"来比拟铁路，象征工业文明的入侵。铁路像章鱼一

---

① 虞建华.美国文学辞典·作家与作品[M].上海:复旦大学出版社.2005:351.
② 虞建华.美国文学辞典·作家与作品[M].上海:复旦大学出版社.2005:352.

样伸出无数条触角扼住农民的咽喉,榨干他们的利益。小说里这样描述:"在黑不见底的地底深处,粗大的触手正在寂静无声地蜿蜒前进,向西面八方延展开来,静悄悄,慢吞吞,只待时机一到,就猛地一把抓住所有反对者,用整整一个州的血液来养活自己。"①

一方面,工业文明使得人类赖以生存的自然环境恶化。未被入侵前,这里原来是一望无垠的麦田,农场主和农户们过着淳朴、健康、快乐的生活。"人们在地里干了活,汲取了力量,跟宇宙间最基本的事物保持了接触,心地真诚,精神健全。"②农场的冬耕场景展示的是人与自然和谐相处的一幅美好画卷——大地的"脉搏扑扑跳着,洋溢着热情,早已迫不及待"。农庄的"每一块泥巴包含着肥沃的养料,每一道罅隙吐发着的丰饶气息"③。但是没被污染的大自然很快就受铁路公司的践踏,在工业文明的进攻下,人类的这种亲近自然、与自然和谐相处的生活荡然无存。铁路如没有灵魂的怪兽般疯狂地侵略和侵吞着牧歌式的农场。铁路横穿麦田,与生机勃勃的麦地格格不入,给原本牧歌式的美国西部农场带来了一场浩劫:铁路就像一头吐着蒸汽的钢铁怪物,其滚滚飞轮,打破了原本静谧的农庄,淹没了河里的流水声,淹没了径上的马蹄声。车吐出的烟雾把辽阔富足的西部弄得肮脏不堪,像服丧的黑面纱。④"车驶过之地,空气中留下的是一股热油和辛辣的烟雾味儿。"⑤而且,"在黑夜里猛地像霹雳似的飞驰而过,残忍不

---

① Frank Norris. *The Octopus*[M]. New York: Dover Publications,Inc.. 2003:221.
② Frank Norris. *The Octopus*[M]. New York: Dover Publications,Inc.. 2003:85.
③ Frank Norris. *The Octopus*[M]. New York: Dover Publications,Inc.. 2003:81.
④ Frank Norris. *The Octopus*[M]. New York: Dover Publications,Inc.. 2003:59.
⑤ Frank Norris. *The Octopus*[M]. New York: Dover Publications,Inc.. 2003:208.

堪,冷酷无情地冲进山羊的队伍,划破了静寂、幸福和满足的气氛,留下的是乱嚷嚷凄惨的叫声和黑黝黝的鲜血,尸横遍野。"[1]往日的生意盎然、富饶肥沃消失了,只剩下凄凉和单调的景象。这些描写明显表现了作者诺里斯对工业化的不满。在作者笔下,铁路虽然创造了一些利益和价值,但它使农田充满了死亡的阴影,给自然带来了肮脏和丑陋。诺里斯通过《章鱼》告知读者,铁路就是垄断资本主义的帮凶,工业文明下的垄断资本主义为了满足自身利益,将科学技术当作他们统治自然的工具,不断征服自然,改变生存环境。

另一方面,工业文明也使得人们欲望膨胀,精神失衡。铁路托拉斯为了得到千里沃土和丰厚利润,串通政府官员的亲戚,勾结司法当局,哄抬农庄地价,致使农场主和农民们流离失所、家破人亡。在小说中,诺里斯辛辣地批判了铁路公司像永无餍足的怪兽一样,腐蚀着人的精神世界。小说中州长的儿子莱曼便是欲望无餍、精神失衡的一个典型代表。他的心中只有官职和个人权势的扩张,他就是想利用所谓的权宜之计坐上州长的席位,"为此他咬紧牙关,不管任何问题,只顾像珊瑚虫一样万分缓慢而锲而不舍地为这一目标而奋斗"[2]。他不顾亲友和乡人的利益,与利益集团狼狈为奸,依附于大托拉斯组织。他原本被农庄众人选举为铁路专员,是要作为代表与铁路公司谈判,降低铁路公司的运费,维护农场主和农户们的利益。然而,他却屈从于权势与欲望而丧失了良知,成为垄断资本主义的代言人。他的出卖和背叛,使农庄众人利益严重受损。莱曼踩着亲人和邻居的尸骨走向他

---

[1] Frank Norris. *The Octopus*[M]. New York: Dover Publications, Inc.. 2003: 31.
[2] Frank Norris. *The Octopus*[M]. New York: Dover Publications, Inc.. 2003: 191.

州长的宝座。小说中,功利主义的盛行和泛滥,与工业技术和垄断主义的急速发展密切相关,人类的欲望不断膨胀,人类对物质的追求已经由满足基本需要走向异化。在贪婪和权势的不断侵蚀之下,传统价值观消失殆尽。莱曼成为追求名利、道德沦丧的典型代表。

工业文明似一把"双刃剑",一方面给人类带来了丰富的物质财富,另一方面也导致人与人、人与自然的疏离以及人类社会的精神危机。诺里斯通过对比农场受铁路公司践踏的前后景象,深刻批判了工业文明所带来的负面影响。《章鱼》真实反映了当时的社会状况:工业技术日新月异,垄断资本主义空前发展,而自然环境却遭破坏,人类精神也趋于失衡。

二

舍伍德·安德森生活在美国社会向现代商业社会和工业社会过渡的时期,并目睹了美国中西部平原由乡村社会向工业社会演变的进程。他认为现代工业导致了小镇居民原有淳朴人格的堕落,而消费主义则摧毁了人们的精神追求。他笔下的小镇居民丧失了西方传统哲学伦理的浪漫主义的光环,仿佛失魂落魄,有的甚至道德沦丧,在无可奈何中消耗着生命,他们在工业时代和消费文化中失去了归属感,他们无法与他人沟通,感到自己被社会群体抛弃。舍伍德的小说描绘了由农业向工业化过渡时期的乡镇人们的孤独、悲凉的生活。其小说的主题是工业现代化给乡镇居民生活带来的困惑、孤独与异化。其《俄亥俄州的温斯堡》中的小镇畸人成了现代西方精神荒原中渴望田园式浪漫的人物的精神写照。《鸡蛋的胜利》是在现代商业社会中人生永败的同义词。《林中之死》更使人看到了现代商业社会的让人不寒而栗的冷漠与自私如何侵入家庭生活及社会生活的每一个角落,挑战着整个西方的传统信仰。而《穷白人》则将矛头直接指向工业文明。

下文将简要介绍安德森的主要作品,论述他对现代商业社会和工业文明的批判。

《俄亥俄州的温斯堡》是安德森作品中最为人称道的短篇小说集,由二十多个彼此独立又相互联系的故事组成:中西部小镇温斯堡的居民们从不同的视角审视自己的处境和自己所居住的城镇。小说有一个中心人物,乔治·威拉德,他时而是故事的参与者,时而是故事的倾听者,时而又是主角。安德森在这部作品中主要描写人在由农业社会转向工业商业社会大转变时期的异化和挣扎。

小说中写道,温斯堡五十年前是个宁静的小村庄,现在却成了"一个繁华的小城"①。可见,温斯堡正是美国从农业手工业过渡到工业化时代的一个缩影。它处在自然的农业手工业过渡到发达的工业化文明的交接处。对于繁华的工业化大都会来说,它是一个偏僻而不怎么具有现代气息的小镇,而对于边远的农村来说,它又是一个繁华时髦的小城。小镇中生活着一群人——教师、医生、商人、牧师。他们在农村小生产经济下成长起来,他们的思维、习惯还停留在传统的田园牧歌似的农村经济时代,但眼前的社会变了:商业飞速发展,工业主义、消费主义到来,城市兴起,穿越城镇经过农舍的城际铁路线得到铺

---

① 舍伍德·安德森.小城畸人[M].吴岩译.上海:上海译文出版社.2008:156.

设,汽车出现,时代将他们带到现代工业文明和商业文化社会。面对着发生巨大变化的社会转型时期,他们一时不知所措,感觉理想的生活方式与新时代的社会现实之间形成了极大的反差,于是陷入了一种尴尬的境地。他们既不愿意认同也不想去适应新兴的社会文化,因此只能苦苦挣扎,成为世纪初的一群"畸人"。小说中,一位老妇人离开温斯堡五十年后重返村庄,本准备回农村享受生活。但她到站后看到小村庄已变成一座繁荣的小城,此时她说:"这不是我想象的温斯堡。你在这儿恐怕日子要不好过了。"①

小说中的工业主义也扭曲了人的社会性,使人们之间无法相互了解、互相沟通。温斯堡如同闭塞压抑的囚笼,镇上许多人虽然内心渴望与他人沟通却无法实现,主人公们在日益工业化和商业化的社会,只感到迷茫和窒息。②《母亲》和《死》中的伊丽莎白便是这千千万万畸人中的一个。她在演员梦破碎后开始穿艳俗的衣服,穿梭于不同男人之间,不停歇地"猎取男人"。其实,她追寻理解和爱,她一直希望有人懂她,有人跟她真诚交流,希望找到自己的真爱,以改变她绝望的人生。但可悲的是,她虽然不断与男人有身体接触却从未得到真爱,因此每次与男人发生关系后,她总是哭泣。她渴望爱情,最终却因与父亲赌气,随便抓了一个男人潦草结婚。结果可想而知:这场潦草的婚姻成为她后来怪异行为的直接根源。她那做生意的丈夫根本无法理解她,最终,她只好在孤独和苦闷中选择死亡。

---

① 舍伍德·安德森.小城畸人[M].吴岩译.上海:上海译文出版社.2008:156.
② 安德森一直在作品中描述他认为由工业社会所造成的情感压抑现象,例如《穷白人》《深色的笑声》等。当然,这些作品在描绘工业社会中人的情感世界方面都没能超过《小城畸人》。

安德森的这部小说一方面描写了文化转型时期受工业资本主义和商业文化扰乱的美国社会，另一方面深入刻画了那个时代美国人的心灵，为当时的美国商业社会诊断出精神病症。《俄亥俄州的温斯堡》所展现的，是美国社会向现代商业社会转型期的一个时代的缩影，是美国现代文学史上对美国商业社会深层矛盾的艺术反思。

《鸡蛋》是舍伍德的著名短篇小说。小说是用一个孩子的视角叙述他父亲的故事。小说中的父亲原本以种地为生。但是孩子的降临使父亲感到生活的压力和强烈的责任感，为了孩子将来有出息，父亲决定不再当农民了。由于母亲常常给父亲讲历史上不少出生低微却通过不懈奋斗而成为伟大人物的故事，用所谓的"美国精神"规劝父亲，这使得父亲雄心勃勃起来，想要为实现家庭致富的梦想大干一番。父亲先开了一个养鸡场，后来开餐馆，但是没有成功。父亲由于求胜心切，以为鸡的怪胎展览可以招揽顾客，就把孵出的怪胎泡在酒精里，放在火车站旁开的小酒店里展览。他以为这样可以招揽顾客，结果却适得其反。最后，他只好拿鸡蛋变戏法来吸引顾客，他使劲地耍鸡蛋，结果反倒让客人觉得他疯疯癫癫。

小说通过一个鸡蛋来体现父亲的美国工商业社会理想的破灭，及最终的顿悟：他明白自己的理想生存模式在现实生活中其实是无法实现的，发财致富对于社会底层的劳动人民来说简直就是水中月、镜中花。安德森刻画的是20世纪初深受商业文化冲击和工业文化压迫的美国人的梦想、孤独、懦弱和无奈。透过《鸡蛋》，作者展现了文学世界里的现代商业社会。这里，《鸡蛋》是在现代商业社会中人生永败的同义词。

《林中之死》描绘了20世纪初美国女性的不幸命运,刻画了现代商业社会让人不寒而栗的冷漠与自私如何侵入家庭生活及社会生活的每一个角落,也表现出安德森对社会和外部环境、人性本身以及两者之间相互关系所做的思考。

《林中之死》讲述了一个并不可怕但又无法避免的死亡的故事,展现了女主人公悲怆的一生和故事讲述者对她的死亡的反应和反思。

《林中之死》中的老妇人是大地母亲的化身。大地母亲是无私的,她只知道付出,不知道索取。老妇人也将自己的点点汗水化作甘甜的乳汁抚育了万物。老妇人身上带着一只袋子,她每日上街市就放几只蛋或别的什么农产品在里面,然后换回需要的东西回家,养活家里的男人、孩子和狗。安德森在老妇死后还多处提到老妇人的袋子,那是养育万物的袋子,也是兰姆斯夫人的人生包袱。死了,反而解脱了。

在兰姆斯夫人的一生中,不幸和悲剧总是陪伴左右,可以认为格兰姆斯夫人的形象体现了替罪羊原型——她不过是那个冷酷无情的父权社会中众多无辜女性牺牲品中的一个,她存在的唯一价值就是被男人利用,成为父权社会的替罪羊。兰姆斯夫人出生后成为弃儿,后来作为契约奴长大,是捷克·兰姆斯先生救她脱离德裔奴隶主的虎口。随后她嫁给了捷克·兰姆斯先生,并生了一男一女。不幸的是女儿夭折。兰姆斯父子一起虐待她。她也从来不知道生活可以更好。她生活的唯一寄托就是喂养她身边的人与畜。最后,她累死了。"那个死去的女人生来注定要喂养畜生。不管怎样,她所做的也仅仅如此。她未死之前就在喂养畜生,在她童年时以及在她少女时代在德国佬的农庄上干活时,还有在她嫁人之后又一天天衰老时,甚至在她临死之际,她一直在喂养着畜生。她养活牛,养活马,养活猪,养活狗,养活人。她的女儿年幼时就死了,而和她的独生子在一起,她又一点也没有做母亲的地位。就在她死的那个夜晚,她还在匆匆赶回家,背上还背着可以养活那些畜生的食物。""她死在林中的空地上,她直到死后还继续在养活畜生。"①

畜生也非常依恋格兰姆斯夫人。老妇人在临死的时候,几只狗亲昵地偎依在她的身边久久不愿离去。它们不停地舔着她的鼻子,要唤醒她。"现在我们不再是狼了。我们是狗,人类的奴仆。活着吧,主人!人要是死了,我们又将变回狼了。"②过了许久,故事中的叙事者路过老妇人的门口,眼前一片荒凉凄怆,只有几只饿得瘦瘦的狗在那里停留不肯离去。安德森用他极其抒情的笔调咏叹了哀婉的伤逝。这里的狗性还比人性忠诚,富于友情。与之对比的是冷酷的兰姆斯父子。作者以此来影射美国商业社会对人性的压制和摧毁。

《穷白人》是安德森最为出色的长篇小说之一,也向读者展示了19世纪末到20世纪初美国社会转型时期的历史画卷。小说通过描写主人公休·默克维的思想成长历程,抨击了工业文明给人类生活带来的灾难。休·默克维出生于毕德威尔的一个穷白人家庭,从小热爱大自然,喜爱幻想,后来接受了正统的清教实用主义教育,思想有了很

---

① 万培德.美国20世纪小说选读[M].上海:华东师范大学出版社.1981:123.
② 万培德.美国20世纪小说选读[M].上海:华东师范大学出版社.1981:123.

大改变。在目睹毕德威尔农民的辛勤劳作后,他发明了节省劳力的农耕机器,但当地一新兴工业家史蒂文·亨特利用他的善良和无知跟他签订不平等条约,默克维原本造福于百姓的发明沦为工业资本的赚钱工具。默克维深信技术革新必将推动社会进步,但他的机器作为工业文明的代表,破坏了这个中西部小镇的恬静生活。"在机器文明无情的入侵下,原有的伦理价值分崩离析,新生的工业秩序形成了资本家与无产者两大对立阶级,而人性的贪婪与丑恶也在赤裸裸的金钱关系诱惑下暴露无遗。"[①]最后,人们认为,默克维才是导致所有不幸的真正元凶。一位年老的手工业者在被利用机器的学徒夺去生计后,疯狂地杀死了学徒并袭击了默克维。这些遭遇使得默克维痛苦地认识到,他所信仰的机器技术和工业文明并不能真正给人们代理幸福,相反,它把毕德威尔从祥和的乡镇变成了罪恶的工业化城市;而他原先想帮助的农民们,也在工业化大浪中承受了灭顶之灾。"毕德威尔是当时整个美国社会的缩影,它的转型象征着村镇社会向现代工业化社会转变的过程。"[②]安德森通过这部小说表达了他对工业文明的反思和批判,也表达了转型过程中由工业技术引发的传统伦理价值沦丧的悲叹。

如果说《俄亥俄州的温斯堡》重点在表现小镇畸人与冷漠的现代西方精神荒原式商业社会的格格不入的话,那么《鸡蛋》则开始怀疑这个商业社会中的精神核心——在美国,人人平等的民主理念只是莫大的谎言。对穷人来说,人生永败才是真谛。《林中之死》更使人看到了

---

① 虞建华. 美国文学辞典·作家与作品[M]. 上海:复旦大学出版社. 2005:28.
② 虞建华. 美国文学辞典·作家与作品[M]. 上海:复旦大学出版社. 2005:28.

现代商业社会的让人不寒而栗的冷漠与自私如何侵入家庭生活及社会生活的每一个角落,并直接讥讽人性本身,挑战着整个西方的传统信仰。而《穷白人》则直接批判工业文明带来的弊病。

总之,安德森是植根于20世纪初美国商业社会的小说家。他的小说反映那个他深恶痛绝的异化社会中的人和事,反映了他对美国商业社会伦理与规则的反思,包括美国社会底层人民的切肤之痛。穷人的理想幻灭了,大机器的同化力量使生活变得单调,人性被异化了,个性的尊严被剥夺了,人们感到自己与社会及周边环境格格不入。现代人发现,在现代商业社会中生活,物质上虽然富裕,精神上却是堕落、耻辱和空虚的。他们其实都是大机器时代商业社会中的可怜虫、牺牲品、畸人。他们挣扎着与商业社会伦理相抗争,试图片面地守住自己熟悉的生活理念。于是这些哀婉、孤独、畸形的小人物一再遭受生活的错置,成了现代社会进步的牺牲品。安德森写的就是这些受屈抑、不知所措的小人物的内心感悟——他们的甜蜜与悲情。把他们的故事加起来,就成了美国商业社会的浮世绘,成了美国现代历史悲剧的真实写照。

安德森的小说探讨社会转型期美国人的内心世界。布利里昂·法金曾这样评价:"美国小说多注意表面的事物,即所谓的现实主义小说。我们一直都在讲述人们如何衣食住行,创业致富,获得成功的故事。'冒险题材'的小说深受读者欢迎,但是似乎也仅局限于行为冒险。纵观历史,我们从来没有写过人物内心世界的冒险故事。"[1]他

---

[1] N. Bryllion. Fagin *The Phenomenon of Sherwood Anderson—A Study in American Life and Letters*[M]. Baltimore:The Rossi-Bryn Company. 1927:63.

说:"欧洲早就出现了剖析人类灵魂的伟大艺术家。从陀思妥耶夫斯基到马塞尔·普鲁斯特,欧洲的心理学研究经过了漫长的历史。然而在美国,只有安德森对探索人类心理的问题做出了真正的尝试。"①

---

① N. Bryllion. Fagin *The Phenomenon of Sherwood Anderson—A Study in American Life and Letters*[M]. Baltimore: The Rossi-Bryn Company. 1927:63.

下 篇

第五章 消费社会·城乡·伦理困境

第一节　城市意象与城市人的伦理难题

"城市化"指工业革命引发的一场变传统的乡村社会为现代城市社会的历史运动,它是近现代社会出现的与工业化相伴而生的一个新现象。19世纪末20世纪初,美国这个原本依靠自然资源的农业大国迅速迈上了工业大国的征程。伴随着工业化进程的不断加快,欧洲移民和美国乡镇农民不断涌入城市寻求生计,使得城市居民数量超过了农民,城市数量和规模与日俱增。20世纪30年代,美国建成了全国性的现代城市体系,基本实现了城市化。由于城市的吸引力,人口、劳动力、资本、资源、技术和商品也都纷纷聚集于城市,从而带来了生活方式和思想观念的巨大变化。"消费主义"作为一种为了满足人们充溢的消费欲望的生活态度和价值观念,一直伴随着工业化和城市化,不断地扩大它的影响力。20世纪初的美国小说家们对正在进展中的城市化和正在蔓延的消费文化做了细致描绘,表达了他们对城市、城市消费文化和城市人伦理困境的理解。

一

19世纪初,蒸汽机和铁路出现在世人面前,美国交通运输因此经历了巨大变革,随后,工业蓬勃发展,机器生产逐渐取代手工业生产。南北战争之后,战败的南方也紧跟着以资本主义大工业为主导建设力量的北方,完成了工业革命。对当时的美国人来说,工厂和工业被神圣化:"建一座工厂就是盖一座圣殿,在工厂干活就是在那里做礼拜。"[1]到20世纪初,美国已经迈上了工业大国的征程。

伴随着工业化进程是美国的"城市化"。美国城市化进程分为三个阶段——殖民地时期到19世纪上半叶的起步期、19世纪中后期到20世纪初的鼎盛期、20世纪20年代后城市发展的新阶段。[2] 其中,南北战争结束后至20世纪初是美国城市化进程的高潮期。内战后,随着全国工业化的实现,大量农村人口转入城市,再加上外国移民的涌入,美国城市化进入了白热化状态。相关资料表明,1870年美国有90万人口居住在68个城市中,城市人口的比重为25%,1920年有2722个城市,城市人口为5020万,占总人口比重的51.2%,第一次在总人口中超过了农村人口。城市的数量和人口都有显著增长,其中1万到2.5万人的城市由58个增加到280个,10万以上的城市由9个增加到38个。[3] 这些数据表明了美国的城市化已经初步完成,可以说,20世纪初的美国已经"从一个以农业为主的社会变成了一个以城市为中心的社会"[4]。到20世纪初,纽约、芝加哥等城市已扩展成"把周边的郊区囊括进去,构成以多中心为主要特征"[5]的大都市。

城市结构的变化无疑促进了经济繁荣,然而,在滚雪球似的工业化和城市化发展的背后,"消费主义"作为一种为了满足人们充溢的消

---

[1] 转引自威廉·曼彻斯特.光荣与梦想[D].光泽外国语学院美英问题研究生翻译组、朱协译.三亚:海南出版社、三环出版社.2006:18。

[2] 王红.美国城市化进程与大众文化[D].重庆师范大学.2011。

[3] David Ward. Cities and Immigrants: A Geography of Change in Nineteenth Century America[M]. New York:Oxford University Press. 1971:22。

[4] 虞建华.美国文学的第二次繁荣[M].上海:上海外语教育出版社.2004:3。

[5] 高奋.《了不起的盖茨比》:美国大都市的文化标志[J].广东社会科学.2018(6):152。

费欲望的生活态度和价值观念,从诞生到发展,正在不断地扩大它的影响力。1879年,爱迪生发明的电灯使美国率先打开了电气化的大门,从家庭生活到工农生产,各种电器产品的生产使用极大地促进了美国消费主义的兴起。19世纪末,美国建成了当时世界上最庞大的铁路网,使全国各地的资源可以被广泛、高效地利用起来,也极大地促进了生产和消费市场的形成。而当时汽车、航天工业和无线电产业的蓬勃发展以不可阻挡之势,为消费主义奠定了更加坚实的客观基础。此外,在现代化进程中,新技术带来的机械化、自动化促使企业经营模式和管理技术发生了变革,极大提升了工人生产产品的效率,产品成本和价格不断降低,社会物质财富不断累积,这一切为消费主义的兴起提供了强大的物质和经济基础。

城市化与"消费主义"、"消费社会"必然是共生关系。城市化不仅意味着人口向城市的流动,及繁华商业区和高楼大厦林立的地理位置,它更是一种文化特征和精神内涵,它极大地改变了美国人的生活方式和生活观念,为消费社会和消费文化的形成提供了土壤。城市人口的大爆炸和生产力的飞速提升使得整个经济市场充满了无穷无尽的动力,反过来社会也通过一系列营销手段和政策来促进消费,营造出一种消费氛围。城市提供一系列消费项目,并提供丰富多彩的消费场所,很快成为商品消费、休闲消费、媒体消费的中心。而且,城市人群比乡镇人群更容易浸润于"消费主义"中。因为,第一,在城市中,人们生活方式的差异性极小,个人若要保持个性、寻求自我身份认同往往只得采取消费的方式;第二,城市化生活流动性强、节奏快,人们之间感情交流少,因而赚钱多少、消费能力高低容易成为个人表现自我存在价值最直观的方式;第三,城市化生活中人们几乎都按同一种模式活动,趋于标准化,这使得人们的兴趣、消费观容易相互影响,生产、消费以及一切享乐都几乎步调一致,有利于相同的消费模式的流行和传播,也导致消费主义在城市人群中迅速传播。因此,到20世纪初,商品消费开始成为城市人群生活的主要内容。

城市化是把双刃剑,生产的集中、消费的集中、人口的集中是城市发展的重要条件,也是其带来的重大改变;急剧的集中,既带来了效率和成本上的受益,也带来重大的挑战[1],它带给国家巨大经济效益的同时,也给人们的生活带来许多负面的影响,让城市的居民背负着沉重的生存压力,也加剧了城市中各社会阶层之间的交往与冲突。一方面,城市化让"城市"成为成功、幸福以及便利的代名词;另一方面,快速的城市化也"带来了激动的震颤和混乱的骚动,热烈的喧嚣之声处处可闻"[2]。正因为城市化,20世纪初的美国也面临着严重的社会问题,如贫穷和拥挤导致道德败坏,法律的缺失导致市场混乱等。[3]

二

20世纪初的众多美国小说家均以其独特的视角和方式塑造19世纪末20世纪初的城市意象。

欧·亨利不仅是19世纪末20世纪初美国文坛的短篇小说大师,更是城市意象的书写大师。他关注城市建设,着力描绘街道、餐馆、广场、旅店等处的城市风貌;他关心城市中的底层小人物。他的小说表

---

[1] 刘王炫. 美国城市化进程中的社会救助[J]. 历史教学问题. 2009(3):46.
[2] 虞建华. 美国文学的第二次繁荣[M]. 上海:上海外语教育出版社. 2004:3.
[3] 刘玉洁. 19世纪末20世纪初美国的安置所运动[M]. 内蒙古大学. 2014.

现了人与城市之间的关系、城市的陌生感、城市里的迷失感、人在城市排斥下产生的伤痛感。特别是,他通过对纽约这个大城市的景象、纽约人的生活状态的书写,勾勒出一幅绚丽的纽约城市之图[①]。例如在《天窗室》《供应家具的房间》《圣贤的礼物》等小说中,描绘了城市底层的低档廉价出租屋;在《流浪汉》《警察与赞美诗》等小说中描绘了那些无家可归的人如何把街道当成收容所;《餐馆和玫瑰》《华而不实》《自然调节》等小说则描绘了城市餐馆的扭曲消费文化。[②] 他描写破旧的居住环境、复杂的用餐场所和混乱的街道景象,反映了城市人的生存状态和城市中存在的问题。值得注意的是,欧·亨利笔下的城市有冷也有暖,有黑也有白,色彩异常丰富。在他看来,虽然城市中存在着各种各样的罪恶和各种不公,但城市生活并不是没有希望的,因为城市中仍然有那么一些人,用他们的善良、正直、高尚的行为表明,人性的本质是弃恶从善的。

欧·亨利等前辈所描述的城市形象在20世纪初的"揭黑派"作家们那里不仅延续下来,而且更加具体,对城市种种弊病的批判之声更强,力度更大。"揭黑派"由正直的美国记者、作家组成。他们在作品中大胆揭露了城市商业的尔虞我诈与政治的腐败,城市工人阶级恶劣的劳动条件,城市贫民窟的极端贫困生活等种种丑恶现象。其中,林肯·斯芬蒂斯的《城市的耻辱》揭露了圣路易、芝加哥、费城、匹兹堡和纽约等大城市政府机关与资本家、金融寡头沆瀣一气、违法乱纪、营私舞弊的腐败行径。乔治·基布·特纳的《芝加哥市——一项关于罪恶

---

① 详见于芳.论欧·亨利小说中的城市书写[D].上海师范大学.2014。
② 详见于芳.论欧·亨利小说中的城市书写[D].上海师范大学.2014。

的调查》对芝加哥市的酗酒、卖淫、赌博等社会问题进行了如实的报道,并揭露了这些社会问题与政治腐败的联系[1]。厄普顿·辛克莱的《屠场》既描写芝加哥屠场和肉类包装车间极端恶劣的工作环境与生活条件,也刻画了城市移民工人如何在弥漫不散的恶臭和悲惨中生活的景象。[2] 他既"展现肉食品行业和钢铁行业如何运行,而且还展示权力机器如何运转"[3],书写大城市中那些党魁、政客、合同商、罪犯、警察和地方官员沆瀣一气、为非作歹的情况。爱德华·贝拉米的《回顾,公元2000—1887年》则揭露了比任何暴政更为可怕的"资本暴政"——垄断资本——造成的贫富悬殊。他认为,大城市中的大公司为人们"准备了一种有史以来最下贱的奴隶的枷锁"[4]。在他们看来,垄断企业最后拥有"工厂、商店、屠宰场、地产和房地产公司、仓库、政客、州议员及国会议员"。而美国社会由于信仰"适者生存",过分崇拜成功,导致"强者有权消灭弱者,对公司来说利润是最公正的"这样一些歪曲的价值观的盛行[5]。史蒂芬斯在《城市之耻》中揭露政客与企业家狼狈为奸的现象,批判了商业利益集团对整个社会的不良影响。总体而言,"揭黑派"揭示了美国社会弱肉强食的经济运行机制和混乱肮脏的政治秩序,揭露了垄断资本家的不正当竞争行为、假冒伪劣商

---

[1] 参见徐国林.黑幕揭发运动与20世纪初美国社会变革[J].河南大学学报(社会科学版).2005(4):128。

[2] 参见王琳.美国城市文学发展轨迹——美国近现代文学史的一种解读[J].湖南工业大学学报.2010(1):115—116。

[3] 参见肖华锋.《屠场》与美国纯净食品运动[J].江西财经大学学报.2003(1):91。

[4] 参见徐国林.黑幕揭发运动与20世纪初美国社会变革[J].河南大学学报(社会科学版).2005(4):125。

[5] 参见肖华锋.《屠场》与美国纯净食品运动[J].江西财经大学学报.2003(1):94。

品盛行和工商企业大规模欺诈消费者的行为,他们描写城市生活中的物欲横流、亲情淡漠、道德滑坡、竞争残酷、人性堕落等黑暗景象。"揭黑派"的作品整个就是一幅幅活灵活现的现代都市画面,只是他们笔下的城市如同地狱,让人生不如死。

被誉为美国城市小说的开拓者①的西奥多·德莱塞,以19世纪末20世纪初的美国现实社会为背景,描绘了工业化后美国城市生活的方方面面,为后世城市研究者留下了宝贵的文化遗产。他的小说中对美国转型期的城市书写开辟了书写美国城市小说的先河。从芝加哥到纽约,无论是普通的职工住宅区、廉价旅馆,还是豪华奢侈的商业区、大富豪们的别墅,德莱塞都研究深入、描写细致。② 他不仅书写城市空间中诸如商店、旅馆、剧院等消费空间和公寓、住宅等居住空间的具体形态,还精心刻画了城市化进程中人的心理、情感等变化,反映了生存在城市消费社会中的人所受到的诱惑、人的困惑与忧思,表达了深刻的人文关怀。③ 例如,他在描绘城市景象时会特别关注对灯光和玻璃窗的描述,因为有了灯光和玻璃,饭店、商店、剧院等就会显得耀眼夺目,引人注意;灯光和玻璃窗的设计将室内的商品和服务、娱乐和享受外在化,增添了诱惑力以此刺激消费,极大地强化了室外人的消

---

① 批评家豪斯曼(Housman)曾说:"20世纪美国城市小说随着《嘉莉妹妹》的出版而产生。虽然同时代的其他小说也透视现代城市生活,却没有一部把主要的城市主题、态度、情绪结合在一起,也未见一部与19世纪文学传统截然不同的新小说。"参见 Gelfant Blanche Housman. The American City Novel[M]. Norman:University of Oklahoma Press. 1954:63。

② 刘蔚馨.城市:弥漫的欲望——浅析《嘉莉妹妹》中人物的欲望和命运与城市环境的关系[J].文学评论.2011(6):38.

③ 张跃菊.论德莱塞小说中的住宅意象[D].上海师范大学.2019.

费欲望和消费意识。① 他作品中的主人公皆是美国城市化进程的产物,是城市环境的产物,他笔下的人物多数或徜徉或煎熬于消费性的欲望城市,或流连忘返或困顿焦虑。在德莱塞笔下,城市中的芸芸众生,为了名利,为某种形式的幸福,甚至有的仅仅是为了生存。他们怀着各式梦想,做着各种奋斗,如《嘉莉妹妹》、《美国悲剧》和《天才》等作品中的主人公嘉莉、克莱德、尤金,他们深深地被城市的崇高景象吸引,他们从乡村走到城市来奋斗,或成功或失败,演绎了城市中的各式人生。还要指出的是,他的众多小说都以新兴的工商业城市芝加哥为背景,展现了在工业扩张和自由经济的黄金时代里,"百万富翁第一次被人们当作崇拜的偶像,吸引着美国四面八方的人。农村人纷纷涌入城市,成了资本家廉价的劳动力。单调的机械操作、恶劣的工作条件和低微的工资造成工人生活贫困,资本家则纸醉金迷,养情妇,逛酒店。结果,芝加哥商业区失业者到处流浪,向行人求乞,慈善机构假仁假义,旅店用明星招揽生意,报刊吹捧明星哗众取宠……"② 可以说,德莱塞在其小说中绘出了一幅幅生动的"城市世俗生活画"③。

多斯·帕索斯也以其城市书写——《曼哈顿中转站》和《美国》三部曲闻名于美国文坛。他的城市"群像小说",他那揉人物命运和历史(瞬息的、整体的、个别的)于一体的新异的创作手法——"照相机镜头"式、"新闻短片"式、"人物小传"式——使他在美国近代文学史上独

---

① 李圣昭,刘英. 城市空间与现代性主体——从空间理论角度解读《嘉莉妹妹》[J]. 安徽文学. 2014(3);56.
② 杨任敬. 20世纪美国文学史[M]. 青岛出版社. 1999;77.
③ 杨任敬. 20世纪美国文学史[M]. 青岛出版社. 1999;77.

树一帜。① 他出版于1925年的《曼哈顿中转站》,以20世纪初美国大城市为背景,刻画了记者、律师、演员、水手和工会干部等一批资本主义社会的失意者,他们行走在城市丛林中,"在混乱的城市里过着漫无目标的生活"②。这部小说仿佛如一个巨大的万花筒,向我们展示整个纽约城沸腾的生活。《曼哈顿中转站》再现了纽约人的日常生活,通过形形色色的人物,详尽刻画20世纪初的纽约都市生活。小说"全方位地再现了快节奏的、运动着的、浓缩充实的都市生活,将纽约这座充满自私、虚伪、贪婪、物欲的城市上升为作品的主角"③。但"城市不再只是被看作一个充斥着诸种力的巨大体制或是一个相互残杀的丛林,而主要是被视作一个充满错综复杂的意识和一闪而过的印象,充满偶然和多变的带有共时性特点的环境"④。一方面,作者把纽约作为现代美国文明的标志来写,让"这个现代大都市既呈现出散漫、颓废的情景,又充溢着追求权力与金钱的狂热,展示了美国社会的经济成功的模式"⑤;另一方面,作者把纽约描写成充满悖论和张力的城市空间,曼哈顿既遥不可及,又无处逃遁,既伸手可及,又虚无缥缈:城市的存在既抽象又实质,城市的符号无处不在,但城市的实质无处可寻。在

---

① 朱世达.多斯·帕索斯与《美国》三部曲[J].读书杂志.1989(11):108.
② 杜鹃.都市的群像图——谈小说《曼哈顿中转站》中的主体形象[J].语文学刊.2003(6):64.
③ 杜鹃.都市的群像图——谈小说《曼哈顿中转站》中的主体形象[J].语文学刊.2003(6):64.
④ 杜鹃.都市的群像图——谈小说《曼哈顿中转站》中的主体形象[J].语文学刊.2003(6):64.
⑤ 杜鹃.都市的群像图——谈小说《曼哈顿中转站》中的主体形象[J].语文学刊.2003(6):65.

《曼哈顿中转站》中,小说中的人物都怀着寻找"中心"的梦想奔向曼哈顿,他们以为纽约是美国的中心,时代广场和百老汇是纽约的中心,但他们最终发现,所谓的"中心"是个永远抵达不了的地方。小说的标题象征着纽约其实就是一个大的"中转站",其意义总是指向下一站。曼哈顿是衡量的参照点:如果别处更好,他们离开曼哈顿;如果更糟,他们回到曼哈顿。小说中的各式人物都在为"更多、更好"而奋斗。纽约吸引着众多寻梦人纷至沓来,然后又都黯然离去。[①]"在这座钢筋混凝土的都市丛林中,隆隆作响的现代化机器,一堆堆的工业垃圾,成群的乞丐和地痞流氓,匆匆而过的百万富翁,所有这一切被一种无法控制的力量所牵引,漫无目地奔向一个可以预感到的,只能是大灾大难的后果。"[②]他的代表作"美国三部曲"由《北纬四十二度》、《一九一九年》和《赚大钱》组成。此系列更是全景式地描写了美国城市生活,更"能正视形势"并"尽力去捕捉它"[③]。帕索斯如一位运用光、色、影的"印象主义"语言大师[④]描绘了城市的气氛、生活方式。例如,他写城市的氛围:"日光从一片血红的静寂中扩散开来,非常轻微地颤动着,消隐在我的黑甜乡里,通过那热血扩大成殷红一片,使眼皮暖烘烘而

[①] 刘英."文如其城"——约翰·多斯·帕索斯《曼哈顿中转站》空间叙事的背后逻辑[J].国外文学.2017(3):63—64.

[②] 杜鹃.都市的群像图——谈小说《曼哈顿中转站》中的主体形象[J].语文学刊.2003(6):65.

[③] 安德罗·霍克编.评论多斯·帕索斯文集[M].新泽西:帕莱蒂斯-霍尔公司出版.1974:112,35.

[④] 安德罗·霍克编.评论多斯·帕索斯文集[M].新泽西:帕莱蒂斯-霍尔公司出版.1974:44.

甜滋滋地变得沉重,然后倏然张开,见到无边无际的蓝黄粉红……"[1]三部曲的创作的背景已不再是纽约这一个大城市了,而是整个美国社会,三部曲拥有新闻短片68篇,人物小传27篇,"摄影机眼"51篇,规模宏大,思想深刻。特别值得一提的是,三部曲详尽地塑造了一些作为成功发迹的富有的美国人对立面的被资本主义制度异化的城市人形象。他们被排挤在主流社会之外,在生活中屡遭不幸、屡遭失败,他们都过着猪狗不如的生活,醉生梦死,毫无希望,不少甚至糊里糊涂地结束了自己年轻的生命。这都是些被资本主义社会异化的人们。可以说,在多斯·帕索斯的作品中,城市已经成为现代化的地理标记,城市既充满活力,又充满暴力和灾难的气息。

而20世纪初美国女作家伊迪丝·华顿则为读者呈现了一幅老纽约贵族的生活图景。她笔下的纽约已不仅仅是个普通的地理名称,而是一个富有特殊人文色彩的地方。例如,在伊迪丝·华顿成名作《欢乐之家》中,交替更迭的活动空间及居住空间——公车、游轮、会所、豪宅、沙龙、厂房、陋室等意象,突显了世纪之交的纽约在都市化进程中所表现出的消费文化表征,阐释了城市环境与社会阶级、人物命运之间的密切联系。这种将城市空间与人物命运并行叙事的策略反映了作者对城市化和工业化所带来的种种社会问题的深入思考。[2] 伊迪丝笔下的纽约是一个纯粹的商业社会,人与人之间的关系只是赤裸裸的金钱关系,[3]财富成为衡量人的社会地位的重要标准。

---

[1] 多斯·帕索斯.1919年[M].朱世达译.上海:上海译文出版社.1990:387.
[2] 许辉,郭棣庆.空间变换与人生沉浮——华顿笔下的纽约[J].外语研究.2013(5):97.
[3] 闻莉.解读伊迪丝·华顿笔下的老纽约文化[J].作家杂志.2011(11):2.

20世纪初美国优秀的"编年史家"、"爵士乐时代"的"桂冠诗人"、"迷惘的一代"的代言人菲茨杰拉德不仅再现了20世纪初美国的时代特征和社会风貌,他还有一种特殊的城市情怀。作为一个西部人,他本人就一直向往东部大城市纽约。因而,他以自己的职业眼光和亲身经历去感知纽约,书写纽约人的日常生活,展示美国20世纪二三十年代的城市生活全景,对"爵士乐时代"大都市纽约的社会风貌、生活气息、精神价值观念以及文化嬗变等转型时期的诸多特征做了真实、生动的描写。① 纽约是他的代表作《了不起的盖茨比》的主要背景,也是其他作品如《人间天堂》、《漂亮冤家》以及一些短篇小说和随笔中多处描写的城市。在菲茨杰拉德笔下,"爵士乐时代"的纽约繁华而又堕落;既给人希望,诱人前往,又令人绝望、致人死亡;纽约是一个光明与黑暗、善与恶、天使与魔鬼合而为一的城市。此外,菲茨杰拉德的城市书写也常常融入田园元素,例如,他把"纽约"城写得富有乡村气息,他笔下的城市景观与乡村风光结合起来形成了理想的城乡合成体,例如在小说《了不起的盖茨比》中,他把纽约的富人公寓描绘成"豪华的乡村公寓,整齐的花园,昂贵的草坪彼此毗邻","菲茨杰拉德那种理想的大都市感,主要通过将大自然与构想出的形象结合在一起。菲茨杰拉德笔下的'纽约'阳光普照,在财富的渲染下,这种自然的气息感染着一切"②。

第一位获诺贝尔文学奖的美国小说家辛克莱·刘易斯也对城市

---

① 详见宋利娜.爵士时代的城市写真——菲茨杰拉德笔下的纽约[D].天津师范大学.2013.
② 李欣欣.20世纪美国文学中的"纽约"[D].天津师范大学.2012:19.

和城市中产阶级情有独钟。他的小说详细地描绘过美国城市"泽尼斯"、西雅图等和异域大都市巴黎、伦敦、威尼斯等各种地理景观,使之既成为揭示小说主题、塑造城市中产阶级的空间素材,并以此来突显现代美国社会的城市化、商业化特征。例如,他在《巴比特》、《自由空气》等多部小说中都提到,人们的思想观念随着经济的繁荣逐渐改变,城市中产阶级的思想开始由消费主导。他们的消费原动力植根于其自身的优越感、竞争的本性和对名利地位的追求。他们通过消费来突显自身的富足,来跟上一阶层攀比——"与琼斯家比"在当时已经成为城市中产阶级的一种普遍的心态。[①] 例如,在《自由空气》中,辛克莱·刘易斯用了很多词语来形容城市中产阶级尤金·吉尔森奢华的别墅,表现他在住房方面超人一等的状态。小说还特意用一个农村人米尔特·达科特作为男主人公,让他目睹和见证了尤金·吉尔森这样的城市中产阶级的消费能力、攀比心态和奢华生活。小说中的西雅图就代表着消费文化和特权文化。当然,这部小说中的西雅图作为新兴城市,与纽约相比,还具有宽容、融合、开放等突出特点。[②] 一方面,这些由消费主导生活的人组成了城市,另一方面,无论怎样的城市,也都对人的身份产生同化与异化作用。刘易斯强化了城市和人的互动机制。

而另一位获诺贝尔文学奖的小说家海明威则喜欢刻画国外的城市,充分呈现了现代都市青年的异邦消费生活方式。他的《太阳照常

[①] 对于刘易斯笔下城市中产阶级的论述可以参见本书第二章。
[②] 石晓珍.论辛克莱·刘易斯《自由空气》的城市空间意象及文化再现[J].哲学文史研究.2017(12):60.

升起》《死于午后》《节日》《第五纵队》《丧钟为谁而鸣》等,都是以西班牙为背景的;而在《流动的盛宴》《太阳照常升起》和《乞力马扎罗的雪》等作品中,法国巴黎是人物活动的重要场景;《永别了,武器》则描写了意大利。海明威抓住这些国外城市的市容景观、生态系统及迷宫般的意象,把它们打造成一战后迷惘的美国青年逃避现实、放纵自我的空间,充斥着物欲与喧嚣的、具有诱人魅力的场域;同时书写美国青年在这些异域空间中如何迷失自我并试图拯救自我。小说故事发生的地方大都在各种消费和休闲娱乐场所,如饭店、旅馆、斗牛场、酒吧、咖啡厅、度假胜地等。人物的城市生活内容主要围绕"消费"展开,他们进出咖啡馆、旅行、钓鱼、观看斗牛、参加圣节、追逐时尚、沉迷酒精、寻求性快乐。这些战后归来、身心都受过重创的青年在迷惘和绝望中,不知该如何面对命运、面对战争的无情,他们远离故土,漂洋过海来到欧洲,纵情于巴黎等城市流光溢彩的都市生活,留恋往返于西班牙等地赏心悦目的风光、斗牛狂欢和"仪式"般的钓鱼活动中,充分呈现了现代都市青年的消费取向和消费方式。自由闲散的消费生活与老一辈新教徒节俭克制的生活形成了鲜明对比,表现得令人神往。美国青年自由地穿梭于国外的城市,过着波希米亚式的生活,在咖啡馆、酒馆中高谈阔论,而异国城市悠久的历史传统、丰富的艺术底蕴、浓厚的文化氛围,也引起这些处在思想危机中、价值观崩塌的美国人的反思,促使他们试图在迷惘中为外部社会建立秩序,并确立自身的文化认同。

三

城市意象可以分为物质性和感觉性两个方面,但首先是物质性的,正如城市研究专家凯文·林奇在《城市的印象》一书中所指出的:"迄今为止,城市意象的内容是与物质形式相关的,可以分为五类:道路、边沿、区域、结点和标志。"[1]

20世纪初美国小说家对城市的物质性做了细致的描摹。例如,德莱塞的城市书写聚焦于百货商店、旅馆、街道、剧院和住宅等具体的城市空间意象,展现了美国芝加哥、纽约等大城市的生活和乡村进城者在城市中的"优胜劣汰"命运。德莱塞笔下的城市如无情大海中的狂涛巨浪,奇妙、高超、深不可测、令人恐慌,既吸引人、成就人又毁灭人。欧·亨利也关注到街道、餐馆、广场、旅店这样的城市设施或城市建筑,他作品中对纽约城市的景象、曼哈顿底层市民生活状态的书写较多。他通过描绘混乱的街道景象、复杂的用餐场所、破旧的居住环境等,反映城市底层小市民卑微艰难的生存状态和世纪初城市中普遍存在的问题。司各特·菲茨杰拉德热衷于刻画中上阶层人所生活的城市场所,如酒会、别墅、轿车、大楼、酒吧,以及布鲁克林大桥、自由女神像等辉煌雄伟的标志性城市建筑,生动刻画"爵士乐时代"繁华而又堕落的城市风貌。同时,菲茨杰拉德还经常将城市景象与乡村景象对照,创造出一种"城市-乡村"的结合体。有了乡村自然风光的陪衬,他笔下城市形象的物质性显得更加丰富。伊迪丝·华顿往往通过城市活动空间及居住空间——公车、游轮、会所、豪宅、沙龙、厂房、陋室等意象突显世纪之交的纽约。辛克莱·刘易斯则爱好刻画城市的公共场所意象,例如杂耍剧场和歌舞剧院,以及大厦和码头、别墅、大学等城市意象,再现以西雅图为代表的城市消费文化和城市包容性,及以

---

[1] 凯文·林奇.城市的印象[M].项秉仁译.北京:中国建筑工业出版社.1990:41.

纽约布鲁克林区为代表的城市特权文化。多斯·帕索斯则通过使用一些城市实物意象，例如轮渡、火、水、海鸥、苍蝇、蒸汽压路机、旋转门、码头等，以及一些色彩意象，例如绿色、白色，对纽约生活百态和城市面貌进行精确刻画。

20世纪初的小说家不仅从不同角度表现了当时城市"物质性"的不同侧面，也深入探究了城市带给人的"感觉性"的方面。因为对于小说家们而言，城市空间"物质性"的价值和意义在于它对城市生活的"人物"的"感受"和身份变化产生的特殊影响。小说家们企图表现对城市文明的飞速发展之中的人生状态的深入叩问。城市不仅是20世纪初多数小说中主要事件发生的场所，也是消费社会中欲望的物化表现。城市化的进程意味着传统生活方式向新的城市生活方式的转变，因而也必然导致价值观、态度、行为方式等方面的转变，而且过分追求商品消费和物质享受的城市消费主义文化，本身也必然挑战传统的伦理道德信条。总而言之，在小说家们笔下，城市让城市中生活的"人物"陷入伦理抉择之中，对城市里生活的人而言，现代化城市不仅仅是光鲜亮丽的，它也有阴暗肮脏的一面。

对于反对工业化或无法适应城市消费社会生活的人来说，城市是物质主义和实用主义的集中体现，人们疯狂敛财，生活骄奢淫逸，人际关系冷漠；城市也是一个藏污纳垢的地方，肮脏、混乱、喧嚣、道德堕落，充满致命的物欲，荒凉、黑暗、沉闷、颓败、令人压抑。早在19世纪中期，以爱默生、梭罗和霍桑为首的浪漫主义作家就在他们的作品中表达了对喧闹、肮脏、黑暗的城市生活和过度工业化的不满，他们认为工业文明和快节奏的生活导致了人们精神生态的失衡，让人只在乎物质生活的富裕而失去了精神与文化层面的追求；人与人之间关系冷漠；犯罪率不断升高；自然环境不断遭到破坏。20世纪初的不少小说家延续了这种"城市书写"传统，关注城市人的困境。例如帕索斯笔下的纽约市就像一个令人失望而又冷酷的怪物，人们生活在其中，心灵往往被自私和虚伪占据，被贪婪和物欲腐蚀，从而显得无比脆弱，甚至生活中的琐屑之事和小小挫折都可以让他们永陷困境，无丝毫幸福可言，他们要不被城市压垮，要不选择逃离。又如，辛克莱·刘易斯笔下的大城市，生活浮华、肤浅、无聊，即便连算得上是城市成功人士的"巴比特"（主人公）也感到烦闷、无聊，渴望逃离到一种"乡村"田园般纯净的生活中去。

当然，也有一类城市人，他们以积极的姿态去适应城市的生活，他们也许来自不同地域、不同种族、不同宗教信仰，但他们放弃某些原先的身份属性，成为城市语境中出现的新型人物形象，比如异邦游客、外来妹、打工仔以及城市新贵等，这些人为了在城市中生存或发迹或仅仅是消费游玩，与传统的价值系统、伦理道德、思维体系、情感以及审美趣味等产生了较大的冲突和分歧。例如海明威的《太阳照常升起》中的男主人公美国青年杰克，他在巴黎几乎如一个以消费为业的人，过着一种以追求感官享受、追逐时尚的消费方式为主的特立独行的生活。① 特别是，消费主义贯穿其言谈与行为，全面渗透了他的日常生活。他说："在你买下这件东西之后，对你来说，它就代表了人世间的一切。很简单的价值交换。"② 这是堂而皇之的"消费者宣言"，也是典

---

① 参见程玲. 消费—快乐—生活——《太阳照常升起》中的唯美思想[J]. 外国语文. 2012(02):48—51.

② 海明威. 太阳照样升起[M]. 赵静男译. 上海：上海译文出版社. 2000:163.

型的消费者的价值观。任何事物必须卖出才能体现其存在的意义和价值，如果把这种逻辑投射到人身上，那就是：任何人只有在花费金钱，也就是成为消费者之后，才能找到自己的价值。这样，人就退化为一个只拥有物质意识以及利用功能的物种。杰克关于"人生是一笔交易"的观点更是表达了消费社会的核心价值观——追求快感、尊崇等价交换的消费主义价值观："一切只不过是等价交换。你拿出一点东西，获得另外的东西⋯⋯你不是拿你的知识来做代价，就是拿经验、机缘，或者钱财来做代价。享受生活的乐趣就是学会把钱花得合算，而且明白什么时候正花得合算⋯⋯"①人物的城市消费生活方式和消费主义价值观与传统清教主义勤俭节约的价值观截然不同，体现了美国清教文化向现代消费文化转型的历史进程中部分人的价值取向变化。再如德莱塞作品中的"乡村进城者"，《嘉莉妹妹》中的嘉莉、《美国悲剧》中的克莱德等，他们是来自社会底层阶级，他们在美国社会转型期19世纪末开始的工业化大规模生产以及劳动力需求增大的背景下，来到繁华的大城市寻梦。他们认识到，大城市里所有的一切都被拥有金钱的人控制，在"金钱的王国"人只有去向往金钱、获取金钱："那些高耸入云的摩天大楼，明亮的灯火，穿梭行进的马车，衣着光鲜的太太小姐们，都只能属于有钱人。"②为了获取越来越多的金钱，为了成功，为了挤进有钱人的行列，嘉莉妹妹们、克莱德们很快学会了"适境"，他们抛开传统道德束缚、选择"捷径"，甚至不惜扭曲自己的纯真本性。

---

① 海明威.太阳照样升起[M].赵静男译.上海：上海译文出版社.2000：163.
② 陈双莲.繁华背后的虚伪与冷漠——德莱塞的《嘉莉妹妹》对美国城市文学的开拓意义[J].内蒙古民族大学学报(社会科学版).2008(5)：87.

又如华顿小说中的"都市新贵"厄丁、莫法特等,他们为了在社会阶梯上往上爬,为了过上有金钱有地位的城市生活,选择了有违世俗伦理纲常的道路。[1]像厄丁,通过一次次结婚、离婚进入了梦寐以求的纽约上流社会。

在20世纪初美国小说家笔下,城市与人的生存状况紧密相连、相互交织,形象地表现了小说家们对工业文明和城市文化状态下人的生存境遇的深刻洞察,这是对人的存在、人的本性以及生命本身的焦虑的终极追问。他们的创作关注社会现实,尤其是社会转型期人们矛盾的心理现实。其中一些作家,例如德莱塞,拒绝对在中下层社会中拼命往上爬的人物做任何道德评价。[2]他用极为冷静的笔调展现嘉莉如何为了生计而堕落,克莱德如何为了发迹而犯罪,他十分客观地描写柯帕乌激情澎湃的物欲与性欲、尤金生存的无奈与挣扎等。德莱塞悬置创作主体的价值判断,放弃作家充当"劝诫者"的传统责任。但更多的作家则持批判态度,希望通过精神上的人性回归来克服城市化的种种弊端和现代文明对人性的摧残。

第二节 乡镇景观与乡镇人的伦理困惑

作为工业化和城市化发展的产物,城市毫无疑问沾染了城市化和工业化所带来的种种弊病。而作为城市的对立面乡镇,一直以来都被

---

[1] 参见杨培培.德莱赛作品中城市移民的伦理选择——以《嘉莉妹妹》和《美国悲剧》为例[D].江南大学.2018;李玲娜.《詹姆斯·费伦叙事伦理视角下〈国家风俗〉的研究》[D].江南大学.2019.

[2] 张祥亭.西奥多·德莱塞的城市底层叙事[J].名作欣赏.2015(21):108.

冠以"神圣场所"、"淳朴"、"宁静"等高尚的名号,甚至被称作美利坚"合众国中毋庸置疑的最好的地方"[1],是"世界花园"。乡镇和城市往往被图解为代表农业文明的伊甸园意象和代表工业文明的荒原意象,城市一般意味着"现代"、"机械"、"疏离";而乡镇则对应着"过去"、"传统"、"和谐"、"文明"等关键词。似乎只有乡镇生活健全、平衡、健康,只有它与万物保持和谐,为人们提供了情感慰藉。但在工业化和城市化这不可阻挡的历史文化浪潮面前,乡镇最终还是卷入新的文化潮流。20世纪初,美国小说家们对乡镇的描绘呈现出戏剧性的两极分化:一方面,以舍伍德·安德森和辛克莱·刘易斯为首的"反诗意乡村叙事派",认为"最民主、最幸福"的乡镇生活只是一个神话[2],乡镇也同样反映出社会转型时期的文化症候。在他们笔下,乡镇景观不是"世界花园",而是"现代野蛮社会落后的缩影"。另一方面,以薇拉·凯瑟为首的"诗意乡村叙事派"作家仍然沿袭乡村叙事传统,把乡镇生活理想化,将乡村生活描绘成了"世界花园",认为它是"自由、民主精神之源地和文化活力之源泉"[3],他们依然将土地、自然和乡镇当作城市文明的对立面,充当抵抗商品化的力量,"淳朴人性"的象征。[4]

---

[1] Michael Spindler. *American Literature and Social Change* [M]. Hong Kong: The Macmillan Press Ltd.. 1983:169.
[2] 张海榕.《大街》中的"反乡村"叙事[J]. 外国文学评论. 2012,(02):95.
[3] 详见托克维尔. 论美国的民主(上)[M]. 董果良译,北京:商务印书馆. 2011: 73—75。
[4] Dwright W. Hoover. *The Small Town in America: A Multidisciplinary Revisit* [M]. Amsterdam VU University Press. 1995:19.

一

19世纪末20世纪初,美国人口分布发生变化,乡村人口、小镇人口、外国人口开始大规模地向城市集中,促进了城市的飞速发展,但与此同时,这也在客观上破坏了美国传统乡镇的生活方式,摧毁了原本维系乡镇人精神的新教伦理观念。随着技术革命的推广,电影、汽车、电话的出现,乡镇开始被纳入共同的消费文化体系中来,它原本分散、孤立的状态被彻底打破,乡镇人的思想观念也开始发生变化,原先对勤俭节约的推崇、对家庭和社区的重视、对宗教的虔诚已经变得越来越不重要,相反,受琳琅满目的商品的诱惑和多种多样消费方式及大众媒体的引导,乡镇人抛开新教伦理的道德基础、新教伦理所倡导的禁欲苦行,抛弃传统社会中清教徒所认同的"先劳后享"观念,他们受到各种消费刺激后,逐渐转向超前消费、高消费、享乐主义等奢侈作风。[1]

20世纪初的美国小说家,敏锐体察到社会转型期间乡镇的景观巨变和乡镇人的精神嬗变。他们的小说对此时期美国的乡镇生活做了丰富多彩的描绘。

作为20世纪初期最著名的描写美国乡镇生活的小说,辛克莱·刘易斯的现实主义作品《大街》(1920)用一种反传统的"反乡村"叙事手法无情揭露了美国乡镇的黑暗面,[2]披露了当时弥漫于乡镇中的诸

---

[1] 丹尼尔·贝尔. 资本主义文化矛盾[M]. 赵一凡等译. 上海:三联书店. 1989:236—239.

[2] Michael Spindler. American Literature and Social Change[M]. Hong Kong: The Macmillan Press Ltd.. 1983:168-175.

如物质崇拜、自视清高、单调古板等的社会弊病。《大街》就明显讽刺了乡村戈镇沉闷的文化生活。"戈镇"是刘易斯根据美国乡镇原型所塑造出的一个乡镇代表。事实上，它只是一群散落于一条丑陋无比的大街周围的房屋，这些建筑单调乏味，千篇一律。在这个小乡镇里，农民居住的"贫民窟"以及象征着小农经济时代落后生产力的"风车"，与商铺、福特汽车、货车等象征社会和历史进步的经济符号形成鲜明对比。小说把农民的住房比喻成"麻雀窝"，强烈表达了对"诗意化"乡村叙事虚构性[①]的批评。小镇中"铁狗雕像"和"红色火车站"这一组拥有鲜明反差的意象代表了小镇所经历的不可避免的变化。在"戈镇"遭遇工业化和消费文化之前，"铁狗雕像"作为戈镇的守护者在乡镇民众心中象征着古老乡村城镇所特有的"安定平和""淳朴"和"秩序"；而在经历了工业革命和消费文化后，"红色火车站"这个原本受到乡镇人抵触的"钢铁怪物"成了戈镇的新守护者和"新神"，铁路为戈镇带来了无数商品和财富，促进了戈镇的经济发展，一些镇民依靠铁路发了财。[②] 从此，消费市场带来的金钱、利益和喧哗打破了戈镇原来宁静、安逸、朴素的氛围，取而代之的是被铁路毁坏了的荒凉的土地和村庄，以及被商人奴役却无力反抗的怨民。飘浮在戈镇乡村的天空的早已不是诗意的白云，而是资本主义金钱利益的酸臭味儿。"大街"已经成为社会转型时期美国意义上乡镇的代表。

舍伍德·安德森的代表作《俄亥俄州的温斯堡》(1919)也是 20 世

---

① 参见张海榕.《大街》中的"反乡村"叙事[J]. 外国文学评论. 2012(2)：93—105。
② 参见张礼敏. 从《大街》看刘易斯对美国乡镇的叙事与塑造[J]. 语文建设. 2013 (23)：29—30。

纪初期描写美国小镇生活的经典作品之一。这部作品由发生在美国中西部的温斯堡小镇中的二十多个故事组成。这部小说也表现了社会转型时期乡镇的景观和乡镇人的痛苦。在工业化浪潮席卷了整个小镇之后,曾经封闭、宁静的小镇生活被打破,取而代之的是喧哗和骚动:穿越农舍的冰冷的城际铁路和火车,邪恶的机械生产工具,看似繁荣的商业,逐渐败坏的宗教教义,麻木而疏远的人际关系。社会动荡和经济转型引起了信仰基础的动摇、认识的冲突、文化的断裂。安德森笔下的中西部温斯堡小镇成为一个复杂的象征符号,小镇一方面象征着寄托美好田园生活理想的桃花源,另一方面也成为落后保守、无路可走的没落文化的代名词。[①]《纸团》中利菲医生的诊所就像是整个小镇的缩影:这个诊所脏乱破旧,像个仓库,门旁放了一张巨大的桌子——桌上堆满了书籍、药瓶和外科手术的器械,到处散发着霉味;房间当中是一个圆肚子的火炉,火炉底的四周胡乱堆着木屑。[②] 一切事物都像是没有了秩序,好像脏乱无序才是小镇本应该有的秩序。《手》中的主人公阿道夫因有一双灵巧敏捷的手而遭到迫害,这是小镇手工业机械化带来的悲剧。工业社会的高度机械化使得手的工作越来越单一,手成了工业机器上一个可以拆卸的零部件,沦为机器的附庸。机械对人生活的影响无处不在,机器塑造了人的习惯,左右人们的见解,深入到人的心中、思想和灵魂里,把人变得自动化。

与同时代的辛克莱·刘易斯和舍伍德·安德森等"反诗意乡村叙事派"作家描写乡村的肮脏、粗俗不同,作为一个"地域小说家",作为

---

① 周倩.《小镇畸人》中"小镇"文化的解读[J].文学评论.2011(9):10.
② 舍伍德·安德森.《小城畸人》[M].吴岩译.上海:上海译文出版社.2008:17.

"诗意乡村叙事派"的领军人物,薇拉·凯瑟虽然也描写过被工业化阴霾笼罩的乡镇,但她在创作中更多地赞美了西部拓荒生活,描写了积极向上、充满活力的乡村人对于古老乡土文明的依恋和对传统的道德伦理的守望,突出了乡镇文化作为城市文明对立面的存在价值。

薇拉·凯瑟一方面也表现了工业机械化和商业化蛊惑人心、使人丧失理智的力量。例如在《我们的一员》中,大部分人只一心想着如何挣更多的钱,他们对自然美景视而不见、无动于衷;邻里之间过去和睦友爱,但现在却争执不断,甚至到你死我活、对簿公堂的地步①。作品中的拉尔夫和贝里斯就是工业社会价值的典型代表,他们因迷恋能大幅提升经济效益的机械而变得冷酷无情,他们购买市场上所有新型的机械,却不管它们是否能派上用场。由于胡乱收购,他们的整个地窖都塞得满满的,到处都是乱七八糟的东西:"它们在灰暗的灯光下显得格外神秘,到处是电池、旧自行车、打字机、水泥卷扬机、橡胶轮胎热补器和镜头破碎的立体感幻灯机等,另外还有一些拉尔夫玩得不顺手的机械玩具和那些早已被他处理掉的玩具。"②拉尔夫唯一在乎的就是他在做代理商时的利益。他沉迷享乐,横扫商店,在消费主义洪流中,他已经完全沦为了金钱的奴隶。在《教授的房子》中,圣·彼得教授的妻女们崇尚金钱至上,拥抱消费主义,对单纯美好的传统自然乡村生活没有一丝怀念。

但另一方面,薇拉·凯瑟仍然重点描写了纯洁、美好的西部边疆乡镇生活。

---

① 胡亚敏. 薇拉·凯瑟《我们中的一员》与美国边疆神话[J]. 外国语文. 2013(4): 3.
② Cather Willa. *One of Ours* [M]. Washington: Prometheus Books. 1922: 17.

薇拉·凯瑟小说《我们的一员》中的主人公克劳德热爱自然,珍惜传统的农场生活,他愿意带着几头骡子到田里犁地,享受自由温柔的微风。他会怀念小时候"美丽的樱桃树,树冠茂盛,枝叶碧绿,果实殷红",他会为被暴雪压死了的猪而感到痛心。而在《教授的房子》中,蓝方山俨然成为一个不沾染丁点儿现代城市疾病的世外桃源,充满了未受大工业大机器污染的原始自然美。小说人物圣彼得教授通过回忆和观赏被墙围起来的后花园感受乡村的自然美景和淳朴风气。

在"拓荒三部曲"——《啊,拓荒者!》、《云雀之歌》和《我的安东尼亚》中,薇拉·凯瑟更是激情洋溢地描绘了令人神往的边疆乡村生活。在《啊,拓荒者!》的第二部分中,凯瑟一改第一部中大草原灰蒙蒙的粗鄙表面,描写了拓荒者们最终建立起了自己的诗意农庄——美丽花园:"人们看到的是一张巨大的棋盘,一块块麦田和玉米地在这张棋盘上划出一个个深浅相间的方格。电话线沿着一条条纵横以直角相交的白色道路嗡嗡鸣响。从墓地入口望去,可见十几幢涂饰得非常艳丽的农场住宅;一个个红色大谷仓顶上的镀金风向标隔着绿色、褐色和黄色的田野相互眨眼。当那种往往整整一星期也不停一停的风吹过这片具有活力和毅力的高地远野之时,一座座轻巧的钢制风车整个骨架都在颤动,把固定索拉得紧绷绷的。"[1]而草原场景是整部小说最富于感染力的部分,为迎接主教,40 名法国小伙子骑着马,飞驰在阳光普照的内布拉斯加草原上:"来到晨光照耀的麦田之中,他们就再也控制不住胯下的骏马和青春的活力。一阵火一般热烈的激情席卷着他

---

[1] 薇拉·凯瑟. 啊,拓荒者! [M]. 参见沙伦·奥布赖恩编,曹明伦译.《威拉·凯瑟集——早期长篇及短篇小说》(上). 北京:生活·读书·新知三联书店. 1997:199。

们。他们恨不得有一座耶路撒冷让他们去解放。"[1]草原小伙的这种活力和激情与小说开篇的诗歌《大草原之春》相呼应:青春"怀着难以抑制的柔情／怀着不胜翘企的渴求／怀着迫不及待的欲望"[2],在尽情地歌唱,青春的歌声"从那百年沉寂的嘴唇"中发出。在薇拉·凯瑟笔下,西部农村充满了新鲜、渴望和激情。草原、青年、农村教堂,成为创造、活力和信仰的隐喻。[3] 除了《啊,拓荒者!》,在其他几部拓荒小说中,薇拉·凯瑟也表现出了类似的对边疆草原乡村生活的热切向往之情。例如,在《我的安东尼娅》中,主人公安东尼娅感受到"清新柔和的晨风在移动,连大地本身也在移动,那蓬乱的牧草仿佛是一张松松地铺开的兽皮,下面有一群野牛在奔驰,奔驰……"[4],在薇拉·凯瑟笔下,乡村的景观被彻底诗化。

面对正在经历消费社会转型阵痛期的现代美国的城市生活,薇拉·凯瑟选择逃离喧嚣的工业文明,回归旧时代淳朴、宁静、美好的乡村生活,她推崇原始自然的"野性回归"和"诗意栖居"。她将自己的美好愿景都诉诸笔下,描绘了一幅幅美丽动人、充满生机的边疆田园生活画,歌颂了一个个淳朴积极、热情洋溢的边疆拓荒者和美好乡村的建设者,呼吁人们在精神上应该永远居住在"西部乡村"和"世界花园"中。

---

[1] 威拉·凯瑟.啊,拓荒者![M].参见沙伦·奥布赖恩编.《威拉·凯瑟集——早期长篇及短篇小说》(上).曹明伦译.北京:生活·读书·新知三联书店.1997:297。
[2] 薇拉·凯瑟.啊,拓荒者![M].参见沙伦·奥布赖恩编.《威拉·凯瑟集——早期长篇及短篇小说》(上).曹明伦译.北京:生活·读书·新知三联书店.1997:155。
[3] 颜红非.论《啊,拓荒者!》的地域化叙事策略[J].外国文学研究.2015(06):129.
[4] 薇拉·凯瑟.啊,拓荒者! 我的安东尼娅[M].资中筠、周微林译.北京:外国文学出版社.1983:176。

二

20世纪初,美国小说家们也深入细致地刻画了中西部乡镇中的小人物在美国社会飞速转型时期所遭遇的伦理困境、精神困境。在传统文学画廊中,读者经常可以读到:单纯、温馨的乡镇里充满了天性淳朴、善良的乡镇居民,他们生活在并不富裕但足够殷实的乡镇里,他们惬意漫步在广袤、生机盎然的乡村田野之中;似乎一切有关城市黑暗面的事件和腐朽堕落的城市文化生活观念都与他们毫无关系。但在19世纪末20世纪初的小说家笔下,这种令人向往的传统乡镇生活出现得较少,乡镇居民也许还坚守着内在的淳朴和善良,但他们也同样容易陷入"城市化"、"工业化"所带来的种种伦理困境中而无法自拔。当社会从农业、手工业社会逐渐转变为工业社会和消费社会时,乡镇人的精神困惑表现在两方面:一方面,渴望一种归属感,希望获得乡镇群体和乡镇旧环境的认同,他们始终无法割舍骨子当中根深蒂固的传统的思想(如宗教思想、清教伦理);另一方面,他们向往自由,向往大城市的生活,渴望挣脱无形的精神枷锁,渴望逃离狭隘、令人厌倦的小乡镇。这种内心的矛盾,这种生存悖论,使他们无法做出正确的选择,也让他们成为乡镇"边缘人",甚至"畸人"。他们一边被周遭环境所压制,一边也被自己的内心矛盾束缚得寸步难行。下文将主要以刘易斯和舍伍德小说为例论述乡镇人的困惑。

在刘易斯的《大街》中,与穷苦百姓辛勤劳作但入不敷出的悲惨境遇形成鲜明对比的是上层有闲阶级的奢侈生活,而隐藏在其奢靡生活背后的就是现代化、工业化和城市化所带来的"消费伦理"问题。传统的美国清教教义提倡的是勤劳、节俭的道德传统,但在19世纪中后期,美国掀起的消费革命催生出了消费主义文化,奢侈消费、攀比消费和炫耀性消费成为当时消费生活的主旋律。有闲阶级为了渲染自身的地位和荣誉,不断通过炫耀性消费博取他人的赞许或社会认同。这与传统的清教的消费伦理背道而驰。例如,《大街》中,以卡罗尔、肯尼科特为代表的戈镇的上层阶级的服饰家居和平常生活就是与清教消费伦理唱反调的典型。寒冬时节,卡罗尔"穿着一件海狸鼠毛皮大衣,走在大街上显得很神气",而肯尼科特则"穿着一件浣熊毛皮大衣,头上戴着一顶崭新的海豹皮帽子,真可以说派头十足"[1],同样是保暖的冬衣,却带上了意味着消费者身份的符号烙印。镇上新来的裁缝能做出大家公认好看的衣服,于是那些富太太们便趋之若鹜。在家居方面,虽然戈镇只是一个小乡镇,但上层阶级们争相盖起了新房子,将陈设布置得尽可能奢华,奢侈享乐之风正在兴起。以卡罗尔为首的上层阶级追求更多更好的消费,他们的初衷也许只是为了过上更舒适、幸福的生活,但是人的需求和欲望从来都没有止境,伴随着贪婪的欲望,变态地用金钱和表面的富裕来博取社会认同感的需求也越发急切。主人公卡罗尔力图在衣、食、住方面超越小镇的消费水准,尽显铺张浪费,因而被人议论纷纷,也给自己找来了无尽的烦恼。戈镇居民非议卡罗尔购物的习惯,是因为她代表了一种与小镇满足基本需求不完全相同的源自大城市消费文化的炫示性消费方式。[2] 卡罗尔的几次离

---

[1] 辛克莱·刘易斯.大街[M].潘庆舲.北京:中国书籍出版社.2006:61.
[2] 参见肖霞.《大街》:美国"进步时代"生态思想的一个样本[J].湖北第二师范学院学报.2012(03):26。

家旅行所体现的也是消费文化中的旅游本相。① 戈镇是发行《无畏周报》的一个小社会,这也表明戈镇正在接受大众传媒为传播某一种生活方式或者时尚进行的推波助澜活动,新的消费理念被推销给乡镇居民,使他们不知不觉中接受了所谓消费社会文化。消费主义引导乡镇民众过分追求物质财富,却无法给予他们心理和精神的富足感和真正的幸福感。乡镇上层居民的攀比和炫富不仅没有给予他们心灵的平静和满足,反而人人都在人际关系中倍感孤独、乏味和空虚,他们渴望逃离乡镇生活,而不知这种逃离无法解决根本问题,因为造成精神空虚的主要原因是蔓延于乡镇中的消费主义这个"怪物",而不是乡镇地域问题。他们即便逃往大城市,这种孤独、乏味、空虚感也不会消失,只会更严重。

而舍伍德则对乡镇人的孤独感、空虚感做了更为深刻的描写和探讨。

第一,从舍伍德的作品来看,在迈向现代化的进程中,工业化社会潮流和消费主义"物欲之上"价值观的入侵深刻影响了乡镇人们的宗教信仰,造成了他们宗教及精神上的困境,使他们成为"畸人"。传统社会中,人们"相信上帝能够主宰他们的生活。每周日他们聚集在小小的新教教堂里聆听上帝的真言。教堂是社会和精神生活的中心。上帝在人们心中无比高大"②。但如今,这种信仰丢失了。在舍伍德的《虔诚》这个故事中,狂热的基督徒主人公杰西·本特利违

---

① 参见肖霞.《大街》:美国"进步时代"生态思想的一个样本[J].湖北第二师范学院学报.2012(03):26.

② 舍伍德·安德森.《小城畸人》[M].王占华译.合肥:安徽人民出版社.2013:55.

背基督教教义所倡导的人对自然的态度,企图颠覆代表上帝成命和意志的自然规律。① 他砍伐树木,开垦新田地,标榜自己的行为是英勇的劳作。他不再一心信仰上帝,不再准时去庄严的教堂做祷告,而是质疑上帝是否看到了他们的辛苦付出,是否真的能带领他们走向光明。他所疑惑的是,他所信仰的基督教并没有带给他对于土地和自然的神圣感,或者说,因为工业化和消费主义的蛊惑,他对基督教和上帝的忠诚已逐渐淡没,甚至已被贪婪的物质欲望所替代:"这是一种贪欲,他(是)妄图用比耕种土地更快的方式来赚钱。"安德森的另一部小说《鸡蛋》更是细致描绘了现代工业化对人的贪欲产生的实际影响。在工业化的浪潮中,乡镇上的人们"正在忘掉它旧日的神明"。整个乡镇"正在像卖淫一样地追求着东部,追求东部的金钱,追求金钱,金钱,金钱……昔日的信念所包含的那种具有古风的尊严已经迤逦而去"②。安德森也表现了在现代工业化的背景下,小说的主人公"我"的父母道德伦理的扭曲沦丧、精神探索的挣扎和失落,以及最后精神上的畸变。在故事的开端,父亲只是一个"乐天安命"的普通农民,可是他的形象被慢慢地塑造成了一个急功近利的欲望实现者。他卖掉房子办养鸡场,小心谨慎照顾鸡和鸡蛋;在鸡场倒闭后他又开了旅馆。实际上养鸡场中出生的怪胎就完美象征了现代美国梦的扭曲和异化。美国梦原本具有高尚纯洁的内涵,它根植于包括"我"的父母亲在内的所有小乡镇的人们心中,让他们坚信,每一个人都拥有平等的机会,只要不断努力,就能实现自己的梦想。但是在工业化的大潮中,高雅的美国梦逐渐沦为了对金钱和权力赤裸裸的追求。母亲希望父亲追求

---

① 参见杨士虎、王小博:《圣经》中的生态观[J].西北师范大学学报.2010(02).
② 方智敏.舍伍德·安德森短篇小说中的神秘与美[J].福建外语.1998(2):61.

的就是一种物质上富裕的世俗生活。而父亲则天真地认为,只要付出就会有回报,但是他的十年艰苦奋斗并没有换来财富,却换来了畸变的心态:他妄想靠畸形小鸡来吸引乡镇人们的眼球,借此发横财。在日常生活中,父亲活在自己的"真理"世界里,所以无法用传统的思维和这个新兴的陌生的时代交流,因而他最终只能成为这个时代的失语者、落伍者和小镇畸人。

第二,舍伍德认为,作为美国文化与思想基石的清教思想和宗教伦理在面对资本主义商业化、工业化和新兴的消费社会时,本身也遭遇到了困境。舍伍德小说《曾经沧海》中的女主人公爱丽丝·辛德曼是女性自我牺牲精神的代表,她为了恪守和内德的约定而拒绝其他人的追求,然后等待她的是永远的孤独和内心的崩溃。《没有说出口的谎言》中的男主人公雷·皮尔逊压抑住了自己年轻时对一名女子的欲望,按社会传统伦理道德的要求与另一名女子结婚,然而婚后生活的不如意最终导致了他的畸形心理。随着社会的发展,崇尚克制欲望、戒除世俗欢愉的清教伦理的弊病开始显现出来,人们开始质疑刻板教条的传统观念,但人们尚无力完全摆脱根深蒂固的清教伦理的束缚,他们的内心痛苦、挣扎,寻找到新的情感支撑的渴望,却无从实现,因而成为现代社会中的各种孤独的"畸人"。[1]在《俄亥俄州的温斯堡》中充斥着人与人之间的交流障碍,这是因为每个畸人都在当时现代化、工业化和消费主义化的背景下遭遇到了无法摆脱的精神困境。在社会高速但畸形的发展过程中,现代社会意识开始入侵,质疑精神突然觉醒,小镇的畸人们一方面失去了原本对上帝基督精神的寄托,另一

---

[1] 付明端. 从《小镇畸人》看清教——谈清教观在《小镇畸人》中的体现[J]. 外国语文. 2015(2):40—41.

方面,他们中的一些人又排斥现代文明和消费文化的到来,因而他们在精神上常常处于迷茫的状态,不知自己身在何处,也无法清晰表达自己的孤独情感。中心人物乔治·康拉德几乎出现在每个故事里,他为世事伤感,但他也表示无法理解每个畸人,而且他自己在集会的人群中也感到孤独。①

此外,人与自然相处的生态伦理困境在20世纪初的美国乡镇小说中也得到了淋漓尽致的展现。20世纪初期,美国正处在工业化和城市化高速发展当中。政府不断号召人们使用新兴的大工业机器,肆意掠夺大自然带给人们的资源财富,不断提升工业和农业的生产效率,以便大规模、高速度地发展工农业,发展资本主义经济。舍伍德的小说《虔诚》中的主人公杰西·本特利被现代工业社会的物欲所支配,丝毫不不顾及小镇温斯堡原先被森林环绕的美丽的自然环境,对大自然馈赠于人类的土地没有任何虔诚之心。他自认为上帝必定会因为他的虔诚而对他进行物质上的奖励,于是他贪婪地占领了那一片土地,用工业机器大肆砍伐树木,换来了自己所经营的农场规模的扩大和财富上的增长,却严重破坏了小镇的生态系统。

乡镇畸人们恰好处在近代社会向消费社会的转型时期,他们面对现实生活的种种苦难,面对社会转型的过程中意识形态领域的各种价值观念的激烈冲突,身处艰难的伦理道德困境中。他们的遭遇和境况象征着刚刚步入消费社会的人的命运。

---

① 严莉莉.信仰缺失的迷茫——小说《小镇畸人》的世俗化分析[J].名作欣赏.2013(12):98—99.

第六章 消费社会·阶层·伦理选择

第一节 消费社会中的沉沦或反抗——以底层人物为例

20世纪初是美国自独立以来变化最快、最猛、最烈的时期之一，也是美国历史上全面完成始于南北战争的巨变时代。第二次工业革命的基本完成也给美国带来了划时代的令人震惊的后果，"使美国社会从底层到上层，从经济到政治，从思想文化到社会习俗，甚至连美国人自身的生存方式似乎都发生了根本性的变化"[①]。工业革命一方面带来了先进的科学技术和发达的生产力，使物质生产极大丰盛，购买力和消费水平大幅提高，促成了经济繁荣的社会局面；另一方面，物质的极大丰富也造成了美国社会文化价值观和伦理道德观的深刻变化。新兴的消费意识形态逐渐代替了清教传统以生产为主的意识形态。传统的清教意识形态与工业化时代新兴的消费意识形态之区别表现在："清教徒把自己整个人看作一种为了上帝最伟大的光荣而奋斗的事业。他把整个人生都用于生产自己的'个人'品质、'品格'，这些对他而言是需要进行及时投资经营并不得用于投机或浪费的一种资本。"[②]与之相反，消费者却"以同样的方式……把自己看作处于娱乐之前的人，看作一种享受和满足的事业。他认为自己处于幸福、爱情、赞颂/被赞颂、诱惑/被诱惑、参与、欣快及活力之前。其原则便是通过联络、关系的增加，通过对符号、物品的着重使用，通过对一切潜在的

[①] 余志森(本卷主编),(总主编)杨生茂、刘绪贻. 美国通史(第4卷)：崛起和扩张的年代：1898—1929[M]. 北京：人民出版社. 2002：1.

[②] 余志森(本卷主编),(总主编)杨生茂、刘绪贻. 美国通史(第4卷)：崛起和扩张的年代：1898—1929[M]. 北京：人民出版社. 2002：71.

享受进行系统开发来实现存在之最大化"[①]。新兴的消费主义意识形态"重本能轻理性",崇尚"贪图享乐"、"拜金主义"思想,违背清教尊崇的"依靠自身努力实现梦想"的理想主义信条。"传统思想文化的领导权被消费无情地剥夺抛弃。最终,一种摒弃理想主义、放逐精神价值的实用主义的世俗生活哲学,以消费主义的文化形态,完成了物欲对心灵的全面扫荡和统治。"[②]

在消费主义日益兴起的 20 世纪初期,美国社会的伦理体系、道德体系、价值体系发生了重大变迁。在社会文化价值观和伦理道德观发生巨大变化之际,各个阶层对此做出了反应,有些人艰难地抵制消费诱惑和"享乐"本能,而有些人则在种种诱惑之下欲望膨胀,因向往富贵、贪图享乐不惜违背固有的社会伦常道德。

20 世纪初的美国作家,一反粉饰现实的所谓"高雅"风格,以大胆的现实主义笔法描写了在道德底线挣扎的底层小人物的生存伦理困境和他们的伦理选择。在世纪初作家的笔下,有些人物在消费文化浪潮中迷失了方向,屈服于自己的欲望而逐渐堕落,如欧·亨利笔下的杜尔西,德莱塞笔下的嘉莉妹妹、克莱德,等等;但也有些典型的个体,如克雷恩笔下的街头女梅杰、华顿夫人笔下的莉莉、杰克·伦敦笔下的马丁·伊登,他们一度沉沦,然而最终奋起抗争,以自己的方式反抗消费主义意识形态和消费文化,坚持自己的人生追求。本节将以这一时期小说中出现的较有典型意义的人物杜尔西、嘉莉、克莱德、街头女

---

① 余志森(本卷主编),(总主编)杨生茂、刘绪贻. 美国通史(第 4 卷):崛起和扩张的年代:1898—1929[M]. 北京:人民出版社. 2002:71.

② 毛凌滢. 消费伦理与欲望叙事:德莱塞《美国悲剧》的当代启示[J]. 外国文学研究. 2008(3):58.

梅杰、莉莉·巴特、马丁·伊登为例,探讨底层小人物在消费文化中的沉沦或反抗。

一

杜尔西是欧·亨利短篇小说《未讲完的故事》中的主人公。她孤身一人在纽约打工度日。叙述者说:"杜尔西在一家百货公司里工作。她卖的兴许是汉堡花边,兴许是精制胡椒,兴许是汽车,兴许是百货公司常有的什么小玩意儿。至于她的工资,那是每周六块钱。"①可见,她是完全的底层人。而这微薄的六块钱该怎么花则是女主人公的难题,也是叙述者着力刻画的:"杜尔西的这个房间的租金是每星期两块钱。平日,她早饭花一毛钱……星期天早晨她人摆阔气,花上两毛五到比雷餐厅去吃一顿小牛排和菠萝煎饼……纽约这地力诱惑大多,很容易使人趋于奢华。她午饭是在百货公司食堂里包的,每星期六毛钱;晚饭是一块零五分。买晚报——你倒说说哪个纽约人能不看晚报!——得花六分钱;两份星期天的报纸——一份是看招聘广告的,另一份是要好好看的——要一毛线。总数加起来是四块七角六分。一个人总得买点衣服,还有……"②也就是说,杜尔西的生活基本上是入不敷出,因此她只好省吃俭用、忍饥挨饿。对杜尔西来说,她的收入根本无法满足她的基本生存需要,更谈不上过上奢华的理想生活。"在她所熟悉的一个橱窗里有一套蓝色柞绸服——要是每周省下来不

---

① 钱满素.欧·亨利市民小说[M].上海:上海文艺出版社.2012:74.
② 钱满素.欧·亨利市民小说[M].上海:上海文艺出版社.2012:77.

是一毛钱而是两毛钱,那么——让我们算算看——唤,得积上好几年呢!"①但机会来了,她受到一个被称为"猪崽"的灵魂龌龊的花花公子的邀请,据其他姑娘说,"'猪崽'是个肯花钱的人。一定会有一顿丰盛的饭菜,有音乐,有雍容华贵的女人可以看,还有别的好东西可以吃,姑娘们讲到这些好东西时,起劲得连下巴都扭歪了。而且毫无疑问,还一定会有下一次的邀请"②。杜尔西十分动心,正像作者说的,"纽约这地力诱惑太多",而这样的诱惑是很难抵制的!即便这个"猪崽"为人下流!因此,杜尔西准备去约会。为了赴约,她花掉了自己在前面一周节省下来的最后五毛钱,"在一家卖便宜货的店里……买了一条仿花边的衣领"③以装饰自己,虽然"这笔钱本来是要派别的用场的——晚饭一毛,早饭一毛,午饭一毛。另外一毛是准备加到她那笔小额储蓄里去的,那五分要挥霍在甘草糖上……"④。女主人公生活贫困,但此时却是孤注一掷地迎接这个诱惑,似乎要逮住机会过上好日子。但等到一切准备停当,到赴约的最后时刻,杜尔西却拒绝了"猪崽"的邀请。因为她想维护自己的尊严,坚持洁身自爱。叙述者似乎强调了高尚的精神重于优厚的物质享受。

然而,小说并没有以主人公成功抵制消费诱惑结尾。欧·亨利小说结尾的"婉转之处",也即悲哀之处在于,可怜的女主人公最后还是屈服于诱惑,叙述者说,"这个故事说到这里一点名堂也没有。其他的情节是后来发生的——不久以后,'猪崽'再一次请杜尔西出去吃馆

---

① 钱满素.欧·亨利市民小说[M].上海:上海文艺出版社.2012:79.
② 钱满素.欧·亨利市民小说[M].上海:上海文艺出版社.2012:79.
③ 钱满素.欧·亨利市民小说[M].上海:上海文艺出版社.2012:75.
④ 钱满素.欧·亨利市民小说[M].上海:上海文艺出版社.2012:75.

子,她正好比往常更感到寂寞……于是……"①。小说至此戛然而止。可见,让一个人不敷出的底层百姓抵制消费诱惑有多么困难。这部小说题名"未讲完的故事",这一题目饱含深意,意味着类似杜尔西这样在物质诱惑下苦苦抵制然而最终屈服的故事不会结束,会一直继续下去,而且杜尔西也会有无数的后继者。

二

德莱塞笔下的《嘉莉妹妹》几乎是欧·亨利的《未讲完的故事》的续集。嘉莉妹妹与杜尔西一样孤身来到大城市打工,在大城市的各种诱惑下,嘉莉经过短暂的抵制,很快就屈服于自己的消费欲望,不再顾及社会道德规范和秩序,做出了冲破伦理禁忌的行为。嘉莉渴望拥有华丽的服饰以赢得认可和尊重,希望在大城市站稳脚跟、跻身上流社会,因此她先后委身于几个有钱的男人。在消费诱惑下,嘉莉妹妹的欲望不断升级,其伦理选择值得深思。

小说以芝加哥为背景。当时芝加哥是美国的第二大城市,高楼建筑物鳞次栉比,办公大楼、百货商场、剧院已然成为地标性建筑,商业的繁荣景象对像嘉莉妹妹这样的农村人产生了很大的诱惑,吸引他们纷纷来此实现发财梦。嘉莉妹妹怀揣着对大城市生活的美好幻想只身来到芝加哥寻梦。虽然她涉世未深,懵懂、害羞,虽然她只有十八岁,还是应该接受教育的年纪,却一心想要去大地方追求物质财富。她见识不广,但是不乏对物质的欣赏能力,特别是服饰方面——"不管她多么年轻,衣着打扮一事她总是完全懂得。品评男人的服饰时,有

---

① 钱满素.欧·亨利市民小说[M].上海:上海文艺出版社.2012:82.

一条几乎看不见的界限使她能在男人中间区分出来哪些值得她看上一眼,而哪些根本不屑一顾。一个男人一旦滑到了这条几乎看不见的界限以下,那就休想得到女人的青睐。男人的服饰还有另一条界限,可使女人琢磨她自己的衣着打扮。"[1]可见,她也认识到,不仅对于男人,对女人来说,衣着打扮同样也是获得外界认可和标志自身地位的重要标准。这方面的丰富"阅历"和深刻"洞察力"很快让嘉莉陷入永无止境的欲望泥沼之中,使她渴望拥有华贵的衣物和优越的生活条件。然而她没有其他创造财富、满足自身物质欲望的能力,因而只能走上了道德堕落的不归路。她的每一次重要的人生选择都是她欲望升级的结果。

第一次重要的选择是委身于推销员杜鲁埃。便捷的铁路交通将单纯的嘉莉妹妹快速地带到她的"梦中仙境"——大城市芝加哥。"仙境"中的各种诱惑扑面而来,嘉莉作为一个凡夫俗子,无法阻止内心的欲望。在嘉莉幼年的记忆中,芝加哥就是个很有名气的大地方,那里热闹非凡,人们都过着很富足的生活。在去往芝加哥的火车上所遇到的推销员杜鲁埃对芝加哥的描述更是加深了嘉莉对繁华大城市的认识——到处是游山玩水的好地方,到处是宴会、舞厅、戏院等各种休闲娱乐场所。于是,即使是在城市商区四处求职的空隙,嘉莉的目光也情不自禁地盯着商场和百货大楼的橱窗:"嘉莉沿着繁忙的柜台之间的过道走去,对琳琅满目、美不胜收的珠宝、饰物、服装、鞋子、文具等商品简直艳羡不已。每一个单独陈列的柜台,都是令人眼花缭乱、心驰神往的博览会场馆……精致的拖鞋和长筒袜子、优美的褶边衬衣和

---

[1] 德莱赛.嘉莉妹妹[M].潘庆舲译.北京:人民文学出版社.2003:5.

衬裙、花边、缎带、发梳、钱包,所有这一切都激起她的个人欲望,可她又深知这些东西哪一件她都买不起。"[1]透明的大玻璃窗是当时流行的建筑风格,窗内的事物一览无遗,尽收眼底,象征一种诱惑,同时也映射了窗外漩旁观者的好奇心和潜在的欲望。华美的服饰像磁石般吸引着嘉莉,使她暂时忘记了找工作的烦恼。环境的诱惑对于欲望的影响之大,使嘉莉在这"漩涡"中不能自拔,越陷越深。她感受到每一件饰物、每一件珍品的极大魅力,她觉得所有的东西她都用得着,她也恨不得拥有所有的东西,只是那时的她一件都买不起。这样一来,嘉莉渴望消费和享乐的欲求与作为旧的生产意识形态的典型代表——姐姐明妮一家严谨、按部就班的工作生活模式就格格不入了。姐夫克勤克谨、安于现状的工作态度让寄人篱下的嘉莉感到压抑苦闷,每周四块半的工薪除去上交的四块钱以维持姐姐家的吃住问题外,她已无力去购买渴望的衣裳,更不用说有其他娱乐活动了。鞋厂机械化的流水工作、恶劣的工作环境和低俗的同事终于让嘉莉身心憔悴。因病失业,姐夫不愿再提供"亏本"的收留,而与杜鲁埃的相遇让嘉莉留在城市的希望有了转机。面临失业和亲人的双重打击,杜鲁埃的热心帮助无疑是雪中送炭,高档餐厅热气腾腾、香味扑鼻的菜肴令嘉莉感激不尽,她不由得感慨"有钱是一件多好的事情啊"。在求生本能面前,道德的力量是微乎其微的,她潜意识中已经将自己作为消费品给出卖了:"跟如此宏伟壮丽的景象相比,她觉得自己很渺小,因而有些难过。她心里明白自己可不是去转一圈玩儿的,不过在她的旅伴所说的这一切物质享受的前景中还有一点儿盼头。这个衣冠楚楚的人如此献殷

---

[1] 德莱赛.嘉莉妹妹[M].潘庆舲译.北京:人民文学出版社.2003:22.

勤,让她有点儿得意扬扬。他说一看到她,他就想起了某某红极一时的女演员,嘉莉禁不住笑了出来。她一点儿不傻,反正类似这样的殷勤毕竟很有分量。"[1]嘉莉很明白自己的出路:要么继续留在城市寻找工薪少得可怜的工作,要么回到老家去,回老家也意味着她的城市梦将会破灭。嘉莉妹妹既不愿意回老家受穷也不愿意在城里做苦力。因此杜鲁埃的诱惑对她来说很难抵挡:一开始,嘉莉决定退回杜鲁埃的两张十元钞票,似乎她的理性意志战胜了非理性的欲望;但在杜鲁埃反复建议之下,嘉莉拥有外套的渴望强烈了,于是她接受了杜鲁埃的"乐善好施",搬离姐姐明妮家。与杜鲁埃同居后,嘉莉的伦理身份发生了变化,她成为靠杜鲁埃养着的情妇。"在变化了的遭际、杜鲁埃眉目之间隐含的激情、美味可口的夜宵,以及还不太适应奢华生活习惯这些诸多因素的影响之下,嘉莉虽然再也不拘谨了,却不由自主地洗耳恭听他所说的每一句话。她又成为大城市施加催眠术影响的牺牲品,受到了难以抗拒的超感觉的力量支配。"[2]当然,成为杜鲁埃情妇后的嘉莉在物质方面生活的富足大大超过了以往:"在这短短的瞬间,乡间的狭隘生活不知怎的像一件外套从她身上脱下来,替换它的则是充满种种奥秘的城市生活。"[3]

嘉莉妹妹人生中第二次重要的选择是决定情投酒吧经理郝斯特伍德。嘉莉的意识中,着装品位是社会衡量一个人经济地位的首要标准,她自己对他人的判断也根据着装。她从大透明玻璃窗内看到穿着

---

[1] 德莱赛.嘉莉妹妹[M].潘庆舲译.北京:人民文学出版社.2003:5—6.

[2] 德莱赛.嘉莉妹妹[M].潘庆舲译.北京:人民文学出版社.2003:80.

[3] 德莱赛.嘉莉妹妹[M].潘庆舲译.北京:人民文学出版社.2003:134—135.

体面的办公人员可以在舒适的环境工作、赢得他人的好感和羡慕。她为自己朴素的服饰导致找工作四处碰壁而自卑,也为被穿着上等衣饰的推销员杜鲁埃看中而欣喜。但是接触到杜鲁埃的朋友酒店经理郝斯特伍德后,嘉莉妹妹发现,郝斯特伍德无论是穿衣的品味还是待人接物的方式都更优越,因此,尽管"杜鲁埃为人善良、厚道、随和,但他绝不是能赢得或保住嘉莉的爱情的男人"①。而郝斯特伍德呢?"嘉莉觉得,听这么一个有权有势的人跟她这么说话,可是非同小可……眼下最让她百思不解的奥秘就是:一个有钱有势的男人坐在她身边——正在向她乞求同情。只消看他一眼就知道,他生活优哉游哉,他力量大,地位高,衣着华丽,可他偏偏在向她嘉莉乞求同情。这对她的影响之大,正如伟大的上帝影响一个感悟到上帝了不起的基督徒将一言一行做到至善至美一样。她想来想去,想不出任何一句合情合理的话来。她再也不让自己为此伤脑筋了。她最好还是沐浴在他温情脉脉的暖流里,就像一个挨冻的人喜得篝火似的。"②就这样,嘉莉和郝斯特伍德的地下恋情在嘉莉的迟疑中开始了。她原本希望与杜鲁埃结婚回归家庭来洗刷自己的道德污点,但其内心的"向上"的欲望终究还是被郝斯特伍德炽热的情感之火给吞噬了。一开始,杜鲁埃的疑心和郝斯特伍德已婚的事实让嘉莉羞愧难当,明里暗里和两个男人相处的做法让她陷入伦理困境。而且后来事情的败露终也曾给她一个"重新做人"的机会,"她只想找到通过合法途径取得的东西,而不要什么个人赐予的特殊恩宠假意……是的,她是需要工作,但是,不管是

---

① 德莱赛. 嘉莉妹妹[M]. 潘庆舲译. 北京:人民文学出版社. 2003:11.
② 德莱赛. 嘉莉妹妹[M]. 潘庆舲译. 北京:人民文学出版社. 2003:134—135.

哪一个男人，用虚情恩惠都收买不了她。她一心想要清清白白地自食其立"①。在艾弗里参演的经历给她了一些"自食其力"的信心，但是长时间不工作使得嘉莉已习惯了享受的乐趣，加之她对戏剧界的了解甚少，想要在其中谋得一席之地难上加难。所以，嘉莉选择了妥协，选择与郝斯特伍德伍德私奔去了加拿大："赫斯特伍德描绘未来的图景跟摆在她眼前的情景，她正在进行仔细比较。他有机会让她在另一个城市里过上还算不错的生活。她可以割断往昔的一切社会关系，置身在一个崭新的世界里。"②由此可见，嘉莉选择郝斯特伍德作为她向上爬的工具，因为她需要更多的享受、需要更高的地位，这一膨胀了的欲望使她再一次成为消费诱惑下的牺牲品——利用自己的性魅力将自己变成消费品，依靠上流社会的男人跨入高层阶级。

而其第三次选择则是自力更生撇开郝斯特伍德这个累赘。与郝斯特伍德私奔后，事与愿违，在新的世界里，郝斯特伍德不再似从前声名赫赫，财富大不如从前，对嘉莉自然也不似从前以礼相待，反而是冷落。日渐下降的经济状况不容许两人在服装品味上大费周章。相比之下，邻居富豪万斯太太的富贵和惬意——穿着最华丽时兴的衣服，吃着高档饭店的佳肴，娱乐生活也多姿多彩——让嘉莉羡慕不已。郝斯特伍德的事业每况愈下，失业的打击没有让他振作起来，反而是让他选择逃避现实。眼看基本的生存需要将要难以维持了，嘉莉不甘心堕落下去，就去戏院找了一份工作。但是在纽约卡西诺戏院的周薪用于全部家庭开支就没有结余去购买所需的衣物，于是一心希望生活有

---

① 德莱赛. 嘉莉妹妹[M]. 潘庆舲译. 北京：人民文学出版社. 2003：263.
② 德莱赛. 嘉莉妹妹[M]. 潘庆舲译. 北京：人民文学出版社. 2003：302.

所改善的嘉莉决心不再忍受郝斯特伍德,她摆脱了这个连累自己的累赘,直接导致这位原来锦衣玉食的酒店经理的自杀身亡。而嘉莉本人则由于演艺生涯顺利而名利双收。

尽管有评论家认为,嘉莉象征着女性从传统的家庭身份中解脱出来,认为她是具有独立、自主新认知的新女性,并为她的欲望开脱,指出"嘉莉的每个抉择都是欲望都市的映射影响,首先是要解决生存的基本问题而无暇顾及道德的审判标准,也就是人的欲望无关道德而是人的本性使然……"①,然而,无可否认,嘉莉抵制不住诱惑,她为满足自己不断膨胀的物质欲望和消费欲望,利用男人往上攀缘,她的选择全然无视社会传统伦理道德。在对待杜鲁埃和郝斯特伍德的态度上,也似乎显得残忍和自私。当然作者也许是想借此呼吁:社会发展的新时期需要新的伦理道德标准。

三

德莱塞小说《美国的悲剧》也同样将故事主人公克莱德置于历史的伦理环境中,真实再现 20 世纪初美国社会转型期、在新兴的消费意识形态的冲击下人的生存困惑、伦理困境和伦理选择。

小说讲述了从小成长于基督教家庭的男孩克莱德的故事。克莱德认为家庭条件并没有因为信奉耶稣而得到改善,相反他一直一贫如洗,遭人嘲笑,于是他厌烦跟随父母上街传教。为了追求更好的物质生活,他决定独自出去闯荡世界。然而,在充满诱惑的大城市,他"耳濡目染"同龄人寻欢作乐的行为,染上了喝酒嫖娼的恶习。为了实现

---

① 王钢华. 嘉莉妹妹的欲望和驱动力[J]. 外国文学研究. 2002(3): 89—93.

自己跻身上流社会的私欲,克莱德不惜背弃道德和信仰,一步步走向堕落,终因杀人害命受到法律制裁而受刑。

金钱、美色、地位是诱惑克莱德走上不归路的重要原因。

在高速运转的资本主义工业社会之中,金钱是社会进行流通和交易的一个重要媒介,也成为社会所崇仰的一个因素,并且发展到金钱至上,甚至是唯金钱论。由于金钱的区分和隔离作用,贫富两个阶层之间形成了阶级鸿沟。主人公克莱德·格里菲斯正是看到阶级差异而渴望获得巨大财富、跨越阶级鸿沟的典型人物。克莱德从小生活在有宗教信仰的家庭中,原本可能成为一个笃信宗教的人。但他发现,上帝改善不了家里的生活条件而且日子过得异常艰辛。更令他感到丢人的是,他与父母到周围大街上传教时,还遭到周围人的唾弃。"附近的地区也全都非常阴沉、破败,克莱德一想到自己住在这个地方就很厌恶,更不用提还要经常向人求助,自己也得在场,而且为了维持这个场面,还得经常祈祷和谢恩。"[1]他一心想要摆脱这种靠神乞讨的不体面活计,经常幻想着自己能闯出一片新天地,用自己挣的钱去享乐。更重要的是,服装对他有一种不可言喻的吸引力,他想要穿修身体面的衣服来装饰自己。即使在还没有挣到什么钱以前,他就经常想:"要是他能像别的男孩子那样,有一条较好的硬领、一件漂亮些的衬衫、一双比较好看的皮鞋,还有一套好衣服、一件讲究的大衣,那该多好啊!某些男孩子所夸耀的讲究衣服和漂亮房子,以及手表、戒指和别针等,多么诱人!那些像他那样年纪的公子哥儿们,叫人多么羡慕啊!有些像他那么大的男孩,做父母的甚至还给他们买了汽车,专供他们使用

---

[1] 德莱赛. 美国的悲剧[M]. 许汝祉译. 北京:人民文学出版社. 1999.

呢。堪萨斯市大街上,就看得见他们像苍蝇似的飞来飞去。而且还有漂亮的姑娘陪着他们。他却什么都没有。并且从来就是一无所有。"①于是,出去打拼挣钱的欲望便愈加强烈,他不惜中途退学去杂货铺做些毫无前途的打杂工作。后来在格林戴维斯大饭店工作的经历——精美合体的制服、轻而易举的丰厚小费、富丽堂皇的工作环境——更让他陷于金钱的诱惑中难以自拔。

而美色则是另一诱惑物。虽然传统清教的禁欲思想压抑了人的本性,但十几岁的克莱德对性已经开始有些懵懂的认识,叙述者说:"偏巧在这时候,性的诱惑,或是说性的要求,已经开始冒头了。异性的美、异性对他的吸引力和他对异性的吸引力,已经引起了他的强烈的兴趣,也叫他很烦恼。"②"克莱德虽然乳臭未干,对人情世故和异性的作风都缺少经验,可是见了这些姑娘,对她们的美貌、她们的泼辣劲儿,以及她们那种扬扬自得和温柔可爱的神气,老是看不够。"③无论是虚情假意的轻浮女霍旦丝、诚实可靠的穷女工罗伯塔,还是富家千金桑德拉,她们皆是克莱德一见倾心、难以抵抗的美色代表,她们有的是他借以泄欲的工具,有的是借以往社会上一阶梯攀附的工具。"假如她漂亮,也就是假如这个女人有女人味,她将会被选择。假如男人是真的男人,他就会像选择其他物品/符号(他的车、他的女人、他的香水)一样选择他的女人。"④同时克莱德又深受同龄人荒淫无度、贪图享乐生活作风的影响,因此很快,这位本身就嫌弃宗教、抛开道德的年

---

① 德莱赛. 美国的悲剧[M]. 许汝祉译. 北京:人民文学出版社. 1999:14.
② 德莱赛. 美国的悲剧[M]. 许汝祉译. 北京:人民文学出版社. 1999:14.
③ 德莱赛. 美国的悲剧[M]. 许汝祉译. 北京:人民文学出版社. 1999:21.
④ 德莱赛. 美国的悲剧[M]. 许汝祉译. 北京:人民文学出版社. 1999:93.

轻人退化成被欲望摆布的棋子。

地位作为一种象征性符号更是克莱德极力追求的目标。"从社会地位和物质设备方面说,(俱乐部)甚至比格林·戴维森饭店还要高一等。他现在又可以就近观察另一种生活方式了,不幸的只是这种生活方式又触到了他羡慕名誉、地位的致命伤。在这个俱乐部里,每天来来去去都是些他过去在任何地方都没有见到过的社会上出类拔萃的人物,都是些以自我为中心的人,不仅来自本国各州,而且来自世界各国和五大洲。来自四面八方的美国政客——各个地区主要的政客、大老板和号称政治家的一些人——和外科医生、科学家、著名医生、将军、文坛上和社会上的知名人士,不仅限于美国的,还有世界上其他各国的。"[①]克莱德自从一场致命车祸逃命以来,本想更名换姓好好改造自己,好好生活,然而,在俱乐部当服务生的差事让他又生出新的艳羡,于是他开始模仿起有钱人的派头,渴望给人一种地位上的优越感。后来在接触了他那富有的伯父家庭之后,更是称羡伯父的家大业大,渴望一步登天。

金钱、美色和地位这三样东西对克莱德来说,很多时候是互为一体的:有了钱就什么都可以买到,有了钱就有了地位,就能受人尊敬,同时金钱也会吸引美女们蜂拥而至,扑向他的怀抱,或者如果攀附上一位有权有势家庭的女子,他也同样可以名利双收。这在新型的消费意识形态主导的社会里是最正常不过的事情。克莱德是杜尔西和嘉莉妹妹等人的异性翻版,他也想轻而易举获得成功,而捷径就是利用自己较好的外表攀附上权势场上的女子。急于求成的克莱德完全屈

---

① 德莱赛. 美国的悲剧[M]. 许汝祉译. 北京:人民文学出版社. 1999:117.

服于金钱、美色和地位的诱惑,做出人生中错误伦理选择,以至于最后走向死刑犯的电椅。

"从伦理意义上而言,人是一种斯芬克斯因子的存在,由人性因子和兽性因子组成。"①新型的消费意识形态误导人们形成"金钱至上"的价值观,激发人类身上的"兽性因子",让人贪图感官享受,使得人们的道德感消失殆尽,伦理观偏离正常轨道,最终危害社会伦理结构。从克莱德的经历和克莱德的伦理选择中,明显可见消费文化对他的塑造。"克莱德在成长期长期受到经济上消费倾向的风格和价值观的影响。这些倾向和价值观……否定清教主义的约束,欢迎建立在满足个人需要基础上的享乐主义。"②在新兴的消费主义文化的影响下,人的欲望总是突破传统宗教与道德规范的约束,"越出了物质需要层面而衍化成消费社会的核心逻辑,对消费、享乐的渴望和对物质的极力追求,不仅导致了人的异化,也导致了人与人之间关系的异化,以致亲情淡漠"③。

克莱德受消费主义和享乐主义影响而产生的异化首先表现在,在情欲与亲情之间,克莱德只看重前者。"情欲因素是人类天性中就有的一种自然的因素。而在现代的人类文明社会之中,情欲要受到一定

---

① 聂珍钊. 文学伦理学批评:伦理选择与斯芬克斯因子[J]. 外国文学研究. 2011(6):1—13.

② Michael Spindler. *American Literature and Social Change - William Dean Howells to Arthur Miller*[M]. Hong Kong:The Macmillan Press Ltd.. 1983:141.

③ 毛凌滢. 消费伦理与欲望叙事:德莱塞《美国悲剧》的当代启示[J]. 外国文学研究. 2008(3):59.

的社会道德准绳以及社会制度约束……"①而在注重释放本能、感官享受的新兴消费时代,传统清教伦理对人类原始冲动的打压得到解除,受压抑的原始欲望得到释放。克莱德对轻浮张狂的霍旦丝的热情之火难以熄灭,为了能与她发展深一层的性关系,他狠心不顾待产的姐姐的钱财之需,而是将钱统统给情人买昂贵的外套。此外,克莱德也从未曾想要把自己所挣的多余的钱用来贴补、改善那个穷困潦倒的家,他对亲人谎报工薪,拿自己所有的钱来过花天酒地的生活。正如有学者所说:"遵循享乐主义,追逐眼前的快感,培养自我表现的生活方式,发展自恋和自私的人格类型,这一切都是消费文化所强调的内容。"②他甚至违背初衷和对伯父家的诺言,与自己管辖下的女工私通,而置伯父对他的关照和信任于不顾。

克莱德的异化还表现在,在富有的桑德拉与贫困的女友罗伯塔这两位女性之间,克莱德毫不犹豫地选择了那个象征财富与地位、可以借其跻身上流社会的"跳板"——富家千金桑德拉。罗伯塔十分美丽,但她与克莱德的关系只靠情欲维系;而且对于克莱德来说,他在两性关系中处于优势位置,他原本就是利用了两人社会阶层和身份的不平等关系抓牢了对方的心,因而一旦欲望满足便可以随时踢开她。后来机会来临,当克莱德这个天资有所欠缺而又不肯勤奋努力的青年看到,只要与富家女联姻,便可平步青云,便能快速跻身富有阶层、住豪宅、坐豪车、衣食无忧、受人尊敬时,他毫不犹豫地抛开女友罗伯塔,为摆脱她甚至不管她生命安危让她堕胎,最后竟企图让她溺水而死。

---

① 崔淑丽. 解读《美国的悲剧》里克莱德的人性转变[J]. 芒种. 2013(18):172.
② 费瑟斯通. 消费文化与后现代主义[M]. 刘精明译. 南京:译林出版社. 2000.

"社会的伦理规则是伦理秩序的保障,一个人只要生活在这个社会里,就必然要受到伦理规则的制约,否则就会受到惩罚。"[1]克莱德最终自然难逃内心的谴责和法律的惩罚,不得不为自己的伦理选择负责。[2]

无论是杜尔西、嘉莉妹妹,还是克莱德,他们都在新兴消费文化的冲击下,受到种种消费诱惑,其注重感官享受的本能被激发,其消费欲望膨胀并脱离理性和良知的控制,于是他们或违背社会道德规范和秩序,或冲破伦理禁忌。当然,这些人物的创造者与其说是谴责了人性的弱点,不如说是抨击了美国的资本主义制度,正视了新兴的消费主义意识形态,因为这些人物都是消费时代物欲横流社会的产物和牺牲品。

四

梅季是斯蒂芬·克莱恩小说《街头女梅季》中的主人公。这部小说以纽约贫民窟阴暗、凄惨的生活环境为故事背景,主人公梅季·约翰逊是贫民区约翰逊家的孩子,从小受虐待、被忽视。她的父亲是蛮横的工人,毫无责任心,对他来说生活中最重要的事就是抽烟,而母亲是贫民窟典型的泼妇,又是一个酒鬼。尽管身处不得不为生存做斗争的、如同地狱一般的贫民窟,而且在家里又得不到温暖,梅季却在悲惨、污秽的环境中保持了天真的本色,她温柔、娴静、敏感,长得也楚楚

---

[1] 聂珍钊. 文学伦理学批评:基本理论与术语[J]. 外国文学研究. 2010(1):19.
[2] 《美国的悲剧》中所述的克莱德案件是根据当时美国社会的一个真实案件改编而来的。

动人,她向往美好的日子,模糊地渴望着有文化有修养的生活,并试图逃离让她感到丢脸的家。

梅季后来总算逃离了家庭,但"逃离了'家'的小牢笼,却逃不出社会的大牢笼"。① 她在一个衬衫工厂里找到一份工作,很快发现大都市的生活远非她想象的那样浪漫,自己收入微薄,往往入不敷出。所以当她哥哥的朋友彼得,一个油嘴滑舌的酒店职员看中梅季,利用她的失望和对生活的追求,以金钱和衣物为诱饵引诱梅季并陪她到处吃喝玩乐时,贫穷、不幸、涉世不深的梅季很快上钩,像贫穷时候的杜尔西和嘉莉妹妹一样,向自己的欲望屈服,她轻易答应了男友的非分要求并与其同居。不幸的是,男友不久便喜新厌旧抛弃了她。被抛弃后,梅季祸不单行,又失掉了在厂里的工作。她的母亲宗教思想很重,认为她伤风败俗,不许她回家,于是梅季流落街头,做了几个月的妓女,最后既无法从她那充斥着贫穷、压抑、暴力的"地狱"式家庭生活中得到任何希望,又无法忍受这种出卖自己的肉体以换取消费所需物资的痛苦生活,她选择了自杀来抗拒社会和家庭给她的压迫。

社会和家庭一方面仍然浸润在传统的清教文化中,另一方面正遭遇新兴的消费主义文化。而她选择的反抗社会双重文化压迫的方式是最为悲哀的方式。富有讽刺意味的是,正是因为她那酗酒的母亲拒绝沉沦时期的梅季,才把她推入卖淫的火坑;而且正是这位酗酒的母亲,在一次因酗酒被捕时为换得警察的安慰和同情,竟肆无忌惮地将女儿堕落的故事讲给警官听;又是这位酗酒的母亲,最后在酒友们的劝说下,取回了梅季的遗体,表示她最终"宽恕了"梅季。可见,是新兴

---

① 张祝祥,杨德娟. 美国自然主义小说[M]. 上海:复旦大学出版社. 2007:61—62.

的消费主义意识形态塑造的物质环境与传统的清教主义造就的苛刻道德环境一起把梅季推向了死亡。而一个弱女子对当时文化的反抗方式只能是自我毁灭。当然,读者也可以发现,作者在处理梅季悲剧命运时,其取舍态度呈现出一种由传统向现代转型的矛盾而又复杂的价值观,作者并非简单地弃传统取现代或弃现代取传统。

五

莉莉·巴特也是消费社会初生期美国文学画廊中的一位典型人物。她是伊迪丝·华顿的经典之作《欢乐之家》中的女主人公。她出生于"老纽约"社会[1],从小就深受消费文化和其所处阶层的教育和熏陶,把利用自身美色获得一位有地位有财富的丈夫,从而稳坐靠山当作女性生存的全部意义。莉莉本人由于父母早逝、家道中落,似乎更需要钓上"金龟婿"、嫁入豪门来继续锦衣玉食的生活。但由于内心依然追求高雅生活和纯洁爱情,她最终抗拒了消费社会的婚姻法则。莉莉的每一步遭遇都是其伦理选择的结果。莉莉的内心深处始终有两种力量在较量——屈服于本阶层的择偶"理念"和当时正在兴起的消费主义文化,或是反抗它们,最终是反抗的力量压倒了一切。

莉莉从小期待跻身上流社会、向往富足安逸的生活、渴望得到有

---

[1] 18至19世纪,美国纽约上流社会是由四百户左右的大家族构成的紧密小圈子,在伊迪丝·华顿的笔下,它被冠名为"老纽约"社会。阿尔弗雷德·卡津在《立足本土》中这样概括"老纽约"社会:"它是一个毫无生气的极端保守、人人正襟危坐、不敢妄言、远离丑闻、害怕创新的社会阶层,让人窒息,无益于智慧与文化的发展,连仅有的娱乐也流于形式。"(Alfred Kazin, *On Native Grounds*[M]. New York: Doubleday & Company, Inc.. 1956: 55.)

钱人所有的一切。莉莉的母亲教育她嫁给有钱人是女人应该追求的，告诉她美貌是换得成功的条件，女人要用美色夺取金钱和地位。莉莉因为家道中落总觉得钱不够花销，她曾对朋友大声表白："我要人们的赞赏，我要刺激，我要金钱——是的，金钱！"[①]因此，她不断寻觅富裕的结婚对象。莉莉的美貌确实在富人阶层激起很大的反响。《欢乐之家》描写了莉莉的一次活人造景表演——莉莉参加上流社会娱乐活动的一个场景。莉莉在活人造景表演活动中扮演雷纳德的油画《洛易德夫人》中的女主人公，她的美貌引起了男人们的注意，她优雅得体的穿着打扮和美丽端庄的神态给男人们提供了无穷尽的"享受"和想象。莉莉确实由于貌美受到富有阶层众多男子的垂涎，有的借口研究女性身段接近她，有的借口帮她投资赚钱企图占有她。但莉莉想象中的婚姻是有情趣的、高雅的，和那些只有钱但很愚蠢、很俗气的贵族交往始终让她心有不甘。然而，精神领域的追求一开始也还不至于让她放弃对物质和财富的追求。当能激起她心灵共鸣的青年赛尔顿对她展开热烈追求时，她依然非常犹豫，因为赛尔顿在物质方面还没有富裕到能满足她的要求，她暂时也不愿意为了赛尔顿放弃其他男性。她有很多次机会可以得到幸福婚姻，但是每当机会来临时她都很踌躇，就如小说中所说的："莉莉就像是在种稻子，稻子成熟的时候，她不是在打苍蝇就是睡过头了。"[②]她的择偶困境表现为，在情感富足与物质富足不可兼得的情况下，一时无法做出明智正确的取舍，她总是企图获得婚姻中的最高"收益"。

---

① 伊迪丝·沃顿.《欢乐之家》[M].赵兴国，刘景堪译.北京：译林出版社.1995：185.
② 伊迪丝·沃顿.《欢乐之家》[M].赵兴国，刘景堪译.北京：译林出版社.1995：86.

但她很快反思了自己的局限性,也展开了严厉的自我批评:"我是个坏女人——所有的念头都是坏的!在我周围的全是坏人,但我能就此原谅自己吗?原以为自己能不同流合污——我看不起他们——看不起!可我现在变得同他们没什么两样了。"[1]她意识到自己并不愿意接受当时普遍的有物质无精神的婚姻关系。她也明白了,数不清的男人去追求她,是因为她在男人们的眼里是一件高级上等商品,是可以为他们增添面子的符号。

后来,莉莉由于"与有妇之夫调情"的"丑闻"和"单纯天真地接受特莱纳先生给予的投机生意的回报"等原因受到贵妇们的诬陷和利用,被逐出了所谓的"欢乐之家"——上流社会。为了证明内心的清白和对高尚道德生活的追求,莉莉毅然决定去工厂当制帽女工来还特莱纳的债。但是,在与欢乐之家决裂并依靠自己的双手创造财富时,莉莉发现,习惯了安逸生活的她,根本无法以做女工的工作来养活自己。这样一位无法自食其力的人怎样来反抗社会文化?在男权社会,正如波伏娃所说:"若是女人达到了反抗的终点,那么只有一条出路还在向她开放——这就是自杀。"[2]最终走投无路的莉莉也只能以死来证明她在精神上的独立自强。

《欢乐之家》为我们展示了当时正在改变中的道德观和价值观,但我们可以发现,道德观和价值观转变的背后,是当时经济模式的变化,是商业文化和消费文化对整个社会伦理、家庭伦理的影响和冲击。莉

---

[1] 伊迪丝・沃顿.《欢乐之家》[M].赵兴国,刘景堪译.北京:译林出版社.1995:183.
[2] 西蒙娜・德・波伏娃.《第二性》[M].陶铁柱译.北京:中国书籍出版社.1998:678.

莉拒绝消费主义意识形态影响下的婚姻观，拒绝"把自己当作一件婚姻商品出售。强烈的道德观念让她一次又一次放弃享受荣华富贵的机会"①。莉莉在不断追求、不断选择的过程中，进行了艰难的反抗，尽管她的反抗力量有限。

六

马丁·伊登是杰克·伦敦的小说《马丁·伊登》的主人公。马丁生活的时代也"正值二次工业革命开展，资本主义经济蓬勃发展之际，消费主义和拜金主义盛行"②。马丁是20世纪初小说作品中出现的反抗消费主义和拜金主义最为出色的代表。

一开始，马丁·伊登是个水手，他虽然出身卑微、粗俗无礼、才识浅薄，却勇敢善良。他在他原本所属的工人阶级队伍里可谓混得顺风顺水的好手。但造化弄人，在一个偶然的机会下，他结识了千金小姐露丝——一个他之前从未接触过的女人，一个天仙女神一般的女人。她家的昂贵家具和奢华生活也迷惑了他的双眼，让他相信，这就是最美好的生活，这就是另一个世界，一个他从未企及过的"天堂"。为了与爱人靠得更近，为了走向她的阶级，他决定放弃过去的生活方式，他发奋自强，学习语法、背诵字典、研读哲学和文学等方面的书刊，开始了充满挑战的写作之路，他希望自己成为一个配得上露丝的人。因为家境贫寒，他在写作的过程中饱尝艰辛：物质上，他忍饥挨饿，为了生

---

① 虞建华. 美国文学辞典·作家与作品[M]. 上海：复旦大学出版社. 2005：188.
② 林瑜. 强者的悲歌——试论马丁·伊登悲剧结局的根源[J]. 大众文艺评论. 2010(18)：74.

活,常常不得不把衣服、自行车等拿去典当;精神上,他忍受着世人的冷嘲热讽刺和一次次的退稿。例如,工人们根本无法理解马丁的花钱买书行为,他们,包括他的姐夫都对他的作家梦嗤之以鼻,认为他不务正业、游手好闲,连深爱着他的姐姐也误解他。代表资产阶级的露丝一家也不认同他的追求。在露丝眼里,对一个连小学教育都没怎么受过的人而言,成为作家简直是天方夜谭、痴人说梦。而那些卖不出去的稿子更是坚定了她的想法。在她看来,书写得再好,卖不出去,就没有创作的价值。因此,她经常打击他的作家梦,也多次劝诱马丁加入自己父亲的公司,成为一名律师。但马丁自己在文学创作的道路上,从未因为上述种种原因而放弃梦想。即便是当他辛辛苦苦写成的作品一次次遭到拒稿时,他也依旧坚守自己的梦想,他渴望通过创作、出版图书来实现他的人生价值。

出于偶然原因,马丁的一部作品赢得成功,被各家杂志社、出版社争相出版,原先那些被拒稿、被冷落的小说也都以天价稿酬纷纷得以发表,他也成了有钱有地位的成功人士。原先挖苦他、鄙视他的人开始奉承他、攀附他,连法官也要宴请他,一度嫌弃他的露丝也回到他身边并愿意向他献身。大家开始围着他转,虽然根本不懂得他的小说,可是为了"时髦",人们都竞相购买他的书,吹捧他的小说。在消费社会,"作为一个消费者,无论是他的需要还是满足这种需要的手段,都是由资本主义商品体系结构性地规定了的"[1]。马丁的成功和成功后的遭遇其实都符合消费文化、消费社会的逻辑,受制于资本主义商品体系。

---

[1] 罗刚、王中忱.消费文化读本[M].北京:中国社会科学出版社.2003:20.

但马丁无法忍受这种消费语境。他开始反抗消费社会的法则和逻辑。他先是封笔拒绝写作，因为他认为写作是神圣的追求，无法用金钱衡量。写作一旦沦为获取名利的工具，神圣的追求就遭到了亵渎。"他只感到悲哀。出版一本书，如今对他没有什么意义了。这充其量意味着可以弄到些钱，可是他对钱实在一点也不在意。"①马丁质疑那些文学粉丝："他弄不明白，他们怎么可能欣赏或者理解他写的东西。他作品里内在的美和力量，对赞美他、买他的书的那成千上万的人来说，是什么意义也没有的。"②马丁看清了出版商的真面目——他们唯利是图，只关心能否赚到钱，根本不注重作品本身的优劣，成名后的马丁发现，无论自己给杂志报社什么稿件，他们都出版，即便是那些原先被他们退稿的作品。马丁也对神圣的爱情产生了怀疑："他一向爱的是一个理想化的露丝，一个他一手创造的天仙，他自己的爱情诗里的那个光芒万丈的女神。那个真正的资产阶级小姐……他可从来没有爱过。"③他终于发现，所谓的爱情，也不过是名和钱的奴隶，于是拒绝了曾经的女神露丝在他功成名就后主动奉献上来的爱情。其实露丝的表现只是遵循了消费主义的势利爱情法则，但马丁拒绝这样的法则。其实消费社会的成功法则向来如此，但马丁拒绝这样的成功，拒绝随着成功而来的财富、荣誉与地位、爱情。

"在消费主义的法则下，所谓的成功充其量只是改变了他在消费

---

① 杰克·伦敦. 马丁·伊登[M]. 吴劳译. 上海：上海译文出版社. 1981：412.
② 杰克·伦敦. 马丁·伊登[M]. 吴劳译. 上海：上海译文出版社. 1981：412.
③ 杰克·伦敦. 马丁·伊登[M]. 吴劳译. 上海：上海译文出版社. 1981：441.

社会体系中的地位,而无法改变他被消费社会异化的命运。"[1]"如果他不愿意扭曲自我,屈从于消费主义的法则,他只有离开,只有与束缚自己诗性追求的一切决裂,才能做一个真正的强者。"[2]当马丁的文学追求和爱情追求,被消费社会的物质世界击得粉碎后,他以投海自杀的方式彻底地反击了消费文化的腐蚀。

第二节 消费社会中的迷惘和模仿——以新贵阶层人物为例

19世纪末20世纪初美国消费主义兴起之时,一群新兴的暴发户贵族开始崛起,他们拥有财富,却因为阶级的差异而遭到上流社会排斥。处于上升期的美国新贵阶层渴望打破阶级区隔,进入上流社会,并进而占据社会统治地位。新贵们为了打破这一阶级区隔,开始追逐上流社会的"时尚",模仿上流社会的消费习惯,形成了独特的新贵伦理价值。他们逐渐抛弃了清教徒勤俭节约、艰苦奋斗的优良品格,无视传统家庭伦理,崇尚物质主义,将炫耀性消费和身体消费视为重构社会身份、取得上流社会认同的途径。新贵阶层的伦理观既不同于以家族利益为先的上流贵族,也不同于崇尚经济实用的下层社会,其伦理取向具有独特性。本节将以这一时期小说中出现的较有典型意义的新贵阶层人物——伊迪斯·华顿小说《国家风俗》中的厄丁、莫法特等为例,分析新贵阶层的消费行为及其伦理原则,探讨新贵阶层的伦

---

[1] 韩小聪.消费主义文化下的诗性追求——论杰克·伦敦笔下的马丁·伊登[J].济源职业技术学院学报.2015(3):103.

[2] 韩小聪.消费主义文化下的诗性追求——论杰克·伦敦笔下的马丁·伊登[J].济源职业技术学院学报.2015(3):103.

理取向特点。

一

在美国经济步入高速发展期的19世纪末20世纪初,阶级流动也日益频繁[1],美国作家伊迪斯·华顿的风俗小说《国家风俗》正是描绘了这一时期的社会状况。随着资本主义的扩张和社会经济的发展,一群新兴的暴发户贵族开始崛起,他们拥有财富,却因为阶级的差异而遭到上流社会排斥。小说的女主人公厄丁·斯普拉格是新贵阶层的代表之一,她多次离婚又复婚,最终实现了从新贵阶层进入纽约上流社会的目标。

"内战之后,美国的经济图景有了重大改变……西部以芝加哥重工业资本家为代表的新贵们越来越感到他们和东部纽约及波士顿所代表的贵族社会的差距渐渐体现在阶级地位的不同上。"[2]厄丁的父亲斯普拉格先生、厄丁第一任也是最后一任丈夫莫法特就是西部"新贵"的典型代表。他们拥有足量的财富,却因为钱财的来源不够"文明"而为上流社会所排斥,他们被当成"野蛮人""入侵者"[3]。因此,为了打破这一阶级区隔,提升社会地位,新贵们开始效仿上流社会体现在消费方面的"时尚"。正如布尔迪厄所言:"一个社会行动者在社会

---

[1] 程心. 时尚之物:论伊迪斯·华顿的美国"国家风俗"[J]. 外国文学评论. 2015 (04):192.

[2] 程心. 时尚之物:论伊迪斯·华顿的美国"国家风俗"[J]. 外国文学评论. 2015 (04):192.

[3] Edith Wharton. *The Custom of the Country* [M]. New York:Bantam Dell. 2008:58.

空间中所占据的位置,与他/她所展现的生活方式之间,存在着绝非偶然的联系……处于某一社会空间中的某一相近位置的个人,他们的消费选择——无论是物质消费还是符号消费——具有趋同性。"[1]《国家风俗》中"新贵"阶层的消费行为主要体现为:炫耀性消费和身体消费。

在《有闲阶级论》中,凡勃仑提出了"炫耀性消费"这一概念。首先,炫耀性消费体现为"明显有钱"的消费方式。"事实上,购买奢侈品是让消费者获得满足的一种方式,因此,也标志着主人的地位"[2],"显著消费贵重物品,是有闲阶级绅士获得荣誉的一种手段"[3]。换言之,有钱阶层为了炫耀自己的财富、获得荣誉与地位,肆意地消费奢侈品。炫耀性消费的这一特点在厄丁身上表现得最为明显。在说服父母来到纽约之后,"她认识的所有时尚人士,要么寄宿,要么长期居住在旅馆内"[4];厄丁劝说父母放弃西区大街的房子,此后一直居住在地理位置极佳的豪华旅馆中;她要求父亲为自己购买时尚的衣装;订价值"一百二十五美元一晚上"[5]的昂贵歌剧包厢。与纽约贵族拉尔夫结婚之

---

[1] 转引自朱国华. 权力的文化逻辑——布迪厄的社会诗学[M]. 上海:上海人民出版社. 2016:268。

[2] Thorstein Veblen. *The Theory of the Leisure Class* [M]. Oxford University Press. 1899:51.

[3] Thorstein Veblen. *The Theory of the Leisure Class* [M]. Oxford University Press. 1899:53.

[4] Edith Wharton. *The Custom of the Country* [M]. New York:Bantam Dell. 2008:12.

[5] Edith Wharton. *The Custom of the Country* [M]. New York:Bantam Dell. 2008:34.

后，厄丁更加铺张浪费，新婚蜜月"她要求乘坐最快捷、最奢华的游轮"①，她热衷于穿上漂亮的衣裙、戴上耀眼的首饰参加各种人潮拥挤的聚会；与成为百万富翁的莫法特再次结婚之后，她建造了如宫殿般豪华的住宅，"厄丁的梳妆室同会客厅一般大"②，从前夫塞纳那里买来象征贵族地位的昂贵挂毯作为装饰，打造了"一排又一排的书柜"③，收藏百万名书。读者不难发现，厄丁对种种奢侈品有着很大的执念，她热衷于消费，更热衷于展示和炫耀自己的身份和地位。

其次，炫耀性消费体现为"明显有闲"的生活方式。"在文明发展的进程中，就算是原始文明时期，有地位的男人一般都是通过'体面的生活环境'、远离'体力劳动'来获取和维持自尊的。"④有闲阶级的男主人无须亲自动手，自会有仆人和妻子打点好一切。然而，不从事生产劳动并不意味着他们游手好闲，由于"高级学识是金钱文化的一种表现"⑤，他们通常会从事各种古典文学的研究，进行文学创作，或者涉猎法律、政治和行政管理等领域。然而，"新贵"们大多是通过各种商业竞赛致富的暴发户，他们忙于处理各种商业事务，没有办法通过

---

① Edith Wharton. *The Custom of the Country* [M]. New York：Bantam Dell. 2008：136.

② Edith Wharton. *The Custom of the Country* [M]. New York：Bantam Dell. 2008：458.

③ Edith Wharton. *The Custom of the Country* [M]. New York：Bantam Dell. 2008：459.

④ Thorstein Veblen. *The Theory of the Leisure Class* [M]. Oxford University Press. 1899：29.

⑤ Thorstein Veblen. *The Theory of the Leisure Class* [M]. Oxford University Press. 1899：236.

"明显有闲"来显示自己的财富。于是,家庭中的女性成员便成为他们的代言人。正如凡勃仑提出的,男主人妻子的"代理有闲"和"代理消费"也是一种炫耀"明显有闲"的方式。她们同样不从事体力劳动,专注于无止境的消费活动,仿佛花费越是奢侈,就越能体现出男主人的财富与名望。来到纽约之后,斯普拉格夫人虽极少出门,却依旧将双手"戴满戒指"[1],"穿着非常时尚的礼服,就像一张画报"[2]。此外,她和厄丁"难以抵御多买两件或者三件礼服所带来的难以言喻的快乐"[3],乐此不疲地购买衣装。然而,由于没有穿着的场合,这些礼服又"被厄丁很不耐烦地扔给了女佣"[4]。斯普拉格夫人认为,多花一些钱斯普拉格先生"不会介意"[5],厄丁则认为"这是男人的职责所在"[6]。厄丁与成为百万富翁的莫法特再次结婚后的两年内,"不停地来回穿梭于纽约和巴黎,或前往罗马,或恩加丁"[7]。莫法特忙于各种生意,

---

[1] Edith Wharton. *The Custom of the Country* [M]. New York: Bantam Dell. 2008: 3.

[2] Edith Wharton. *The Custom of the Country* [M]. New York: Bantam Dell. 2008: 4.

[3] Edith Wharton. *The Custom of the Country* [M]. New York: Bantam Dell. 2008: 16.

[4] Edith Wharton. *The Custom of the Country* [M]. New York: Bantam Dell. 2008: 16.

[5] Edith Wharton. *The Custom of the Country* [M]. New York: Bantam Dell. 2008: 10.

[6] Edith Wharton. *The Custom of the Country* [M]. New York: Bantam Dell. 2008: 34.

[7] Edith Wharton. *The Custom of the Country* [M]. New York: Bantam Dell. 2008: 457.

而厄丁则奔波于各种舞会和晚宴。"晚上,有西班牙舞会和俄罗斯歌会;迪基·鲍尔斯对她承诺,大公爵将于明日与她共进晚餐。"①因此,作为"新贵"代表的斯普拉格先生和莫法特,便是通过斯普拉格夫人和厄丁的有闲和消费来体现"明显有闲"这一生活方式的。

《国家风俗》中,"新贵"阶层的另一个消费特点是"身体消费",主要体现为女性身体消费。在逐渐形成的消费社会中,女性毫无疑问成为大众消费中的主力军。受报纸、杂志等大众传媒的影响,女性热衷于装饰自己的身体,她们对购买各种各样的漂亮衣装和昂贵首饰、化妆品并乐此不疲。此外,因为"以瘦为美"是社会的潮流,所以女性往往醉心于通过锻炼和节食来维持自己的身材,厄丁便是这类女性的典型代表。自小时候起,她就熟知美貌的重要性,"年幼的她对同龄玩伴的游戏基本没有兴趣"②,"她唯一喜欢的事情就是穿上妈妈的裙子,在衣柜的镜子前面'假扮妇人'"③。长大以后,厄丁非常清楚地了解自己的容貌优势,并利用自己的美丽赢得了许多男人的倾慕,成功地提升了自己的社会地位;同时,她也十分注重维持自己的青春美貌,当发现"自己的脸色失去了一些光彩,头发没有过去闪亮"④时,她"翻遍了所有的时尚报纸和杂志,搜寻新的香水和粉饼,尝试面部提拉、电子

---

① Edith Wharton. *The Custom of the Country* [M]. New York:Bantam Dell. 2008:468.

② Edith Wharton. *The Custom of the Country* [M]. New York:Bantam Dell. 2008:17.

③ Edith Wharton. *The Custom of the Country* [M]. New York:Bantam Dell. 2008:18.

④ Edith Wharton. *The Custom of the Country* [M]. New York:Bantam Dell. 2008:414.

按摩等修容手段"①以求获得迅速改观。值得一提的是,女性在成为主动消费者的同时,也不可避免地沦为男性的消费品。鲍德里亚在《消费社会》中就曾指出,身体,特别是女性的身体,是最美的消费品,"如果一个女性是美丽的,她将会被选择。如果是一个男人,妻子对他来说,就等同于其他的物品或标志(他的汽车、他的妻子、他的香水)"②。小说中,厄丁的美貌,她与纽约贵族马维尔和法国贵族塞纳的两段婚姻,让她成了一件极具价值的商品。对莫法特来说,厄丁就好比马维尔家的祖传宝石、塞纳家具有文化传承意义的挂毯,可以助他证明自己的声望。

二

在"特定的伦理环境中分析和批评文学作品,对文学作品本身进行客观的伦理阐释,而不是进行抽象或者主观的道德评价"③,因此,若要理解"新贵"阶层的伦理选择,我们首先应当考虑他们所处的伦理环境。

19世纪末20世纪初是消费主义兴起的年代,上流社会成员依然在美国社会结构中占据优势地位。同时,随着资本主义的进一步扩张和社会经济的高速发展,新贵阶层逐渐涌现。处于上升期的资产阶级新贵们渴望确立其在美国社会中的统治地位,"他们首先要做的就是

---

① Edith Wharton. *The Custom of the Country* [M]. New York: Bantam Dell. 2008: 414.

② Jean Baudelaire. *The Consumer Society: Myths and Structures* [M]. London: Sage Publications. 1998: 98.

③ 聂珍钊. 文学伦理学批评导论[M]. 北京:北京大学出版社. 2014:254—255.

取得原有统治阶级'上流社会'人士的认可,成为他们中的一员"[1];然而上流贵族"十分鄙视资本主义生产方式,并自大地认为与资本主义生产方式联系在一起的新兴资产阶级也是粗俗的和低贱的"[2]。因此,"新贵"的财富虽然能在金钱竞赛中获得胜利,却因为血统不够"高贵",财富来源不够"文明"而遭到上流社会的排斥。处于这样的社会背景下,"新贵"们为了提升自己的社会地位,做出了以下几种伦理选择。

其一,摒弃传统的清教主义思想,追求享乐主义,以满足自己无止境的欲望为人生目标。清教主义宣扬努力工作、节俭开支。这在资本原始积累的过程中起到了极大的推动作用。然而,处于上升期的新贵们逐渐为社会荣誉与地位所驱遣,不再笃信艰苦奋斗、勤俭节约准则,既然上流社会推行享乐之风,那么他们就要去模仿。在面临上流社会的排斥之时,厄丁就是做出了这样的选择。尽管衣柜里早已塞满了奢华的衣裙,但她还是毫无节制地继续"买买买"。消费成了厄丁生活中不可缺少的一部分,她选择用挥霍来显示自己的身份地位。

其二,无视传统家庭伦理,亲情让位于消费。在新贵们眼里,亲情可有可无、无足轻重,一切阻碍自己进入上流社会的东西,都是无用的;婚姻对他们而言,只是工具,夫妻之间不存在爱情,只有相互之间的利用。小说中,厄丁把历任丈夫都当成了取款机,与他们结婚仅是为了满足自己对金钱的欲望;同时,她自己也是丈夫莫法特体现身份地位的工具,于莫法特而言,她仅是一个美丽的花瓶。厄丁对待父亲

---

[1] 朱赫今.伊迪丝·华顿小说中的伦理取向[D].吉林大学.2014:12.
[2] 朱赫今.伊迪丝·华顿小说中的伦理取向[D].吉林大学.2014:13.

的态度很大程度上取决于他在满足自己金钱欲望方面的表现:如果父亲满足了自己的需求,她就会给予亲吻;没有答应要求,则会立马冷脸相对。厄丁与儿子保罗的感情也是十分淡漠的:厄丁可以不记得儿子的生日,在他生日当天依然去参加聚会;她甚至将儿子当作向孩子生父索取大额钱财的筹码。

其三,成为"物质主义"的奴隶。在新贵们空虚的精神世界里,"物"逐渐变成了最神圣的存在,他们无比在乎"物"的物质价值和商品价值。地理位置极佳、无比奢华的住宅是厄丁一直以来向往的,因为它可以体现自己的社会地位。对于厄丁和莫法特来说,上流社会的传家宝也只是一种商品:拉尔夫的家传珠宝,可以用来换取大量钱财;塞纳家的祖传挂毯,则可以用来炫耀上流社会身份。由此可见,新贵们已完全沉迷于一个以"物"为衡量标准的世界里。

三

作为新兴阶层,资产阶级新贵们既不同于传统的上流贵族,也与下层社会有着明显的差异。因此,他们的伦理观自有其独特之处。

首先,新贵阶层与上流社会伦理观的对立是个体与集体的对立。美国上流社会是以血缘形成的一个金字塔型小集体,"家族姓氏成为上流社会成员身份的标志,家族的体面与个体的颜面息息相关"[1],因此"以家族利益为本位的集体主义伦理观成为上流社会这个小团体奉行的最高行事准则"[2]。然而,新贵阶层则是以个人意志为先的。比

---

[1] 朱赫今.伊迪丝·华顿小说中的伦理取向[D].吉林大学.2014:13.
[2] 朱赫今.伊迪丝·华顿小说中的伦理取向[D].吉林大学.2014:13.

如，在对待离婚问题上，两个群体的选择体现出了截然不同的伦理观。离婚对于上流社会来说是难以启齿的耻辱和"丑闻"[1]。在与厄丁离婚的时候，拉尔夫"回想起这个贵族社会的所有流行词……'谨慎''骄傲''自尊''最好没人知道这样的事情'"[2]。在拉尔夫与厄丁离婚的时候，马维尔家族为了减少影响，让拉尔夫不要提出任何要求，迅速地解决，甚至放弃了保罗的抚养权。然而，对于"新贵"厄丁来说，"如果父亲和拉尔夫不能满足她的生活需要，那么她就有理由得到自由"[3]，而离婚便是获得自由的一种手段。厄丁根本不在意家族荣誉和集体利益，她只在意自己的利益得失和个人欲望能否得到满足。同样身为新贵的莫法特，也毫不在意离婚这个事情。上流社会很难接受离过婚的女性，而莫法特则将与上流社会成员离过婚的厄丁看成极具价值的商品，他认为厄丁的美貌和手段有助于体现自己的身份和地位。

新贵伦理与上流社会伦理的差异决定了他们在处理形式和内容关系上的差异。亚历山大曾在其评论文中提出，华顿在《国家风俗》中刻画了许多豪华的餐厅（形式）却没有花笔墨描绘食物（内容），目的就是"突出厄丁·斯普拉格内心世界的空洞"，指出"新阶级只对形式感

---

[1] Edith Wharton. *The Custom of the Country* [M]. New York：Bantam Dell. 2008：346.

[2] Edith Wharton. *The Custom of the Country* [M]. New York：Bantam Dell. 2008：345.

[3] Edith Wharton. *The Custom of the Country* [M]. New York：Bantam Dell. 2008：197.

兴趣,而非内容",将他们刻画成"小丑、猴子、佯装者"①。如前文所述,"新贵"阶层为了提升社会地位,获得上流社会的认可,不断模仿他们的生活方式。然而,"新贵"的模仿却只停留在表面,而忽视了内在的意义。例如,在小说开头,厄丁参加完拉尔夫家的聚会,发现自己因为没有读书、观看画展和戏剧而与他们缺少话题之后,便开始有意识地想要做出改变。然而,她并没有想要去提高自身的文学素养,而选择了简单的形式模仿。她固执地要求父亲为自己订下昂贵的歌剧包厢,因为贵族阶层流行这样做。她也前往画廊观看画展,却因为吸引了无数目光而沾沾自喜,回家之后,她发现"自己完全想不起自己观赏过的画"②。此外,"新贵"莫法特在成为百万富翁之后,在与厄丁的新家里打造了一排又一排的书柜,然而"这些书柜封上了镀金的网格"③。对莫法特来说,藏书不是为了阅读,而是为了炫耀。

其次,新贵阶层与下层社会伦理观也是存在明显差异的。下层社会属于劳动阶层,他们的生活目标就是吃饱穿暖,满足最基本的生活需求。由于财富有限,他们追求的是简单、适度的生活,更加注重物品的使用功能,"经济实用"是他们的伦理原则。而新贵阶层是因经商而致富的暴发户,他们拥有一定的财富,除了满足生活必需之外,还可以

---

① Alexandra Rahr. Barbarians at the Table: The Parvenu Dines in Edith Wharton's The Custom of The Country[J]. Edith Wharton Review. 2007, 23(2): 1-8.

② Edith Wharton. The Custom of the Country [M]. New York: Bantam Dell. 2008: 39.

③ Edith Wharton. The Custom of the Country [M]. New York: Bantam Dell. 2008: 459.

进行奢侈品的消费。此外,新贵阶层对于提升阶级地位,进入上流社会有着热切的渴望。因此,在消费主义兴起的年代,《国家风俗》中的新贵们奉行"以消费为中心"的伦理观,渴望通过炫耀性消费来确立自己的身份地位。作为新贵阶层的代表,厄丁将消费当成一种生活必需品,试图通过消费来获得社会乐趣和身份认同;莫法特则将消费当作炫耀成功和地位的方式,他挥霍巨资用于构造宫殿般的大房子、购买昂贵的珠宝、收藏百万名书和挂毯。

在消费主义兴起的年代,处于上升期的新贵阶层渴望进入上流社会,并进而占据社会统治地位,却遭到上流社会的排斥。为了打破阶级"区隔",新贵们奉行"以消费为中心"的伦理观,炫耀性消费和身体消费成为他们消费行为中最突出的特点。新贵阶层摒弃了传统的清教伦理、家庭伦理,逐渐迷失在永无止境的物质欲望之中,这些拜物主义者沦为了物质主义的奴隶。由于阶级属性,新贵阶层的伦理观有其独特性:与以家族利益为先的上流贵族相比,新贵阶层只在意自己的利益,他们盲目模仿上流社会的生活方式,而忽视了精神文化修养的提高;与终日为生存而奔波的下层社会相比,新贵阶层更渴望提升社会地位,他们视消费为一种炫耀成功和地位的方式。

虽然新贵阶层的出现对保守的上流社会贵族提出了挑战,促进了社会的进步,但他们同时也助长了"奢侈消费"的风气,导致享乐主义、物质主义的泛滥和道德的缺失。事实上,对物质的极度崇拜并不能带来持续的经济繁荣,1929 年,美国就爆发了资本主义经济危机。因此,人们应当对消费主义带来的危机保持警惕,消费能力和水平不是衡量一个人的标尺,炫耀性消费和身体消费也不应成为社会的主流趋势。

第七章 消费社会·女性·两性伦理

第一节 消费社会初期传统女性的窘况

20世纪初,随着资本主义工商业的日渐发达,以投资生产为特征的社会经济已经开始向消费型经济转型,与此相适应,作为主流意识形态的清教主义传统价值出现动摇、坍塌,原先被束缚甚至禁锢的各种人性欲望得到释放并快速膨胀,消费主义社会和文化的一些特质在这一历史阶段出现萌芽并获得初步成长。女性在清教传统式微、消费主义兴起时代的社会角色特征发生了变化。女性已经由传统的男人的财物、附属物"进化"为消费社会的一种特殊消费品,同时,她们自身也被消费行为和消费品所控制,成为"消费控"。本节以德莱塞"欲望三部曲"中刻画的几位女性主人公为例,[1]论述传统女性在新时期的社会角色特征及其所处的窘况。可以说,男权主义与消费主义的最早期的合谋在当时已经实现,传统女性处于双重暴力构建而成的新型社会枷锁之中。

一

"欲望三部曲"以柯帕乌的一生经历为主线,叙述了他从一个不名

---

[1] 德莱塞"欲望三部曲"中的女主人公并非特例,同时期作家笔下的多数传统女性都有这些特征,例如华顿笔下的传统女性和菲茨杰拉德笔下的传统女性等都有这些特征。国内外学界对20世纪初其他作家笔下的女性也探讨较多,特别是对此时期女性的"消费品"特征。一般认为,此时期作品中的女性,一方面被当作"消费品",另一方面,自己愿意做"消费品"。关于"欲望三部曲"中女性的"消费品"特征,蒋道超先生的《虚拟交易和消费文化——评德莱塞"欲望三部曲"的主题》(见《深圳大学学报(人文社会科学版)》2002(4):65—69)一文也谈到一些。

一文的"混混"发展为拥有上千万财富的富豪的过程。柯帕乌身上,除了拥有永无止境的赚钱"欲望",也蕴藏着对女色的无穷欲望。正如作品所说:"金钱看上去是他追求的唯一目标,但还得加上女色。"[1]这位被描绘成"超人"的男主角一生与众多女性有染,但在其不同生活阶段有三个相对固定的异性伴侣,即"三部曲"中的三位女主角:丽莲、艾琳和白丽莱茜。柯帕乌最初选择年长于自己的丽莲做妻子,不仅因为她具有雕塑般的美丽,很大程度上也由于她所带来的安全感。她是一个能帮助年轻的柯帕乌赢得社会尊敬和承认的女性,与她的婚姻也使得柯帕乌的发财道路走得很快很顺。她笃信宗教,遵循清教思想所倡导的勤俭节约,属于受人尊敬的中产阶级,算得上比较理想的妻子;但随着姿色渐衰,她很快便被柯帕乌抛在一边。生育了两个孩子、以为婚姻牢不可破的丽莲怎么也想不到,最后不得不在离婚协议上签字。在柯帕乌对瘦骨嶙峋、病恹恹的丽莲心生厌恶之际,他遇到了艾琳。艾琳显然和丽莲不一样,她健康活泼,富有生气和活力,渴望被柯帕乌带入上流社会,宁愿与自己富有的父亲断绝关系也要和柯帕乌在一起。在《巨人》中,她如愿成为柯帕乌的第二任妻子。但艳丽好胜的艾琳也没能逃脱丽莲一样的命运,当柯帕乌意识到艾琳的俗气无法被崇尚高贵典雅的上流社会接受,且艾琳本人已无神秘感可言之后,便对她也失去了原有的兴趣。最后一位重要的女性白丽莱茜则是陪柯帕乌走到人生终点的女人,也是柯帕乌心中最完美的女性。她在柯帕乌女儿、妻子、情人、母亲等角色中自然变换。她和柯帕乌一样,成熟而又

---

[1] Theodore Dreiser. *The Financier*[M]. Beijing:China Translation & Publishing Corporation. 2011:143.

自信,知道自己想要什么,且具有实现自身欲望的才智,只要获得柯帕乌的经济支持,她便能在各式社会活动和场合中脱颖而出。与丽莲和艾琳她们相比,白丽莱茜更为年轻美貌,也更具智慧和气质,是一个"在每一个方向上都能把握他心灵发展的最终点"[1]的女人。

从女权主义角度看,人类历史一进入父系社会,女性就处于一个从属的、财产性的地位。正如凯特·米利特所说:"传统上,男权制授予父亲对妻子和孩子的绝对拥有权,包括肉体摧残的权利,甚至还常常包括杀害和出卖的权利。旧时,在视亲属为财产的社会制度中,一家之主的父亲既是生育者又是拥有者。"[2]男权社会中女性这种"财物化"社会角色,在进入消费社会后,出现了新的变化,这种变化就是三部曲所体现和建构的——女性成为男性的消费品,或者说,女性被"消费品化"。法国女性主义学者伊利加蕾清晰地描述过这种女性作为消费品的社会角色特征,她说:"在我们这个社会,女人与商品毫无差别,她们就是不同男人间交换和使用的商品。"[3]或者说,"在父系文化的歧视下,女性被隔绝于社会,所有的社会出路几乎都被堵死,只剩下依附一个有权势男人一条'捷径'了,女性不得不成为消费品"[4]。在三部曲中的三个女主角身上,"消费品""商品"的特质非常明显:

首先,作为消费品,她们的使用价值就是身体、气质和性,并且会

---

[1] Theodore Dreiser. *The Titan* [M]. Beijing: Foreign Languages Publishing House. 1957:428.

[2] 凯特·米利特.性政治[M].宋文伟译.南京:江苏人民出版社.2000:42.

[3] Luce Irigaray. *This Sex Which Is Not One* [M]. trans. Catherine Porter. Ithaca, NY: Cornell University Press. 1985:84

[4] 封金珂.重审《欢乐之家》中莉莉·巴特的悲剧[J].外语教学,2007(6):67—70.

被生产、复制出来。在三部曲中,社会传统社会所认可的女性身体的繁衍后代、操持家务的功能弱化。除莉莲之外的女性人物,柯帕乌的其他众多情妇们都无生育,她们的身体主要是用于供男人"消费"。身体作为实实在在的可感官事物也被当作消费品,而且在所有的商品中,身体成为"最珍贵且最美丽的"消费品。"身体关系的组织模式反映了事物关系的组织模式及社会关系的组织模式……私有财产的普遍地位同样适用于身体、社会实践及人们因此而产生的心理复现表象。"①美丽和色情共同构成的"身体关系新伦理"——功用性美丽和功用性色情。"美丽的逻辑,同样也是时尚的逻辑,可以被界定为身体的一切具体价值、(能量的、动作的、性的)'实用价值'向唯一一种功用性'交换价值'的蜕变,它通过抽象化将光荣的、完善的身体的观念、欲望和享乐的观念概括为一个——且由此否定并忘却它们的现实直到在符号交换中耗竭。因为美丽仅仅是交换着的符号的一种材料。它作为价值符号运作着。"②在"欲望三部曲"的男主角看来,"性"就是"美之本源、艺术之母、进步与成就之原动力"③,柯帕乌所爱的女性均是具有性吸引力的"性感的艺术珍品"④。丽莲一开始出现在柯帕乌面前时,"她既不光彩动人,也不生动活泼,但她却不自觉地表示出异

---

① 鲍德里亚. 消费社会[M]. 刘成富、全志钢译. 南京:南京大学出版社. 2000:139.
② 鲍德里亚. 消费社会[M]. 刘成富、全志钢译. 南京:南京大学出版社. 2000:143—145.
③ Charles Glicksberg. *The Sexual Revolution in Modern American Literature*[M]. The Hague:Martinus Nijhoff. 1971:35.
④ Miriam Gogol. *Theodore Dreiser:Beyond Naturalism*[M]. New York:New York University Press. 1995:90.

常平静、宛如雕塑般的丰姿"①。正是这种外表的、身体或者说是性的价值,博得了柯帕乌的好感。所以,德莱塞一次又一次描述了这些女主角打扮自己的身体,不断生产和复制自身的性感迷人。艾琳、白丽莱茜很早就意识到美丽和年轻的价值,深知保持年轻面容和苗条身材的重要性,并且深谙如何装扮自己以维持身体的美丽。尤其是白丽莱茜,在很短时间内就利用自己的青春和美貌吸引了柯帕乌,换取进入上流社会的门票。

其次,作为消费品,女人需要消费者付出(主要是)金钱代价才能"购买"。在人类社会历史上,向男人出售性和身体的有一个特殊的群体——妓女。但是在男权主导的消费社会里,普通女性的社会角色与"妓女"的社会角色出现了普遍相似性。思想界曾有过一个激进的观点,说婚姻就是合法的卖淫。这个观点用在"欲望三部曲"的男主人公和几个女主角关系上特别贴切。她们不断地生产"艺术品"一样的美和性感,供柯帕乌在不同的阶段消费,柯帕乌占有这些美丽的身体也需要付出高昂的代价,他须慷慨地为这些受宠的女人们提供钱财,成为女人们的"食品供应"(food supply)②。柯帕乌的女人,有些只须他给钱或捧其成名,有些须他赠予住处和首饰,或资助昂贵的学费,像白丽莱茜这样的绝色,他甚至在她十来岁起就开始供养她。即使像索尔本夫人这样的知识女性,也是在一番挣扎后,最终接受了柯帕乌作她

---

① Theodore Dreiser. *The Financier*[M]. Beijing: China Translation & Publishing Corporation. 2011:41.
② Charlotte Perkins Gilman. *Women and Economics: A Study of the Economic Relations between Men and Women as a Factor in Social Evolution* [M]. New York: Dover Publications. 1998:11.

的情夫,并且"小心翼翼地接受柯帕乌的慷慨馈赠,像猫一样感到满足,并且以最聪明的手段花费这些钱财"①。这就是一种以爱情为名义遮盖起来的购买关系。正如小说中的艾琳所说,"别的冷酷无情的女人,去缠住他(柯帕乌),不是为了爱情,而是为了他的金钱和名气。他迷恋着她们,因为她们年轻美丽……"②。其实,艾琳和他的关系本质上是一样的。正如女性主义理论家吉尔曼所说:"性关系与经济关系紧密相连。"③

再次,作为消费品,她们也有功能损耗、价值贬值和过时淘汰的特点。女性与商品一样会贬值。身体的美最为无价,不仅因为它迷人,而且因为它脆弱,如烟花般易逝。因而,持有身体这一商品的女子在商品世界中也容易贬值。青春是女性身体的最大的附加价值。当女人青春不再、美色消退时,柯帕乌便不再愿意继续为其提供大量钱财并给予宠爱。就如艺术品,一旦过时就被柯帕乌抛弃。柯帕乌刚与丽莲结婚时就要求替换所有的旧家具和装饰物,原因是"它们已经缺乏当下的艺术气息了"④。他对女人也是如此,每次想要抛弃妻子或情妇时都有一番内心独白,而真正的原因则是厌倦了女人衰老的脸庞,感兴趣于更有活力、更美丽、更能激起他欲望和激情的女人。《金融

---

① Theodore Dreiser. *The Titan* [M]. Beijing: Foreign Languages Publishing House. 1957:142.

② 德莱赛. 斯多葛[M]. 余杰、诸葛霖译. 上海:上海译文出版社. 1983:44.

③ Charlotte Perkins Gilman. *Women and Economics: A Study of the Economic Relations between Men and Women as a Factor in Social Evolution* [M]. New York: Dover Publications. 1998:3.

④ Theodore Dreiser. *The Financier* [M]. Beijing: China Translation & Publishing Corporation. 2011:53.

家》中柯帕乌不止一次提到他觉得丽莲变老了,并思考为什么男人只能有一个妻子。第二部中艾琳虽然美貌依旧,但是也比不上那些更年轻、更美丽的女孩。"她,艾琳·巴特勒,年轻时无论是魅力、美色、力气方面都自认为不亚于任何同龄人,如今,在她还不算老——她才只四十岁——时就被更年轻的一代推到一边。"①于是艾琳很快也成了被遗忘在角落中的美丽艺术品。"女人的价值就是以男性的欲望来衡量的……"②越年轻美貌就越能激起男性的欲望,也就越是"值钱",反之则贬值。"美丽仅仅是交换着的符号的一种材料。美丽作为价值符号运作着"③,它也必然在符号交换中被耗竭。

最后,作为消费品,年轻貌美的女性消费品还具有标识男性消费者身份地位的功能。女性是装饰,是显示男权的符号和标志。女人在男性眼里往往被物化,等同于标志男性身份、地位和权力的衣服、首饰、房子等物件。在德莱塞笔下,男主角是一个艺术爱好者和收藏家,他自小爱好绘画而且在这方面有真知灼见④,对"铜器、大理石、挂毯、绘画、钟表、地毯"深感兴趣。柯帕乌购买和占有艺术品的重要目的是表现他的富有。同样,不断"购买"和变换女性也成为他表达地位和能力的"符号"。在消费社会,人与人之间难以互相了解,"符号成了唯一

---

① Theodore Dreiser. The Titan [M]. Beijing: Foreign Languages Publishing House. 1957:267.

② Luce Irigaray. This Sex Which Is Not One [M]. trans. Catherine Porter. Ithaca, NY: Cornell University Press. 1985:31-32.

③ 鲍德里亚. 消费社会[M]. 刘成富、全志钢译. 南京: 南京大学出版社. 2000: 143—145.

④ Theodore Dreiser. The Financier [M]. Beijing: China Translation & Publishing Corporation. 2011:57.

能表明自身地位的工具……在等级社会中高品质的商品总与较高的社会地位相联系"①。像柯帕乌这样企图进入上层社会的底层男子也只能不断求助于各种外在的符号表明自己的地位的升迁。贵重的艺术品、绝世美貌的女子以及占有这些特殊"消费品"的数量之多成为证明他成功和富有的最好符号。为进入上流社会,柯帕乌甚至还有意举办宴会向众人炫耀他所收藏的艺术品和宴会的女主人,以使众人了解他的经济实力和他对女人的品味。事实上,在小说的虚构世界中,柯帕乌的女人在此类宴会中的受欢迎程度确实也决定了柯帕乌能否获得某个社会阶层的认可。艳丽的艾琳便是因为无法较好地履行这方面的"符号"功能、帮助柯帕乌进入更高的社会层次而失去了柯帕乌的爱,而年轻美貌的白丽莱茜则是因为极具社交能力,在社交场合善于体现柯帕乌的财力和品味而得到柯帕乌的宠爱。随着社会衡量人们地位的符号系统的变化,柯帕乌也不断更新他的宅子、艺术品;而女人比艺术品和宅子更易携带,更能反映出柯帕乌的趣味,因此他也不断换女人。

二

消费社会生活和文化的一个重要注脚是,人类的欲望不再像清教主义压倒一切的时代那样被束缚和压抑,而是得到了自由表达的机会。"欲望三部曲"就是一部观照书写人类欲望的小说,表现了欲望挣

---

① Michael Spindler. *American Literature and Social Transition—William Dean Howells to Arthur Miller* [M]. Hong Kong: The Macmillan Press Ltd.. 1983: 117.

脱禁锢的过程与效应。在这个过程中,女性的欲望同样得到了释放。但是在男权统治的社会语境下,她们的欲望表达途径实际上受到很大的限制,而不能像小说男主人公那样随心所欲、骄奢淫逸。实际上,她们的欲望能够得到男主人公最大纵容的就是消费和购物。虽然莉莲代表生产时期的深受清教思想影响、信奉勤俭节约的传统女性,但很多时候她也不得不像参与社交活动一样去陪人购物。而艾琳、白丽莱茜和其他众多女子身上却表现出旺盛的消费欲望。艾琳是个非常前卫的消费者,称得上"消费社会"的弄潮儿。"她满心渴望父亲造一个更好的府邸……这个愿望无法得逞,她的脑子就只能盘算那些衣服、珠宝、赛马、马车以及时装样式的改变"①,嫁给柯帕乌后,她便把全部的精力都放在消费购物和装扮自己上。白丽莱茜则更是"各种宴会、艺术品、权力和成功的热情崇尚者"②。三个女主人公,特别是后两个女主人公,已经不仅仅是消费社会里的普通消费者,而且某种程度上,已经被购买和消费行为控制精神,成为"购物控"或"消费控"③。表面上她们能够随心所欲购物,"可以靠市场上自由购得的商品来构建自我的身份和自己期望的生活方式",但实际上受消费品和消费欲的控

---

① Theodore Dreiser. *The Financier* [M]. Beijing: China Translation & Publishing Corporation. 2011:78.
② Theodore Dreiser. *The Titan* [M]. Beijing: Foreign Languages Publishing House. 1957:505.
③ "购物控"、"消费控"在英文中为"shopping addict"、"consumption addict",专指那些沉溺于消费、患上"购物瘾"的人。这一现象被称为"shopping addiction"和"consumption addiction"(中文也译为"购物控"和"消费控")。近年来国外社科界对此的探讨比较热烈。

制失去自我,而"被迫按照社会成规和文化准则铸造主体状态和内在欲望"①。

最典型的表现就是凡伯伦所说的"炫耀消费"。"炫耀消费"②指的是"为炫耀自身拥有的财富而一掷千金地购买奢侈品和奢侈服务……"③。炫耀消费在艾琳身上表现得最为明显。与柯帕乌结婚后,她不断购物,"她的房间充满美丽昂贵的服装、奢华耀眼的珠宝、款式各样的香水、化妆品"④,特别是"珠宝","她其实极少有机会佩戴",而"大量的香水、化妆品",她"几乎从来不用"。她把自己的卧室也装饰成满是贵重物品的地方,堆满了奇珍异宝,例如各式地毯、家具和世界名画。只要有艾琳出场的地方,必然是购物的场景和对商品的描绘。作者花了大量篇幅写艾琳的购物:在费城艾琳已经购买了许多衣服、珠宝和其他装饰品,去芝加哥之后,她的热情并没有消退。"艾琳买了很多冬日的服装,这是由当时最贵也是最棒的设计师——特丽莎为她设计的……她几乎将多尼凡设计的作品搬空。裙装、睡衣、骑马服、散步服、晚礼服她基本应有尽有。她还有一个里面装有价值约为

---

① Gerda Reith. Consumption and Its Discontents: Addiction, Identity and the Problems of Freedom[J]. *The British Journal of Sociology*. Issue 2, Volume 55 (2004):285.

② 即"conspicuous consumption"。此词最早由美国经济学家凡伯伦出版的《有闲阶级论》(1899)中提出,后来特里戈(Andrew B. Trigg)在《凡伯伦、布迪厄和炫耀消费》一文中对其下了定义。

③ Andrew B. Trigg. Veblen, Bourdieu, and Conspicuous Consumption[J]. Journal of Economic Issues, 2001(35):99-115.

④ Theodore Dreiser. *The Financier*[M]. Beijing: China Translation & Publishing Corporation. 2011:100.

三万元珠宝的珠宝袋。至于她的鞋子、袜子、帽子和各种其他装饰品，更是数不胜数。"①读者不难发现，艾琳不仅热衷于购物，而且喜欢购买的多数是奢侈品，属于她本人也基本上不用的、没有任何用处的奢侈品，而非生活必需品，因为她"热爱炫耀种种奢华"②。"炫耀消费"，在德莱塞同时期的社会学家凡伯伦看来，是消费"竞赛"的结果。中下阶层的人以模仿上流社会人群的消费模式展开竞赛，并希望通过消费缩小和富人的距离。而对于中上阶层的富裕人群来说，他们则只有通过炫耀消费、占领时尚的前沿才能在消费竞赛中重新获胜，维持或找到自己高人一等的优越位置。购买的消费品价格越高，他们所获得的社会认同就越多。消费者，特别是有闲阶级的女性，为了区别于普通劳动妇女，往往采用炫耀消费来炫耀自己的购买力、维护自身的优越感、保护自己的尊严，像艾琳，她购物的目的就是表现自己的身份和地位，尤其是在各种宴会中突显自己，赢得众人的艳羡。

实际上与消费的炫耀性目的重叠在一起的，还有通过消费购物来宣泄情绪、排解寂寞和痛苦。在三部曲最后一部《斯多葛》中，很多章节写到艾琳因为精神痛苦而以购物、消费的方式加以排解。如第30章，被柯帕乌抛在一边的艾琳"出入于巴黎的咖啡厅、时髦的商店和著名的娱乐场所"③，第34章则直接写出了这种消费的排解功能："那就是巴黎！只要一进来就会堕入一种快乐的迷乱状态中去。世界上所

---

① Theodore Dreiser. *The Financier* [M]. Beijing：China Translation & Publishing Corporation. 2011：64.

② Theodore Dreiser. *The Financier* [M]. Beijing：China Translation & Publishing Corporation. 2011：76.

③ 德莱赛. 斯多葛[M]. 余杰、诸葛霖译. 上海：上海译文出版社. 1983：180.

有国家的派头、服装和各种各样的人物都有。大家都在功名利禄的绝顶上翻腾着,又都被行动上和服装上的习俗铁链束缚着,然而大家都要摆脱礼节去追求自由,来到了这个素以标新立异闻名的地方。艾琳对于到这儿来看看别人,以及给别人看看是感到醉心的、深入心窍的快感。"①在《巨人》中,柯帕乌带着艾琳来到芝加哥,为了使艾琳不至于孤单寂寞,他叫她去逛本地的商店,然后告诉他详细的情况,显然也是把逛街和购物当成一种精神疗法来使用的。而这种疗法也的确起到作用,"当艾玲第一次看到雄伟豪华的草原大街、北岸路、密执安大街和阿希兰大道上的一些新建的草坪环绕的大厦的时候,未来芝加哥的抱负、精神、希望、气派开始使她全身的血液都燃烧起来"②。

当购物和奢侈性消费成为女性释放欲望、建立虚荣和排解痛苦的唯一方式时,消费本身就成为生活的主要方式和目的。三部曲中,几个女主人公大部分的行为,除了跟男主人公谈情说爱,就是奢侈购物消费、用奢侈品装扮、展示自我,可以说购物、消费已经成为她们的一种生活仪式,控制和定义了她们所追求的生活意义。这种生活意义,在小说反映的时代之前,还是由宗教或其他一些正统的东西所构建的。

三

20世纪20年代初,在消费社会的语境下,传统女性并未改变被

---

① 德莱赛. 斯多葛[M]. 余杰,诸葛霖译. 上海:上海译文出版社. 1983:184.
② Theodore Dreiser. *The Titan* [M]. Beijing: Foreign Languages Publishing House. 1957:21.

男权压迫和定义的命运,而且某种程度上这种压迫被加强了,并被另外一种新的压迫所叠加。女性一方面仍旧处于男权的暴力之中,另一方面又不得不处于消费欲望和消费品的控制之中。这两种暴力相互呼应、彼此融合,构成了传统女性新的牢狱和灾难。

如果说,在传统社会,女性还是某一个男人的"物品"和"财产",男人在占有这个女人的人生的同时,也承担起了应有的责任;那么,消费社会把这种责任也给男人解放了,男人只要有兴趣和金钱,他们对待女性就可以像对待商品一样用了扔,扔了买,买了再扔。三部曲中,柯帕乌就是这样一个被解放了的男人。在三部曲中,女性的社会角色从"物品"、"财产""进化"成为商品。较之物品,商品流通是自由的,不用依附于某一个男人,也更能体现自己的价值。但商品的命运更为卑贱和凄惨。表面上看,女性似乎被解放了,但由于其自由成了"商品",而不得不更为迎合男权,千方百计努力获得男权的"订单"。"一个女子只有迷住男人,才能获得暂时的身份,靠男人之名为世人所知,靠男人之位被社会认可……"[1]对于男权而言,他所需购买的就是"美色"。当身体成为女性的主要价值时,女性的身份则与传统社会中的妓女无异,也就不得不更加依照男性的审美观念来塑造自己的身体。在这里,我们应该毫无疑问地认为,男权对女性的压迫更加沉重了。

这仅仅是一个方面。另一方面,三部曲中的女性,不得不承受另外一重暴力,正如前文所分析,被消费品和消费行为本身所控制。这种被控制有两个主要原因:第一还是女性的商品属性。为了使自己更

---

[1] Carol Gilligan. *In a Different Voice*: *Psychological Theory and Women's Development*[M]. Cambridge: Harvard University Press. 1982:12.

加美丽、更有魅力,成为贵重消费物,她们必须加大对自己身体的投资,关注服饰和珠宝等奢侈品,努力把自己的身体打造成"所有商品中最珍贵且最美丽的商品"①。在打扮自己的身体方面,丽莲、艾琳、白丽莱茜等人表现一个比一个在行。以艾琳为例,三部曲中有无数细节刻画了艾琳如何穿着打扮、如何尽力吸引住男人,如:"一个小时前她穿衣时就想着他的身影,说实在的,她是为他打扮的。"②"艾琳除了穿衣、等待、表现出最美的样子外无所事事。"③艾琳对柯帕乌说:"如果我不装扮自己,你将不再爱我。"④事实上,她浑身金光夺目的饰品和洋溢着的年轻和美丽也总是深深吸引着柯帕乌,使柯帕乌轻而易举地甩掉了不善装饰并日渐衰老的丽莲,而艾琳最后的失宠归因于她自己也无法挽回的衰老和装扮不出来的高雅气质。可以看出,购买美丽的衣服和珠宝饰品,是女性维持美丽、提高身价的手段,也就是说,是保障"自己"这个商品质量的手段,女人别无选择。表面上,女人靠着柯帕乌可以挥金如土、随意购物,似乎可以"只谈选择,不谈规则……(通过消费)成为自己想要成为的任何人"⑤,但实际上女人被迫如此,在男权社会的种种既定规则的压迫下,其"自我"早已被摧毁,只能成为

---

① Jean Baudrillard. *The Consumer Society*[M]. London: Sage. 1998:129.
② Theodore Dreiser. *The Financier*[M]. Beijing: China Translation & Publishing Corporation. 2011:111.
③ Theodore Dreiser. *The Financier*[M]. Beijing: China Translation & Publishing Corporation. 2011:38.
④ Theodore Dreiser. *The Financier*[M]. Beijing: China Translation & Publishing Corporation. 2011:19.
⑤ S. Ewen and E. Ewen. *Channels of Desire*[M]. New York: McGraw-Hill. 1982:250.

"消费控"。

第二个原因实际上应该归结为女性的失落。较之以往社会中的女性,三部曲中的女性无论在法律上还是在感情上都无法维持与男人的长久关系,这必然会在心理上造成极大的焦虑与失落。以往,男人一般不会采取离婚等法律上的方式遗弃女性,所以女性对男性的人身依附关系实际上是对女性的一种保护;但到了消费社会初期,清教传统逐步瓦解,离婚事件大量增加,女性面临孤独无依的境地。失去了男人,也就意味着失去经济的依靠和社会地位。凯特·米利特一语中的:"在男权制社会中,妇女的地位始终与她们的经济依赖性紧密相关。正如其社会地位是间接地通过男性获得的(常常植根于暂时或边缘基础上)。"[1]所以对于女人来说,"竭力占有一个情人,或最好占有一个丈夫"[2]是最好的办法。当这个目标常常遭遇风险或无法实现时,她们必然充满焦虑和失落。三部曲中,三个女主人公经常处于这样的惶恐和紧张失落之中。除了经济上的问题外,女人对于感情的渴求也往往要落空。无论是丽莲、艾琳还是白丽莱茜,对柯帕乌都充满着真诚的感情。她们都迷恋柯帕乌的"魄力、机智",即便像白丽莱茜这样非常年轻貌美的,也"只希望跟柯帕乌常在一起,而不是别人,希望倾听他的声音,观察他的姿态,体味他的富有生气的对于生活似乎毫无畏惧的态度"[3]。但最后,她们的感情都遭到了践踏。既然婚姻、家庭和感情都是充满风险和极不可靠的,而自己赖以生存的容颜也有

---

[1] 凯特·米利特.性政治[M].宋文伟译.南京:江苏人民出版社.2000:48.
[2] 西蒙娜·德·波伏娃.第二性[M].陶铁柱译.北京:中国书籍出版社.2004:191.
[3] 德莱赛.斯多葛[M].余杰,诸葛霖译.上海:上海译文出版社.1983:250.

一天会人老珠黄,柯帕乌的女人大多只获得了他暂时的迷恋并最终难逃被遗弃的结局。在这样的情况下,女人的失落和恐慌变得十分巨大,购物和消费就成了一个较好的逃避手段。这在上文的分析中已经明了。一些社会学家研究已经认识到,购物也是可以缓解焦虑的。[①]柯帕乌深谙这个心理学原理,在艾琳由于他移情别恋而变得低落时,他选择让人陪她去巴黎游玩、购物。如果消费和购物本身可以作为精神安慰,消费和购物就变成鸦片和毒品一样的东西,最终控制了吸食者本人。

波伏娃说:"女人都是不健全的,她们生来就软弱无力,奴性十足,她们掌握不了世界。"[②]这句话仅仅说出了一层含义,就是男权暴力对女性的压迫控制。在消费主义加入男权社会之后,男权暴力改进了其统治模式和力度,并通过自身创立一种新的暴力——"消费暴力"。改进了的男权暴力与新生的消费暴力同心合谋,终于在传统枷锁逐步解除后,创造了一个适应时代变化、满足社会需要的新枷锁!"欲望三部曲"的作者德莱塞试图"英雄化"这种双重暴力。当柯帕乌从一个女人转向另一个女人时,作者不仅没有批判他,而且无数次赞美柯帕乌的审美趣味的变化,把柯帕乌的行为崇高化为对"美"[③]的不懈追求。这

---

① T. J. Jackson Lears. *No Place of Grace*[M]. New York: Pantheon Books. 1984: 215.
② 西蒙娜·德·波伏娃. 第二性[M]. 陶铁柱译. 北京:中国书籍出版社. 2004:191
③ 柯帕乌去世后,最受宠的情妇白丽莱西去柯帕乌的墓地吊唁,"当她走来走去在坟墓的石级的一个铜壶里插放鲜花时,她想,要是柯帕乌活着的时候不知道,他现在一定知道,他对于一切形式的美的崇拜和不断的追求,特别是在一个女人身上,不过是追求隐藏在一切形象后面的神的计划而已⋯⋯",参见德莱塞. 斯多葛[M]. 余杰,诸葛霖译. 上海:上海译文出版社. 1983:397.

实际上从另外一个角度为女性所遭受的双重暴力做了一个有力注解。

20世纪初,美国社会中的传统女性一方面仍旧处于男权的暴力之中,另一方面又不得不处于消费欲望和消费品的控制之中。这两种暴力相互呼应、彼此融合,构成了传统女性新的牢狱和灾难。

第二节 消费社会初期"新女性"的尴尬

在消费社会形成之初,女权主义思潮和运动在美国也方兴未艾。政治上,1920年8月18日,美国宪法第19条修正案获得批准。根据这项法案,美国的妇女拥有了和男性平等的选举权,终于享受到了政治上的平等;经济上,女性越来越接近最早的女权主义领袖玛丽·沃斯通克拉夫特的《为女权辩护》(1792)一书中所倡导的,即在教育、就业等方面获得与男子同等的机会。许多妇女挣脱了维多利亚时代教条对妇女的束缚,开始走出家门,参加各种社会活动,一些妇女开始在专业领域展露身手[1];甚至在性和欲望方面,女性有时也表现出和男人一样的主动和洒脱。20世纪初女性解放运动的一大产物便是这类"新女性"或"弗莱帕尔"(Flappers)的崛起。但新女性只代表着女性自主意识的觉醒,根本没有"新"到达到一反传统女性的生存状态,获得真正意义上的自主和独立。实质上,在消费社会的语境下,即便是新女性,也并未改变被男权压迫和定义的命运,她们依然是"花蝴蝶",她们所谓的"自主消费"就是打扮自己而在婚恋市场上待价而沽,让自

---

[1] Jane Pilcher & Imelda Whelehan. *50 Key Concepts in Gender Studies*[M]. London,Thousand Oaks,New Delhi:Sage Publications. 2004:52-55.

已成为男权社会中更新奇、更昂贵的消费品。她们也许在一定程度上反抗了传统性别模式,似乎显得"摩登"、"进步",但在两性伦理关系上仍然处于尴尬的境地。

20世纪初的美国,资本积累正以惊人的速度急剧膨胀,整个社会步入了挥霍性消费和超前消费的阶段。不仅富人,就是普通人的购物也大多并非仅仅出于需要,更多是享受购买带来的快乐。"'摆阔性消费'已被确立为领导者的标志。"①经济的发展使女性成为消费社会的中心,女性的生活重点逐渐从谋生转变为"购买一种生活"。制造商、销售商、杂志与广告业都瞄准家庭主妇这支最有潜力的消费者群体或者"代消费"群体,在广告和服务方式上下功夫,引导家庭主妇成为"专业的"购买者。美国每年的消费者购物中,两成多由妇女完成。② 一位家庭经济学家在1929年的一篇文章中指出,"家庭妇女成为消费的购买者和控制者"③,典型的家庭生活依靠妇女消费来运行。20世纪初,美国妇女面对的是一个由琳琅满目的商品、丰富多彩的休闲项目、花样繁多的消费方式组成的充满物质欢愉的世界。

---

① 罗德·霍顿,赫伯特·爱德华兹.《美国文学思想背景》[M].房炜译.《美国文学思想背景》[Z].北京:人民文学出版社.1991:217—218.
② William Henry Chafe. *The American Woman, Her Changing Social, Economic, and Political Roles, 1920-1970*[M]. New York: Oxford University Press. Inc.. 1972:49.
③ William Henry Chafe. *The American Woman, Her Changing Social, Economic, and Political Roles, 1920-1970*[M]. New York: Oxford University Press. Inc.. 1972:111.

而大众媒体,如电影、收音机、广告等,更是对"新女性"的出现起了推波助澜的作用。当时,看电影、听收音机和参加体育活动已经成为全民性的休闲方式。[①] 特别是20世纪初开始繁荣的电影和广告业,它们不仅为"新女性"的社会行为、消费行为提供了模仿的榜样和生动的教育,还对她们的价值取向和消费观念产生重要影响。例如电影,不仅为妇女提供了"表达爱情技艺的自由教育",也提供了消费的经验教训,它们使女性观众"看到更好的生活方式"。在电影中,妇女"学习如何穿着、装饰以及一个美好的家庭应该是什么样的"[②]。而广告商在推销商品的同时,还巧妙地把妇女传统角色观念和现代化生活糅合在一起,告知女性,一位现代化的家庭主妇应是会利用现代化产品来经营美满家庭的人。为诱惑女性购买汽车,福特公司T型车的广告宣称福特车是女性的车,画面中,一个年轻女人快乐地坐在方向盘前。福特汽车公司声称:成为新女性,车所起的作用举足轻重。汽车能够扩大视野,增加快乐,给身体注入新活力,可以与遥远的朋友为邻,极大地扩大活动范围。为了更形象地说明女性确实需要汽车,他们还列举了女性使用汽车的好处:可以方便购物,可以方便访友,可以给亲戚留下地位重要的感觉。而最重要的是,使女性过上一种独立的生活,驾驶着汽车载着客人出入于休闲场合、打网球、去海滩游泳。而且男人们都会带着羡慕的神情看着她们。似乎只要拥有这样的汽车,女性便可以自如地安排自己的空闲时间,得到别人所无法获得的快

---

① 黄安年. 20世纪美国史[M]. 石家庄:河北人民出版社. 1989.
② Dorothy M. Brown. *Setting a Course*:*American Women in the 1920s*[M]. Boston:GK. Hall & Co.. 1987:10,31.

乐。广告宣传,消费就是快乐,购买和使用高档消费品就是成功新女性的象征。当然,20世纪初的大众媒介虽然向妇女灌输享乐主义、性革命思想、物质主义和消费主义等价值观,但依然向妇女强调传统的价值观,让她们把男性、婚姻与家庭生活当作全部的世界。因此,这些所谓的"新女性"们,接受了大众媒介所显示的审美倾向和价值观,一方面追求时尚、争取独立自由,另一方面,仍然安于做一个现代化的同时又是传统的贤妻良母。①

二

这些新女性往往被称为"Flappers"(音译:弗莱帕尔)。这个词为俚语,原来用于形容幼鸟在学习飞翔时拍打翅膀的声音。1603年,它出现在英文里,指十五六岁的青春期女孩②,也指雏妓③,含贬义色彩。1903年,美国小说家寇克(Desmond Coke)和英国小说家斯坦福(Stanford)联合出版了一部讲述在牛津怎样度过大学生活的书籍——《疯狂的年代》(*There's A Stunning Flapper*)④,"弗莱帕尔"一词才开始出现在印刷品上并被作为中性词用于日常生活。到了1912年,伦敦戏剧表演家梯勒(John Tiller)在接受纽约时报的采访时表示

---

① Nancy Woloch. *Women and the American Experience* [M]. New York: Alfred A. Knopf Inc.. 1954: 401.
② Ivan H. Evans. *Brewer's Dictionary of Phrase and Fable* [M]. New York: Harper & Row. 1981.
③ "flapper",见 Online Etymology Dictionary [EB/OL]. http://www.dictionary.com/browse/flapper, 2007 - 04 - 26/2017 - 06 - 01。
④ *Oxford English Dictionary* [M], 1989.

"弗莱帕尔"是指那些年龄稍大一些的、已经完全地融入了社会的成年女性。虽然这个词在很大程度上仍被视作对那些朝气蓬勃的女青少年的指代,但是因为在那时的上流阶层中,十几岁的少女如果还未进入社会,她在众人眼中就还只是个儿童,她需要在社交场合保持低调,不要引起男性的注意,所以英国人逐渐开始用它形容行事鲁莽的不成熟女人。1915 年,H.L.门肯提出,"弗莱帕尔"特指一战前那些出身于中上层阶层、居住在城市中、不受传统约束的年轻女性。默里-莱斯利博士在一次关于第一次世界大战中青年男子的牺牲造成年轻妇女人口剩余的讲座中,直接批评"弗莱帕尔"就像是社会中的"花蝴蝶",她们衣着暴露、散漫、不守纪律、不负责任。对于她们来说,一场舞会、一顶新帽子、一个有车的男人都比国家的命运更重要。① 还有一种说法是,20 世纪初的美国妇女之所以被称为"弗莱帕尔",是因为有别于维多利亚时代的女性,她们喜欢把她们的胶鞋或套鞋解开。当她们走路时,她们敞着的大衣来回摆动,给人一种自由与独立的感觉。

尽管众说纷纭,但它们总体上都增进了我们对 20 世纪初这类新女性的理解。

三

这些新女性享受着现代化所带来的物质享受和精神财富,她们的生活丰富多彩,她们在外表行为、婚姻家庭和两性关系、教育就业等方面都呈现出新的特点。

---

① "flapper"from Wikipedia[EB/OL]. https://en.wikipedia.org/wiki/Flapper,1920-02-05/2017-05-30.

首先是外表方面。"新女性"在穿衣风格上特立独行。与英国维多利亚时期女性的服饰特点——大量运用蕾丝、细纱、荷叶边、缎带、蝴蝶结、多层次的蛋糕裁剪、折皱、抽褶等元素,以及立领、高腰、公主袖、羊腿袖等华丽、奢侈、束缚行动的宫廷款式——相反,美国时髦新女性们,以衣着简单舒适、解放身体、便利行动为第一准则。她们用三角裤、紧身短衬裤以及"女内裤"代替女式灯笼裤、层层叠叠的衬裙、女式无袖衬衫、复杂的铠甲似的妇女紧身胸衣与女用束腹裤,用更贴身、更轻的丝袜取代棉布长筒袜。她们的裙子长度随着时代的进步不断缩短,甚至缩短到膝盖以上。这一时期流行以"吉布森女孩"为代表的大胆的着装方式。"吉布森女孩"是艺术家查尔斯·达纳吉布森在19世纪90年代的一系列《生活》杂志画报上创作的形象。作为健康和运动型少女,"吉布森女孩"因其简单舒适的穿衣风格迅速赢得了全国人民的喜爱。"吉布森女孩"常穿着一件罩衫上衣搭一条简单的裙子,看起来又贞洁又温柔。"吉布森女孩"也会穿低胸露肩的衣服,但也只是"偶尔"而已。总的来说,尽管"吉布森女孩"打网球、高尔夫球、骑自行车,甚至驾驶汽车,但是人们仍然把她看作爱情、恋爱和婚姻的理想对象的不二人选。"吉布森女孩"的清爽、健康、性感和叛逆令人耳目一新,为当时的美国社会注入了一丝青春的活力,同时也向维多利亚时代妇女关于"纯洁与服从"的观念提出了挑战。[①] 维多利亚时代崇尚的是纯洁风格和"女性气质",而新女性则更喜欢性感风格和"男孩子气"。她们用活泼简洁的短发代替飘逸的长发,甚至纤细瘦削的体形、

[①] Lois W. Banner. *Women in Modern America*: *A Brief History*[M]. Australia: Harcourt Brace Jovanovich, Inc.. 1974: 22.

扁平的胸部也成为流行时尚。此外,化妆品成为时髦新女性的必须品。化妆品的使用象征着女性对自己性别的接纳和认同,因为在这之前只有妓女才会涂唇膏、画眼影来增加自己的吸引力。1927年开展的一项调查显示,"百分之五十的女性捻了胭脂,而百分之九十的女性都打了粉底。"20世纪初化妆进入中产阶级主流社会,成为女性流行时尚的一部分。"仅1925年一年时间,化妆品行业的业务量就从原来的1 700万美元增长到了1亿4 100万美元。"①

其次,"新女性"在行为方式,特别是社会交往方面,也与传统妇女不同。她们在社会交往中往往更为大胆。在传统社会的性别分工下,社会与家庭成为截然分开的两个领域:公共领域和私人领域。家庭的生产功能逐渐被剥离开来,最终演变成"远离外界纷扰的温暖港湾"的抽象概念。男性从事外面的有酬劳动而脱离家庭杂事,是"养家糊口的人",成为家庭在公共生活中的代表;而女性因为被认为是不能离开家到街上去抛头露面的,所以当底层妇女不得不仍然要下地讨生活时,不再被视为劳动力的中产阶级妇女们受传统家庭生活思想影响被禁锢在家,充当贤妻良母。她们的主要职责是养儿育女、照顾丈夫、家务劳动、参加慈善活动。虔诚、贞洁、顺从成为传统女性的必备品德,她们还必须要表现得柔弱、感性,做纯洁的天使,最好在道德上高于男性。而家成为"女性的领域",只有在这片被保护起来的小天地里,妇女才可以释放自己的母性并且享受她的丈夫给予的尊重和自由。而在20世纪初,新女性们由于可以受教育、就业,而获得独立,她们一反

---

① June Sochen. *Herstory: A Record of the American Woman's Past*[M]. Mayfield Publication. 1982:261.

温柔、顺从、谦卑的传统,和男人们一起工作,一起嬉闹,甚至一起饮酒吸烟。她们出现在俱乐部、歌舞厅甚至电影院,在高尔夫球场,网球场,游泳池等各个体育领域,也随处可见[①]。

再次,在受教育、就业方面,新女性也表现出"新"特征。20世纪初,女权主义者为妇女争取到更好的受教育权利。因而,当时从学校和学院毕业的中产阶层的女孩可以"涌入社会的各行各业"。她们得以在办公室、学校、公司销售、房地产领域甚至大众媒体、不动产及金融行业得到工作。据统计,1870年只有3%的妇女组成文书工作力量。到了1890年年底,每100个办公室工作人员中,就有17个女性雇员。到1920年,女性占文职工作的主导地位。女性可以与男性一样驾驶飞机、开出租车、装卸货物、参加棒球队、开凿油井,甚至架设电报线路、从事深水潜水和高空作业的工作。到1930年,有1 000多万的美国妇女从事各种工作。[②] 新女性进入原本由男性占领的公共领域。

最后,在两性关系方面,新女性与传统女性也境遇完全不同。一方面,稳定的工作收入使新女性经济独立,获得经济独立后,新女性们就会从家里搬出来住,单身女性会选择住单身公寓,已婚的女性也大多会选择工作。由于离开了家庭,她们也就逃离了家和男权的严密道

---

① Lois W. Banner. *Women in Modern America: A Brief History*[M]. Australia: Harcourt Brace Jovanovich, Inc.. 1974:20.
② 余志森等. 美国通史:崛起和扩张的时代1898—1929 第四卷[C].北京:人民出版社.2001:496.

德控制,获得了更多行动和选择的自由。① 阿历塞略雷戈里在1923年的《当代历史》中写道,这些获得自由的独立年轻女性"有自己的工资",她们只向她们的情人索要爱和友谊,而"不需要另外的报酬"②。另一方面,在20世纪初的两性伦理方面,由于弗洛伊德等人的潜意识理论、性心理分析理论在美国的广泛传播,女性经历了"性道德"革命:"早在1910年前后,弗洛伊德等人的理论便开始在美国传播,但直到一战结束后,他们的理论经过翻译、通俗化才开始渗透到美国人的思想中。年长女伴的保护等习俗消失了,训练代替了保护,女孩子开始被认为有足够的能力保护自己,男女之间有了更多的自由一起工作、游玩。更重要的是未婚妈妈们不再被逐出家门或成为社会排挤的对象了。女性不再需要从一而终,可以不必再忍受痛苦的婚姻了,男性在婚姻家庭中的优势地位受到了严重的挑战。离婚率在当时不断上升。"③还有历史学家指出:"弗莱帕尔也是一个重要的经济象征。她通过她能购买到的物品和服务来定义。无论是丝质长筒袜、短头发、爵士乐磁带还是胭脂盒,她的特征立即形象地化作自由、有效性和购买力。"④工作是新女性追求自由的重要手段,工作使女性获得经济上的自立,从而获得行动上的自由和享受、物质上的满足,并得以在婚姻

---

① 余志森等. 美国通史:崛起和扩张的时代 1898—1929 第四卷[C]. 北京:人民出版社. 2001:496.
② 周丽萍. 美国妇女与妇女运动. 1920—1939[M]. 中国社会科学出版社. 2009:95.
③ 余志森等. 美国通史:崛起和扩张的时代 1898—1929 第四卷[C]. 北京:人民出版社. 2001:498.
④ Nancy Woloch. *Women and the American Experience*[M]. New York: Alfred A. Knopf Inc.. 1954:404.

中建立所谓的"伙伴关系"。

总而言之,新女性"放弃了掩盖颈项、手臂和脚踝的传统服饰,卷起了袜子、缩短了裙子的长度,1927年出现了及膝裙。她们还剪了短头发,有的开始吸烟、喝酒,享受与男性一样的消遣。传统的温顺、贤惠的淑女形象被干练、开朗,甚至有些放荡的新女性形象做代替。而在这一转变的背后,包含了当时妇女在政治、经济和观念上一定程度的解放。"①

四

20世纪初的美国小说家凭着敏锐的观察力和感受力,在文学作品中表现了新女性的生存状态。但在他们笔下,这些新女性其实并未改变被男权压迫和定义的命运,在两性关系上,她们的伦理身份依然很尴尬。她们或是"明码标价"的"花蝴蝶",打扮自己从而在婚恋市场上待价而沽,或是渴望经济独立却无法获得真正自由的"摩登女郎",或是力图与传统性别模式抗争却败下阵来的"进步女性"。

第一,"花蝴蝶"通常是指那些或富有或出身高贵的引人注目的美人,她们年轻时都过着奢阔生活,但成年后她们发现,只有男人给予的婚姻和金钱才是她们幸福生活的保证。因此,她们说话、穿衣、走路等一切行为方式都是为了迎合男权对女性的审美要求而刻意训练。菲茨杰拉德的小说《了不起的盖茨比》中的女主角黛茜就是"花蝴蝶"的典型代表。黛茜出身优越,长相漂亮,衣着时尚。作为条件优越的新

---

① 余志森等.美国通史(第四卷):崛起和扩张的时代(1898—1929)[C].北京:人民出版社.2001:496.

女性代表,她的人生痛苦,从来不是奋力挣扎去得到温饱,而是纠结于选择送到眼前的条件、选哪个男人更好的问题。对她来说,A 选项和 B 选项,无论选哪个她都不会一无所有,她的人生也从来不会一无所有。表面上这类新女性也反抗男权,例如黛茜在发现丈夫出轨时,不甘放弃女人尊严,发出了"我愿生儿愚且鲁,无灾无病到公卿"的嗟叹,似是无奈,也似是对整个无法抗拒的庞大男权体系的反抗,但这始终掩盖不了她"花蝴蝶"的本质。换言之,她的眼泪和她的笑容都只不过是她为了不被男性社会所抛弃而自我保护的武器罢了。她虽然也曾对男主人公盖茨比情有独钟,但她真正爱的"盖茨比"绝非当年不名一文的小军官,而是后来迈入上层社会、拥有万贯家财的大富翁"盖茨比",因而,当来自真正的富有阶层的汤姆买了一串价值 350 000 美元的项链送给她时,黛茜则全然不念往日的旧情,不顾道德的约束,毅然抛开了盖茨比,欣然地投入了汤姆的怀抱。她清楚地知道她答应跟汤姆结婚并不是因为爱他,他们的婚姻得以维系只不过是因为汤姆可以满足她的物质需求。她与汤姆的婚姻是一种买卖关系:汤姆拿一串 350 000 美元的项链送给黛茜就得到了她,也就是说,汤姆付出金钱,买到了他需要的情欲对象,就像花高价从市场上买了一件豪华商品。黛茜后来与已经跻身上层社会的盖茨比旧情复燃,发生了婚外恋关系,然而,一旦汤姆告知她盖茨比的财富来路不明,是靠非法销售债权、贩卖私酒获得的之后,黛茜立即做出了抛开盖茨比的选择,她才不会与私酒贩卖商有任何感情纠葛,她才不愿由此玷污了自己的身份地位!所以汤姆说:"不管她曾经有过什么意图,有过什么勇气,现在肯定都烟消云散了。"事实上,黛茜就像是一个没有灵魂的躯壳,她没有真正的爱过任何人,盖茨比也好,汤姆也罢,这些男人都只是她满足虚荣心和追求享乐的工具。这些社交圈里的花蝴蝶们，打扮自己、待价而沽，其目的只有一个：让自己成为男权社会中更昂贵的消费品，以获取自身感官的享受和欲望的满足。①

第二，新女性中的"摩登女郎"不如"花蝴蝶"来得那么幸运，她们没有家世作为自己的后援力量，多数时候，她们必须通过自己的努力、主动出击来实现自己的目标。她们往往有自己的职业，经济上独立，也因此她们常常被视作20世纪初新女性的榜样，但在两性关系上她们并未获得多大的自由。菲茨杰拉德小说《了不起的盖茨比》中的乔登·贝克、《夜色温柔》中的萝丝·玛丽以及福克纳小说《喧哗与骚动》中的凯蒂是这类新女性的典型代表。乔登·贝克是一个成功的高尔夫球运动员，经济独立，消费自由。乔登和男友尼克（兼小说叙述者）看似自由恋爱，其实乔登的一举一动处处被置于尼克这个叙述者的男权审视和审判之下。两人最后的分手表面上是乔登抢先打来电话说自己订婚了，其实这是乔登出于自尊不得已的欺骗，因为她想表现出是自己甩了尼克而不是被尼克甩了。《夜色温柔》中，萝丝·玛丽是一个电影演员。当她还是个孩子的时候，就被告知：在"经济上"她必须是"一个男孩，而不是一个女孩"。换句话说，她生来是要工作的，而不仅仅是找男人结婚。因此，她小小年纪就已经察觉到这样一个以消费文化为主导的父权社会对妇女的不公。为了改变她的从属地位，她努力争取经济独立。然而，当她开始她的电影职业生涯时，就不得不以牺牲自己的色相、屈从于男权社会的性剥削来获取职场成名的机会。

---

① 菲茨杰拉德.了不起的盖茨比·夜色温柔[M].巫宁坤、唐建清译.南京：译林出版社.1999：143.

她在法国里维埃拉的一个度假海滩上与来自上流社会的迪克(男主角)一见钟情,她虽然立刻用自己的美貌俘获了他,但仍然难逃做男人"玩物"的命运,因为迪克的举止实际上属于上流社会男子的自我放纵和虚情假意[①],他也不可能为了她牺牲自己的婚姻和其他利益。若干年后,萝丝·玛丽虽然事业辉煌,但以她自己的话说,那时的她已经"跟几百个男人睡过觉",俨然是付出过代价的。

福克纳的意识流小说《喧哗与骚动》虽然没有让女主角凯蒂——一位追求恋爱自由和经济独立、颇具反抗精神的"摩登女郎"——出场讲述自己的故事,但小说所选取的四个讲述者所关注的焦点就是她,所有人物的所见、所闻、所感都围绕这位新女性特立独行的婚恋抉择展开。凯蒂出生于古板高傲、规矩极多的美国南方没落贵族家庭,但她冲破南方旧世家的规约,走了一条非同常规的生活道路:她私下与男子幽会,怀上身孕;之后又不得不与另一男子结婚,婚后被丈夫发现隐情,遭到抛弃;为谋出路她把私生女寄养在娘家,自己独自到大城市闯荡。但这位"摩登女郎"却受到了男权社会的苛待和惩罚。她遭到小说中所有成年男性[②]的严厉审判。迫于家庭压力与男友分手、婚后又被丈夫抛弃,这本身就是男权社会对女性自由恋爱行为一种惩罚。不仅如此,她的两个兄弟对她的"出格"也都耿耿于怀。长兄杰生认为,妹妹这桩伤风败俗的事儿坏了家庭名誉,并坏了他的前途(由于凯

---

① "尼科尔是他的女人——他经常在心里讨厌她,然而她是他的女人。同萝丝·玛丽厮混则是一种自我放纵……"参见 F.Scott Fitzgerald. *Tender is the Night* [M]. Bungay Suffolk:Richard Clay Ltd. 1985:227。

② 小说中的班吉——凯蒂的弟弟除外,他虽成年,但由于智障,其智力停留在三岁儿童水平。

蒂的失贞,凯蒂的丈夫承诺给杰生的银行职位也就无法兑现了),因此他对凯蒂恨之入骨。二兄昆丁由于过分重视妹妹的贞操,把它与家族门第的荣誉,甚至自己生死问题联系在一起,为了凯蒂的未婚先孕及被丈夫抛弃的遭遇,他失去了精神平衡,甚至为了这一家庭"丑事"投河自尽。还让凯蒂痛苦的是,为了求长兄善待她的女儿、为了能见上女儿一面,她不得不应长兄的要求交上高昂的费用,而这些钱其实都是她在大城市卖身所得。也就是说她的职业、她经济上的独立只能靠出卖自己获得。凯蒂可谓20世纪初美国文学画廊中境况较惨的一位"摩登女郎"。

第三,新女性中,有一些具有独立意志的女性甚至更进一步,她们积极思考女性在爱情和婚姻中扮演的角色和存在的意义,也敢于在公众场合大胆地向传统的性别格局和双重婚姻道德标准提出质疑,但是她们最终却在与男权社会的抗争中败下阵来。伊迪丝·华顿的小说《纯真年代》中的女主人公埃伦是这一类新女性的代表,她与小说中另一女性人物——她的表妹梅——形成鲜明对比。梅属于"老纽约"的传统女性,表现"纯真无知",为在未来得到一个满意的婚姻,习惯于在人前压抑自己的思想,是男权社会环境铸成的平庸"产品",缺乏个性。但是作为"新女性"的代表,埃伦从小就蔑视传统,拒绝做一个社会所要求的"纯真无知的女孩":"她是个大胆的、无拘无束的小姑娘,爱问些不相宜的问题,发表早熟的议论,且掌握一些域外的艺术形式,比如跳西班牙披肩舞,伴着吉他唱那不勒斯情歌。"[1]她不像其他年轻姑娘那样,却总是像小男孩那样举止率真。她敢于提出问题,特别是

---

[1] 伊迪斯·华顿.纯真年代[M].赵兴国、赵玲译.南京:译林出版社.1999:39.

她敢在一个保守的社会里问一些被认为是不礼貌的问题,并提出自己的看法。例如,她公开质疑并讽刺了位于老纽约社会金字塔顶端、对社会道德审判具有最终决定权的范·德·卢耶顿家族:"就是因为他们(范·德·卢耶顿家族)具有的影响力才让他们这么特殊吗?"此外,她还具备挑战男性权威和传统性别格局的勇气。在传统的男性占主导地位的男权社会中,婚姻道德具有双重标准,它要求妻子绝对忠诚,把自己奉献给丈夫与婚姻、家庭,但并不如此来要求丈夫。当两性之间发生不忠事实时,妻子遭受非议、声名狼藉,而丈夫却不受任何影响。而埃伦强烈反对这一男权社会中约定俗成的潜规则,她认为夫妻双方应该互相尊重,共同保持对婚姻的忠诚。因而当她遭遇丈夫的虐待并发现丈夫的不忠之后,她毅然离开欧洲的丈夫回到美国纽约,并勇敢地提出离婚,要求获得自由。然而,这种有悖于当时社会两性关系潜规则的做法,即便在纽约也引起轩然大波,被认为是一桩丑闻,甚至她娘家全家人也强烈反对她离婚。埃伦虽为了自由不放弃离婚,但面对如此尴尬的局面,她也深受打击。更让她痛苦失望的是,离婚后她虽与纽兰·阿切尔(男主角,梅的未婚夫)真心相爱,但深受传统性别文化影响、被旧习俗旧道德观念绑架的阿切尔最终还是选择了梅,即便到晚年梅去世阿切尔获得与埃伦结婚的机会,他也退缩不前。因而,埃伦虽然勇敢,但在两性关系上仍然处于劣势,仍然受到男权社会的全面攻击,以至于无法获得个人幸福。

20世纪初美国小说家笔下诞生了很多所谓的"新女性"。这些"新女性"和传统女性相比,有着后者所不具备的几个特点:一是她们力求经济独立、行为自由;二是更懂得自己的欲望和需要,也懂得有效率地利用自己的美貌和气质；三是对男女之间的基于平等的爱情充满渴望并愿意付出努力。表面上看，新女性是从传统道德中解放出来了的女性，也一定程度上在男权暴力中有所救赎。但实质上，在消费社会的语境下，新女性也并未改变被男权压迫和定义的命运，她们的反抗是有限的。小说家们对新女性的态度也是暧昧的，虽然有赞美和同情，但更多的则是与传统性别伦理合谋，给她们设置不那么幸福的生活和不那么光彩的结局，反映出这些新女性在两性关系中的真实状况。

第八章
消费社会·符号·媒介·伦理

第一节 物品符号化和符号消费逻辑

从通俗意义上讲,消费就是占有、使用和消耗物品,即消费物。物由于具有使用价值而能被消费。而物品若要成为供购买(狭义上的"消费")的商品,则不仅要有使用价值(体现在它的用途上),还要有交换价值(体现在它所换了的货币或其他商品上),或者符号-交换价值(体现在它赋予买主的社会地位上)。而且,只有当它具有交换价值或符号-交换价值的时候,物品才能成其为商品。后面两种价值,无论哪一种,都不是物品所固有的,它们表现的是社会价值,是人类在特定的社会背景下赋予物品的。社会学家鲍德里亚运用符号学的能指与所指概念,剖析了物这种符号,他把物的使用价值、有用性当作符号的所指,将人们对商品的非功用性价值(交换价值)看作符号的能指,即"物的能指/所指=物的交换价值/使用价值"。他认为,商品在日常生活领域的功用逻辑体现的是使用价值,当物被当作身份地位的象征时体现的是符号逻辑。消费社会就是独尊商品符号的能指特征,而漠视它的所指特征的社会。因而,在消费社会中,人们逐步忽视或否定物品的功能性和使用价值,而把物转化成"一种交换价值以外的以社会区分为目的的符号价值"[1],它的主要功能是满足人们炫耀的需求、用以表示自身的社会地位和身份。也就是说,人们的消费离实用性、功能性意义越来越远。"消费社会的关键之点是人们日常生活中那些不可或缺的物品获得了某种文化符号的意义"[2],从而使消费与物品的使

---

[1] 王中忱.消费文化读本[M].北京:中国社会科学出版社.2003:34.
[2] 朱晓慧.新马克思主义消费文化批判理论[M].上海:学林出版社.2008:162.

用价值相脱离,物品符号化后就成为社会用于区别人的身份地位的标尺。因此,在消费社会中,人们通过一种有差异的消费获得相应的社会地位和一定的社会意义。可以说,在消费社会中,消费过程基本成为"阶级划分和社会分类的过程,物/符号在这里……更是作为确定社会等级中的地位所具有的价值而排序……"[1]也就是说,消费主要是为了表现和表达自我,"消费的表现性,顾名思义,就是消费者通过对消费物或消费行动的符号元素的选择和组合方式来表现、传达和交流某种主观意义或客观信息"[2]。人们用消费来表现自己的地位、财富:"我消费什么,怎样来消费,实际上体现和贯彻了'我'对自己的看法、定位和评价。"[3]这种"自治的作为符号价值的消费逻辑",是"构造消费社会的关键性组织原则"[4]。

本节主要以马克·吐温、欧·亨利、菲茨杰拉德、德莱塞、辛克莱·刘易斯、福克纳等人的作品为例,探讨20世纪初美国小说中出现的物品符号化现象和符号消费产生的消费逻辑。

一

世纪之交,美国重要作家马克·吐温在其作品中就已经非常关注物品的"符号"价值和"符号"功能,他的不少作品就是围绕物品"使用

---

[1] J. Baudrillard. *The Consumer Society*:*Myths and Structures*[M]. London:Sage Publications Ltd. 1998:61-62.
[2] 王宁. 消费社会学:一个分析的视角[M]. 北京:社会科学文献出版社. 2001:193.
[3] 王宁. 消费社会学:一个分析的视角[M]. 北京:社会科学文献出版社. 2001:61.
[4] 道格拉斯·凯尔纳. 消费社会批判:法兰克福学派与让·鲍德里亚[J]. 樊柯译. 首都师范大学学报(社会科学版). 2008(1):47.

价值"和"符号-交换价值"之间的张力展开构思的。

马克·吐温的讽刺小说《百万英镑》虽然背景设置在英国,但它反映的是美国的社会现实。小说的主角是穷困潦倒的美国青年亨利,他搭便船来到英国,因为身无分文又流落他乡,再加上看上去显得有聪明又诚实,被一对富豪兄弟看中,成为他们打赌的赌注。两个富豪兄弟打赌,赌一个贫穷的人获得100万英镑的支票(无法兑现的空头支票)之后会有什么样的人生经历。哥哥认为由于是空头支票,这个穷人将无法使用这笔巨款,因为他无法证明这些是他自己的,也没有人相信他会有钱,银行根本不可能给他兑现;弟弟则认为这个穷人会因此有奇遇,会靠空头支票丰衣足食。兄弟俩选中了亨利,给了他一张100万英镑的支票。富有讽刺意味的是,由于拥有这张巨额支票,亨利竟成了人们拼命地巴结的对象,他享受免费饭食、免费衣物、免费住宿,他的社会地位也因此不断上升,甚至获得了公爵之位。最后,他还获得一份体面的工作和三万英镑的利息,娶到了美丽的妻子,过上了幸福的生活。

小说的中心物件是那张支票。支票或钱币的符指功能非常复杂,但这张支票由于是空头支票,则丧失了任何价值,至多类似于废纸。[①]但在小说后面的情节发展中,支票的虚幻的符号价值起了很大的作用。亨利周围的"俗人"们就把这张纸头当作"百万英镑"。例如,当亨利要求饭馆老板"破开"这张钞票找他零钱时,饭店老板说:"这点小事

[①] 在《百万英镑》改编的电影中,导演增加了一个情节:亨利一不小心,支票被风吹走,与另外一些被风吹在空中飞舞的废纸混杂在一起。电影使用支票/废纸的意象也是为了传达此支票本质即废纸的观点。

不算什么；他很乐意把这笔小账延迟到下次再收。我告诉他，这一阵子我可能不会到这一带来；他说，毫无问题，他可以等，不但如此，我可以随意选择任何时间来吃任何食品，并且愿意什么时候付账就什么时候付账。"①这样，主人公在注重"符号价值"和"符号功能"的消费世界中如鱼得水，按他自己的说法是："如果我想买一样东西，还没来得及掏出那张钞票，老板就会主动提出：整个店铺里的货物都可供我任意取用，无须付现金，记账即可。"②

"消费是一种系统化的符号操作行为。"③它维护着符号秩序和组织完整，而在这个符号系统中，我们用以购物的钱币或支票则是其中重要的一个环节。马克·吐温在《百万英镑》中展现的是当我们购物消费所需的钱币符号出现问题时，社会消费依然运转、依然认可其符指功能的可笑现象。

马克·吐温并未生活在消费文化滥觞的时代，但他洞悉物的"符号"意义。在其著名的童话故事《王子与贫儿》中，服装的"符号"功能在故事的谋篇布局中起了重要作用。王子与贫儿出于好奇交换了服装，从此，王子便被当作贫儿，被赶出王宫，流离颠沛，不得不忍受贫穷和乞丐们的欺凌和嘲讽；而贫儿被误认为是王子，在王宫里尽享荣华富贵，还差点当上了英国的新国王。"人靠衣装"，衣服并非仅仅是某种材料制成的遮蔽身体的东西，衣服就是身份地位的符号，就是象征。

---

① 马克·吐温.百万英镑：马克·吐温中短篇小说经典[M].董衡巽等译.上海：上海社会科学院出版社.2005：4.
② 马克·吐温.百万英镑：马克·吐温中短篇小说经典[M].董衡巽等译.上海：上海社会科学院出版社.2005：12.
③ 罗钢.西方消费文化理论述评（上）[J].国外理论动态.2003（5）：39.

衣服就能改变一个人的处境和命运。马克·吐温在其讽刺之作《败坏了赫德莱堡的人》中也设置了一个关键物品——"一袋金币"。赫德莱堡是一个以"诚实"和"高尚"闻名的市镇。然而,这样的名声由于市镇曾得罪过一个路人而受到那个人的"败坏"。这个过路的陌生人给理查兹先生——镇上的首要居民之一——家里留下一袋金币,自称要用这一袋金币报答自己过去在落魄时曾受到的赫德莱堡镇一个善人的帮助。只是当时天黑,他没记住恩人姓名,只记得恩人的一句话。他说,只要有人能写出这句话,并由本镇牧师当众验证,就能领取金币。这个过路人接着又给本镇二十九位首要居民每家邮寄一封信,告诉他们每一个人那所谓的恩人说的话。二十九位首要居民(包括理查兹夫妇)经过激烈的思想斗争,为得到那袋金币都自称是救助过路人的那个人。因而在牧师验证的时候闹了笑话,牧师为了保住本镇最诚实的人的形象,没有当众把理查兹的纸条读出来,于是理查兹夫妇领下这笔"奖给唯一诚实的人"的金币,发现金币不过是一些镀了金的铅饼。然而,奇迹再次出现,铅饼在拍卖过程中价格飞升,超过金币。理查兹夫妇内心不安,在临终前忏悔了这桩丑事。于是,"那神圣的二十九家中的最后一人也做了那个残酷的钱袋的牺牲品。这个小镇被剥去了它那世代光荣的最后一块遮羞布"[①]。陌生人得以败坏赫德莱堡名誉的法宝就是那袋铅饼("金币")。铅饼在商品流通市场原来并不值钱,但镀上金被当成金币后则起到诱惑首要居民放弃诚实和高尚品质的作用,当被发现是镀金铅饼后又失去价值,然而这袋假钱在拍卖市场

---

① 马克·吐温.百万英镑:马克·吐温中短篇小说经典[M].董衡巽等译.上海社会科学院出版社.2005:222.

上，正是由于与"全镇最诚实的人"联系在一起而被赋予了特殊的符号意义，于是又奇迹般被抬高了价钱，甚至超过了金币的价钱。这是商品市场和消费世界里的神话。

二

欧·亨利的经典故事《圣贤的礼物》家喻户晓，引起无数读者的共鸣。小说歌颂真情，宣扬纯真的爱情可以抵御物质的困乏。但与马克·吐温一样，欧·亨利是围绕物品的"符号"价值展开情节的。小说讲述了圣诞前夕发生在纽约市普通公寓里一对穷夫妻——杰姆和德拉——身上的一件感人的事情。杰姆和德拉恩爱和睦，但一贫如洗，圣诞节快到了，他们想不出可以送给对方什么礼物，为了给爱人买礼物，他们分别把自己仅有两件宝物——德拉美丽的头发和杰姆的金表——卖掉，吉姆用金表为妻子换到了昂贵的玳瑁梳具，而德拉却卖掉她的长发为丈夫配到了一条表链。结果自然是可想而知，但这个故事表现了杰姆和德拉情真意切的幸福婚姻。

读者注意到，对于这样一对穷夫妻，他们所追求的礼物其实并不是他们这个贫穷的家庭最需要的，也不是他们能承担得起的。小说里写到，杰姆在寒冷天里最缺乏的是"新大衣和手套"，而德拉作为家庭主妇最需要的是更多的家用补贴。然而两个穷人给所爱对象买的圣诞礼物却全是用处不大的奢侈物品——白金表链和玳瑁发梳套装，而且最后由于他们家庭原来拥有的两件宝物——金表和长发——的失去，这两件奢侈品完全变成无用之物。我们先来看德拉所收到的礼物：

……摆在眼前的是那套插在头发上的梳子——全套的

发梳,两鬓用的,后面用的,应有尽有;那是百老汇路一个橱窗里的、德拉渴望了好久的东西。纯玳瑁做的、边上镶着珠宝的美丽发梳——配那已经失去的美发,颜色恰恰合适。她知道这套发梳是很贵重的,她心向神往了好久,但从来没有存过占有它的希望。现在居然为她所有了,可是用来装饰那一向向往的装饰品的头发却没有了。①

可见这件礼物有多么贵重了。第一,其质地是纯玳瑁,还镶嵌珠宝;第二是在百老汇路这样一个奢华销售场所出售;第三是套装,"两鬓用的,后面用的,应有尽有";第四,这类商品,属于有闲阶级把玩之物,像德拉所处阶层的妇女一般是不敢生出"占有它的希望"的。但同时,这件礼物对德拉这样的普通妇女而言完全不实用,第一,珠宝玳瑁本身就是装饰品,非必需品;第二,套装消费向来属于高档消费和奢侈消费,对普通妇女,一个梳子完全够用。

我们再来看小说中正面描写的德拉给杰姆购买礼物的过程:

明天就是圣诞节了,而她只能拿一块八角七分钱给杰姆买一件礼物。几个月来,她尽可能地节省了每一分钱,结果不过如此。每周二十元本来不经花。支出的总比她预算的多,总是这样。只有一块八角七分钱拿来给吉姆买礼物……为了给他买一件好东西,德拉自得其乐地筹划了好些日子。要买一件精致、珍奇而真正有价值的东西——够得上给杰姆

---

① 钱满素.欧·亨利市民小说[M].上海:上海文艺出版社.2012:8.

持有的东西固然很少,可是总得有些相称才成呀。①

德拉没有想到给丈夫买大衣或手套等实用物品,而是想买"一件精致、珍奇而真正有价值的东西"。

她一看到这表链就认为非给杰姆买下来不可。它简直像他的为人。文静而有价值——这句话拿来形容表链和杰姆本人都恰到好处。店里以二十一块钱的价格卖给了她,她带着剩下的八角七分钱匆匆地赶回家。杰姆有了这条表链,在任何场合即可以毫无顾虑地看看钟点了。那只表虽然华贵,可是因为他用一根旧皮条来代替表链,他有时只是偷偷地看一眼。②

在这些描写中,作者把德拉家庭的经济状况写得清清楚楚:这对穷夫妻每周收入 20 元,经常入不敷出,因此德拉即便节省每一分钱,几个月下来也才能省下一块八角七分钱。这样,可想而知,价值二十一元的白金表链对这个家庭来说是怎样一种奢侈和怎样一种重负了(小说中侧面描写的杰姆购物时的状况可想而知也应该一样)!德拉只能卖掉自己的长发获得二十元,才得以为丈夫买下这件奢侈品。而她执意买下白金表链这一昂贵而并非必需的礼物,主要是为了让杰姆显得更体面更高贵,能"在任何场合即可以毫无顾虑地看看钟点",而

---

① 钱满素.欧·亨利市民小说[M].上海:上海文艺出版社.2012:2—3.
② 钱满素.欧·亨利市民小说[M].上海:上海文艺出版社.2012:5.

不是因为"用一根旧皮条来代替表链",在人前经常只能"偷偷地看一眼"。杰姆给德拉买发梳也是为了让她显得像上层贵妇那样美丽。

因此,两件礼物的意义正在于其符号价值,这两件礼物表达了夫妻彼此用物品符号的方式把对方置于上一阶层的"荣耀"和幻觉。在消费社会,消费是一种主动的欲求模式,消费也是自我实现的全部过程。主人公勉强消费的对象不是物,而是物所代表的符号意义。主人公自愿地同符号游戏、享受符号的诱惑魅力,因为他们能从消费中得到精神满足,在标志社会身份的商品中追求自己的身份认同和构建,也同时帮助对方构建身份。消费在这篇小说中就表现为一个欲望满足的对象的系统。

三

在消费社会诞生之前,物主要是作为满足人们需求的商品来呈现其价值的,而在20世纪初物资极其丰富的美国,消费主义特征显而易见地表现出来,人与物的关系发生了根本性的变化,物受到人的重视不是因为其使用价值而是由于其"符号价值"[1]。不少消费者进行消费活动并非为满足个人生活基本需求,而是因为商品可以代表经济力量、标志社会地位;物的价值已不再取决于其本身能否满足人的需求或是否具有使用价值,而是取决于它作为交换体系中消费者的身份符

---

[1] "符号价值"这一说法见鲍德里亚的《消费社会》:"作为社会分类和区分过程,物和符号在这里不仅作为对不同意义的区分,按顺序排列于密码之中,而且作为法定的价值排列于社会等级。这里,消费可能只是战略分析对象,在法定价值(涉及其他社会含义:知识、权利、文化等)分配中,决定着其特殊的分量。"(见鲍德里亚. 消费社会[M]. 刘成富、全志刚译. 南京:南京大学出版社. 2000:48.)

号的价值。这种现象在20世纪初小说家的作品中已经表现得淋漓尽致。这部分将主要以菲茨杰拉德的《夜色温柔》等作品为例来论述。

首先,人们以对物的"奢侈消费"、"套装消费"等"荣誉浪费"的方式来表达自己的经济实力。

菲茨杰拉德这样描绘《夜色温柔》女主角尼科尔的强劲的消费力:"尼科尔照着一张长达两页纸的购货单[①]进行购物,并且还买了橱窗里的东西。她所欢喜的这一切东西并不一定都能用得着,而是作为送给朋友的礼物才买下的。她买了彩色的念珠,海滩上用的折叠软垫,人造花,蜂蜜,一张招待客人用的床,提包,围巾,鹦鹉,为一间玩具房买的袖珍家具,以及三码长的对虾色布料。她还买了一打游泳衣,一条橡皮鳄鱼,一副黄金和象牙制成的旅行象棋,送给阿布的大号亚麻纱手绢,两件从赫尔墨斯那里传下来的翠鸟蓝色和有着发亮蓬松的绒毛的羚羊皮夹克。"[②]显而易见,尼科尔购买的多数是奢侈品,而非必需品。尼科尔以奢侈和浪费来表明她的阶级地位,体现自己的经济实力。这种浪费是一种"荣誉浪费"[③]。作为一名上层阶级女性的代表,消费给她带来的不仅仅是物质上的享受,而且是虚荣的满足,她所购买的并不仅是物本身,而且是物所象征的高人一等的经济力量。

此外,"在丰盛的最基本的而意义最为深刻的形式——堆积之外,

---

① 尼科尔第一次在小说中出场时,读者就可以看到她在海滨沙滩上列购货单。
② 菲茨杰拉德. 夜色温柔[M]. 王宁、顾明栋译. 北京:中国文联出版公司. 1996:66.
③ 凡伯伦在《有闲阶级论》中提出,"有些物品之所以很受欢迎,使人乐于使用,是因为它们具有明显浪费性,这类物品是浪费的,就其表面的用途说来实在是不适用的",然而消费者对物品"越是奢华浪费……越能提高其家庭或其家长的荣誉"。(凡伯伦. 有闲阶级论[M]. 蔡受百译. 北京:商务印书馆. 1964:42、58.)

物以全套或整套的形式组成"①。小说《夜色温柔》多处表现了上层阶级对物的"套装消费"。小说开始以罗斯玛丽的角度观察迪克夫妇生活中的"套装商品":"她仔细看了一下他们随身携带的物品——形成一个遮阴天蓬的四把女式太阳伞,一个供更衣用的袖珍海滨更衣室,一只可充气的橡皮马,这些都是罗斯玛丽从来未见过的新鲜玩意儿,属于战后首次迅速问世的奢侈品,也许是最早买主拥有的东西。"②这一整套海滩用品的奢侈程度显而易见,正如作品中所说,它们属于"最早买主"——社会结构中最有经济实力的一部分人。从迪克夫妇的旅行用品清单中,我们也可以看到其"套装消费"的痕迹:"四只衣箱,一只鞋箱,三只帽箱和两只盛帽子的盒子,还有一只供用人使用的箱子……一套野餐用具箱,四只装成盒的网球拍,一架留声机,一架打字机。在为家人和随从留下的空间还四下放着二十只作备用的手提箱、小皮包和包裹,每一只都编了号,甚至连藤条箱也挂上了标签……有的送去存放,有的则随身携带。根据'轻装旅行清单'或'重装旅行清单'而定。清单上的项目经常变化。单子放在尼科尔的四周有金属板的钱包里。"③由此可见,尼科尔家庭在购物时都是以成套或整套的形式购买的。下层阶级可以购买成套商品中的一件,但他们没有经济实力购买一整套奢侈品。全套的奢侈品象征着财富拥有状况,而"不能按照适当的数量和适当的品质来进行消费,意味着屈服和卑贱"④。

第二,人们靠物构建"高雅"生活方式,并以此来表现自己的"有

---

① 鲍德里亚. 消费社会[M]. 刘成富、全志刚译. 南京:南京大学出版社. 2000:3.
② 菲茨杰拉德. 夜色温柔[M]. 王宁、顾明栋译. 北京:中国文联出版公司. 1996:22.
③ 菲茨杰拉德. 夜色温柔[M]. 王宁、顾明栋译. 北京:中国文联出版公司. 1996:324.
④ 凡伯伦. 有闲阶级论[M]. 蔡受百译. 北京:商务印书馆. 1964:26.

闲"阶级身份。

小说中的尼科尔夫妇几乎不从事生产性的工作。除旅游等休闲活动外,尼科尔最重要的工作便是照看她那片可爱的、没有任何杂草的花园,她老是喋喋不休地叨念着它,生怕它染上病害。养花这一怡情的高雅活动显示了尼科尔属于明显有闲阶层这一特征。这种非生产性地耗时方式可以证明个人的金钱力量足以使其安闲度日、坐食无忧。

小说中的人物还利用服装和饰品表现自己的闲暇。服装在很大程度上是一种"符号"。如社会学家凡伯伦所说:"我们的服装是随时随地显豁呈露的,一切旁观者看到它所提供的标志,对于我们的金钱地位就可以胸中了然。有关服装的各种用品的商业价值所含的绝大部分成分是它的时新性和荣誉性,而不是它对穿衣服的人的身体上的机械效用。服装的需要主要是'高一层的'或精神上的需要。"①服饰的符号意义经过强化、引申,成为生活品质、阶级品质的象征。一块淡紫色的头巾,一串奶油色的珍珠项链,总是把尼科尔点缀得恰到好处。"高雅的服装之所以能适应高雅的目的,不只是由于其代价高昂,还由于它是有闲的标志:它不但表明穿的人有力从事于较高度的消费,而且表明他是单管消费、不管生产的。就女子的服装说来,其显然格外突出的一个特征是,证明穿的人并不从事也不宜于从事任何粗鄙的生产工作。"②服饰作为一种象征,表现出他们作为有闲阶级的身份和地位。

---

① 凡伯伦. 有闲阶级论[M]. 蔡受百译. 北京:商务印书馆. 1964:55.
② 凡伯伦. 有闲阶级论[M]. 蔡受百译. 北京:商务印书馆. 1964:57.

此外,隆重华贵、耗费高昂的宴会、舞会往往也有助于建构所谓的"高雅"有闲生活,因此它们也经常成为举办聚会的东道主的权威和地位的象征。"对有闲的绅士说来,对贵重物品做明显消费是博取荣誉的一种手段。但单靠他独自努力消费积聚在他手里的财富,是不能充分证明他的富有的。于是有了乞助于朋友和同类竞争者的必要,其方式是馈赠珍贵礼物,举行豪华的宴会和各种招待。"[1]尼科尔夫妇喜欢在自己建造的豪华别墅举办舞会,宴请同等阶级的名流,在奢侈礼品的馈赠、美酒佳肴的供应中,在觥筹交错、音乐伴舞中,显示出他们坚实的财力后盾和极其闲暇的生活;同时,让宾客目睹由于财力雄厚而无法一人独立消费过剩的高贵物品这一事实。

而在菲茨杰拉德的另一部小说《了不起的盖茨比》中,读者甚至可以看到消费与物品的使用价值完全相脱离的极端状况。成为大富翁后的盖茨比在自己富丽堂皇的豪宅中只使用一间屋子,即自己十分简单的卧室,而且在整个小说中,他也只在那里出现过一次,主要是为了让黛茜参观一下。盖茨比家里拥有巨大的游泳馆、高档的水上划艇,但他自己几乎不用;他有藏书丰富的哥特式图书馆,但他的图书室里尽是些没有裁开,也就是说,从未翻开使用过的书籍;他为宾客们提供各种酒类,但他自己几乎不喝酒;而且他举办的奢华晚宴上的多数宾客他也都不认识。对他自己而言,他的财产和物品几乎没有任何使用价值,只有"符号-交换价值",他只要这些财产和物品标志出他的身份地位、他的个人形象,别无他求。从盖茨比的行为明显可见,消费已从对物品使用价值的消费完全转化成对其符号价值的消费,这就使得

---

[1] 凡伯伦.有闲阶级论[M].蔡受百译.北京:商务印书馆.1964:27.

物彻底成为象征性的符号,而人对物的消费只意味着对物的符号价值的认同和实现。盖茨比的消费仅仅是为了"表现"[①]自我,表现自己的地位、财富。正是"我消费什么,怎样来消费,实际上体现和贯彻了'我'对自己的看法、定位和评价"[②]。"在金钱地位上力争上游,胜过别人,从而猎取荣誉,赢得同侪的妒羡"[③]。

四

物品符号化后衍生出一个重要的功能,那就是物品的符号消费成为社会用于区别人的身份地位的标尺。消费社会行使的是一种差异的消费,在消费社会中,消费过程基本上也是阶级划分和社会分类的过程,物/符号帮助确定人在社会等级中的价值,而消费者也正是通过这种差异而获得一定的社会地位和社会意义。

与同时期其他小说相比,德莱塞的作品《嘉莉妹妹》对于这种由物的消费差异造成的社会等级的划分做了更为生动的解析。嘉莉妹妹第一次接受了杜鲁埃的"馈赠"购了新衣后,她感觉用新衣服装扮后的自己形象变化了,首先是自己变得更漂亮、更时尚;其次,这件衣服立刻把嘉莉与原来在鞋厂共同工作过的女工们区分开来,嘉莉产生出一种高人一等的感觉:"她们的衣服已经褪了色,松松垮垮的,不合身,外

[①] "消费的表现性……就是消费者通过对消费物或消费行动的符号元素的选择和组合方式来表现、传达和交流某种主观意义或客观信息。"见王宁. 消费社会学: 一个分析的视角[M]. 北京:社会科学文献出版社. 2001:193.
[②] 王宁. 消费社会学:一个分析的视角[M]. 北京:社会科学文献出版社. 2001:61.
[③] 凡勃伦. 有闲阶级论[M]. 蔡受百译. 北京:商务印书馆. 1964:27.

套也是旧的,全身装束看上去很寒碜。"①同时,这种物的消费所带来的阶级分类效果也立竿见影:穿着新衣的嘉莉在路上遇到了一个同事,"那女工看见了她,不敢肯定是她,于是又回过头来看,嘉莉觉得她们之间好像隔了一条鸿沟"②。而嘉莉与万斯太太在一起的感受正好相反。万斯太太是个地地道道的上流社会贵妇,这位嘉莉在纽约的邻居与嘉莉一起在百老汇大街散步时,"穿着一身蓝色便于步行的衣服,漂亮极了,还配有一顶时尚的帽子……她有各种小金饰物,一只印有她的名字缩写的精美的绿皮包,一块图案十分花哨的时髦手帕和一些类似的其他东西"③。"两人的衣服虽然在质量和新旧上有些差别,但这些差别并不十分明显。"④然而就服装上的这一点点差别就让嘉莉十分苦恼,她明显感觉到两人之间阶级地位的差异:"嘉莉觉得自己需要更多更好的衣服才能和这个女人媲美。谁看见她俩都会单凭服饰就选择万斯太太的。"⑤这让嘉莉痛苦,她决定"除非打扮得更漂亮些,否则她不再上这里来了"⑥。这里,衣服不再是衣服,而是具有一种以

---

① 西奥多·德莱塞.嘉莉妹妹[M].李献民、夏长春译.呼和浩特:内蒙古人民出版社.2002;102.
② 西奥多·德莱塞.嘉莉妹妹[M].李献民、夏长春译.呼和浩特:内蒙古人民出版社.2002;102.
③ 西奥多·德莱塞.嘉莉妹妹[M].李献民、夏长春译.呼和浩特:内蒙古人民出版社.2002;395.
④ 西奥多·德莱塞.嘉莉妹妹[M].李献民、夏长春译.呼和浩特:内蒙古人民出版社.2002;395.
⑤ 西奥多·德莱塞.嘉莉妹妹[M].李献民、夏长春译.呼和浩特:内蒙古人民出版社.2002;395.
⑥ 西奥多·德莱塞.嘉莉妹妹[M].李献民、夏长春译.呼和浩特:内蒙古人民出版社.2002;397.

社会区分为目的符号价值,正如社会学家凡勃仑所说:"同任何其他消费类型相比,在服装上为了夸耀而进行的花费,情况总是格外显著,风气也总是格外普遍……如果我们在服装上没有能达到社会习惯所决定的标准,就会感到局促不安,这种感觉的敏锐程度,大概是没有别的方面的感觉可以比得上的。"①嘉莉的苦恼正在于,万斯太太的服装代表着万斯太太远胜过她的高贵地位。嘉莉不仅希望以自身的消费能力来体现个性,还想凭借这种消费能力形成品位差异,认同于同等社会阶层的地位与身份,同时突显她与其他阶层在地位与身份方面的差别,即一方面实现与低层的社会阶层相区分,另一方面实现与所属社会阶层的认同。因而,消费物品不是消费它的物质性,而是它的差异性。

与德莱塞的作品一样,辛克莱·刘易斯的《巴比特》也展现了人对物作为符号的差异性消费。主人公巴比特居住的房子,他家中购置的摆设、装饰、用具,他驾驶的汽车,他本人的物品,小到一个电子打火机、一副眼镜,无一不是为了表明他是中上阶层的一名成员,无一不是为了与下一阶层区分开来。

而在福克纳的小说中,人物也常常通过消费商品来向其他人传递包括地位、身份、个性、品位和情趣等在内的自我信息,来展现自己的全部社会关系。例如,在福克纳的"斯诺普斯三部曲"的《村子》中,种类、材质不同的交通工具成为不同社会阶层的区隔标记;而建筑则是"斯诺普斯三部曲"的《大宅》中标记阶层身份转变的显著符号。消费领域的物品也成为福克纳笔下不同阶层的"等级分明的表征目录"。

---

① 凡伯伦.有闲阶级论[M].蔡受百译.北京:商务印书馆.1964:131.

在"斯诺普斯三部曲"中,消费领域的商品,无论是在老法国人湾还是在杰斐逊镇,都扮演了为社会阶层编码并构建一个基于物质基础的符号体系的角色。三部曲的主人公弗莱姆·斯诺普斯将自己积极纳入当地的物体系中以便尽快获得村民们的认同。①

20世纪初美国小说家笔下的众多人物具有这一特征:借助物来突显自身的位置,表明自己和其他阶层人员的距离。人们消费物所代表的符号意义而不消费物本身。消费构成一个欲望满足的对象系统,成为人类活动的主宰,但是正由于"消费成为自我实现的全部过程"②,正由于人们可以不断地生产、制造欲望和需求,因而消费也就变得毫无止境。"我们的需要和享受是由社会产生的,因此,我们在衡量需要和享受时是以社会为尺度的,而不是以满足它们的物品为尺度的,因为我们的需要和享受具有社会性质。"③无论是尼科尔、盖茨比、嘉莉还是巴比特、弗莱姆等人,他们的消费都远不是对物本身的需求和占用,而是具有社会性质的实现阶层区分的需求和享受,对物品的消费是他们建立身份表述、获取认同的途径。在《物体系》一书中,鲍德里亚解释了这样的消费:"消费既不是一种物质实践,也不是一种富裕现象学,它既不是依据我们的食物服饰及驾驶的汽车来界定,也不是依据形象与信息的视觉与声音实体来界定的,是通过把所有这些东西组成的意义实体来界定的。消费是在具有某种程度连贯性的话语

---

① 参见韩启群."物的文学生命":重读福克纳笔下的生意人弗莱姆·斯诺普斯[J].外国语文.2019(1):41—47.

② 周中之.经济伦理新探索——消费伦理[M].开封:河南人民出版社.2002:2.

③ 马克思、恩格斯.马克思恩格斯选集(第1卷).北京:人民出版社.1995:350.

中所呈现的所有物品和信息的真实总体性。"[1]换言之,消费社会中的消费已经成了一个组织化的类似于语言的话语系统,它的话语符码是由物品来编制的有差异的符码,消费再也不是通常意义上对物品的购买、拥有和消耗,而是通过物而建立的人与人之间的象征性的差异关系。物的编码通过商标、价格、购买场景等等生产体制所有层次的组织,将物建构为一个标志权力、地位、等级等社会关系的符号系统,又通过广告[2]及无所不在的消费主义文化把人们全部转换到这种编码之中去,人与人的关系也全部转换到这种差异性的符号系统中。[3] 符号化的商品为人们不断制造解放、自由、幸福等虚幻的意义,让他们借助这种符号化的物来完成自我认同。20世纪初美国小说中的人物大多善于识别这种编码方式并十分自觉地把自己融入这种符号系统中

---

[1] 罗钢.西方消费文化理论述评(上)[J].国外理论动态.2003(5):39.
[2] "在20世纪初的广告运动中,以符号元素为主题的广告设计成为广告业的主流,人们对商品自然属性的注意力逐渐转移到商品的象征意义方面,消费成为一种符号的消费。广告利用其视觉图像的传播方式赋予每一种商品以特殊的符号。"(参见杨韶杰.美国现代广告业的兴起与社会消费1885—1929[D].河南大学.2014:7.)广告商以多种多样的传播媒介向大众推销消费用品,竭尽全力将大众培养成消费者。他们将商品说成是"好日子"、"好位子"的象征,把汽车、家电、各种各样的生活用品以及旅游与时尚的生活方式和成功人生、社会地位联系起来,使人们感到若不购买汽车、电器等高档奢华商品或不去旅游一次,生活就不算成功和幸福。
[3] 20世纪初美国作家刘易斯的小说《巴比特》中出现众多广告,它们在主人公巴比特的世界里就起了编码的作用。参见下面三篇文章对此的论述:(1)耿立沙.物质主义价值观、虚伪与奸诈:论《巴比特》中的商业文化.南昌大学.2010.(2)王锭锭.辛克莱·刘易斯《巴比特》中的广告与消费.江南大学.2014.(3)杨海鸥、杨莉.《巴比特》的社会群体消费文化观.怀化学院学报.2012(6).53—56.

去。他们一方面在消费物品构成的符号体系中被规训,另一方面也在积极参与建构和强化物的体系。正由于物符号的这种差异性的存在,人对符号意义的追求无尽止地进展下去。

无论是尼克尔,还是罗斯玛丽、迪克、巴比特、弗莱姆,都是"拜倒在商品面前,把商品当作自己的灵魂,失去了自主能力,失去了对社会的控制与操纵的反抗和否定性,丧失了对社会的鉴别和批判的能力"的"单向度的人"[1]。消费成为他们生活的中心,流通,购买,对做了区分的财富及物品、符号的占有,构成了他们的编码和沟通交流的工具。符号化的物还不断制造自由、解放、幸福等虚幻的意义,而人物正是基于这种符号化的物来完成自我认同,一个个在追逐物质利益过程中被物占据了灵魂。在这种"拜物"过程中,人的个性也越来越"物化",呈现出一种"反人性"[2]的特征,人与人之间的社会关系也渐渐表现为一种物的属性。实际上,他们全都陷于消费陷阱中,陷入对物的符号价值的永无止境的、无意义的追求中;他们自愿接受符号的诱惑,同符号游戏,在标志社会身份的商品中构建自我、获得认同,与此同时又反过来受符号的宰制、屈从于符号价值,成为物化的、官能性的和单向度的人。而这正是消费社会的主要病理症状。20世纪初的美国小说家展现的正是消费社会的"消费病理"。

---

[1] 马尔库塞.单向度的人[M].刘继译.上海:上海译文出版社.2006:48.
[2] 卢卡奇认为,人的肉体和心灵越来越屈从于这种物化形式,这种改变是反人性的。参见卢卡奇.历史与阶级意识[M].杜章智等译.北京:商务印书馆.1996:175.

第二节　媒介、消费和伦理

在消费社会中,消费主义意识形态的传播主要依靠大众媒介。"大众媒介由一些机构和技术所构成,专业化群体凭借这些机构和技术,通过技术手段(如报刊、广播、电影等等)向为数众多、各不相同而又分布广泛的受众传播符号的内容。"[①]报纸、杂志、广告、广播、电视、电影、网络均为媒介。消费社会中所谓的"物包围人",实质上是大众媒介所制造的物象、影像或景象包围了人,对人的生活产生重要影响的商品在消费社会中最初往往是通过大众媒介呈现的。而且也正是媒介促使商品符号化:"面对着一个混乱、充满了冲突和矛盾的世界,每一种媒介都把自己最抽象、最严密的逻辑强加于其上……每一种媒介都把自己作为信息强加给了世界。而我们所'消费'的,就是根据这种既具技术性又具'传奇性'的编码规则切分、过滤、重新诠释了的世界实体。世界所有的物质、所有的文化都被当作成品、符号材料而受到工业式处理……"[②]大众媒介通过制造出一系列具有差异性的符号,从而达到刺激消费欲望、经营消费游戏的目的。媒介以一种全面覆盖的网络化体系,将个体、世界、文化、社会包容在一起,形成了一种新的文化形式,即媒介文化。[③] 消费社会的消费主义文化究其本质也是媒介文化。媒介文化——这一"由人自己编织的意义之网"[④]——

[①] 丹尼斯·麦奎尔.大众传播模式论[M].祝建华、武伟译.上海:上海译文出版社.1987:7.

[②] 鲍德利亚.消费社会[M].刘成富、全志钢译.南京:南京大学出版社.2008:115.

[③] 刘晓.媒介文化[J].外国文学.2015(2):112—121.

[④] 克利福德·格尔茨.文化的解释[M].韩莉译.南京:译林出版社.1999:5.

笼罩着现代消费社会,在现代人的生活中起重要作用。

本节主要以伊迪斯·华顿的《国家风俗》为例,探讨20世纪初美国小说中出现的媒介文化,通过分析早期媒介对人物生活和人际伦理关系的影响来探讨20世纪初小说家对媒介文化的洞察和批判。《国家风俗》描绘了一幅19世纪末20世纪初在新兴媒介文化冲击下纽约都市中上层社会的风俗画。小说中,深受现代媒介文化熏染的女主角厄丁,一心追求媒介所制造的生活"意义",无视道德伦理规范,她通过对媒介力量的膜拜和利用,层层包装自己,最终"三易其夫",跻身上流社会,轻易完成了"阶级流动",成为大众追捧的媒介名人。华顿有意让这样一个故事来突显小说的主题——"国家风俗"。这种"国家风俗"其实也是"媒介风尚",是媒介文化席卷一切、塑造一切的风俗。在华顿笔下,媒介文化——这一"由人自己编织的意义之网"——笼罩着整个现代社会,它参与现代人对自我和世界的认知,它所提供的公众话语系统建构了个体记忆和集体记忆,它使人产生欲望、快感或焦虑,它影响个性塑造、人生选择,扭曲价值观,它炮制成功的神话,也造成生活的痛苦。华顿借媒介文化中野心家厄丁发迹的过程,揭露了媒介文化冲击下都市中上阶层的认知变异、感知错位、道德危机以及由此造成的人伦创伤。

一

伊迪丝·华顿出身上层社会,且对这个"社会的每一个细微之处"[1]都了如指掌,凭借着对上层社会行为规范的准确把握和生活细

---

[1] Sarah Bird Wright. *Edith Wharton A to Z: The Essential Guide to the Life and Work*. New York: Facts on File. 1998:53.

节的详尽洞察,她的众多作品均真实再现了这个阶层的生活风貌和思想情感,特别是这个阶层在19世纪末20世纪初美国社会变迁中出现的文化特征和道德危机。

其20世纪初出版的小说《国家风俗》(1913)描绘的正是一幅19世纪末20世纪初在新兴媒介文化冲击下纽约都市中上层社会的风俗画。《国家风俗》是华顿在自己众多作品中最为满意的一部,她自己也称之为"伟大的美国小说"[①]。此作讲述了出生在美国西部小城埃佩克斯中产阶级家庭的厄丁,她通过对媒介力量的膜拜和利用,层层包装自己,最终"三易其夫",跻身上流社会,成为大众追捧的媒介"时髦"名人。这部小说名为"国家风俗",因为华顿认为它反映了当时美国社会的"时尚"和"风俗"。而"时尚"和"时髦"均是现代媒介的重要衍生品。

《国家风俗》的写作时间和出版时间正是美国报刊业发展的重要时期。[②] 自1833年第一份价格低廉、面向大众的便士报《太阳报》在美国纽约诞生,其他发行量较大、具有广泛影响力的报刊如《纽约时报》、《先驱报》等也相继面世。从1870年到1900年,美国在大众媒介的发展方面处于全球领先地位(特别是报刊的种类、销量急剧上升),

---

① L. Buell. *The Dream of the Great American Novel*[M]. London: The Belknap Press of Harvard University Press. 2014: 135.

② Madeleine A. Vala. "A Grim Fascination": Newspapers and Edith Wharton's The Custom of the Country[J]. *Edith Wharton Review*, Vol.29, No.2 (Fall 2013). 1–25. 此文介绍了华顿时代流行的报纸杂志和当时这些报刊为《国家风俗》的出版所做的种种广告。此文作者认为,在华顿的这部小说中,无论是中产阶级(新贵)还是纽约老贵族群体都通过报刊媒介了解其他阶级;华顿本人也谙熟媒介的力量,并善于利用媒介广告和媒介话语扩大小说的销售量。

对民众生活的影响也日益加剧。[1] 大众媒介还以一种全面覆盖的网络化体系,将个体、世界、文化、社会包容在一起,形成了一种新的文化形式,即媒介文化[2],它运用一套公共话语[3]系统制造出公众舆论,其实是"由人自己编织的意义之网"[4]。这种"由人自己编织的意义之网",往往促成了媒介受众的个体认知和集体记忆,它还参与并主导个体自我形象建构和人生道路设计,同时使个体感知错位,造成人伦关系疏远。

华顿小说里的人物就生活在报纸、杂志、广告等媒介的包围之中,生活在由大摞大摞的报纸杂志建构的"意义之网"中。《国家风俗》中那位来自"新贵"阶层的女主人公,正是由于谙熟新兴的媒介文化并能充分利用现代媒介的作用,才得以一层层包装自己的身份,最终实现了从"新贵"阶层进入纽约上流社会的目标,轻而易举地完成了"阶级流动"[5]。有评论家认为厄丁是"没有灵魂的怪物"[6]、

---

[1] 具体见 Madeleine A. Vala. "A Grim Fascination": Newspapers and Edith Wharton's The Custom of the Country[J]. *Edith Wharton Review*. Vol. 29, No. 2 (Fall 2013). 1-25. 此文介绍了华顿时代流行的报纸杂志。

[2] 刘晓. 媒介文化[J]. 外国文学. 2015(2):112—121.

[3] Paul Ohler. Forms of Ambivalence to "Tabloid Culture" in Edith Wharton's The Custom of the Country[J]. *English Studies in Canada*. 36.2-3 (2010):34.

[4] 克利福德·格尔茨. 文化的解释[M]. 韩莉译. 南京:译林出版社. 1999:5.

[5] 程心. 时尚之物:论伊迪斯·华顿的美国"国家风俗"[J]. 外国文学评论. 2015(04):192.

[6] Helen Killoran. *The Critical Reception of Edith Wharton*[M]. New York: Camdon House. 2001:64.

"吸血鬼"[1]或"最具破坏性的黑色天使"[2];也有评论家称其"充满能量和进取心"[3]的新女性。虽然褒贬不一,但这个人物是20世纪初美国文学画廊中与媒介关系最为密切的人物之一,也是自始至终处于媒介所建构的虚幻世界并从不反思的角色。华顿夫人深谙媒介的力量[4],并以其慧眼慧心,仔细观察20世纪初美国社会中的媒介文化元素,不耐其烦地描写人物与媒介的关系,深刻反思并犀利批判了现代媒介对媒介受众的认知、记忆,乃至个性塑造、人生选择和人伦关系造成的影响。

二

在《国家风俗》中,华顿聚焦于媒介所传播的符号对人的影响,这种影响首先表现在媒介如何构建受众对世界的认知上。女主角厄丁作为媒介的忠实受众,她对世界的认知,特别是对上层阶级的了解主要来自报刊这个渠道。

厄丁在搬往纽约之前,便已通过每日的报纸阅读了解了纽约所有

---

[1] Arthur Guiterman. "Rhymed Reviews":Review of *The Custom of the Country*, by Edith Wharton. *Life Magazine*. 1 Jan. 1914:37.(Web.American Periodical Series Online.)

[2] R. W. B. Lewis. *Edith Wharton:A Biography*[M]. New York:Harper & Row. 1975:350.

[3] C. G. Wolff. *A Feast of Words:The Triumph of Edith Wharton*[M]. N. Y.:Oxford UP,1977:225.

[4] Madeleine A. Vala. "A Grim Fascination":Newspapers and Edith Wharton's The Custom of the Country[J]. *Edith Wharton Review*. Vol. 29,No. 2 (Fall 2013).2,7,13.

显赫贵族的名字和他们的一举一动①,并能想象出这些"显赫贵族的音容笑貌"②。正是报纸上的字句,让厄丁构建出一幅纽约上流社会的景观图,生发出跻身纽约上流社会的人生理想。为了让厄丁有机缘嫁入豪门,厄丁一家便迁到纽约。虽然与贵族同处一城,但此时的厄丁离上流社会尚远,主要靠一名叫赫尼太太的指甲修剪工带来的关于上流社会信息的剪报集来了解贵族阶层的趣闻轶事,例如:"亨利·费尔福德太太在上周三像往常一样举行了一个小型晚宴","晚饭后奥尔噶·洛寇斯卡太太表演了她新学的草原舞蹈——那是法国人创作的新式舞步"③,等等。因此,在有机会真正接触到上流社会成员之前,厄丁早已通过报纸对他们的众多事迹了如指掌,有时甚至能够一眼认出那些读到过的名人。例如,在费尔福德太太晚宴上用餐时,她立即认出了报刊上经常介绍的彼得·范·德根的太太——"克莱尔·范·德根,名门望族达戈内家族的一员,拉尔夫·马维尔的表妹,《社会专栏》报的'点睛之笔'"④。

当报刊媒介上的信息与厄丁的真实感受或世界认知不相符合时,她选择让媒介信息来扭曲自己自然生发的认知和感受。例如,当厄丁在画展见到一个有着"怪异的蜥蜴式的脑袋,眼睑厚得如同嘴唇,嘴唇

---

① Edith Wharton. *The Custom of the Country* [M]. New York: Bantam Dell. 2008: 9.
② Edith Wharton. *The Custom of the Country* [M]. New York: Bantam Dell. 2008: 22.
③ Edith Wharton. *The Custom of the Country* [M]. New York: Bantam Dell. 2008: 7.
④ Edith Wharton. *The Custom of the Country* [M]. New York: Bantam Dell. 2008: 26.

厚得如同耳垂"①的男子时,她本能的直接反应是厌恶。但当得知这名男子名叫彼得·范·德根时,她的脑海中立即闪过了"无数报纸上呈现的肖像",因为她读过的《社会专栏》《周日副刊》是如此描绘此人的:"著名银行家瑟伯·范·德根的儿子,拉尔夫·马维尔的表姐夫……骑马表演秀中的佼佼者,赛车赛的金杯获得者,最强赛马和最好单轨帆船的拥有者。"②报刊媒介给彼得贴上的这一系列标签,在厄丁眼中立即成了"魔法光环",媒介的渲染掩盖了彼得外表上所有的缺点,使他的形象高大起来。此时的彼得在厄丁眼里,就是媒介包装下代表上流社会的"符号",她瞬时对这名片刻之前自己无比厌恶的男子倾慕不已。③ 小说后面的情节还告诉我们,她甚至与这位有钱有势的彼得婚外偷情,不仅无丝毫厌恶之感,还只恨无法跟他结婚。

此外,当报纸杂志上的信息明显与贵族阶层的实际生活情况不符合时,厄丁也宁愿依据报纸媒介的文字说明来篡改现实、认知世界。例如,厄丁在《周日报刊》的"闺房闲谈"栏目上得知,"最时髦的女人都会用白色的墨水在鸽子血色的信纸上写字",而且信纸上还镌刻着她的"银色签名"④。为此,她不顾母亲的反对,订购了一大批这样的信纸。可见,这种新型信纸在大众媒介的包装下已成为一种与贵族阶级

---

① Edith Wharton. *The Custom of the Country* [M]. New York: Bantam Dell. 2008: 39.

② Edith Wharton. *The Custom of the Country* [M]. New York: Bantam Dell. 2008: 39.

③ Edith Wharton. *The Custom of the Country* [M]. New York: Bantam Dell. 2008: 39.

④ Edith Wharton. T*he Custom of the Country* [M]. New York: Bantam Dell. 2008: 15.

相关的魅力符号①,取得了众多像厄丁一样希望有朝一日跻身上流社会的女子们的青睐和认可。后来,厄丁收到了豪门贵妇费尔福德太太的晚宴邀请函,发现费尔福德太太使用的信纸是"过时的白色纸张,上面没有镌刻的签名,只有地址和电话号码"。此时的厄丁觉得诧异,但她不仅没有反思报纸信息的真实性,反而质疑费尔福德太太不够时髦,因而她依然一味遵循报纸上所推崇的做法,以此彰显自己的"时髦"和"品味"。

华顿让读者看到,报纸、杂志等大众媒介所提供的文字和图片(照片为主),绝非记录了真实世界,而是建构了一个虚假美好世界;绝非反映了现实生活,而是编制了一种以满足普通媒介受众幻想为主要目的虚幻世界图景。无论关于上流社会生活的剪报集,还是报刊上所流传的贵妇名媛使用"鸽血色信纸"等信息,多数是对人与事的扭曲呈现。而《国家风俗》中的女主角认同报刊媒介提供的一切信息,彻底沉醉在媒介传递的虚假、表面的幻觉中,任由媒介赋予各种事物以意义和价值。

三

媒介不仅影响受众认知世界,还以一种全面编织意义的方式形成公众话语、公众舆论,影响媒体受众的集体记忆和个体记忆。《国家风俗》里的人物对人或事的记忆多数来自报刊上的文字。

这部小说以赫尼太太通过剪报向厄丁母女介绍上流社会家族的

---

① "魅力只不过是一件商品的把戏而已。"见本雅明.技术复制时代的艺术作品[M].胡不适译.杭州:浙江文艺出版社.2005:126。

趣闻轶事开始,以厄丁本人也成为报刊媒体关注的社会名流结束。赫尼太太善于收集各种报纸,做出一摞摞厚厚的剪报集。简报上关于上流社会的描述,尤其能刺激中产阶级家庭树立奋斗目标,成为他们模仿上层的动力。厄丁和其中一任丈夫的婚礼也是按照"赫尼太太剪报的最高标准"[1]来办的。在厄丁本人最终步入上层社会,成为贵妇名媛后,赫尼太太自然开始制作关于厄丁的剪报集,收集刊登在报纸上的厄丁的各种照片和各种新闻,例如厄丁的世纪婚礼、厄丁的奢华蜜月,厄丁如何获赠稀世珍珠项链、血红宝石王冠、一百万美元支票以及一幢位于纽约的豪宅[2]等等。厄丁出国旅游时,也是这位赫尼太太时而不时地把报上出现的关于厄丁的消息诸如"拉尔夫·马维尔太太日夜穿梭于各大时髦的餐厅和剧院中,她身边的追随者不断"[3]等,告诉留在美国的厄丁的父母、丈夫、儿子和其他人,使远在纽约的大众也能感受到厄丁在国外用餐的餐厅的时髦精致、她所置身的剧院的繁华熙攘。报刊文字并非复制现实生活中的真人真事,而是建构了一种"拟像"记忆。以赫尼太太的剪报集为代表的报刊内容所形成的,正是一种关于上层生活的虚假集体记忆。它错误地使媒介受众以为:上流社会人士(包括后来的厄丁)坐拥巨额资金、房产和众多稀世之宝,他们不仅富有、尊贵,而且魅力无穷,值得拥戴。

---

[1] Edith Wharton. *The Custom of the Country* [M]. New York: Bantam Dell. 2008: 118.

[2] Edith Wharton. *The Custom of the Country* [M]. New York: Bantam Dell. 2008: 464.

[3] Edith Wharton. *The Custom of the Country* [M]. New York: Bantam Dell. 2008: 249.

不仅集体记忆由报刊媒介提供的公众舆论建构而成，很多时候，个体记忆也来自媒介上的文字。在《国家风俗》中，厄丁的亲生儿子——保罗对母亲的记忆几乎都来自报刊对厄丁的介绍。由于厄丁只关注自身，只在乎财富、荣誉、身份地位以及公众的目光，而对孩子没有丝毫耐心，她甚至厌恶怀孕引起身材变形使她无法参加社交活动；而且生下孩子后，厄丁也总是忙于举办宴会或出国旅游，又一次次离婚、结婚，从一个男人的怀抱奔向另一个男人的怀抱，几乎没有时间陪伴保罗。因此，从小缺少母亲爱护和陪伴的保罗，对母亲也缺乏真实的记忆，他对母亲的记忆多数来自报刊文字，甚至对母亲离婚和再婚的原因和过程，他也只是从报纸上才得以了解。

虽然媒介文化提供公共舆论话语，建构个体记忆和集体记忆，但由于媒介文字扭曲事实的特性，个体或集体获得的"记忆"经常是错误和片面的。例如，报纸杂志对厄丁几次离婚的评价如下：厄丁和拉尔夫（厄丁的第二任丈夫）离婚是由于"丈夫太过沉醉于事业而忽略了家庭"[1]，厄丁和雷蒙德（厄丁的第三任丈夫）离婚的根源是雷蒙德的粗鲁和暴行[2]。而实际情况是，报纸上所刊登的厄丁对前面几任丈夫的控诉都是她出于私利考虑捏造出来的一面之词，她的一次次婚姻均是她的野心和虚荣心在作祟。面对媒介提供的记忆材料，连厄丁的儿子保罗都感叹道："她怎么在那么多人面前说了那么些假的关于他亲爱

---

[1] Edith Wharton. *The Custom of the Country* [M]. New York: Bantam Dell. 2008: 271.

[2] Edith Wharton. *The Custom of the Country* [M]. New York: Bantam Dell. 2008: 471.

的法国爸爸(雷蒙德)的不是!"①可见,媒介建构的所谓"记忆"虚假且虚幻,它扭曲真相,远离实际。

四

媒介不仅传播信息,而且是一种"模式化的强制",因为其所制造的关于世界的虚幻符号具有极强的导向作用,使沉醉于其中的媒介受众进入媒介所制造的"超真实"世界中,"被一种符号/形式所重述","被一种符码所操控"②。换言之,媒介不仅影响受众对人、事的认知和记忆,往往还会引导和塑造受众的价值观、趣味和自我形象,从而影响受众的人生道路。

《国家风俗》中,报刊媒介所描绘的关于上流社会人士饮食起居、会客聚餐、房屋装饰、婚宴礼仪等各种信息,很快成为中产阶级出生的厄丁模仿的范本。厄丁不断地从报纸读物中学习上流社会人士的礼仪和姿态,企图通过模仿上流社会衣着举止、文化活动等,来"提升自身品味"。例如,她在《周日报刊》的"闺房闲谈"栏目上读到"最时髦的女人都会用白色的墨水在鸽子血色的信纸上写字"后,立即照搬,订购了一大批这样的信纸;又如,因为"所有时髦人士,不是暂住就是长期住在酒店里",她就劝父母放弃了原来的房子而住进了酒店③;她在另

---

① Edith Wharton. *The Custom of the Country* [M]. New York: Bantam Dell. 2008: 464.
② 鲍德里亚. 符号政治经济学批判[M]. 夏莹译. 南京:南京大学出版社. 2015: 238—239.
③ Edith Wharton. *The Custom of the Country* [M]. New York: Bantam Dell. 2008: 12.

一篇文章《上流社会女士的日常生活》中了解到,上流社会女士吃早餐都是女仆把食物送到床边来给她们吃,于是她的早餐也开启了这种模式。①

厄丁不仅在吃穿用度上乐于受报刊媒介的规范,她整个自我形象建构都仰仗报刊上提供的信息。例如,有次厄丁端详镜子中的自己,发现唯一美中不足的是"她脖子和臀部的曲线有一种过于丰满的迹象"②,其实厄丁身材高挑匀称,但由于报刊媒介上崇尚的体型是纤瘦苗条,因而"一想到有一天她可能会跟不上潮流,她就不寒而栗"③,于是她想方设法保持苗条,避免被时尚界抛弃。又有一阵子,"她的肤色变差,头发也失去了光泽",她赶紧"投向流行报刊寻找新的香水和粉扑,试用面膜、电动按摩仪和其他方法",同时开始关注"药物广告,给美容医生和生理专家写信咨询"④。也就是说,厄丁的体貌是以报刊媒介所宣传的标准塑造的。自然,当厄丁发现自己的体貌开始变差时,她首先想到的也是求助于流行报刊和广告等大众媒介,并按照上面的做法来修正自己的形象。

不仅如此,媒介还操控着媒介受众的欲望,使个体需求错位,并使个体的欲望无限膨胀。当媒介聚焦于上流社会中形形色色大人物的

---

① Edith Wharton. The Custom of the Country [M]. New York: Bantam Dell. 2008: 32.
② Edith Wharton. The Custom of the Country [M]. New York: Bantam Dell. 2008: 18.
③ Edith Wharton. The Custom of the Country [M]. New York: Bantam Dell. 2008: 18.
④ Edith Wharton. The Custom of the Country [M]. New York: Bantam Dell. 2008: 414.

生活时,它所展现出来的富丽堂皇相往往会刺激受众的野心,使他们产生渴望跻身社会上层的强烈欲望。《国家风俗》的情节动力也主要来自受媒介文化影响后厄丁不断产生的欲望。为了进入富贵阶层,厄丁只在贵族阶级中寻找配偶,一旦感觉到配偶的"富贵"程度不如报刊上所描绘的其他人员,她就试图更换配偶。例如,厄丁在嫁给贵族拉尔夫之后,看到一则新闻,得知幼时的朋友——容貌远不如自己的印第安娜离婚后嫁给一个有钱有势的男人时,她震惊不已①:既然相貌平庸的印第安娜都能再婚嫁得如意郎君,自己为何不能？自己拥有的美貌和智慧应该配上更有钱有势的丈夫！报刊上的这则新闻让厄丁立即不满于与拉尔夫这样没有财富实力、坐吃空山的老纽约贵族的婚姻,让她企盼社会地位和经济实力兼得的婚姻。媒介信息滋养着厄丁的野心,让她看到了离婚和再婚的无限可能。即便到最后,厄丁如愿以偿嫁给亿万富翁莫法特,集名利于一身,坐拥无数宝物、豪宅,出入最顶层交际圈,受万人追捧,她仍然不满意。因为此时的她在报纸上看到一则最新消息——吉姆·德里斯科尔(Jim Driscoll)将被任命为美国驻英国大使,而他那"结实、多疑、平庸的妻子"将成为大使夫人。这则新闻在让厄丁立即想象他们"庆祝宴会和典礼"的"华丽恢宏"②,又次燃烧起嫉妒和欲望之火,立即怨恨自己的丈夫没有去做大使。从厄丁的经历中可见,大众媒介让受众永不满足。因为媒介对物品世界和人际世界做了分类处理,它有意制造一系列具有差异性的符号,"把

---

① Edith Wharton. *The Custom of the Country* [M]. New York: Bantam Dell. 2008: 215.

② Edith Wharton. *The Custom of the Country* [M]. New York: Bantam Dell. 2008: 469.

自己最抽象、最严密的逻辑强加于其上……把自己作为信息强加给了世界……根据这种既具技术性又具'传奇性'的编码规则切分、过滤、重新诠释了的世界实体"①。因而,受众的欲望会不断被媒介激起,他们追逐名利的脚步也永不停止。

在媒介持续不断的引导下,厄丁从一个不谙世事的西部小镇姑娘成长为一个贪婪的野心家。厄丁把媒介所报道的关于上流社会人士的衣食住行视为自己生活的重要参考,她把成为媒体"明星"当成人生追求的目标。她心甘情愿被媒介控制,当她模仿上流社会建构自身形象时,她脑海中充盈着"幸福意识",即"相信真实的就是合理的","相信这个制度终会不负所望"②。不仅如此,她还参与建构媒介的符号系统,以自身实践验证媒介指导生活和塑造自我的强大力量。小说结尾处,厄丁如愿以偿嫁给亿万富翁,迈入社会最顶层,自身也成为媒介所报道的贵妇"明星":她的"芳名"、她的衣食起居,也得到报刊的全面包装,受到万人瞩目。然而,厄丁虽然善于模仿,却"从未真正形成她自己的风格"③,正如华顿借厄丁的第三任丈夫雷蒙德之口所讽刺的:

"你来到我们中间,说着我们的语言却不知道这些语言的意义;渴望得到我们想要的东西却不知道为什么我们想要它们……你来自如同城镇一样大的酒店,来自纸一般脆弱的城镇,在那里街道还来不及命名,建筑物还没有建好便已拆毁……你们糊涂地认为,你们效仿我

---

① 鲍德利亚.消费社会[M].刘成富、全志钢译.南京:南京大学出版社.2008:115.
② Herbert Marcuse. *One-Dimensional Man*[M]. New York: Routledge, 2006: 87.
③ Elaine Showalter, "*Spragg: The Art of the Deal*," in Millicent Bell, ed.. *The Cambridge Companion to Edith Wharton* [M]. Cambridge: Cambridge University Press. 1995: 93.

们的生活方式,说着我们的俚语,你们就懂得那些让我们的生活变得体面高尚的事。"①

也就是说,厄丁即便亲证了大众媒介的力量,即便在媒介文化中发迹、把自己装扮成为顶级名人,她也只是大众媒介流行时尚的跟风步尘者。她所谓的个性、趣味、形象,只是由大众媒介炮制出来的空壳,她和她那个阶层的人均是平庸浅陋的模仿者而已。

五

更为重要的是,作为时代的记录者,华顿在刻画19世纪末20世纪初美国社会变迁中出现的媒介文化特征的同时,以其犀利之笔,揭露了②媒介文化冲击之下都市中上层社会的道德危机及由此带来的人伦创伤。华顿一方面描绘了一个由媒介信息打造出来的华丽炫目的虚假世界,塑造了一个在媒介文化中发迹的野心家,另一方面,她也呈现媒介的华丽文字世界背面的灰暗现实,写出了为女主角的发迹付出沉重代价的亲人。

在两代伦常关系中,厄丁远不是一个贴心的女儿,更不是一个称

---

① Elaine Showalter, "Spragg: The Art of the Deal," in Millicent Bell, ed.. *The Cambridge Companion to Edith Wharton* [M]. Cambridge: Cambridge University Press. 1995:432.
② 也有不少评论家认为华顿对现代媒介的态度非常矛盾,因为她对于现代媒介在促销物品(包括小说这些文化产品)方面的效能是非常惊讶并赞叹的,而且她本人不仅关注媒介、熟悉媒介也善于利用媒介推销自己的作品。这方面最有代表性的论文见 Paul Ohler. Forms of Ambivalence to "Tabloid Culture" in Edith Wharton's The Custom of the Country. *English Studies in Canada*. 36. 2-3 (2010):35。

职的母亲。她自私自利,让全家人围着她的利益、她的前途转。为了钓到金龟婿,她说服父母从安逸舒适的西部小镇前往纽约去。她不顾父亲的经济压力,让父亲支付一长串账单,在父亲已经非常困难的情况下还逼他为自己预订高额的剧院包厢。当父亲由于投机生意失败,无法为厄丁支付超过三个月的国外旅行费用时,厄丁抱怨说"都是父亲的错,他为何要去做投机生意,如今的道歉也于事无补了"①。在厄丁的眼中,父亲就是她源源不断的"提款机",她不顾父亲已经年迈,也不在乎父亲在事业失败后遭受的巨大打击,只想着让父母出资更好地包装自己、出现在公众的视野下。而作为母亲,她从不关心儿子保罗的成长,她频繁旅行于各地,根本无暇陪伴儿子。她屡屡离婚和再婚,让儿子数易其所,使他基本不记得与生父拉尔夫的生活,也很难与"父亲们"建立牢固的关系。而且在厄丁急需用钱时,她毫不犹豫把儿子的抚养权当作筹码向前夫拉尔夫索要钱财。厄丁无视父母、儿子的利益,因为她只在乎媒介对她的报道。

在两性关系上,厄丁甚至算不得是一个善良的女人。婚姻不过是她跻身上流社会的跳板,男人仅是她获得名利的工具。她信奉的真理是"在埃佩克斯,如果一个女孩嫁的男子无法给予她想要的东西,那便有权换一个丈夫"②。因而,对她而言,择夫的前提是能够给予她足够的社会地位和钱财,一旦发现丈夫不能满足她物质上的需求,她可以无视社会舆论与家庭伦理,另去猎取让自己满意的男人。厄丁的精神

---

① Edith Wharton. *The Custom of the Country* [M]. New York: Bantam Dell. 2008: 131.

② Edith Wharton. *The Custom of the Country* [M]. New York: Bantam Dell. 2008: 75.

食粮主要是媒介的报道和公众的目光,只要丈夫的钱财和地位还不足以让她成为炫目的媒介明星,她就仍不会满意。当拉尔夫有限的经济能力无法满足她对名望和财富的渴望时,她很快傍上了更有钱有势的彼得,甚至利用媒介扭曲了拉尔夫的形象来为自己的离婚辩解,使得拉尔夫在重重压力之下自杀身亡。在厄丁与雷蒙德结婚后,她发现他虽然拥有房子、地产以及古董,但可支配的现金很少,根本无法满足自己的开销,就不免心灰意冷。[1] 因而,在重遇已经成为亿万富翁的莫法特(厄丁的第一任丈夫,早先不名一文)后,厄丁便果断与雷蒙德离婚而与莫法特结婚。为了让离婚和再婚理由充分,她再度寻找借口恶意指控雷蒙德的种种"暴行",并利用报刊制造声势。物欲熏心的厄丁为了获得大利厚名、获得媒介的大肆报道和公众的艳羡目光,给几任丈夫造成了巨大的心灵伤害,而她本人则通过四次婚姻大大提高了身价和公众知名度。

华顿笔下的厄丁为了迈入上流社会,为了成为受公众赞誉、艳羡的媒介明星,无视家庭伦理和道德规范,无视父母、丈夫和儿子的情感。可见,在媒介文化的刺激下,个体内心的贪欲一旦产生,必然会破坏传统社会的人际伦理,造成人与人之间的疏离和不可治愈的创伤。

在《国家风俗》中,深受现代媒介文化熏染的女主角,一心追求媒介所造的生活"意义",无视道德伦理规范,她通过对媒介力量的膜拜和利用,轻松实现阶级流动,如愿以偿跻身社会顶层,成为大众追捧

---

[1] Edith Wharton. *The Custom of the Country*[M]. New York: Bantam Dell, 2008:405-406.

的媒介名人,将金钱、地位、名誉、权力收入囊中。华顿有意让这样一个故事,来突显小说的主题——"国家风俗"。这种"国家风俗"其实也是"媒介风尚",是媒介文化席卷一切、塑造一切的风俗。但华顿夫人对19世纪末20世纪初美国新兴的大众媒介的观察不仅于此,她要告诉读者的是,媒介文化——这一"由人自己编织的意义之网"[1]——笼罩着整个现代社会,它参与现代人对自我和世界的认知,它所提供的公众话语系统建构了个体记忆和集体记忆,它使人产生欲望、快感或焦虑,它使个体感知异化、价值观扭曲,它炮制成功的神话,也造成生活的痛苦。华顿借媒介文化中野心家发迹的故事,揭露了媒介文化冲击下都市中上阶层的认知变异、感知错位、道德危机以及由此造成的人伦创伤。

---

[1] 克利福德·格尔茨. 文化的解释[M]. 韩莉译. 南京:译林出版社. 1999:5.

结尾

消费文化·小说文本·叙事伦理

"叙事"和"伦理"的双重转向是20世纪80年代西方人文研究领域中的两个深刻变革,作为二者的结合体,"叙事伦理"应运而生,引起了众多批评家的关注,致使文学作品中的叙事伦理研究成为一个热门的话题。小说理论家韦恩·布斯指出,伦理问题应该贯穿于文学作品批评的始终。针对叙事伦理,他认为伦理批评的重点应放在研究作者以及读者是如何通过写作和阅读进行心灵和精神层次上的交流。此外,在伦理批评的过程中"没有中立的伦理范围,负责任的伦理批评会使得有关人类行为的故事中那些隐含的评价明确化"[1]。而纽顿在其著作《叙事伦理》中更是直接细化,认为在叙事内容和叙事形式中后者更应该值得关注,因为叙事的"讲述"这一层面更富于伦理内涵,它不仅引出了叙事形式,而且"还有承诺、责任、风险、礼物和牺牲"[2]。詹姆斯·费伦是"叙事伦理"学的领军人物,他提出小说文本中的四种

---

[1] Wayne C. Booth. *The Company We Keep: An Ethics of Fiction*[M]. California: University of California Press. 1988:8.

[2] Adam Zachary Newton. *Narrative Ethics*[M]. Cambridge: Harvard University Press. 1995:7.

伦理位置的动态互动①,其中,最能代表小说作者伦理观的是隐含作者的伦理观。"隐含作者"是整个文本的设计者和建构者,是"现实作者"的"第二自我"②,即是真实的作者在写作过程中创造出来的、与真实作者存在着众多的联系的"第二自我"。而隐含作者的叙事伦理则体现在隐含作者对叙事策略以及内容的选择,究其本质,这种选择自身就已经暗含并传递了作者对于他所讲述内容的伦理立场和态度。

20世纪初的美国小说不仅反映了刚刚兴起的消费社会和消费主义文化,还对其产生了一定的意识形态作用。这一时期的美国小说家通过操控作品中的隐含作者和叙述者,表现了他们在精神层面对消费主义商业文化的话语姿态。其中一些作家对新兴的消费主义文化表示赞扬和向往,不仅努力营造,还极力推进之。而另一些作家受传统的社会道德和文化的影响,表现出对新兴文化的犀利批判。当然,无论作家和他们的作品对于消费社会及消费主义文化是采取推波助澜、妥协利用还是欲迎还拒的话语姿态,客观上都为确立消费主义文化在社会"话题"中的"中心"地位,为消费主义文化其后逐步取代与其对立的"清教主义"社会文化传统,以及20世纪中下叶消费主义文化的泛滥和消费社会的成熟奠定了精神基础。

---

① 指这四种:故事世界里人物的伦理情境、叙述者的伦理情境、隐含作者的伦理情境、有血有肉读者的伦理情境。具体参见 James Phelan. *Living to Tell about It: A Rhetoric and Ethics of Character Narration*[M]. Ithaca and London: Cornell University Press. 2005:23。

② Wayne C. Booth. *The Rhetoric of Fiction*[M]. Harmondsworth: Penguin Books Ltd.. 1987:71。

第一节　对消费文化的认可和赞扬
——以德莱塞"欲望三部曲"中隐含作者的叙事伦理分析为例

本节将以德莱塞的"欲望三部曲"中隐含作者的叙事伦理分析为例,阐述一类作家[1]认可并支持新兴文化的话语姿态。

一

"欲望三部曲"[包含《金融家》(1912)、《巨人》(1914)、《斯多葛》(1947)三部小说]是西奥多·德莱塞历经近半个世纪所著。作品取材于19世纪末芝加哥铁路巨头查尔斯·T.耶基斯白手起家的发迹史,以主人公弗兰克·阿尔杰农·柯帕乌的一生为主线,集中描绘了弗兰克如何罔顾世俗道德的约束,并通过钻营和不择手段的巧取豪夺,从一位普通银行职员的儿子慢慢成为一名金融巨人,最终又死于一场突如其来的疾病,致使他为之奋斗一生的商业帝国毁于一旦。小说全方位展现了19世纪末20世纪初美国社会的政治、经济以及道德生活。主人公弗兰克被认为是"美国人格化资本的典型再现"[2],其所做出的伦理选择很大程度上都受到了他"'弱肉强食'的人生哲学"[3]的影响。

---

[1] 比如福克纳等作家,也是消费文化的支持者和参与者。"作为南方消费文化的代表,福克纳……对美国南方传统生活方式的尊重以及对消费文化下南方新的消费观念的认可表明了他在自己的作品中试图建立一种与南方传统价值体系相对应的消费文化……"参见李常磊,王秀梅.威廉·福克纳作品中的消费主义文化透视[J].外国文学研究.2011(4):99—104.
[2] 刘东杰.德莱赛《欲望三部曲》主人公艺术形象解析[J].学术交流.2008(03):164.
[3] 刘东杰.德莱赛《欲望三部曲》主人公艺术形象解析[J].学术交流.2008(03):164.

德莱塞作为一名具有开拓精神和先驱意识的作家,以其敏锐的洞察力在这部作品中描绘了处于转型时期的美国社会的全景图,同时也表达了他对于社会以及新旧伦理道德的探索与思考,特别是对利己主义的暧昧认可、对自由两性关系的向往和对新兴的消费主义的赞扬。

二

19世纪末20世纪初的美国社会正处于自由资本主义向垄断资本主义阶段过渡的时期。在"欲望三部曲"中,德莱塞以其敏锐的洞察力和有力的笔触记录了进入垄断资本主义时期的美国社会的种种现象,真实地揭露了"在新的社会条件下人与人之间更加冷酷的金钱关系"[1]和利己主义的普遍存在,以及在利己主义的驱动下人物所表现的种种自私自利的丑态。"利己主义是个人主义的表现形式之一。其基本特点是以自我为中心,以个人利益作为思想、行为的原则和道德评价的标准。"[2]

"欲望三部曲"中的隐含作者对于当时美国消费社会初期蔚然成风的利己主义不仅仅是描绘和渲染,而且还表现出一种暧昧的认可。小说主人公弗兰克·阿尔杰农·柯帕乌是一个冷酷残忍、不择手段、"天生……利己的人"[3],但叙述者称赞他"头脑冷静,意志坚强"[4],有

---

[1] 龙文佩.德莱赛评论集[M].上海:上海译文出版社.1989:3.
[2] 章明.芥川龙之介历史小说中利己主义的多样性——以小说《罗生门》和《鼻》为例[J].沈阳农业大学学报(社会科学版).2013(5):632.
[3] 德莱赛.金融家[M].冯国华、郭宝忠译.北京:九州出版社.1999:116.
[4] 德莱赛.金融家[M].冯国华、郭宝忠译.北京:九州出版社.1999:56.

着"一心向上爬的雄心"①。

当柯帕乌显露出他惊人的金融天赋,并初露锋芒时,他便经由费城政治"三巨头"之一的巴特勒引荐给市财政局长斯戴纳作为代理人承销市公债券,然而在此之后他和作为"三巨头"政治上的爪牙和傀儡的斯戴纳却因市内有轨电车的大好前景而暗生异心,为了控制有轨电车股票和路线,狼狈为奸合谋挪用了市财政局50万公款。正当他们因此而大发横财时,1871年,芝加哥突发大火引发了经济危机。为了避免破产,柯帕乌只好求助于巴特勒,企图让费城的政治"三巨头"出面维持市面,并向巴特勒坦白,从而使他与市财政局长挪用公款以谋取私利的事暴露于人前。然而,"三巨头"中另外两人辛普森和莫棱豪为了自己的利益都想袖手旁观,并且当得知柯帕乌和斯戴纳挪用公款来购买并掌控到了有轨电车公司的股票时,他们还企图趁火打劫,侵吞股票。

关于这一事件,隐含作者通过叙述者的叙述对资本主义社会中极端的利己主义做了恰如其分的描绘。对于有轨电车这个巨大的利益诱饵,各方均野心勃勃,争取自身利益最大化。"三巨头"的爪牙之一斯特罗别克妄图将它"操纵、控制在自己手中","他还想把斯戴纳挤出去"②。柯帕乌则认为"斯戴纳在谁手里都是一个工具",于是他想"把斯戴纳拿握在自己手里"③,然后"梦想费城的有轨电车连成了网络……梦想最好由他一个人控制"④。在芝加哥大火发生之后,当欧

---

① 德莱赛. 金融家[M]. 冯国华、郭宝忠译. 北京:九州出版社. 1999:68.
② 德莱赛. 金融家[M]. 冯国华、郭宝忠译. 北京:九州出版社. 1999:98.
③ 德莱赛. 金融家[M]. 冯国华、郭宝忠译. 北京:九州出版社. 1999:170.
④ 德莱赛. 金融家[M]. 冯国华、郭宝忠译. 北京:九州出版社. 1999:100.

文从父亲巴特勒口中得知柯帕乌和斯戴纳的事后立即决定要借此机会"把他(柯帕乌)排挤出去","有轨电车的买卖,欧文想取而代之"①。而巴特勒、辛普森和莫棱豪作为费城的"三巨头"虽然表面上既是伙伴又是朋友,实际上却都在为着自己的利益谋划着,企图铲除另外两方。莫棱豪在火灾之后的想法是"要吓唬吓唬斯戴纳……然后再夺走他们的有轨电车股票,甚至夺走辛普森和巴特勒的"②。而辛普森在想"这样的建议(三巨头联手维持市面,帮助处于危难中的柯帕乌)实在不行",但是假使"柯帕乌(柯帕乌)把所有股票都让给他们,就完全是另一码事了"③。

从这一连串的叙述中读者可以清晰地看出隐含作者向读者传递了这些信息:第一,利己主义的社会价值观已经蔚然成风,无论是商界还是政界,无论是集团还是个人,都为了自己的私利相互利用或互相伤害,为自身利益最大化而斤斤计较。第二,为自身利益着想并不可耻,关键在于在私利计算和私利获取上是否成功,"成者为王败者为寇"。主人公柯帕乌的欲望和野心日益趋向金钱,他对于财富和权力的私欲不断膨胀,其利己主义之心不断增强,但只要他的谋划战略"得逞",他就是头号伟人。

三

19世纪末20世纪初的美国社会正处于重要的社会转型期,急剧

---

① 德莱赛.金融家[M].冯国华、郭宝忠译.北京:九州出版社.1999;153.
② 德莱赛.金融家[M].冯国华、郭宝忠译.北京:九州出版社.1999;159.
③ 德莱赛.金融家[M].冯国华、郭宝忠译.北京:九州出版社.1999;161.

的社会变革也导致社会两性关系伦理道德的嬗变。一方面传统的道德和伦理规范对人们的约束还未消逝,而另一方面由于社会的变迁,新的意识形态已经在悄然萌芽。德莱塞作为一位有前瞻性和高度敏感的作家,在其作品"欲望三部曲"中展现了对男女两性关系以及传统的婚姻制度的考察。他试图"向人们表明,质疑现存的被认为是权威的生活方式和制度甚至越界是合情合理的"[①]。

主人公柯帕乌对于自由的两性关系的追求主要体现在以下两个方面:第一,对于传统宗教道德的反叛;第二,对于现存婚姻制度的越界。"欲望三部曲"的第一部《金融家》,开篇便提到柯帕乌是一个对什么事都感到好奇的孩子,但当"母亲把亚当和夏娃的故事讲给他听,他却不相信"[②]。显然,从叙述者的描述中我们可以看出柯帕乌没有同当时社会上多数人一般笃信宗教,相反他对宗教充满了不信任和怀疑。因而对于宗教教义所倡导的一个男人只能有一个太太,他的想法是:"要是太太多灾多病呢?一个男人难道只能有一个太太?看看别的女人都不行?是自己再找一个女人会怎么样呢?柯帕乌利用'业余时间'想了又想,最终认定没有太大关系。"[③]在柯帕乌与妻子丽莲成婚几年并育有两个儿女之后,有一段叙述者的陈述:"丽莲当时三十二岁......容貌渐渐地有了变化,变得不像以前那样温润俏丽了,面颊瘦削凹陷了,身体也不如以前了,有些神经衰弱,不知道自己患了胃炎。"[④]此处,隐含作者通过对叙事视角的控制,引导读者不知不觉间

---

① 蒋道超. 德莱赛研究[M]. 上海:上海外语教育出版社. 2003:180.
② 德莱赛. 金融家[M]. 冯国华、郭宝忠译. 北京:九州出版社. 1999:3.
③ 德莱赛. 金融家[M]. 冯国华、郭宝忠译. 北京:九州出版社. 1999:69.
④ 德莱赛. 金融家[M]. 冯国华、郭宝忠译. 北京:九州出版社. 1999:69.

随着叙述话语进入柯帕乌的人物内心,这样做的目的是,读者对于第三人称全知叙述者的信任也很有可能会转移到人物柯帕乌身上。换而言之,隐含作者正是通过这一叙述策略为主人公柯帕乌对宗教道德的反叛做了辩护,也从侧面反映了隐含作者对于柯帕乌行为的支持。

  其次,对于柯帕乌越界现存婚姻制度,隐含作者的态度也十分暧昧,几乎是支持的。柯帕乌在19岁的时候就爱上当时还是有夫之妇的丽莲,并在丽莲新寡后立即发起了追求的攻势。自然,这份爱慕和追求不能为人们和当时的婚姻道德所接受。丽莲作为"一个旧派的女性"[1],"丈夫的影子和舆论的压力使她不由得打了个寒战,感到羞愧"[2]。而相比之下柯帕乌的态度却是"管它传统,管它世俗,我不在乎,我行我素"[3]。"他也从来没有想到不能或不应该喜欢丽莲。家庭神圣不可侵犯的说法不少,而这些说法对柯帕乌没有起一点作用。"[4]显然,从叙述者对二者反应的描述,读者能明显地感受到丽莲作为一个信奉宗教、传统旧派的人,其内心是受到当时的社会伦理道德和婚姻道德约束的,她害怕舆论,忌惮别人对自己的看法,认为柯帕乌的做法是不道德的。然而柯帕乌却<u>丝毫没有这种意识</u>,他对传统的婚姻道德和制度没有丝毫顾忌。那隐含作者对于柯帕乌这种做法的态度又是如何呢? 隐含作者德莱塞在小说中曾数次借柯帕乌之口表达了他对于道德的看法:"至于女人,至于道德……除了维持社会现状,从一

---

[1] 德莱赛. 金融家[M]. 冯国华、郭宝忠译. 北京:九州出版社. 1999:38.
[2] 德莱赛. 金融家[M]. 冯国华、郭宝忠译. 北京:九州出版社. 1999:44.
[3] 德莱赛. 金融家[M]. 冯国华、郭宝忠译. 北京:九州出版社. 1999:43.
[4] 德莱赛. 金融家[M]. 冯国华、郭宝忠译. 北京:九州出版社. 1999:43.

而终、长此以往的观念是没有道理的"[1];"道德是随环境的变化而变化的"[2]。可见,隐含作者在某种程度也是认同和支持柯帕乌的,对于现存的婚姻制度和道德也表达了他的不以为然。柯帕乌虽然离经叛道,但也勇敢无畏,因而最终得以娶丽莲为妻。然后好景不长,几年之后随着丽莲年岁渐长,美貌不在,柯帕乌也渐露不满,然而这时他又遇上了"三巨头"之一巴特勒的女儿,当时只有16岁的艾琳。艾琳一方面"聪明伶俐、健康活泼,充满了青春的活力"[3],但同时她又"爱慕虚荣,不甘寂寞,向往爱情"[4]。当柯帕乌再次越界婚姻道德,出轨艾琳后,隐含作者不止一次地借叙述者之口发表评论,如"在信仰基督的人看来,除了习以为常的求婚、结婚以外就不能再有爱情是天经地义的。这种看法奇怪不奇怪? ……在原始社会里,除了因为要照顾孩子,并没有什么规定要两个人必须结合在一起"[5]。隐含作者不仅主动打断叙述发表评论,还对现存的婚姻制度提出了怀疑和质问,并进一步地表达了他的观点,即"传统的社会婚姻制度在生产时代曾经起过重要的作用,但在新的时代,这些显然已经落伍"[6]。由此可知,叙述者所插入的为柯帕乌的辩护等都从侧面反映了隐含作者对男主人公柯帕乌追求自由两性关系的支持与赞赏,同时也表现了他自己对于自由两性关系的向往。

---

[1] 德莱赛. 金融家[M]. 冯国华、郭宝忠译. 北京:九州出版社. 1999:116.
[2] 德莱赛. 金融家[M]. 冯国华、郭宝忠译. 北京:九州出版社. 1999:130.
[3] 德莱赛. 金融家[M]. 冯国华、郭宝忠译. 北京:九州出版社. 1999:65.
[4] 德莱赛. 金融家[M]. 冯国华、郭宝忠译. 北京:九州出版社. 1999:75.
[5] 德莱赛. 金融家[M]. 冯国华、郭宝忠译. 北京:九州出版社. 1999:128.
[6] 蒋道超. 德莱赛研究[M]. 上海:上海外语教育出版社. 2003:179.

四

19世纪末20世纪初,"美国社会生活的主导力量已不在于政治,而在于商业"[1]。其实,这里的商业指的就是消费文化。内战过后,美国的经济得到了前所未有的发展,工业化和城市化进程也都得到了稳步地提升。商品市场急速地繁荣,物资也极为丰富,美国主流社会的生活价值观发生了重大变化,在与生产意识形态的博弈中,消费意识形态占据了上风,美国也由此正式进入消费社会。消费成为满足欲求的最好方式。

"欲望三部曲"中,尤其是在《金融家》和《巨人》中,包含了大量对于消费主义行为的描写和叙述。小说中的艾琳和柯帕乌可以算是消费主义的代表和领军人物。艾琳作为炫耀性消费的代表,在"欲望三部曲"中表现了惊人的消费能力,而柯帕乌则是对女性身体消费的代表。

艾琳的炫耀性消费主要表现为对服饰的消费。隐含作者对于艾琳外表的描写,已经"超越了一般的写作手段而具有了符号的意义"[2]。细读文本不难发现,几乎每次艾琳的出现都伴随叙述者对她衣着和外貌的描写,如"艾琳满房间都是时装、首饰,尽管穿戴的机会不多,却应有尽有"[3];"艾琳的手上戴着四五只戒指",当她弹琴时"戒

---

[1] Donald Pizer. ed. *American Thought and Writing*: *1980s*[M]. New York and et al: The Houghton Mifflin Company. 1972:416.

[2] 毛凌滢. 消费伦理与欲望叙事:德莱塞《美国悲剧》的当代启示[J]. 外国文学研究. 2008,(03):60.

[3] 德莱赛. 金融家[M]. 冯国华、郭宝忠译. 北京:九州出版社.1999:77.

指闪耀着刺眼的光芒"①;以及"虽说她从费城带来了许多衣服,却又叫芝加哥最上等最昂贵的女时装设计师……给她另外预备许多冬季服装";"她的闺房在宴会的那天晚上呈现出五光十色,琳琅满目。绸呀、缎呀……应有尽有"②等等。诸如此类的描写在"欲望三部曲"中不胜枚举。丹尼·卡瓦罗拉认为,"装裱身体是建立权力、知识、意义和欲望的结构的重要手段"③。换而言之,对于身体的装裱是向外界昭示社会身份和地位的一个最为直接、有效的途径。因而,在"欲望三部曲"的叙事中,艾琳装裱身体的行为也就具有了别样的意义,这不仅与她的消费紧密相关,同时也与她渴望增强自身对异性的吸引力以及身份的构建密不可分。隐含作者对艾琳的这种喜爱购买使用价值不大的奢侈品的炫耀性消费的伦理态度如何呢? 在《巨人》中,当艾琳与柯帕乌准备动身出国时,"她几乎把芝加哥董诺凡店里的货买光了……她随身带着一个首饰皮包,里面装有足值三万元的首饰。她的鞋子、袜子……简直数不清"④。而柯帕乌对于这一切的态度是"颇以她为豪",觉得艾琳"真有生活的本领"⑤。这里,隐含作者借柯帕乌之口表达了他对艾琳消费行为的赞赏态度。

其次,隐含作者对于柯帕乌的女性身体消费的态度也值得读者关注。评论界一般认为,小说作者德莱塞"本人也是享乐主义的追随者、

---

① 德莱赛. 金融家[M]. 冯国华、郭宝忠译. 北京:九州出版社. 1999:119.
② 德莱赛. 巨人[M]. 韦丛芜译. 上海:上海译文出版社. 1982:36.
③ Dani Cavallaro. *Critical and Cultural Theory*[M]. Trans. Zhang Weidong, et al. Nanjing: Jiangsu People's Publishing House. 2006:105.
④ 德莱赛. 巨人[M]. 韦丛芜译. 上海:上海译文出版社. 1982:63.
⑤ 德莱赛. 巨人[M]. 韦丛芜译. 上海:上海译文出版社. 1982:64.

消费主义的实践者,终其一生都在不断追求财富和女人"①。不少学者指出,德莱塞在"欲望三部曲"中,尤其是在《巨人》中,大量聚焦于性乱交的描写正是他"把自己与女人的经历都透射在柯帕乌身上"②的结果。这样就不难理解柯帕乌虽然前前后后与众多女性发生了关系,一生都在追逐形形色色的女人,堪有"美国文学史上最惊人的情妇花名册"之称,但得到了隐含作者的称赞,并最终将他对女人的追求上升为对美的不懈追求。③

19、20世纪之交,美国社会正处于以生产为主导的社会向以消费为主导的社会过渡的时期。像德莱塞这一类作家,以其敏锐的洞察力把握了时代的症候,表达了他们对时代变迁中种种社会表征的思考。通过分析这些作家创作的小说文本中的隐含作者的伦理情境,我们可以感知这一类作家迎合新时代的话语姿态和伦理立场。他们认为,不能"把消费社会仅仅看作占主导地位的物欲主义的释放,因为它还使人们面对无数梦幻般的、向人们叙说着欲望的、使现实审美幻觉化的和非现实化的影像"④;而对于生活于消费社会中的人,起主导作用的

---

① 张俊萍、唐红. 论《欲望三部曲》中的女性消费[J]. 成都理工大学学报(社会科学版). 2015(06):127.

② 蒋道超. 虚拟交易和消费文化——评德莱塞《欲望三部曲》的主题[J]. 深圳大学学报(人文社会科学版). 2002(04):67.

③ 关于《欲望三部曲》中男主角对女人的追求上升为对美的不懈追求这一方面的阐释,参见本书第七章,此处不再赘言。

④ 陈瑞红. 媚俗:王尔德的一个美学困境[J]. 解放军外国语学院学报. 2006(04):98.

是他们身上积极适应社会的"动物性",不是明显的人性或传统价值观。①

第二节 对消费文化的揭露和批判
——以帕索斯的《曼哈顿中转站》、"美国三部曲"中
隐含作者的叙事伦理分析为例

虽然一些作家对新兴的时代文化抱欢迎的态度,但更多作家受传统的社会道德和文化的影响,表现出对20世纪初新兴文化的犀利批判。他们以笔为武器,对当时盛行的消费主义、实利主义、被异化了的物质需求、日常生活的"强制被动性"、"单一同质性"及其他社会弊病给予抨击。这类作家的名单②可以列得很长。本节将主要以多斯·帕索斯的小说《曼哈顿中转站》、"美国三部曲"中隐含作者的叙事伦理分析为例,阐述这些作家对新兴文化的话语姿态。

一

约翰·多斯·帕索斯是20世纪初美国"迷惘的一代"的作家和文学实验家,因擅长用创新的写作手法来刻画上世纪美国社会的生活百态,其作品在美国文学史上独树一帜。作为一个多产的小说家,帕索斯一生共创作超过四十多部小说、戏剧、诗集和散文。每一部作品都

---

① Donald Pizer. *New Essays on Sister Carrie*[M]. Cambridge and Beijing: Cambridge University Press and Peking University Press. 2007:15.
② 论述20世纪初美国小说家(辛克莱·刘易斯、菲茨杰拉德、福克纳)等如何批判商业文化、消费主义的国内外文献较多,此处不再赘述。

体现了帕索斯秉承"我已经完全致力于为当代历史的变迁做出评论"①的创作意图。作家用一生的时间冷静观察20世纪初快速发展的美国消费社会里群众的日常生活是如何被金钱、物质、权力和消费所裹挟，一步步走向异化的绝望地步，然后再将其如实记录在他的每一部作品中。其中帕索斯的两部实验主义小说代表作《曼哈顿中转站》和"美国三部曲"向读者全方位展现了一个上世纪初20—30年代美国现代消费社会中群众日常生活的百态群像图，揭露了现代消费社会盛行之下充斥着异化的美国日常生活，体现了帕索斯身兼作家和社会观察者的双重身份，对20世纪初美国消费社会的忧思和批判。帕索斯本人也凭借这些批判性作品，跻身于20世纪30年代最炙手可热的作家行列，"从山脚下走上艺术巅峰，成为美国30年代有重要影响的作家。"②

《曼哈顿中转站》是约翰·多斯·帕索斯第一部实验性城市小说。这部融合了新闻和电影表现技巧的创新性文学作品于1925年一经出版便在美国文坛受到广泛关注。小说描写了19末至20世纪初跨度近30多年的纽约曼哈顿中各色人物的日常生活。在纽约这座繁华之都兼罪恶之城，各行各业的人们轮番登场，上演着一出出竞争、角逐、沉沦、堕落和死亡的生存戏码。这样一部小说不仅仅是一部反映20世纪初消费社会下都市生活百态的全景图，实则更是作者帕索斯对自己处所时代现代日常生活的全面揭露和深刻批判，充分体现出他作为

---

① John Dos Passos. *What Makes a Novelist*[J]. National Review. 1968 (31): 29-32.
② 朱世达. 从《曼哈顿中转站》到《美国》三部曲[J]. 美国研究. 1993(01):122—136+5—6.

一个"美国历史记录者"①,对当时美国异化的社会环境充满批判态度的历史意识。小说中所呈现的纽约20世纪初消费社会盛行之下群众日常生活的强制被动性和单一同质性是作者帕索斯在这部作品里主要揭露和批判的两个主要方面。

首先,消费社会下日常生活的强制被动性特点裹挟着被异化的物质需求,将人生存的目标固定在单一的对金钱的追逐之中。小说男主人公赫夫自幼所过着的一种"被安排的生活",充分体现了他的日常生活处处充满被动性。童年时期被母亲带到美国的赫夫被告知美利坚才是自己真正的家乡。大人们口中形容的自由国土在小赫夫脑海中深深留下一种美好的憧憬。然而,长大的赫夫才知道真实的美国并不是由自由女神手持的火炬那象征着自由、独立的火焰照亮的,而是由无数熊熊燃烧的金钱点亮的,且更可悲的是,他自己也被迫成了向天空抛撒金钱的助燃者,成长为自己最鄙视的人的模样。在现代资本主义条件下,社会所追求的"拥有",片面地表现为一种对物质金钱的极度迷恋,"在物的世界与物的需求异常丰富的统治面前,人甚至于变得比动物还粗俗"②。母亲去世之后,他开始生活在法律监护人杰夫姨夫的无微不至的"关爱"下。这位监护人不仅控制了赫夫职业上的选择,还向他强行输入自己所认为的金钱是衡量人生成功的唯一标准的拜金主义价值观。一句"我要告诉你你该怎么办"③的指令将青年赫

---

① L. W. Wagner. *Dos Passos*: *Artist as American*[J]. American literature. 1979 (52):1-13.
② Henri Lefebvre. *Critique of Everyday Life* Volume Ⅰ[M]. Trans. John Moore. London and New York: Verso. 1991.
③ 约翰·多斯·帕索斯.曼哈顿中转站[M].闵楠译.重庆:重庆出版社.2006.

夫强行推入成人世界追逐金钱的暗黑潮流中。涉世未深的赫夫开始看到大西洋的海水都是香槟,女人们看的是你的钱包而不是你的心灵,空气中处处弥漫着钱味儿的现代社会的真实肮脏面目。"人的本质需要被异化为所谓的恋物,就是追逐物,追逐金钱。"①帕索斯在这里运用叙述者和隐含作者机制深刻批判了金钱至上的美国社会。人们要想在这里生存下去,就不得不服从大环境制定的游戏规则。冰冷残酷的社会游戏就是要无情剥夺每一位参与者的理想和天真,然后强行灌输"如果一个人在纽约成功,那么他就是真的成功了"的扭曲价值观。隐含作者不止一次地借叙述者之口发表评论,并通过吉米·赫夫的眼睛,让读者看到,20世纪初的纽约社会浸泡在香槟和金钱当中,沦陷其中的人们也早已被异化为非人,退化为动物,他们的双眼散发着钞票独有的绿光,在暗黑都市中踽踽前行。

其次,消费社会中日常生活同质性的一面也是隐含作者在这部小说当中所批判的重点。现代资本主义社会所体现的同质性,具体表现在一种由媒体宣传所控制的现代主义消费观下日常生活"风格的消失"②。资产阶级利用广告媒体所制造出来的由符号构成的"主体幻象"③控制人们的消费,进而达到对人们生产生活的全面操控,使他们彻底沦为消费社会的附庸品。

小说《曼哈顿中转站》中的繁华社会便是这样一个风格消失的同质化社会。叙述者有意将新闻标题、广告标语和流行歌曲穿插到小说

---

① 蒋晓宇. 列斐伏尔异化思想研究[D]. 四川师范大学. 2016.
② Henri Lefebvre. *Everyday Life in the Modern World*[M]. Sacha Rabinovitch (trans.). New York: Harper Torchbooks. 1971.
③ 吴宁. 列斐伏尔日常生活批判理论探析[J]. 哲学研究. 2007(2): 42—47.

章节"大都市"、"美元"、"自动点唱机"、"摩天大楼"中,向读者呈现当时的时代背景即大都市纽约的同质化面貌。时代广场上千块绚烂夺目的电子广告牌照亮了纽约城市的上空,打造出一种纽约是通往人类梦想实现地方的终极途径,吸引着来自世界各地的人们来这里发财冒险的印象。小说的隐含作者通过描绘这样的"虚假天堂"来揭示"一种气氛、一种生活方式……机械的、呆板的生活方式"①。"没人写音乐,没人发动革命,也没人恋爱"②的纽约曼哈顿日常生活失去了固有的一切文化、价值和风格:"这里没有艺术氛围,没有美丽建筑,没有传统气息,这才是这个城市的问题所在。"③被异化的人物角色和异化的城市彼此影响,互相加深的同质性消弭了一切在人和环境中孕育的自发性和可能性。在这种风格丧失的大环境下,一切都已经宣告死亡,因为早已没有新的可能性诞生的希望,是城市和人类共同扼杀了它们。

具有单一同质性的现代消费社会的一个主要特征,就是将个体的身份与消费符号等同挂钩。小说另一个主人公艾伦·萨切尔的生活就异化为对消费符号和消费幻象的虚妄迷恋,从而彻底沦为了被资本主义社会控制的牺牲品。

在艾伦看来,对媒体宣传符号的认同就等同于对自我的认同。艾伦把自己想象为广告中所打造的骑着白马挥着短鞭的"当德琳"女神这一完美形象。她也盲目地以为自己从纽约百老汇舞台绚丽多彩的

---

① 朱世达. 从《曼哈顿中转站》到《美国》三部曲[J]. 美国研究. 1993(01):122—136+5—6.
② 约翰·多斯·帕索斯. 曼哈顿中转站[M]. 闵楠译. 重庆:重庆出版社. 2006:159.
③ Henri Lefebvre. *Critique of Everyday Life*, Volume Ⅰ[M]. Trans. John Moore. Landon and New York: Verso. 1991.

灯光中寻找到了快乐和生命的意义。每次看到阳光灿烂但空无一人的百老汇时,"她觉得有种幸福的感觉在体内像火箭似的爆发出来。新鲜的空气吹在脸上,令她颤抖"①。然而,这种让她感到颤抖,获得幸福感的快乐是稍纵即逝的。艾伦其实一直沉浸在假装快乐的虚幻生活当中。每当她离开百老汇的舞台一个人独处之时,她的内心都感到无限的寒冷和孤独。媒体所营造的虚假幻象无法真正充实人们的内心世界,所以他们会马上陷入空虚和不安当中。"她觉得又饿又孤独。床是一个偌大的救生艇,里面只有她一个人,非常孤独地在咆哮着的海面上漂流。她的后背感到一阵阵的寒意。她抱着膝盖,竭力使膝盖离下巴更近一点。"②在小说所描绘的消费社会里,统治阶层利用炫目的广告宣传规划定义了人们的生活模式,将其固化为一张张广告海报,而广告所打造的表面完美实则是空洞单一的虚假幻象。资产阶级将"符号依附于物体当中来传递其在阶层社会无所不在的威望和地位统治"③。以艾伦为代表的受到媒体蛊惑的盲目追随者们,被消费符号牢牢吸引和牵制,完全丧失了应有的自我判断能力。他们将这种自我身份的认识投射到媒体所打造的符号/物当中去,然而一旦这些物质不能够充实满足他们的内心需要,她们就会丧失对自我认知的把握,变得毫无安全感。

单一"同质性"的现代生活不仅将个体的身份与消费符号等同起来,还扭曲了人与人之间的关系。使原本自发的充满多种丰富可能性

---

① 约翰·多斯·帕索斯. 曼哈顿中转站[M]. 闵楠译. 重庆:重庆出版社. 2006:138.
② 约翰·多斯·帕索斯. 曼哈顿中转站[M]. 闵楠译. 重庆:重庆出版社. 2006:139.
③ Henri Lefebvre, Christine Levich. The Everyday and Everydayness[J]. *Yale French Studies*. 1987(73):7-11.

的人际交往蜕化为单一的出于经济利益目的的相处模式。艾伦将自己的第一次婚姻当成一场生意投机,换得自己能够在演艺界扎稳脚跟,从此名利双收的地位。在外人眼中,艾伦成了那种只要对自己有利,就连电车都能嫁给的女孩。在艾伦的最后一次感情经历,即和律师乔治·鲍德温的相处过程中,艾伦时时刻刻都觉得自己仿佛是被注射了麻药一般全身僵硬而呆板。"他的嘴唇无情地凑过来,她像个濒临淹死的人一样透过摇晃着的车窗向外望,她瞥见的是交错的脸,街灯和飞速旋转的车轮。"①对艾伦而言,"婚姻,成功,爱。这些不过是字眼而已"②,"我们已经不是原来的我们了,我麻木了"③。艾伦虽然在整部小说中历经四次感情经历,可是完全没有感受到幸福与快乐。艾伦,事实上一直作为一个孤立的个体,生活在异化的城市当中。不愿意做任何人的"解压阀"的艾伦一直试图远离男性社会的操控,可是对自由有着强烈渴求的艾伦又需要和这个社会建立一种扭曲的人际关系来谋求生存。现代消费社会中,人与人、人与社会的关系彻底恶化为赤裸裸的利益关系。

如果说1925年发表的《曼哈顿中转站》把纽约曼哈顿当作美国的缩影,是帕索斯文学道路上批评美国20世纪初兴起的消费社会和美国新兴文化的初次尝试,那么结合"新闻短篇","摄影机眼"和"人物小传"等创新表达技巧的"美国三部曲"(《北纬四十二度》、《一九一九》、《赚大钱》)是帕索斯完整地将整个20世纪前三十年正经历文化变迁

---

① 约翰·多斯·帕索斯.曼哈顿中转站[M].闵楠译.重庆:重庆出版社.2006:308.
② 约翰·多斯·帕索斯.曼哈顿中转站[M].闵楠译.重庆:重庆出版社.2006:220.
③ 约翰·多斯·帕索斯.曼哈顿中转站[M].闵楠译.重庆:重庆出版社.2006:220.

的美国社会所做的整体的批判。"美国三部曲"是"一部民族的史诗,现代美国小说同类型作品中第一部伟大的民族史诗"①。作为一本真正意义上的群像小说,"美国三部曲"同时刻画了十二个主要人物和记录了 38 篇人物传记,其中包括机械师、资本家的代理人、演员等。通过对众多人物角色的命运刻画,作者在这一系列里打造了一个完整的处于 20 世纪初的美国消费社会景象。可以说,小说的主人公不是来去匆匆的个体形象,而是整个 20 世纪初的美国消费社会。"多斯帕索斯不仅关心人的命运,他更关心的是历史的进程与社会的命运。所以,与其说他的小说主人公是人,还不如说他的小说主人公是一个由人与历史组成的现代美国社会。"②隐含作者的叙事伦理往往体现在隐含作者对内容的选择上,这部作品中隐含作者对所述事件和人物的选择本身就表达了他的批判社会文化整体的立意。

隐含作者在这部作品中呈现了 20 世纪前三十年贫富悬殊、光怪陆离的美国消费社会。他虽然没有采用完整的故事情节和固定的男女主人公,但依然通过刻画无数来自各行各业迷茫落魄的从事着模棱两可职业的中间人物,来表达他对美国消费社会初生期所怀抱的悲观态度。小说的开篇和结尾所呈现的一个迷惘、伫行的美国青年形象,就是表达隐含作者态度的最好例证:孑然一身的美国青年徘徊在大路上,苦苦向每一辆飞驰而过的汽车打着招呼,然而没有一辆汽车停下来。贫穷且疲惫不堪的青年望着前方漫漫长路,感受到还有一百英里

---

① Ian Ousby, *50 American Novels*. Portsmouth: Heinemann Educational Books Ltd.. 1979.

② 朱世达. 多斯·帕索斯与《美国》三部曲[J]. 读书. 1985(10):108—110.

要走的辛酸与无助。隐含作者用这位年轻且无助的美国青年形象恰如其分地象征了所处时代毫无希望的美国消费社会：一个由金钱符号和特权所打造的异化的日常生活，充斥了压迫与歧视。

隐含作者对叙事内容的选择，本质上就已经暗含并传递了作者对于他所讲述内容的伦理立场和态度。总而言之，《曼哈顿中转站》和"美国三部曲"可以说是帕索斯对 20 世纪初美国消费社会的全景式剖析。作者通过对自己所处时代异化的美国日常生活的揭露，强烈批判了 20 世纪初消费主义价值取向对人们生活方式的全面操控。帕索斯的作品吸引人的地方正是他对消费社会日常生活的反思，是他作为忠实的"美国历史记录者"[1]对时代文化的批判。

当然，无论作家动用了何种叙事策略，运用了何种隐含作者或叙述者机制，他们的主要目的都是传达自己对时代、对世界、对人生的看法，传递的是自己的伦理态度、价值取向。20 世纪初的美国小说家表达的也都是他们在时代变迁、新旧文化更替时期的伦理态度、价值取向，以及他们对新兴文化的思考和看法。

---

[1] Linda W. Wagner. Dos Passos: Artist as American[J]. *American Literature*. 1979 (52): 1-13.

参考文献

A

Alexandra Rahr. Barbarians at the Table: The Parvenu Dines in Edith Wharton's The Custom of The Country[J]. *Edith Wharton Review*. 2007, 23(2).

阿瑟·林科、威廉·卡顿. 1900年以来的美国史(上)[M]. 刘绪贻等译. 北京:中国社会科学出版社. 1983.

Adam Zachary Newton. *Narrative Ethics*[M]. Cambridge: Harvard University Press. 1995.

安德罗·霍克编. 评论多斯·帕索斯文集[M]. 新泽西:帕莱蒂斯-霍尔公司出版. 1974.

Alfred Kazin. *On Native Grounds*[M]. New York: Doubleday & Company, Inc.. 1956.

Andrew B. Trigg. Veblen, Bourdieu, and Conspicuous Consumption[J]. *Journal of Economic Issues*, 35(2001).

Andrew Dillon. The Great Gatsby: The Vitality of Illusion[J]. Tucson: Arizona Quarterly. 1988, 44 (1).

Arthur Guiterman. "Rhymed Reviews. "Rev. of *The Custom of the Country*, by Edith Wharton. *Life Magazine*. 1 Jan. 1914.

B

B.B. Tischleder. *The Literary Life of Things：Case Studies in American Fiction*[M]. New York：Campus Verlag. 2014.

鲍德里亚.消费社会[M].刘成富、全志钢译.南京：南京大学出版社.2008.

鲍德里亚.符号政治经济学批判[M].夏莹译.南京：南京大学出版社.2015.

本雅明.机械复制时代的艺术作品[M].胡不适译.杭州：浙江文艺出版社.2005.

波尔蒂克.牛津文学术语词典（英文）[M].上海：上海外语教育出版社.2000.

波伏娃.第二性[M].陶铁柱译.北京：中国书籍出版社.1998.

布迪厄.实践与反思：反思社会学导引[M].李猛、李康译.北京：中央编译出版社.1998.

布迪厄.文化资本与社会炼金术——布尔迪厄访谈录[M].包亚明译.上海：上海人民出版社.1997.

C

C. G. Wolff. *A Feast of Words：The Triumph of Edith Wharton* [M]. New York：Oxford UP. 1977.

Carol Gilligan. *In a Different Voice：Psychological Theory and*

Women's Development [M]. Cambridge: Harvard University Press. 1982.

Cather Willa. *One of Ours* [M]. Washington: Prometheus Books. 1922.

Charles Camic. The Matter of Habit[J]. *American Journal of Sociology*, 91(5). 1986.

Charlotte Perkins Gilman. *Women and Economics: A Study of the Economic Relations Between Men and Women as a Factor in Social Evolution*[M]. New York: Dover Publications. 1998.

Charles Glicksberg. *The Sexual Revolution in Modern American Literature*[M]. The Hague: Martinus Nijhoff. 1971.

Conrad Lodziak. On Explaining Consumption[J]. *Capital & Class*. 2000(72).

陈双莲. 繁华背后的虚伪与冷漠——德莱塞的《嘉莉妹妹》对美国城市文学的开拓意义[J]. 内蒙古民族大学学报(社会科学版). 2008(5).

程玲. 消费—快乐—生活——《太阳照常升起》中的唯美思想[J]. 外国语文. 2012(02).

陈瑞红. 媚俗:王尔德的一个美学困境[J]. 解放军外国语学院学报. 2006(04).

程心. 时尚之物:论伊迪斯·华顿的美国"国家风俗"[J]. 外国文学评论. 2015(04).

D

戴安娜·拉维奇. 美国读本:感动过一个国家的文字[M]. 林本椿译. 北京:生活·读书·新知三联书店. 1995.

丹尼尔·布尔斯廷. 美国人:南北战争以来的经历[M]. 谢延光译. 上海:上海译文出版社. 1988.

丹尼尔·布尔斯廷. 美国人:民主历程[M]. 美国大使馆驻华文化处译. 上海:上海译文出版社. 1988.

丹尼尔·布尔斯廷. 美国人:民主历程[M]. 赵一凡译. 上海:上海译文出版社. 1991.

Dani Cavallaro. *Critical and Cultural Theory*[M]. Trans. Zhang Weidong, et al. Nanjing: Jiangsu People's Publishing House. 2006.

David Ward. *Cities and Immigrants: A Geography of Change in Nineteenth Century America* [M]. New York: Oxford University Press. 1971.

丹尼尔·贝尔. 资本主义文化矛盾[M]. 赵一凡等译. 上海:三联书店,1989.

丹尼斯·麦奎尔. 大众传播模式论[M]. 祝建华、武伟译. 上海:上海译文出版社. 1987.

道格拉斯·凯尔纳. 消费社会批判:法兰克福学派与让·波德里亚[J]. 樊柯译. 首都师范大学学报(社会科学版). 2008(1).

德莱赛. 嘉莉妹妹[M]. 潘庆舲、姚祖培译. 北京:北京燕山出版社. 1999.

德莱赛. 嘉莉妹妹[M]. 潘庆舲译. 北京:中央编译出版社. 2010.

德莱赛.嘉莉妹妹[M].潘庆舲译.北京：人民文学出版社.2003.

德莱赛.嘉莉妹妹[M].李献民、夏长春译.呼和浩特：内蒙古人民出版社.2002.

德莱赛.金融家[M].袭柱常译.上海：上海译文出版社.1979.

德莱赛.金融家[M].冯国华，郭宝忠译.北京：九州出版社.1999.

德莱赛.巨人[M].韦丛芜译.上海：上海译文出版社.1982.

德莱赛.美国的悲剧[M].许汝祉译.北京：人民文学出版社.1984.

德莱赛.斯多葛[M].余杰、诸葛霖译.上海：上海译文出版社.1983.

Donald Pizer. ed. *American Thought and Writing：1980s*[M]. New York and et al：The Houghton Mifflin Company. 1972.

Donald Pizer. *New Essays on Sister Carrie*[M]. Cambridge and Beijing：Cambridge University Press and Peking University Press. 2007.

Dorothy M. Brown. *Setting a Course：American Women in the 1920s*[M]. Boston：GK. Hall & Co.. 1987.

董衡巽.美国文学简史（修订本）[M].北京：人民文学出版社.2003.

杜鹃.都市的群像图——谈小说《曼哈顿中转站》中的主体形象[J].语文学刊.2003(6).

多斯·帕索斯.曼哈顿中转站[M].闵楠译，重庆：重庆出版社.2006.

多斯·帕索斯. 1919 年[M]. 朱世达译. 上海：上海译文出版社. 1990.

Dwright W. Hoover. *The Small Town in America*： *A Multidisciplinary Revisit*[M]. Amsterdam： VU University Press. 1995.

E

Edith Wharton. *The Custom of the Country*[M]. New York： Bantam Dell. 2008.

Edith Wharton. *The Custom of the Country*[M]. New York： Charles Scribner's Sons. 1914.

Elaine Showalter. "Spragg： The Art of the Deal,"in Millicent Bell, ed.. *The Cambridge Companion to Edith Wharton*[C]. Cambridge： University Press. 1995.

F

F. Scott Fitzgerald. *Tender is the Night*[M]. Bungay Suffolk： Richard Clay Ltd.. 1985.

凡勃伦. 有闲阶级论[M]. 蔡受百译. 北京：商务印书馆. 1997.

方智敏. 舍伍德·安德森短篇小说中的神秘与美[J]. 福建外语. 1998(2)：61.

菲茨杰拉德. 了不起的盖茨比·夜色温柔[M]. 巫宁坤、唐建清译. 南京：译林出版社. 1999.

菲茨杰拉德. 了不起的盖茨比[M]. 巫宁坤、唐建清译. 南京：译林出版社. 1998.

菲茨杰拉德.了不起的盖茨比[M].沈学甫译.天津:天津人民出版社.2012.

菲茨杰拉德.夜色温柔[M].王宁、顾明栋译.北京:中国文联出版公司.1996.

菲茨杰拉德.人间天堂[M].张彦敏译.北京:华夏出版社.2009.

菲茨杰拉德.菲茨杰拉德小说选[M].巫宁坤等译.上海:上海译文出版社.1983.

菲茨杰拉德.美丽与毁灭[M].吴文娟译.北京:文化艺术出版社.2010.

费瑟斯通.消费文化与后现代主义[M].刘精明译.南京:译林出版社.2000.

封金珂.重审《欢乐之家》中莉莉·巴特的悲剧[J].外语教学.2007(6).

Frank Norris. *The Octopus* [M]. New York: Dover Publications, Inc.. 2003.

Frederick J. Hoffman. *The Twenties: American Writing in the Postwar Decade* [M]. New York: The Free Press. 1965.

Frederick Lewis Allen. *Only Yesterday: An Informal History of the Nineteen-Twenties* [M]. New York: Harper & Row Publishers. 1964.

Freeman K. Freeman. *Love American Style: Divorce and the American Novel, 1881—1976* [M]. New York: Routledge. 2003.

Friedrich Nietzsche. *Thus Spoke Zarathustra* [M]. New York: The Modern Library Press. 1937.

福克纳. 美国经济史[M]. 王锟译. 商务印刷馆. 1964.

付明端. 从《小镇畸人》看清教——谈清教观在《小镇畸人》中的体现[J]. 外国语文. 2015(2).

G

高奋.《了不起的盖茨比》：美国大都市的文化标志[J]. 广东社会科学. 2018(6):152.

Gelfant Blanche Housman. *The American City Novel*[M]. Norman: University of Oklahoma Press. 1954.

耿立沙. 物质主义价值观、虚伪与奸诈:论《巴比特》中的商业文化[D]. 南昌大学. 2010.

Gerda Reith. Consumption and Its Discontents: Addiction, Identity and the Problems of Freedom[J]. *The British Journal of Sociology*, Volume 55. 2004(2).

Granville Hicks. *The Great Tradition: An Interpretation of American Literature Since the Civil War*[M]. New York: The Macmillan Company. 1935.

H

海明威. 太阳照样升起[M]. 赵静男译. 上海:上海译文出版社. 2000.

韩启群. "物的文学生命":重读福克纳笔下的生意人弗莱姆·斯诺普斯[J]. 外国语文. 2019(1).

韩小聪. 消费主义文化下的诗性追求——论杰克·伦敦笔下的

马丁·伊登[J]. 济源职业技术学院学报. 2015(3).

Helen Killoran. *The Critical Reception of Edith Wharton*[M]. New York: Camdon House. 2001.

Henri Lefebvre. *Critique of Everyday Life*, Volume I[M]. John Moore trans. London and NewYork: Verso. 1991.

Henri Lefebvre. *Everyday Life in the Modern World*[M]. Sacha Rabinovitch trans.. New York: Harper Torchbooks. 1971.

Henri Lefebvre, and Christine Levich. *The Everyday and Everydayness*[J]. Yale French Studies. 1987(73).

Herbert Marcuse. *One-Dimensional Man*[M]. New York: Routledge. 2006.

Howell Daniels. Sinclair Lewis and the Drama of Dissociation[A]/*The American Novel and the Nineteen Twenties*[C], Malcolm Bradbury and David Palmer, eds. , London: Edward Arnold. 1971.

胡亚敏. 薇拉·凯瑟《我们的一员》与美国边疆神话[J]. 外国语文. 2013(4).

黄安年. 20世纪美国史[M]. 石家庄:河北人民出版社,1989.

霍顿,爱德华兹. 美国文学思想背景[M]. 房炜译. 北京:人民文学出版社. 1991.

I

Ian Ousby, *50 American Novels*. Portsmouth: Heinemann Educational Books Ltd.. 1979.

Ivan H. Evans. *Brewer's Dictionary of Phrase and Fable*(rev.

ed.)[M]. New York: Harper & Row, 1981.

J

James Phelan. *Living to Tell About It: A Rhetoric and Ethics of Character Narration* [M]. Ithaca and London: Cornell University Press. 2005.

Jane Pilcher & Imelda Whelehan. *50 Key Concepts in Gender Studies*[M]. London and Thousand Oaks: Sage Publications. 2004.

Jean Baudrillard. *The Consumer Society: Myths and Structures* [M]. London: Sage Publications. 1998.

蒋道超. 德莱赛研究[M]. 上海:上海外语教育出版社. 2003.

蒋道超. 虚拟交易和消费文化——评德莱赛〈欲望三部曲〉的主题[J]. 深圳大学学报(人文社会科学版). 2002(4).

蒋晓宇. 列斐伏尔异化思想研究[D]. 重庆:四川师范大学. 2016.

杰克·伦敦. 马丁·伊登[M]. 吴劳译. 上海:上海译文出版社. 1981.

John Dos Passos. What Makes a Novelist[J]. *National Review*. 1968(31).

June Sochen. *Herstory: A Record of the American Woman's Past* [M]. California City: Mayfield Publishing. 1982.

K

凯特·米利特. 性政治[M]. 宋文伟译. 南京:江苏人民出版社. 2000.

凯文·林奇. 城市的印象[M]. 项秉仁译. 北京：中国建筑工业出版社. 1990.

克利福德·格尔茨. 文化的解释[M]. 韩莉译. 南京：译林出版社. 1999.

L

Luce Irigaray. *This Sex Which is Not One*[M]. Catherine Porter trans. Ithaca：Cornell University Press. 1985.

L. Buell. *The Dream of the Great American Novel*[M]. London：The Belknap Press of Harvard University Press. 2014.

Leo Wolms. *Consumption and the Standard of Living, Recent Economic Changes in the United States*, Volume Ⅰ[M]. Toronto：Mcgraw-Hill Book Company. 1929.

李常磊、王秀梅. 威廉·福克纳作品中的消费主义文化透视[J]. 外国文学研究. 2011(4).

李玲娜.《詹姆斯·费伦叙事伦理视角下〈国家风俗〉的研究》[D]. 江南大学. 2019.

李圣昭、刘英. 城市空间与现代性主体——从空间理论角度解读《嘉莉妹妹》[J]. 安徽文学. 2014(3).

李欣欣. 20世纪美国文学中的"纽约"[D]. 天津师范大学. 2012.

林瑜. 强者的悲歌——试论马丁·伊登悲剧结局的根源[J]. 大众文艺评论. 2010(18).

罗伊斯·泰森. 当代批评理论实用指南[M]. 赵国新等译. 北京：外语教学与研究出版社. 2014.

Lois W. Banner. *Women in Modern America*：*A Brief History*[M]. Australia：Harcourt Brace Jovanovich，Inc.. 1974.

罗德·霍顿、赫伯特·爱德华兹.美国文学思想背景[M].房炜译.《美国文学思想背景》[Z].北京:人民文学出版社.1991.

罗刚、王中忱.消费文化读本[M].北京:中国社会科学出版社.2003.

罗钢.西方消费文化理论述评(上)[J].国外理论动态.2003(5).

刘东杰.德莱赛《欲望三部曲》主人公艺术形象解析[J].学术交流.2008(03).

刘王炫.美国城市化进程中的社会救助[J].历史教学问题.2009(3).

刘玉洁.19世纪末20世纪初美国的安置所运动[M].内蒙古大学.2014.

刘蔚馨.城市:弥漫的欲望——浅析《嘉莉妹妹》中人物的欲望和命运与城市环境的关系[J].文学评论.2011(6).

刘晓.媒介文化[J].外国文学.2015(2).

刘英."文如其城"——约翰·多斯·帕索斯《曼哈顿中转站》空间叙事的背后逻辑[J].国外文学.2017(3).

刘绪贻、杨生茂.美国通史(第四卷)[M].中国人民大学出版社.2002.

龙文佩.德莱赛评论集[M].上海:上海译文出版社.1989.

卢卡奇.历史与阶级意识[M].杜章智等译.北京:商务印书馆.1996.

陆甦颖.繁荣与萧条:美国1919—1933年经济的历史透视[D].

华东师范大学博士论文. 2002.

吕维克. 20 世纪 20 年代美国消费社会研究[D]. 山东大学硕士学位论文. 2002.

L. W. Wagner. Dos Passos: Artist as American[J]. *American literature*. 1979（52）.

M

M. E. Burton, *The Counter-Transference of Dr. Diver in Modern Critical Views*[M]. New York: Chelsea House Publishers. 1985.

马尔库塞. 单向度的人[M]. 刘继译. 上海: 上海译文出版社. 2006.

Madeleine A. Vala. "A Grim Fascination": Newspapers and Edith Wharton's the Custom of the Country[J]. *Edith Wharton Review*. 29.2（2013）: 1-25.

马克·吐温、查·达·华纳. 镀金时代[M]. 张友松、张振先译. 百花文艺出版社. 1992.

马克·吐温. 百万英镑: 马克·吐温中短篇小说经典[M]. 董衡巽等译. 上海: 上海社会科学院出版社. 2005.

马克思、恩格斯. 马克思恩格斯全集（第 23 卷）[M]. 北京: 人民出版社. 1979.

马克思、恩格斯. 马克思恩格斯选集（第 1 卷）. 北京: 人民出版社. 1995.

M. H. 艾布拉姆斯. 欧美文学术语词典[M]. 朱金鹏、朱荔译. 北京: 北京大学出版社. 1990.

Malcom Bradbury. *Style of Life*, *Style of Art and the American Novelist in the 1920s*[A]. Malcom Bradbury and David Palmer, eds., *The American Novel and the Nineteen-Twenties* [C]. London: Edward Arnold. 1971.

马斯洛. 马斯洛人本哲学[M]. 成明编译. 北京:九州出版社. 2003.

毛凌滢. 消费伦理与欲望叙事:德莱赛《美国悲剧》的当代启示[J]. 外国文学研究. 2008(3).

Michael Spindler. *American Literature and Social Transition—William Dean Howells to Arthur Miller*[M]. Hong Kong: The Macmillan Press Ltd.. 1983.

Millicent Bell. *The Cambridge Companion to Edith Wharton* [M]. Cambridge: Cambridge University Press. 1995.

Miriam Gogol. *Theodore Dreiser: Beyond Naturalism*[M]. New York: New York University Press. 1995.

莫少群. 20世纪西方消费社会理论研究[M]. 北京:社会科学文献出版社. 2006.

N

N. Bryllion Fagin. *The Phenomenon of Sherwood Anderson—A Study in American Life and Letters*[M]. Baltimore: The Rossi-Bryn Company. 1927.

纳尔逊·曼弗雷德·布莱克. 美国社会生活与思想史(下册)[M]. 北京:商务印书馆. 1997.

Nancy Woloch. *Women and the American Experience*[M]. New York: Alfred A. Knopf Inc.. 1954.

聂珍钊. 文学伦理学批评: 伦理选择与斯芬克斯因子[J]. 外国文学研究. 2011(6).

聂珍钊. 文学伦理学批评: 基本理论与术语[J]. 外国文学研究. 2010(1).

聂珍钊. 文学伦理学批评导论[M]. 北京: 北京大学出版社. 2014.

O

Oxford English Dictionary[M]. 1989.

P

Palgrave Macmillan et al. *The New Palgrave Dictionary of Economics*[M]. New York University. 2012.

Paul Ohler. Forms of Ambivalence to "Tabloid Culture" in Edith Wharton's The Custom of the Country[J]. *English Studies in Canada* 36.2-3 (2010): 33-62.

Pendergast Tom. Consuming Questions: Scholarship on Consumerism in America to 1940[J]. *American Studies International*. 98 (2).

Pierre Bourdieu. *La noblesse d'état: grands écoles et esprit de corps*[M]. Paris: Edition de Minuit. 1989.

Q

钱满素. 欧·亨利市民小说[M]. 上海：上海文艺出版社. 2012.

乔治·瑞泽尔. 后现代社会理论[M]. 谢中立等译. 北京：华夏出版社. 2003.

R

R. W. B. Lewis. *Edith Wharton：A Biography*[M]. New York：Harper & Row. 1975.

Robert S Lynd. *The People as Consumer，Recent Social Trends in the United States*[M]. Toronto：Mcgraw-Hill Book Company. 1933.

Richard Schacht. *Nietzsche*[M]. London：Routledge & Kegan Paul. 1983.

Ruth Benedict. *Patterns of Culture*[M]. Boston：Houghton Mifflin Company. 1961.

S

萨缪尔森·诺德豪斯. 经济学(上)[M]. 北京：北京经济学院出版社. 1996.

舍伍德·安德森. 小城畸人[M]. 吴岩译. 上海：上海译文出版社. 2008.

舍伍德·安德森. 小城畸人[M]. 王占华译. 合肥：安徽人民出版社. 2013.

石晓珍.论辛克莱·刘易斯《自由空气》的城市空间意象及文化再现[J].哲学文史研究.2017(12).

S. Ewen and E. Ewen. *Channels of Desire*[M], New York：McGraw-Hill. 1982.

Sarah Bird Wright. *Edith Wharton A to Z：The Essential Guide to the Life and Work*[M]. New York：Facts on File. 1998.

斯沃茨.文化与权力：布尔迪厄的社会学[M].陶东风译.上海：上海译文出版社.2006.

宋利娜.爵士时代的城市写真——菲茨杰拉德笔下的纽约[D].天津：天津师范大学.2013.

T

Thorstein Veblen. *The Theory of the Leisure Class*[M]. New York：The Modern Library，INC.，1934.

Thorstein Veblen. *The Theory of the Leisure Class*[M]. Oxford：Oxford University Press. 1899.

T. J. Jackson Lears. *No Place of Grace*[M]. New York：Pantheon Books. 1984.

唐晓峰.文化地理学释义：大学讲课录[M].北京：学苑出版社.2012.

陶洁.灯下西窗：美国文学和美国文化[M].北京：北京大学出版社.2004.

提大伟.19世纪末20世纪初美国消费主义研究[D].沈阳：辽宁大学.2014.

Theodore Dreiser. *The Financier* [M]. Beijing：China Translation & Publishing Corporation. 2011.

Theodore Dreiser. *The Titan* [M]. Beijing：Foreign Languages Publishing House. 1957.

托克维尔.论美国的民主(上)[M].董果良译.北京:商务印书馆.2011.

W

万培德.美国20世纪小说选读[M].上海:华东师范大学出版社.1981.

王锭锭.辛克莱·刘易斯《巴比特》中的广告与消费[D].江南大学.2014.

王钢华.嘉莉妹妹的欲望和驱动力[J].外国文学研究.2002(3).

王静、石云龙.跨越不去的阶级鸿沟——评《夜色温柔》中人物堕落的阶级根源[J].辽宁行政学院学报.2008(8).

王琳.美国城市文学发展轨迹——美国近现代文学史的一种解读[J].湖南工业大学学报(社会科学版).2010(1).

王宁.消费社会学：一个分析的视角[M].北京：社会科学文献出版社.2001.

王岳川.当代西方最新文论教程[M].上海:复旦大学出版社.2008.

王旭.美国城市化的历史解读[M].长沙:岳麓书社.2003.

王红.美国城市化进程与大众文化[D].重庆师范大学.2011.

王中忱.消费文化读本[M].北京:中国社会科学出版社.2003.

威勒德·索普.二十世纪美国文学[M].北京:北京师范大学出

版社.1984.

威廉·曼彻斯特.光荣与梦想[D].光泽外国语学院美英问题研究生翻译组、朱协译.三亚:海南出版社、三环出版社.2006.

威拉·凯瑟.啊,拓荒者![M].沙伦·奥布赖恩编.曹明伦译.威拉·凯瑟集——早期长篇及短篇小说(上).北京:生活·读书·新知三联书店.1997.

薇拉·凯瑟.啊,拓荒者!我的安东尼娅[M].资中筠、周微林译.北京:外国文学出版社.1983.

闻莉.解读伊迪丝·华顿笔下的老纽约文化[J].作家杂志.2011(11).

吴建国.菲茨杰拉德研究[M].上海:上海外语教育出版社.2002.

吴宁.列斐伏尔日常生活批判理论探析[J].哲学研究.2007(2).

Wayne C. Booth. *The Company We Keep: An Ethics of Fiction* [M]. California: University of California Press. 1988.

Wayne C. Booth. *The Rhetoric of Fiction* [M]. Harmondsworth: Penguin Books Ltd.. 1987.

William E. Leuchtenburg. *The Perils of Prosperity, 1914 −1932* [M]. Chicago: The University of Chicago Press. 1958.

William Henry Chafe. *The American Woman, Her Changing Social, Economic, and Political Roles, 1920 −1970* [M]. New York: Oxford University Press. Inc.. 1972.

William R A. *Fitzgerald After Tender is The Night: A Literary Strategy For The 1930s* [A]. Eds. Matthew J. Bruccoli & Richard Layman. *Fitzgerald/Hemingway Annual 1979* [C]. Michigan: The Gale Research Company. 1980.

William Waller. *Thorstein Veblen in the Twenty-First Century*[M]. Northampton：Edward Elgar Publishing Ltd.. 1988.

World Literature Criticism."Sinclair Lewis."Philadalphia：Gale Research Inc.. 1992.

X

肖华锋.《屠场》与美国纯净食品运动[J].江西财经大学学报.2003(1).

肖霞.《大街》：美国"进步时代"生态思想的一个样本[J].湖北第二师范学院学报.2012(03).

辛克莱·刘易斯.巴比特[M].潘庆舲、姚祖培译.北京：外国文学出版社.2002.

辛克莱·刘易斯.大街[M].潘庆舲.北京：中国书籍出版社.2006.

徐国林.黑幕揭发运动与20世纪初美国社会变革[J].河南大学学报(社会科学版).2005(4).

许辉、郭棲庆.空间变换与人生沉浮——华顿笔下的纽约[J].外语研究.2013(5).

Y

杨海鸥、杨莉.《巴比特》的社会群体消费文化观[J].怀化学院学报.2012(6).

杨培培.德莱赛作品中城市移民的伦理选择——以《嘉莉妹妹》和《美国悲剧》为例[D].江南大学.2018.

杨任敬.20世纪美国文学史[M].青岛：青岛出版社.1999.

杨韶杰.美国现代广告业的兴起与社会消费1885—1929[D].河南大学.2014.

杨士虎、王小博.《圣经》中的生态观[J].西北师范大学学报.2010(02).

杨铮.美国大词典[M].北京:中国广播电视出版社.1994.

杨志华、卢风.消费主义批判[J].唐都学刊.2004(06).

颜红非.论《啊,拓荒者!》的地域化叙事策略[J].外国文学研究.2015(06).

严莉莉.信仰缺失的迷茫——小说《小镇畸人》的世俗化分析[J].名作欣赏.2013(12).

伊·比·布斯.二十年代和三十年代的美国文学[J].张传真等译.山东外语教学.1985(2).

伊迪斯·华顿.纯真年代[M].赵兴国、赵玲译.南京:译林出版社.1999.

伊迪丝·沃顿.欢乐之家[M].赵兴国、刘景堪译.南京:译林出版社.1995.

约翰·奥尼尔.身体形态:现代社会的五种身体[M].沈阳:春风文艺出版社.1999.

于芳.论欧·亨利小说中的城市书写[D].上海:上海师范大学.2014.

虞建华.美国文学的第二次繁荣[M].上海:上海外语教育出版社.2007.

虞建华.美国文学辞典·作家与作品[M].上海:复旦大学出版社.2005.

余志森等.(总主编)杨生茂、刘绪贻.美国通史(第4卷):崛起和扩张的年代1898—1929[M].北京:人民出版社.2002.

Z

张冰.消费时代的异化美学——论鲍德里亚对马克思异化理论的继承与发展[J].河南大学学报.2013(1).

张海榕.《大街》中的"反乡村"叙事[J].外国文学评论.2012(02).

张礼敏.从《大街》看刘易斯对美国乡镇的叙事与塑造[J].语文建设.2013(23).

章明.芥川龙之介历史小说中利己主义的多样性——以小说《罗生门》和《鼻》为例[J].沈阳农业大学学报(社会科学版).2013(05).

张俊萍、唐红.论《欲望三部曲》中的女性消费[J].成都理工大学学报(社会科学版).2015(06).

张意.文化与符号权力——布尔迪厄的文化社会学导论[M].北京:中国社会科学出版社.2005.

张跃菊.论德莱赛小说中的住宅意象[D].上海师范大学.2019.

张文伟.论消费主义在美国的兴起[D].武汉大学.2002.

张祥亭.西奥多·德莱赛的城市底层叙事[J].名作欣赏.2015(21).

张晓立.美国文化变迁探索——从清教文化到消费文化的历史演变[M].北京:光明日报出版社.2010.

张祝祥、杨德娟.美国自然主义小说[M].上海:复旦大学出版社.2007.

曾大兴.论文学景观[J].陕西理工学院学报(社会科学版).2014(2).

周倩.《小镇畸人》中"小镇"文化的解读[J].文学评论.2011(9).

周丽萍. 美国妇女与妇女运动,1920—1939[M]. 北京:中国社会科学出版社. 2009.

周中之. 经济伦理新探索消费伦理[M]. 郑州:河南人民出版社. 2002.

朱国华. 权力的文化逻辑——布迪厄的社会诗学[M]. 上海:上海人民出版社. 2016.

朱赫今. 伊迪丝·华顿小说创作中的伦理取向[D]. 吉林大学. 2014.

朱世达. 从《曼哈顿中转站》到《美国》三部曲[J]. 美国研究. 1993(01):122—136+5—6.

朱世达. 多斯·帕索斯与《美国》三部曲[J]. 读书杂志. 1989(11):108.

朱世达. 多斯·帕索斯与《美国》三部曲[J]. 读书. 1985(10).

朱晓慧. 新马克思主义消费文化批判理论[M]. 上海:学林出版社. 2008.

网络资源：

https://baike.so.com/doc/5381313-7589570.html

http://www.nber.org.databases/macrohistory/contents/chapter06.html

http://www.dictionary.com/browse/flapper

https://en.wikipedia.org/wiki/Flapper

后 记

本书得以出版首先要感谢国家社科基金一般项目"消费主义伦理在20世纪初美国小说中的肇始与建构研究"(项目编号为14BWW076)的资助;同时要感谢江南大学外国语学院的领导、朋友和学生!没有他们的鼓励和支持,我的研究根本无法顺利进行。

也感谢南京大学出版社的编辑刘慧宁和她的同事们,是他们的细心和耐心,使这本书得以面世。深深感激他们的热忱友谊以及对我的研究的浓厚兴趣!

本书第一章、第四章、第六章、第七章的文字校对和注释体例的修改承江南大学外国语学院学生王澍雨、陈晴、张爱琳、周馨蕾的协助;本书部分资料收集工作由曾就读于江南大学外国语学院的学生王锭锭、刘增荣、杨海宁、刘佳铭、韦莹、徐燕玲、候敏豪等人参与。特表谢意!

最后,我要感谢我的家人,没有他们的付出,我根本无法腾出时间来读书作文。

此外,须特别说明的是,研究他国社会文化和文学,对于每一个研究者都有着视野所限、资料难觅等各方面的挑战。本书内容虽酝酿十年,相关国家社科项目也立项五年,整体的思考和撰写占去很多时间,但纰漏仍然难免,论证不够、下笔仓促的地方也比比皆是。在第二、三、四、五、六、七、八章中和结论部分所有涉及的作家作品(主要集中于1900—1930年间的美国小说)均在第一章第二节做过简单介绍,但小说文本的选择有个人喜好或特例之嫌,企图在一花中"见一世界"是笔者的痴心妄想;而且在具体论述20世纪初美国小说中的消费社会初期景观和消费社会伦理特征时,容易犯以偏概全的弊病,很难做到"既见森林又见树木"。书中各种毛病一概由我负责,也敬请广大读者不吝指正。

2020年6月

张俊萍

图书在版编目(CIP)数据

20世纪初美国小说中的消费景观和社会伦理／张俊萍著. —南京：南京大学出版社，2020.9
ISBN 978-7-305-23725-6

Ⅰ.①二… Ⅱ.①张… Ⅲ.①小说研究—美国—20世纪 Ⅳ.①I712.074

中国版本图书馆CIP数据核字(2020)第168621号

出版发行	南京大学出版社		
社　　址	南京市汉口路22号	邮　编	210093
出版人	金鑫荣		

书　　名　20世纪初美国小说中的消费景观和社会伦理
著　　者　张俊萍
责任编辑　郭艳娟

照　　排　南京紫藤制版印务中心
印　　刷　南京玉河印刷厂
开　　本　880×1230　1/32　印张 11.375　字数 275 千
版　　次　2020年9月第1版　2020年9月第1次印刷
ISBN　978-7-305-23725-6
定　　价　42.00元

网　　址　http://www.njupco.com
官方微博　http://weibo.com/njupco
官方微信　njupress
销售咨询　025-83594756

* 版权所有，侵权必究
* 凡购买南大版图书，如有印装质量问题，请与所购图书销售部门联系调换